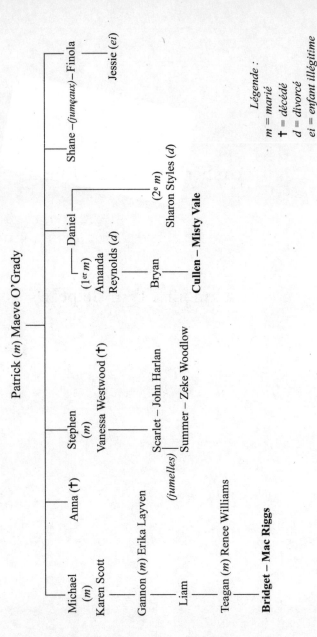

Un héritier chez les Elliott

L'amour à fleur de peau

HEIDI BETTS

Un héritier chez les Elliott

éditions Harlequin

Titre original : MR. AND MISTRESS

Traduction française de SYLVETTE GUIRAUD

HARLEQUIN®
est une marque déposée par le Groupe Harlequin

PASSIONS®
est une marque déposée par Harlequin S.A.

Photos de couverture
Femme enceinte : © ROYALTY FREE / JUPITER IMAGES
Propriété : © DEBORAH GILBERT / GETTY IMAGES

Si vous achetez ce livre privé de tout ou partie de sa couverture, nous vous signalons qu'il est en vente irrégulière. Il est considéré comme « invendu » et l'éditeur comme l'auteur n'ont reçu aucun paiement pour ce livre « détérioré ».

Toute représentation ou reproduction, par quelque procédé que ce soit, constituerait une contrefaçon sanctionnée par les articles 425 et suivants du Code pénal.

© 2006, Harlequin Books S.A. © 2007, Harlequin S.A.
83/85 boulevard Vincent-Auriol 75646 PARIS CEDEX 13.
Service Lectrices — Tél. : 01 45 82 47 47
ISBN 978-2-2800-8503-8 — ISSN 1950-2761

The New York SPECTATOR

LES ELLIOTT ONT ENCORE FRAPPÉ.

La plus fortunée des familles de Manhattan fait encore la joie des tabloïds, grâce cette fois à Cullen Elliott, le play-boy.

Tout en escortant au vu et au su de tous quelques-unes des plus belles femmes de la ville, le très sexy directeur de SNAP Magazine nous a dissimulé un profond et noir secret : une lointaine maîtresse « planquée » dans la ville du jeu, la ville du péché.

Selon des sources dignes de foi, l'amour secret de Cullen se nomme Misty Vale. C'est une ancienne danseuse aux longues jambes et aux yeux verts, venue tout droit du Strip de Vegas.

Cullen l'a ramenée avec lui à Manhattan pour la présenter à ses parents, l'éditeur Daniel Elliott et son ex-épouse l'avocate Amanda Elliott.

Peut-être en prévision d'un prochain mariage ?

La rumeur enfle en tout cas sur Park Avenue où est situé le quartier général de l'empire de presse des Elliott. Se pourrait-il que la maîtresse porte un héritier ?

Une histoire que nous allons suivre pour vous, bien entendu…

- 1 -

— Allô ?
— Je suis en ville. J'avais pensé faire un saut.
Au bout du fil, la voix de Cullen fit à Misty l'effet d'une goulée de sirop de pomme tiède qui coulait au fond de sa gorge par une froide journée d'hiver et se répandait dans tous les coins et les recoins d'un corps qui, soudain, la trahissait.
— Entendu, dit-elle d'une voix douce. Je t'attends.

Après avoir raccroché, elle se mit à s'affairer vivement dans la pièce, pour ranger les magazines, remettre les coussins en place et baisser les lumières, avant de se diriger vers sa chambre à coucher. Après avoir retiré son short et son soutien-gorge de sport qui lui collaient à la peau, elle se glissa dans son nouveau body noir. Cullen, elle le savait déjà, allait l'adorer.

Si cela n'avait pas été pour lui, elle n'aurait sans doute pas possédé la moitié de ses nombreuses pièces de lingerie fantaisie. Mais il adorait toutes ces fanfreluches transparentes et sexy, et elle se plaisait à les porter pour lui faire plaisir.

D'une main preste elle dénoua sa queue-de-cheval et passa la brosse dans ses longs cheveux ondulés afin de leur redonner du volume.

Une seconde plus tard, on sonna à la porte. Misty se hâta de traverser la pièce après avoir jeté un coup d'œil autour d'elle pour s'assurer que tout était en ordre. Ensuite, elle posa la main sur la chaîne qu'elle fit sauter, et sur la poignée qu'elle fit tourner.

— Salut.

Il était appuyé au chambranle de la porte. Ses cheveux noirs brillaient sous la lampe du porche et ses yeux bleus étincelaient d'un désir à peine dissimulé. Misty avala sa salive avec difficulté et se demanda comment chasser les papillons qui, comme par enchantement, voletaient soudain, affolés, à l'intérieur de son ventre.

— Salut. Entre donc, dit-elle en s'effaçant pour le laisser passer.

Après avoir refermé la porte et remis la chaîne en place avec soin, elle se retourna vers Cullen, consciente qu'il l'observait tel un faucon guettant une souris, juste avant de s'abattre sur elle et de l'emporter.

Il portait son costume d'homme d'affaires, pantalon gris anthracite et chemise blanche, tous deux un peu froissés après une longue journée de réunions et un voyage. Avec ses impressions pastel, sa cravate de soie rappela à Misty une toile qu'elle avait vue autrefois dans une galerie d'art. Cullen avait desserré sa cravate qui pendait autour de son col de chemise dont les deux premiers boutons étaient défaits. Sa veste de costume était pliée sur son bras.

Il paraissait fatigué et, malgré son envie de l'entraîner directement dans sa chambre, Misty décida qu'il avait besoin de se détendre un peu. Tournant la tête en direction de la cuisine derrière elle, elle proposa :

— Tu as envie d'un verre de vin ? De quoi grignoter, peut-être ?

Cullen laissa choir sa veste sur le sol et s'avança vers elle à grandes enjambées. Le regard qu'il fixait sur elle était plein d'intensité.

— Plus tard, gronda-t-il d'une voix basse et profonde qui, aussitôt, déclencha chez Misty un frisson érotique.

Il la prit dans ses bras et une seconde plus tard, sa bouche se posait sur la sienne.

— Tout ce que je veux pour l'instant c'est toi, ajouta-t-il.

Comme toujours, son baiser la consuma, embrasant son corps tout entier. Elle enfouit ses doigts dans les fins cheveux de sa nuque et lui caressa la tête. Les lèvres de Cullen se déplacèrent sur les siennes, mordirent, suçotèrent, et sa langue s'insinua dans sa bouche.

Sous le satin léger de son body, les seins de Misty

se gonflèrent et se pressèrent contre le torse ferme et musclé. Les mains de Cullen se mirent à courir le long de son dos, sur sa taille, et enveloppèrent ses fesses afin de l'attirer contre son sexe durci. En gémissant, elle se pressa un peu plus contre lui.

Il arracha sa bouche de la sienne, et elle sentit son souffle lourd contre sa joue.

— Chambre. Maintenant, dit-il.

— Oui...

Il se courba légèrement, l'enleva dans ses bras et traversa le salon d'un pas décidé. Il connaissait aussi bien qu'elle la disposition des pièces. Ce qui n'avait rien de surprenant. C'était lui qui avait acheté l'immeuble pour Misty, après l'accident qu'elle avait eu sur scène, mettant fin à sa carrière de danseuse de revue de Las Vegas. Son studio de danse se trouvait au rez-de-chaussée et elle-même vivait à l'étage au-dessus.

Cullen, lui, habitait New York et se consacrait tout entier à son journal *Snap*, l'un des nombreux magazines à succès du groupe de presse appartenant à sa famille. Ce qui ne l'empêchait pas de se rendre dans le Nevada le plus souvent possible. Où chaque fois, il passait la nuit chez Misty... dans son lit.

Elle, elle ne vivait que pour ces nuits. Elle les attendait, en rêvait, même si tout son être lui soufflait que c'était une erreur.

Ne serait-ce que parce que Cullen avait cinq ans de moins qu'elle, et que sa famille — les Elliott — était l'une des plus riches et des plus influentes de New York. En fait, ils n'auraient pas été plus différents s'ils étaient nés chacun à un pôle.

Pourtant, dès l'instant où elle l'avait aperçu, debout dans la coulisse après l'un de ses spectacles nocturnes, elle avait reconnu en lui quelque chose de spécial. Quelque chose qui l'avait attirée, et n'avait eu de cesse de la lier à lui. Et peu importait le nombre de fois où elle s'était répété qu'ils devraient mettre un terme à leur torride liaison.

Parvenu près du lit, Cullen la déposa sur le couvre-lit et la suivit, couvrant son corps avec le sien.

Il tâta l'étoffe noire qui la dissimulait à peine de la poitrine aux cuisses.

— J'adore ça. Mais autant s'en débarrasser. Je te veux nue.

Elle eut un léger sourire.

— C'est toi le patron.

Amusé, il retroussa les lèvres avec sensualité tandis que ses doigts se faufilaient sous les minces bretelles du body et les faisaient glisser sur ses épaules et le long de ses bras. Misty bougea un peu pour lui permettre de découvrir ses seins et faire descendre la lingerie le long de ses hanches et de ses cuisses.

Les magnifiques yeux bleus de Cullen se braquèrent sur elle. Ouvertement, sans vergogne, il admira ses seins, son ventre, le triangle entre ses cuisses à peine dissimulé derrière un pan de dentelle noire.

Misty se souleva un peu sur le lit pour lui permettre de la déshabiller entièrement. Cullen rejeta le body et son attention se reporta sur les courbes lascives qu'il venait de dénuder.

Nerveuse, mourant d'envie de le toucher et d'être touchée, Misty s'agita.

— Tu es bien trop habillé, souffla-t-elle.

A son tour, elle tira sur un pan de cravate, rapprochant d'elle son amant jusqu'à ce que leurs nez se touchent.

Pendant que ses mains s'attardaient sur lui, couraient sur les larges pectoraux avant de remonter vers la gorge de Cullen qui se nouait, le souffle de celui-ci devint saccadé.

Elle desserra sa cravate et prit tout son temps pour libérer le chiffon de soie du col d'un blanc immaculé. Elle s'attaqua ensuite aux boutons en les faisant sauter un par un de leur boutonnière. Enfin, elle tira les pans de chemise hors du pantalon de Cullen, révélant la peau lisse et bronzée de son torse et de son ventre musclés.

Elle avala sa salive, succombant à la perfection de ce corps. Cullen lui avait raconté une fois qu'il travaillait sa forme physique plusieurs fois par semaine dans le club de gym du groupe Elliott.

Eh bien, c'était elle qui en récoltait les bénéfices !

Repoussant la douce étoffe de coton des épaules de son amant, elle envoya la chemise rejoindre son négligé. La ceinture suivit et, quand ses ongles manucurés passèrent derrière le bouton au niveau de la taille, Cullen retint son souffle.

— J'espère que tu t'amuses bien, marmonna-t-il entre ses dents serrées. Parce que j'ai bien l'intention de te rendre la pareille.

— Dans ce cas je vais avoir des ennuis, parce que figure-toi que je m'amuse beaucoup. Enormément même.

Du pouce, elle fit sauter le bouton et le pantalon s'ouvrit, lui ménageant assez d'espace pour que ses doigts puissent s'y enfoncer et partir en exploration. La chaleur du corps de Cullen — si proche de ce qui en lui palpitait avec insistance — l'enveloppa et l'envahit, corps et âme.

Du dos de la main, elle effleura la toison qui descendait de son nombril, puis elle fit glisser la fermeture Eclair.

Cullen retint sa respiration car les sensations qu'elle faisait naître en lui étaient presque impossibles à supporter. Le léger bruit que chaque cran de la fermeture qu'elle faisait lentement descendre paraissait se répercuter dans ses os, ses dents, son sexe qui se tendait.

Il avait été à demi excité toute la journée, anticipant le moment où il pourrait boucler le travail qu'il effectuait pour *Snap* à Vegas et s'éclipser pour aller faire l'amour à Misty. Ce qu'elle était en train de lui faire en cet instant précis n'arrangeait pas non plus les choses. Il avait l'impression que son sang bouillait dans ses veines, que des coups sourds résonnaient dans sa tête. Un peu plus et il explosait.

Mais aussi, Misty était étonnante.

Chaque fois qu'ils se retrouvaient, c'était comme un feu d'artifice un jour de fête nationale. Chaud, vibrant, spectaculaire. Il était même surpris qu'en cinq ans, ils n'aient pas encore mis le feu aux draps. Si jamais il racontait à quelqu'un, y compris à son propre frère, ce que Misty lui faisait ressentir lorsqu'ils étaient au lit, il se serait vu gratifier en douce d'un regard complice et se serait entendu dire :

— Bien sûr ! Une show-girl ! A quoi d'autre t'attendais-tu ?

Mais c'était bien plus que cela. Parce que, aussi explosifs qu'ils puissent être dans la chambre à coucher, ils pouvaient tout aussi bien s'en passer. Certes, il avait envie de faire l'amour à Misty aussi souvent que son agenda et son endurance physique le lui permettaient, mais il était tout aussi heureux de s'installer sur le sofa à côté d'elle pour discuter ou déguster un plat acheté chez le traiteur chinois.

Cela, personne n'aurait pu le comprendre. Et même lui n'y parvenait pas vraiment.

La fermeture Eclair arriva enfin en bas. La main de Misty s'enfonça tout entière dans le pantalon puis sous le boxer pour encercler enfin un sexe palpitant. La poitrine de Cullen se contracta et ses narines frémirent comme s'il avait besoin d'air. Misty se mit à le caresser, le masser, le palper, jusqu'au moment où il fut pris d'une violente envie de crier.

Et il lui agrippa le poignet pour l'obliger à le lâcher. C'était en elle qu'il voulait être pour son plaisir.

En quelques gestes heurtés, il envoya promener le reste de ses vêtements, puis, une fois nu, il revint sur le lit et, allongeant Misty sur le dos, il se pressa contre elle. Appuyé sur les coudes, il s'empara de sa bouche, exactement comme il en avait rêvé pendant toute la durée du vol depuis New York.

Sa maîtresse réagit comme elle le faisait toujours — avec passion, en s'y donnant de tout son corps et de toute son âme. Elle lui noua les bras autour du cou et il se laissa aller sur elle, jouissant avec délice de la douceur de ses seins appuyés contre son torse.

Elle remua sous lui et ses jambes s'enroulèrent derrière les siennes. Il sentit ses talons s'enfoncer dans la chair de ses fesses et ses ongles s'incruster dans ses épaules.

Dieu qu'il aimait ça ! Peut-être même un peu trop. Bien qu'avec Misty, rien ne paraisse jamais trop.

Plutôt jamais assez, en fait.

Du bout des dents, il lui mordilla les lèvres et mit fin à leur incandescent baiser pour tracer avec sa bouche un sillage chaud et humide en descendant vers le bas de son corps. Au passage, il effleura la courbe de sa gorge, celle d'un sein, s'arrêtant en route pour explorer le bourgeon serré du mamelon.

Sa langue encercla l'aréole puis sa bouche se referma sur le téton.

Misty se tordit sous lui, poussant ces petits cris de gorge qui le rendaient fou.

Toute la journée, il avait fantasmé sur ce qu'il lui ferait, sur toutes les choses qu'il lui ferait une fois qu'il serait parvenu à s'éclipser pour venir chez elle. Mais maintenant qu'il était ici avec elle, tous deux nus, éperdus et fous, il regrettait de ne pas avoir assez de patience pour toutes les folies qu'il avait imaginées. Son corps s'était durci et palpitait et il n'avait plus qu'une seule envie : s'engloutir en elle et y rester à jamais.

Il avait du mal à respirer. Son sang lui paraissait courir dans ses veines à la vitesse d'un feu de forêt. Il baissa les yeux vers Misty.

— Je ne peux plus attendre, grinça-t-il entre ses dents. Je suis désolé. Je te revaudrai ça, promis.

D'un seul élan il la pénétra. Leurs souffles saccadés se mêlèrent au rythme des sensations qui, peu à peu, les envahissaient.

— Cullen, haleta Misty, quand le frottement de leurs deux corps devint presque impossible à supporter.

Ses doigts se crispèrent sur le dos de son amant. Ils allaient laisser des marques, c'était sûr.

— Attends, dit-elle tout à coup. Nous n'avons pas de protection.

Une brève seconde, ses paroles n'eurent aucun écho

en lui. Le bourdonnement de ses oreilles empêchait à peu près Cullen de l'entendre. Elle était tellement stupéfiante, si chaude et si bien refermée autour de lui. Meilleure que jamais, si cela était réellement possible.

Puis, d'un seul coup, il comprit ce qu'elle essayait de lui faire comprendre. Il avait oublié le préservatif. Bon sang !

Immédiatement, il s'écarta d'elle et secoua la tête d'un air incrédule.

— Désolé, Misty. Je ne sais pas ce qui me prend. Je n'ai jamais été aussi négligent avant, je te le jure.

Elle lui sourit gentiment et se tortilla sous lui pour se dégager. Puis sa main se tendit par-dessus la courtepointe lavande vers la table de nuit.

— Tout va bien. Nous avons réagi à temps, j'en suis certaine. Je ne pense pas qu'il y ait aucune crainte à avoir.

Cullen ne répondit pas, espérant avec ferveur qu'elle ait raison. Cela ne lui ressemblait pas d'oublier quelque chose d'aussi important et de si enraciné en lui que l'instinct de se protéger.

Ses yeux restèrent attachés au dos nu de Misty, à sa croupe, à ses jambes, tandis qu'elle ouvrait le tiroir et le fouillait à la recherche d'un préservatif. Le danger aurait pu refroidir les ardeurs de Cullen, mais il n'en était rien. Sa bouche se desséchait toujours de désir pour elle.

Misty revint vers lui en rampant, la petite pochette brillante entre deux doigts.

— Et voilà, dit-elle avec un sourire de triomphe.

Les yeux de Cullen étaient rivés à ses doigts minces tandis que, tenant légèrement le préservatif à deux mains, elle le faisait glisser avec compétence — l'esprit un peu engourdi — le long du sexe érigé.

Pendant tout ce temps, Cullen retint son souffle, de peur, s'il venait à bouger, s'il ne restait pas totalement immobile, de ne plus se contrôler. Son ventre se creusait dans l'effort qu'il faisait pour ne pas expulser l'air de ses poumons et ses bras, ses jambes tremblaient du désir de s'emparer d'elle, de la renverser sous lui et de la prendre là, brutalement.

Cette femme faisait ressortir l'animalité en lui, c'était indubitable. Avec n'importe quelle autre femme, il aurait essayé de tempérer sa réaction, de retenir son penchant naturel. Mais avec Misty, il pouvait faire n'importe quoi, sachant qu'elle était toujours d'accord. Sa passion égalait la sienne et elle avait un tempérament assez hardi pour tenter aussitôt n'importe quoi.

— Deux secondes, implora-t-il d'une voix rauque.

Il serra les poings pour ne pas fondre sur elle et s'aperçut qu'elle avait un air un peu perdu.

— C'est le temps qu'il te reste avant que je ne perde patience et que je ne te saute dessus.

— Hum... alors je crois que je ferais mieux de tirer le meilleur parti du temps qu'il me reste.

Au lieu de reculer, elle se coula plus près de lui jusqu'à ce qu'ils se retrouvent cuisse contre cuisse, poitrine contre poitrine. A pleine bouche, Misty lui embrassa le menton en le pinçant doucement avec ses dents, et ses lèvres descendirent petit à petit.

— Une, murmura-t-elle.

Elle enroula les doigts à la base de son sexe et serra un peu. Une explosive sensation de volupté envahit chaque cellule, chaque terminaison nerveuse du corps de son amant.

— Deux.

Avant d'avoir eu le temps de compter jusqu'à trois ou de faire n'importe quoi d'autre susceptible d'expédier Cullen dans les étoiles, ce dernier lui saisit les poignets, les lui souleva au-dessus de la tête et les rabattit vers le matelas. Le geste les fit rebondir un peu et Cullen entendit de nouveau le léger rire si contagieux de Misty.

Sans cesser de sourire, il lui écrasa la bouche tout en faisant courir ses paumes sur son corps tout entier, ses bras, ses seins, sa taille, ses hanches. Arrivé aux cuisses, il les écarta d'un mouvement impérieux, puis il la pénétra d'un coup.

Il s'immobilisa, attendant que son cœur s'apaise. Il se sentait proche de l'implosion, et dans sa poitrine, les battements redoublaient de violence. Mais il ne trouva pas l'apaisement. Misty s'agita et gémit.

Ses ongles lui labourèrent le dos et elle souleva les hanches à sa rencontre, s'efforçant de le prendre plus profondément en elle.

Genoux repliés, elle lui encercla la taille de ses deux jambes et commença à bouger avec lui. Au début, les coups de reins de Cullen furent lents et prolongés. Mais, au bout d'une minute ou deux, il comprit que les choses ne pouvaient plus se prolonger ainsi et il commença à accélérer la cadence.

— Oui, Cullen, oui.

La douce voix de Misty au creux de son oreille alluma dans ses veines une flambée qui se propagea dans tout son corps.

— Misty…

Il prononça son nom comme une prière, en câlinant le tendre creux entre son épaule et son cou.

Misty poussa un cri et se convulsa autour de lui, emportée par les vagues de l'orgasme. Le mouvement des hanches de Cullen s'accéléra encore. Plus fort. Plus vite.

D'un seul coup, des étoiles s'allumèrent derrière ses paupières closes et, avec un grognement de plaisir, il vint en elle.

— Il faut que j'y aille.

Les mots prononcés tout bas réveillèrent Misty en sursaut, juste au moment où elle commençait à se laisser glisser dans une douce somnolence. Elle était allongée entre les bras de Cullen, la tête sur son épaule, un bras posé sur son estomac.

Etouffant un soupir, elle s'écarta de lui et s'assit, le drap plaqué au-dessus des seins. Repoussant une mèche de cheveux derrière son oreille, elle le regarda se redresser et traverser la pièce pour récupérer ses vêtements.

C'était cette minute précise, au cours des instants qu'ils passaient ensemble, qu'elle appréciait le moins. Celle où Cullen devait partir.

Mais il ne venait pas toujours simplement pour faire l'amour avec elle et s'en aller. Parfois, il passait la nuit chez elle et au matin, ils prenaient ensemble le petit déjeuner. De temps à autre, il restait même plusieurs jours et ils faisaient ensemble les choses ordinaires de la vie, comme regarder la télévision ou faire un tour au parc.

Pourtant, quel que soit le temps qu'ils passaient ensemble, Misty détestait le voir s'en aller. Elle en souffrait car cela mettait aussi l'accent sur la farce qu'était leur relation.

Ils avaient une liaison, un point c'est tout. Ils ne passeraient jamais leur vie ensemble avec une maison, des gamins et un minivan garé dans l'allée.

D'abord, elle n'était pas du style minivan. Elle était une ex-danseuse de revue, une show-girl avec des rêves de plus vaste envergure et de bien meilleur goût. Sans cette chute en scène et sa fracture du genou, elle danserait toujours dans un des casinos les plus cotés de Las Vegas.

D'autre part, Cullen n'était pas le genre d'hommes qui épousaient. Il avait vingt-sept ans et elle trente-deux, mais même s'il n'avait pas eu cinq ans de moins qu'elle, il y avait un autre obstacle : son amant était issu d'une des plus riches familles de Manhattan. L'éventualité qu'il songe un seul instant à passer le reste de ses jours avec une femme comme elle — et que sa famille lui permette une telle mésalliance — n'avait pas la moindre chance de se produire.

Néanmoins, cette situation n'empêchait pas la jeune femme de laisser son esprit vagabonder dans les sentiers de la fantasmagorie et d'imaginer ce que serait leur vie si elle n'était pas une ancienne show-girl reconvertie en professeur de danse et lui, le patron d'un magazine à succès. S'ils étaient des gens normaux, des gens de tous les jours qui s'étaient rencontrés de la manière la plus normale, la plus quotidienne.

Pourtant, Misty ne passait guère de temps à souhaiter des choses qui n'arriveraient jamais. Elle était heureuse de la vie qu'elle menait, et heureuse de ce que Cullen et elle avaient, même si elle savait que cela ne durerait pas.

Pour le moment, cela lui suffisait.

D'ailleurs, elle aurait certainement pu faire pire... elle avait même fait pire, si elle songeait aux parfaits goujats avec qui elle était sortie par le passé. Comparé à eux, Cullen était un véritable prince charmant. Habillé par un couturier italien.

Justement. Rhabillé maintenant, il restait debout, mains dans les poches, au pied du lit. Misty se faufila hors des couvertures et s'empara d'un négligé de soie qu'elle enfila d'un mouvement sensuel avant de serrer la ceinture autour de sa taille.

— Je te raccompagne, dit-elle.

Il eut un mouvement imperceptible du menton et tous deux se dirigèrent vers l'entrée. Misty tira le loquet mais, sans lui laisser le temps d'ouvrir la porte, Cullen l'arrêta en lui posant la main sur le poignet. Levant la tête, elle vit qu'il la couvait d'un regard brûlant.

Glissant une main dans ses cheveux, Cullen la prit par le cou pour l'embrasser avec passion, si fort qu'elle aurait pu en perdre la tête. Une minute après il s'écarta, et Misty dut se cramponner à la porte pour ne pas s'effondrer sur la moquette.

— Si je n'étais pas obligé d'être à New York demain matin, murmura-t-il, en lui caressant la lèvre du bout du pouce, je te ramènerais au lit et je t'y garderais une semaine.

— Si tu n'étais pas obligé d'être à New York demain matin, chuchota-t-elle, je te laisserais bien faire.

Un léger sourire retroussa un coin de la bouche de Cullen. Laissant retomber son bras, il franchit le seuil, et se retrouva sur le palier, juste au-dessus de la cage d'escalier qui descendait vers l'allée, à l'arrière du studio de danse.

— Je t'appelle, dit-il.

Misty resta debout en haut des marches et le regarda s'en aller.

Comme elle le faisait toujours.

- 2 -

Quatre mois plus tard, fin avril

La musique diffusée par l'ampli du studio, mêlée au staccato des pieds des danseurs sur le bois dur du parquet, battait dans la tête de Misty au point qu'elle se demanda si elle allait parvenir à rester debout.

Depuis des mois maintenant, elle combattait une sensation de vertige, des nausées et toute une liste d'autres symptômes associés aux premières étapes de la grossesse. Elle s'était imaginé, une fois passé le premier trimestre, qu'elle allait pouvoir commencer à se sentir mieux. Au lieu de cela, c'était encore pire.

Aujourd'hui, les choses allaient particulièrement mal. Elle avait eu beaucoup de peine à se tirer de son lit et depuis, elle luttait contre des vagues d'étourdissements et le besoin de s'allonger.

Mais elle avait des cours à donner et si elle en manquait ne serait-ce qu'un, son projet de devenir autonome et de vivre du revenu de son studio de danse risquait de s'écrouler.

Trois ans auparavant, Cullen avait acheté à son intention cette maison à Henderson, juste à la sortie de Las Vegas, et il l'avait complètement rénovée, transformant le rez-de-chaussée en un studio assez vaste pour qu'elle puisse y dispenser des cours à des enfants comme à des adultes.

Misty détestait être l'objet de ses charités, mais Cullen avait insisté et vu l'état de son genou à cette époque, elle n'avait guère eu le choix. C'était soit accepter la générosité de Cullen, soit risquer de se retrouver à la rue au bout de quelques semaines.

Cependant, elle lui avait promis — ainsi qu'à elle-même — de le rembourser. Chacun des centimes qu'il aurait dépensés pour elle, une fois que son studio deviendrait rentable.

Par malheur, elle n'en n'était pas encore là. Ce qu'elle gagnait avec ses cours allait à des petites choses comme la nourriture et l'électricité, mais Cullen continuait à payer pour l'entretien général du bâtiment et de son affaire.

Oh, comme elle détestait cela ! Comme elle détestait avoir l'impression d'être une femme entretenue, une maîtresse, même si ce n'était pas tout à fait son cas. Ce n'était pas sa liaison avec Cullen qui la mettait mal à l'aise, mais le fait qu'il la soutienne financièrement. C'était trop dur de supporter de le voir laisser de l'argent sur la table de nuit pour services rendus.

Mais avait-elle vraiment le choix ?

La seule manière de s'acquitter de sa dette envers lui était de réussir avec le studio et, avec un bébé en route, cela devenait tout à coup plus important que jamais. D'autant plus que Cullen était à mille lieues de penser qu'il allait être père d'ici à cinq mois.

Une main posée sur son ventre légèrement distendu, Misty refoula la sensation de vertige qui l'accablait vingt-quatre heures sur vingt-quatre et sept jours sur sept en même temps que le sentiment de culpabilité — qui devenait plus fort que jamais — que lui procurait sa décision de cacher sa grossesse à Cullen.

C'était mieux ainsi, se rappela-t-elle. S'il était au courant pour le bébé, il voudrait se conduire convenablement. Il insisterait pour qu'ils se marient, même si c'était la dernière chose qu'il désirait.

Les Elliott l'avaient élevé pour devenir quelqu'un de toujours responsable et pour protéger le nom de sa famille, elle le savait. Quand le père de Cullen avait mis sa mère enceinte à la fin de leurs études, le patriarche du clan avait exigé qu'ils se marient pour donner un nom à l'enfant et éviter de ternir la réputation sans tache de la famille.

Misty ne voulait pas mettre Cullen au pied du mur et l'acculer à une situation qu'il finirait par haïr, et pour laquelle il lui en voudrait plus tard.

Non, c'était vraiment mieux ainsi. Elle l'évitait donc depuis des mois, en fait depuis que le résultat du test de grossesse et, plus tard, l'examen de sang prescrit par le médecin avaient confirmé ses soupçons. Si seulement, songeait-elle, elle parvenait à l'éviter un peu plus longtemps encore, jusqu'à ce que le studio commence à fonctionner par ses propres moyens, tout irait très bien. Elle aurait la possibilité de lui rembourser tout l'argent qu'il avait investi sur elle, et il finirait par comprendre que les coups de téléphone auxquels elle ne répondait plus signifiaient qu'elle ne désirait plus le revoir.

Elle détestait être obligée de rompre d'une manière aussi brutale, mais c'était mieux ainsi pour tout le monde.

Cullen avait été bon avec elle. Bien plus, se disait-elle souvent, qu'une fille comme elle ne le méritait. Et, à cause de cela, et aussi parce qu'il comptait vraiment beaucoup pour elle, elle refusait de lui faire endosser le fardeau d'une femme et d'un enfant qu'il ne désirait pas et n'avait sans doute jamais désirés.

Misty s'écarta de la cloison tapissée de glace où elle se tenait — ou plutôt, s'appuyait — quand la musique cessa et que les pas des danseurs se ralentirent. Elle y faisait à peine attention, elle s'en rendit compte, mais au moins, elle avait assez surveillé leurs évolutions pour savoir que la routine avait fonctionné à peu près sans anicroche. C'était son cours d'adultes et ils comprenaient plus vite que les enfants.

Elle tapa dans ses mains en signe d'approbation.

— Bon travail ! Maintenant, j'aimerais ajouter...

D'un seul coup, sa voix s'étrangla et la pièce parut tourner autour d'elle. Elle avait juste fait un pas vers la rangée des femmes qui attendaient ses instructions, mais son cœur battait comme si elle venait de courir un cent mètres. Sa bouche se dessécha soudain et elle eut l'impression que son crâne allait exploser. Puis le sol parut monter, se refermer sur elle. Sa vision se rétrécit jusqu'à n'être plus qu'un minuscule point noir et elle comprit, en un dixième de seconde, que quelque chose n'allait pas, avant que le monde autour d'elle ne sombre dans l'obscurité.

Cullen était assis dans le box réservé à la famille Elliott dans le restaurant de son frère. *Une Nuit* faisait la fierté et la joie de Bryan. Situé sur la Neuvième Avenue à New York City, l'établissement *tendance* et très renommé était spécialisé dans un mélange de cuisine française et asiatique, qu'articles et revues portaient souvent aux nues. Un éclairage rouge, tamisé, apportait une tonalité attrayante au décor, tout en daim noir et cuivre.

Pour l'instant, Cullen sirotait un café — une

spécialité française que Bryan apparemment essayait cette semaine-là — en attendant que John Harlan le rejoigne pour le déjeuner.

Ils étaient amis depuis toujours et, après un parcours de golf où John l'avait battu en treize coups humiliants, Cullen avait commencé à se dire qu'il pourrait peut-être se confier à lui à propos de ses récents problèmes avec Misty.

Il n'était pas certain d'être prêt à parler d'elle à quiconque, mais comme elle ne répondait pas à ses appels et que ses pieds le démangeaient de prendre l'avion pour découvrir là-bas de quoi il retournait, un petit conseil venu d'un ami ne serait peut-être pas dépourvu d'intérêt.

S'il n'y avait pas eu cette sacrée compétition que son grand-père Patrick Elliott avait instituée entre ses fils afin de déterminer qui prendrait sa suite en tant que P.-D.G. du groupe Elliott lorsqu'il prendrait sa retraite, Cullen se serait envolé bien avant ça. Mais il s'était tellement immergé dans son travail qu'il n'avait pas pu, au cours des derniers mois, quitter son bureau pour faire un saut à Vegas.

— Puis-je me joindre à toi ?

Cullen tourna la tête, étonné de voir sa cousine Scarlet debout à côté du box. Comme à l'accoutumée, elle portait une de ses tenues excentriques, mais comme pour tous les autres Elliott, les couleurs crues et la coupe impeccable convenaient à sa personnalité flamboyante.

— Euh...

Cullen jeta un coup d'œil derrière elle avant de plonger le regard dans les prunelles vert pâle.

— Eh bien, commença-t-il, j'attends...

— Moi !

Comme surgi de nulle part, Harlan fit son apparition, et Cullen aurait dû être aveugle pour ne pas remarquer la brusque nervosité qui émanait soudain de la mince silhouette de sa cousine.

— Alors, disons déjeuner pour trois ? intervint Martin, le patron du restaurant avec son plaisant accent français.

— Non.

Scarlet recula en trébuchant un peu et se heurta à John. Ce dernier la saisit par le coude et le maintint un peu plus longtemps que Cullen ne s'y serait attendu, de la part de simples connaissances.

Avant d'avoir pu poser une question ou même spéculer sur ce qui pouvait bien se passer entre sa cousine et John Harlan, son téléphone se mit à sonner. Il repéra sur l'écran lumineux le numéro d'identification de son correspondant et soudain, quelque chose en lui se noua.

L'appel venait de Misty. Elle téléphonait depuis son studio de danse.

Des mois qu'il tentait de la joindre ! Il lui avait laissé des dizaines de messages et elle ne l'avait jamais rappelé.

Mais après tout, avait-il songé, il ne s'agissait

que d'une aventure. A laquelle il avait pensé mettre fin il y avait déjà des années de cela. Pourtant, se rendre compte que Misty s'efforçait de l'éviter, la soupçonner qu'elle agissait ainsi dans l'espoir de rompre avec lui...

Eh bien, il n'aimait pas ça. Et pour quelque raison inconnue, cela lui donnait encore plus envie de lui parler, de la voir.

Avant la fin de la seconde sonnerie, il prit l'appel.

— Monsieur Elliott ? demanda une voix hésitante au bout de la ligne.

Eh non, ce n'était pas Misty. Mais comment quelqu'un d'autre, une personne de son studio, possédait-elle son numéro personnel de portable ?

— Oui, répondit-il, sourcils froncés.

— Hé bien... humm...

La femme parut encore un peu plus nerveuse.

— Je m'appelle Kendra. Je suis l'une des étudiantes du studio de danse de Misty.

— Oui, répéta-t-il, toujours perdu.

— Eh bien... il y a eu une sorte d'accident et comme votre numéro était le premier sur sa liste... nous ne savions pas qui d'autre appeler.

— *Quoi ?*

Cullen éleva la voix et se redressa dans le box de daim noir. Son cerveau s'était arrêté sur le mot *accident,* sans plus prêter attention au reste de ce que lui disait la femme.

— Que s'est-il passé ? demanda-t-il.
— Elle s'est évanouie pendant notre cours et...
— Comment va-t-elle ?
— Je ne sais pas trop. Nous avons appelé une ambulance, mais...
— Où l'a-t-on emmenée ?
— Au St Rose Dominican Hospital.

Avec un brusque signe de tête plus pour lui-même que pour quelqu'un d'autre, Cullen aboya :

— J'arrive dès que possible. Si vous apprenez quelque chose de plus, appelez-moi immédiatement à ce même numéro. C'est compris ?

Quand la femme eut accepté, il lui adressa un bref au revoir et se leva d'un mouvement rapide et souple.

— Je ne peux pas rester.
— Qu'est-ce qui ne va pas ? interrogea Scarlet. Qui est blessé ?
— Personne que tu connaisses.

Croisant le regard de John, il s'excusa de lui faire perdre son temps.

— Désolé. Je suis content que tu sois venu, mais il faut que je me rende à Las Vegas.
— Pas de problème. Puis-je faire quelque chose ?
— Je te le ferai savoir, répondit-il entre ses lèvres serrées.

Déjà, il fonçait vers la sortie.

— Et... merci.

Un héritier chez les Elliott

**
* **

Grâce au jet privé des Elliott et à la conscience qu'avait le pilote de la hâte de Cullen d'atteindre Henderson, Nevada, aussi rapidement que possible, il arriva à l'hôpital un peu plus de cinq heures plus tard.

Il débarqua aux urgences et alla droit vers le bureau des infirmières, exigeant un compte rendu immédiat de l'état de Misty et dans la foulée, de se rendre auprès d'elle. L'infirmière de service — apparemment habituée aux réactions désespérées et affolées des êtres chers — repéra le nom de Misty sur son ordinateur avant de lui donner le numéro de sa chambre et de lui désigner les ascenseurs.

Cullen interpréta comme un signe positif le fait qu'on ait transféré Misty des urgences dans une chambre classique. D'autant plus que l'infirmière n'avait pas parlé de soins intensifs.

Mais quand même, n'aurait-il pas été mieux pour Misty après avoir été soignée, d'être laissée libre de rentrer chez elle ? Dans l'ascenseur qui l'emportait au troisième étage, il avait les nerfs en pelote et la peur accélérait son pouls. A la minute où les portes s'ouvrirent, il prit pied sur le palier et arrêta par la manche une infirmière qui passait.

— Misty Vale. Je cherche Misty Vale.

La jeune brunette lui sourit et, tournant les talons, le pria de la suivre.

— Je viens juste de la voir. Elle va bien. Elle se repose. La pauvre petite, elle en a trop fait, c'est sûr. Trop de travail et pas assez de repos. Une femme dans son état ne peut pas tenir le coup.

Cullen écoutait à peine le monologue de la jeune femme. Il ne se préoccupait même pas de savoir ce qui était arrivé à Misty ; il ne pensait qu'à la voir et s'assurer qu'elle allait bien.

L'infirmière s'arrêta devant une porte fermée. Le carreau étroit au-dessus de la poignée était trop petit pour qu'on puisse voir à l'intérieur de la chambre.

— Ne vous inquiétez pas, dit l'infirmière en tapotant le bras de Cullen. Le bébé et elle vont bien.

L'abandonnant devant la chambre, elle se détourna et repartit le long du couloir.

Un bébé ?

L'esprit en déroute, Cullen sentit sa bouche s'assécher.

Un bébé ?

Sa respiration devint saccadée et ses paumes devinrent moites.

Mais quel bébé ?

Il éprouva tout à coup l'impression que son cerveau allait exploser. Maintenant, sa peur pour la santé de Misty se mêlait à la nouvelle : il y avait donc un bébé.

Le bébé de Misty.

Le *sien*, peut-être ?

Il secoua la tête, sachant que rien n'aurait de

sens tant qu'il n'aurait pas regardé Misty au fond des yeux.

Tournant la poignée, il poussa la porte et entra dans la pièce assombrie. Une ampoule fluorescente était allumée au-dessus d'un lit vide, et le rideau de séparation était tiré pour ne pas gêner le sommeil de la patiente.

Cullen traversa sur la pointe des pieds le sol immaculé jusqu'au moment où il aperçut Misty, pâle contre les draps blancs, ses cheveux châtains méchés de blond constituant la seule source de couleur de la pièce. Le tuyau d'un goutte-à-goutte était fixé sur le dos de sa main et des moniteurs clignotaient et bipaient, indiquant son état.

Mais ce qui retint l'attention de Cullen, ce qui fit passer un frisson glacial le long de son échine, ce fut la légère proéminence sous le drap de coton.

Le bébé et elle vont bien tous les deux.

Le bébé et elle...

Perdu, il avala sa salive et se rapprocha du lit. Une part de lui-même désirait se mettre en colère contre Misty. En colère de l'avoir évité au cours des trois derniers mois.

Bien sûr, il savait pourquoi maintenant.

Il était également en colère qu'elle ne lui ait rien dit en découvrant qu'elle était enceinte, qu'il s'agisse ou non de son enfant à lui.

Mais qu'il était donc difficile d'être furieux contre elle à la voir si menue, si vulnérable !

Prenant une chaise dans un coin, il la rapprocha du lit et s'assit à son chevet. Puis enroulant ses doigts autour de la main immobile, il laissa son regard errer sur le visage de Misty. Elle avait les yeux clos et dans son sommeil, ses lèvres s'entrouvraient doucement. En descendant vers sa poitrine, il remarqua que ses seins étaient un peu plus pleins que dans le souvenir qu'il en gardait. Puis son regard se posa sur son ventre où reposait leur enfant.

Etait-ce bien *son* enfant ? N'y avait-il vraiment aucun doute sur sa paternité ?

Non, bien sûr.

Malgré la facilité avec laquelle la plupart des hommes sautaient en général sur la conclusion que leur maîtresse enceinte avait couché avec quelqu'un d'autre, Cullen n'envisagea même pas cette éventualité.

Tout au long de leur liaison, tous deux étaient tombés d'accord pour garder le jeu ouvert. Cullen était sorti avec bon nombre d'autres femmes, et il savait que Misty, elle aussi, s'était parfois égarée à accepter quelques invitations.

Mais il ne pensait pas qu'elle ait pu faire l'amour avec d'autres hommes depuis qu'ils étaient ensemble. Ce n'était pas de l'arrogance de sa part. Simplement, il pensait en être arrivé à connaître assez bien Misty au cours de ces quatre années.

Si elle avait eu une aventure avec quelqu'un d'autre, soit elle lui en aurait parlé, soit elle aurait eu du mal à le regarder dans les yeux pendant ses fréquentes visites. Après tout, elle parlait très librement de l'époque où, de temps à autre, un homme l'invitait à sortir et où elle acceptait de dîner avec lui.

D'un autre côté, Cullen ne partageait pas avec elle les détails de ses nombreux exploits amoureux. Pour la raison qu'ils ne débouchaient pas toujours sur un intermède sexuel comme il se plaisait à le laisser croire.

Sa famille était riche, ses membres étaient célèbres et aisément reconnus dans Manhattan. Lui était le play-boy de la famille, le seul qui se promenait toujours avec une splendide jeune femme à son bras.

Car il en avait escorté des mannequins, des actrices, des avocates, des publicitaires, des propriétaires de boutiques... Il suffisait de prononcer leur nom : à coup sûr, il était sorti avec elles. Comme tout le monde s'y attendait. Et, durant la meilleure partie de ses vingt-sept premières années d'existence, il avait bien profité de ce style de vie.

Mais ces derniers temps, il n'y avait pas eu autant de femmes, comme on aurait pu s'y attendre. De plus en plus, son esprit était obnubilé par tout ce qui se rapportait à Misty. Par son désir d'être avec elle et avec personne d'autre.

Il préférait se passer d'une femme à son bras — ou dans son lit — en attendant l'instant de la revoir, plutôt que d'être environné de femmes séduisantes et consentantes vingt-quatre heures sur vingt-quatre.

Une main toujours étroitement refermée sur celle de Misty, il glissa l'autre le long du drap qui la recouvrait en direction de la légère éminence de son ventre.

Il la sentit bouger et inclinant la tête, il croisa son regard. Les prunelles de Misty étaient d'un vert plus foncé que d'habitude et voilées par la détresse.

— Cullen, murmura-t-elle d'une voix enrouée. Que fais-tu ici ?

— On m'a prévenu que tu n'allais pas bien, alors je me suis dit que j'allais faire un saut pour t'apporter du bouillon de poulet.

Il vit une seconde un sourire se dessiner sur ses lèvres, mais l'ombre d'inquiétude n'abandonna pas ses traits.

— Comment te sens-tu ? demanda-t-il, dans l'espoir de la distraire.

Elle battit des paupières et son regard se perdit un moment avant de revenir vers lui.

— Je me suis déjà sentie mieux.

— Misty...

Il attendit qu'elle lui rende toute son attention avant de replier les doigts au-dessus de son ventre rebondi pour qu'elle n'ait aucun doute sur ce à quoi il faisait allusion.

— Misty... pourquoi ne m'as-tu rien dit ?

Les yeux de Misty s'emplirent de larmes et ses lèvres se mirent à trembler. Cullen combattit l'envie de la prendre entre ses bras. Il ne voulait rien d'autre que la réconforter, lui dire que tout irait bien, mais avant cela, il avait besoin d'entendre sa réponse. Besoin de savoir pourquoi elle lui avait dissimulé si longtemps un secret aussi énorme.

— Je suis désolée, dit-elle d'une voix tremblante.

Elle renifla un peu avant de poursuivre.

— Je ne savais pas comment t'en parler et surtout, je ne voulais pas que tu te sentes obligé.

— Obligé ? répéta-t-il, contrôlant sa voix pour en contenir l'irritation. C'est mon enfant, n'est-ce pas ?

Un gros soupir gonfla la poitrine de Misty et elle acquiesça du menton.

— Oui.

Cullen s'était imaginé que sa réponse lui apporterait un certain soulagement mais il ne ressentit rien. Parce qu'il *savait*. En fait, il n'avait même pas eu besoin de poser la question.

Hochant brusquement la tête, il se redressa encore un peu sur sa chaise. Il avait besoin d'en savoir bien davantage encore, mais Misty n'avait pas l'air assez bien pour supporter tout de suite ce genre d'inquisition.

— Tout va bien, lui dit-il.

Il lui serra les doigts d'une main et lui passa l'autre sur le front et les cheveux.

— Nous parlerons plus tard. Pour l'instant, tu devrais te reposer.

Un héritier chez les Elliott

L'air pas très convaincu, Misty ne discuta pourtant pas, et, très vite, ses paupières s'abaissèrent.

Cullen resta près d'elle jusqu'à ce qu'elle soit endormie. Il remercia la providence qu'elle et le bébé se portent bien, tout en essayant de concevoir un plan pour la suite des événements.

Un entretien avec le médecin arrivait en tête de liste. Cullen voulait savoir exactement ce qui était arrivé à Misty pour qu'elle se retrouve à l'hôpital, et à quel traitement ou à quelles instructions particulières elle pouvait avoir besoin de se conformer.

Ensuite, il fallait la ramener chez elle. Elle y serait beaucoup plus à son aise et lui aussi.

Quand ce serait fait, il pourrait passer à la partie vraiment délicate de son plan.

Convaincre Misty de l'épouser.

- 3 -

Misty rentra chez elle deux jours plus tard, consciente avec acuité du bras de Cullen qui l'enlaçait. Il était resté avec elle — inquiet et prévenant — pratiquement chaque seconde depuis son arrivée à l'hôpital.

Après avoir été porté deux jours sans interruption, son costume bleu sombre était tout froissé. Il gardait des vêtements de rechange à l'appartement mais selon toute apparence, il n'avait pas quitté son chevet assez longtemps pour y faire un saut et se changer, même si cela ne lui aurait pas demandé plus d'une demi-heure. Il avait pris ses repas avec elle dans la chambre et, chaque fois qu'elle avait ouvert les yeux pendant la nuit, cela avait été pour le voir tassé dans l'inconfortable fauteuil réservé aux visiteurs, toujours veillant sur elle, même quand il dormait.

Comme elle souffrait de le voir si doux et si dépourvu d'égoïsme après ces trois mois pendant lesquels elle l'avait évité et lui avait menti…

Le sentiment de culpabilité qu'elle en éprouva

tout à coup la fit trébucher légèrement. Tout de suite, Cullen fut là. Il la rattrapa, ses mains énergiques plaquées sous ses coudes.

— Là, doucement, dit-il d'une voix douce en la guidant jusqu'au sofa du living-room.

Après l'avoir installée parmi les coussins rembourrés, il s'écarta et posa sur la table basse le sac en plastique contenant les effets personnels de Misty.

Cette dernière avait découvert en bavardant avec une infirmière qu'il avait payé celle-ci pour qu'elle aille acheter de nouveaux vêtements que Misty pourrait porter à sa sortie de l'hôpital. Ainsi, elle ne serait pas obligée de garder le collant et le maillot de danse qu'elle portait lors de son admission.

— Le médecin a dit que tu devais te reposer, l'informa Cullen.

Il la débarrassa de sa veste qu'il jeta sur un dossier de chaise.

— Cela signifie que tu dois rester allongée, ici ou dans ta chambre. Si tu as besoin de quoi que ce soit, dis-le-moi. C'est compris ?

Misty retint un sourire. C'était ainsi qu'il devait se comporter dans les bureaux de *Snap* — en homme sûr de lui-même, en patron exigeant que les autres rencontraient au conseil d'administration et dans les réunions du groupe Elliott.

— Oui, m'sieur ! répondit-elle, deux doigts posés sur le front pour le saluer.

Il fronça les sourcils et elle regretta son geste. Il

s'était montré si bon avec elle, songea-t-elle. Il n'était pas question de le laisser s'imaginer qu'elle n'avait pas apprécié tout ce qu'il faisait pour elle.

Envoyant promener ses sandales un tout petit peu trop grandes, elle souleva les jambes et s'étendit de tout son long sur le sofa.

Cullen fut là tout de suite, sans même lui laisser le temps de battre un cil, et tapota un coussin pour le lui glisser sous la tête.

— C'est bien comme ça ? demanda-t-il.

Quand elle hocha la tête, il s'écarta de nouveau.

— De quoi d'autre as-tu besoin ? As-tu faim ? Aimerais-tu du thé et des toasts ? Un verre de lait, peut-être ?

Il se balança sur ses talons, les mains enfoncées dans les poches de son pantalon froissé. Il avait les cheveux en désordre, séparés en plusieurs endroits comme s'il avait régulièrement passé et repassé les doigts parmi les boucles brunes. Une barbe de deux jours assombrissait son menton.

Seulement alors, Misty prit conscience de l'avoir vraiment inquiété. Elle allait donc devoir lui fournir un peu plus d'explications que lors de leur brève conversation, cette première nuit à l'hôpital.

Conversation à laquelle Cullen avait eu le bon goût de ne pas faire une quelconque allusion.

— Je vais très bien, dit-elle en secouant la tête. Mais toi, on dirait que tu as besoin de prendre une douche et de changer de vêtements. Pourquoi ne pas aller faire un brin de toilette ? Je vais rester ici jusqu'à ce que tu aies fini. Promis.

Les traits de Cullen restèrent impassibles. Il ne paraissait guère convaincu. Misty sourit et se sentit soulagée lorsque les épaules de son amant se détendirent et que son regard s'adoucit. Sortant les mains de ses poches, il se gratta le menton d'un air absent.

— Tu en es sûre ?
— Certaine, dit-elle avec un hochement de tête encourageant.
— Bon, d'accord.

Il s'attarda encore quelques secondes puis, tournant résolument les talons, il contourna les meubles du salon pour gagner la salle de bains.

Pendant les vingt minutes suivantes, Misty resta parfaitement tranquille. Elle n'était pas fatiguée, plutôt contrariée, sachant qu'elle ne pourrait rompre sa promesse de rester où elle était jusqu'au retour de Cullen. Elle avait mal à la tête, mais cela n'avait sans doute rien à voir avec la lassitude qui, au début, s'était abattue sur elle à l'hôpital.

Non, elle était préoccupée et tendue parce qu'elle n'avait aucune idée de la manière dont les choses allaient se passer entre Cullen et elle.

Elle n'avait pas voulu le mettre au courant à propos du bébé parce qu'elle soupçonnait qu'elle ne supporterait pas sa réaction. Soit il allait être épouvanté et s'enfuirait loin d'elle aussi vite que la technologie moderne pourrait l'emmener, soit son énorme sens des responsabilités se réveillerait et il exigerait de s'occuper d'elle et du bébé, tout au moins sur le plan financier.

Misty n'avait aucun doute sur sa capacité à donner au bébé tout ce qu'il y avait de meilleur. Les meilleurs vêtements, la meilleure éducation, les plus beaux jouets. Jamais le peu d'argent qu'elle gagnait avec son studio de danse — si toutefois Cullen lui permettait de le garder — ne pourrait lui permettre de rivaliser avec lui... Et même si elle était effrayée à l'idée d'une telle éventualité, il n'en restait pas moins qu'il avait les moyens financiers et la capacité de lui enlever l'enfant s'il le désirait.

Que ferait-elle s'il décidait qu'il ne voulait plus d'elle, mais voulait uniquement garder son bébé ? Que ferait-elle s'il décidait de l'élever à New York, entouré de toute la respectabilité et des privilèges dont sa famille et lui-même pouvaient l'assurer ?

Que ferait-elle enfin si Cullen, n'ayant lui-même aucun problème avec le fait que la mère de son enfant soit une ancienne show-girl, avisait sa famille qu'il avait conçu avec elle un enfant illégitime et que sa puissante famille piquait une crise et exigeait la présence du bébé chez eux, sans elle ?

Toutes ces éventualités — chacune pire que la précédente — lui passèrent par la tête comme une tempête de poussière.

Mais Cullen était un homme bon, un des meilleurs

qu'elle ait connus. Il ne la traitait pas comme une ancienne danseuse de revue, que les autres hommes voyaient comme une strip-teaseuse ou une prostituée.

Malgré cela, elle devait le reconnaître, leur relation n'avait jamais été tout à fait normale. Elle était une femme entretenue, purement et simplement. Et elle s'en accommodait ; elle l'avait toujours fait. Parce qu'elle était sûre d'elle et confiante, elle avait pris en toute conscience la décision d'avoir une liaison avec Cullen. De devenir sa maîtresse.

Mais à présent, sa grossesse changeait la donne. Les règles non écrites que tous deux avaient établies n'étaient plus de mise. Et, même si son cœur lui disait que Cullen était un être sincère et attentionné, sa tête continuait à la mettre en garde en lui répétant qu'il était un Elliott. Un grand, riche et puissant Elliott… Alors, aussi longtemps que sa famille serait concernée, elle-même ne serait qu'une grosse, énorme rien du tout.

Elle était la fille d'une show-girl devenue elle aussi show-girl. Ce qui, du reste, avait toujours été son désir le plus cher. Depuis sa petite enfance, grandissant dans la coulisse d'un des casinos les plus glamours du quartier du Strip à Vegas, son unique ambition avait été de devenir adulte et de marcher sur les traces de sa mère — tout en talons aiguille et paillettes.

En revanche, ce qu'elle n'avait *pas* souhaité, c'était

de se marier et de divorcer plusieurs fois comme l'avait fait sa mère, qui en était à son quatrième époux. Alors, même si cette dernière était heureuse maintenant avec lui, Misty, elle, avait espéré éviter d'adopter ce genre d'habitude.

Elle n'avait pas non plus voulu être mère célibataire. Mais de toute évidence, c'était ce que l'avenir lui avait réservé en la faisant devenir la maîtresse d'un homme et en s'arrangeant par la même occasion pour être enceinte de lui.

Penser à tout ce gâchis lui arracha un gémissement.

— Ça ne va pas ?

Derrière elle, la voix profonde teintée d'inquiétude de Cullen la fit sursauter et se retourner.

— Tu m'as fait peur, dit-elle, la main posée sur son cœur qui battait, tumultueux, dans sa poitrine.

— Tout va bien ? demanda-t-il en s'avançant vers elle à grands pas.

— Je vais très bien.

— Tu as gémi.

— Techniquement, rectifia-t-elle, j'ai grogné.

Elle s'allongea sur le dos et, les yeux baissés, passa la main sur son ventre rebondi, à l'endroit où vivait son enfant. Elle le sentait déjà bouger, flotter et se retourner dans sa matrice, lui rappelant qu'il était un être vivant qui bientôt trépignerait et pleurerait, et compterait sur elle pour prendre le plus grand soin de lui… ou d'elle.

— Je songeais juste au gâchis que j'ai fait, poursuivit-elle. Cela mérite bien un grognement, tu ne crois pas ?

Les cheveux humides de sa douche, Cullen prit un siège et s'installa juste en face d'elle. Misty n'eut même pas besoin de bouger un muscle pour le regarder dans les yeux.

Il était pieds nus et portait un jean usé et confortable et un polo bordeaux. C'était l'une de ses tenues favorites. Celle qu'il portait souvent lorsqu'il séjournait plus de quelques jours chez Misty.

C'était l'une de celles que celle-ci préférait également. Ainsi vêtu, il paraissait normal et accessible, et chaque fois qu'elle l'apercevait, elle savait qu'elle allait avoir un tout petit peu plus de temps à passer avec lui.

— Ne sois pas si dure avec toi, dit-il. Tu n'étais pas toute seule pour ça.

Elle baissa les yeux, sans trop savoir quoi répondre.

— Nous devrions peut-être en parler, tu ne crois pas ?

Elle prit une profonde inspiration et hocha la tête.

— J'imagine que tu dois avoir un tas de questions à me poser.

— En effet.

Penché vers elle, les bras posés sur ses cuisses, les mains croisées, il demanda :

— Ça fait combien de temps ?
— Quatre mois.
Les yeux de Cullen s'arrondirent.
— Cela remonte donc à la dernière fois où nous nous sommes vus.

Misty déglutit avec peine. Et inclina la tête par peur, si elle essayait de dire quoi que ce soit, de n'émettre qu'un son étranglé.

— Quand t'en es-tu rendu compte ?
— Environ un mois plus tard.

Un ange passa, pendant que Cullen réfléchissait à ce qu'elle venait de dire. Un léger tic agitait la peau de sa mâchoire rasée de près.

— Je suppose que cela explique pourquoi tu as cessé de prendre mes appels et que tu n'as jamais répondu à aucun de mes messages ?
— J'en suis désolée.

Misty se remit en position assise, repoussa le coussin contre le bras du divan et s'y adossa.

— Je sais que c'était très mal de ma part, mais j'étais si... déroutée. Au début, je n'ai même pas voulu y croire. Nous avons toujours fait tellement attention, excepté cette seule fois où nous avons oublié de mettre un préservatif dès le départ. Pourtant, quel que soit le nombre de tests de grossesse que j'ai pu faire, ils m'ont tous donné la même réponse. Même après avoir vu le médecin, je crois que j'étais toujours dans le déni. Et je savais que si nous nous parlions, tu remarquerais au seul ton de ma voix qu'il se passait quelque chose.

Misty poussa un soupir et croisa les doigts sur ses genoux pour les empêcher de trembler.

— Je ne voulais pas mentir et dire que tout allait bien, alors j'ai pris la fuite, comme une lâche, et je n'ai rien dit.

— Tu m'évitais ?

— Oui.

Elle prononça le mot avec un soupir de culpabilité.

— Tu ne crois pas que j'avais le droit de savoir ?

La question vibrant d'une colère à peine dissimulée fit frémir Misty.

— Si, bien sûr que si. Tu avais tous les droits. Ma seule excuse pour ne t'avoir rien dit dès que je l'ai découvert, c'était la peur. Et, si tu peux le croire, j'essayais aussi de te protéger.

Cullen bondit sur ses pieds et se mit à arpenter la pièce.

— Me protéger ? cria-t-il, furieux.

— Oui, dit Misty avec plus de passion qu'elle n'aurait voulu. Cullen, tu as vingt-sept ans. Tu es un Elliott, tu diriges l'un des plus célèbres magazines appartenant à ta famille. Tu es trop jeune pour te retrouver pieds et poings liés avec une danseuse ratée qui a un genou en miettes, et un enfant que tu n'as jamais désiré. Ta famille ne te remercierait pas pour la mauvaise presse qu'une telle relation susciterait, si les médias l'apprenaient.

Cullen s'était arrêté de marcher. Il la foudroya du regard avec une violence telle qu'elle aurait pu lui percer le front.

— Crois-tu que je porte le moindre intérêt aux gros titres de quelques journaux ?

— Peut-être pas maintenant, dit-elle d'un ton prudent. Mais que ressentiras-tu, plus tard, quand ta famille commencera à te critiquer pour les dommages que tu auras fait subir à sa réputation sans tache en te liant avec une personne comme moi ?

Pupilles rétrécies, Cullen tenta de desserrer les dents, sans savoir ce qui, de sa contrariété ou de sa pression sanguine, allait parvenir en premier au point de rupture.

Il détestait entendre Misty parler d'elle de cette manière. L'entendre considérer comme un problème le fait qu'elle était plus âgée que lui et supposer que sa famille la désapprouverait, simplement parce qu'elle avait été danseuse à Vegas.

Encore que, sur ce dernier point, elle n'avait peut-être pas tout à fait tort. Son grand-père, surtout, piquerait une colère folle s'il revenait au bercail avec une ancienne danseuse pour maîtresse et un enfant illégitime sur les bras. Mais après tout, à quel moment Patrick Elliott s'était-il jamais satisfait du comportement de sa famille ? Rien de ce que faisaient les uns et les autres ne paraissait remporter l'approbation du vieil homme. Et pour sa part, Cullen était las d'essayer, même s'il pressentait que le reste de la famille penserait sans doute comme son grand-père.

— Une personne comme toi ? répéta Cullen.

Ses dents étaient si serrées qu'elles lui faisaient mal et si Misty y prêtait une quelconque attention, elle se rendrait compte à quel point il était près d'éclater.

Mais elle parut ne s'apercevoir de rien. Elle leva simplement vers lui ces yeux en amande d'un vert étincelant qui attiraient Cullen comme une mouche vers une flamme.

— Nous savons tous deux que je n'ai toujours été pour toi qu'un agréable passe-temps, répondit-elle d'une voix calme. Nous n'avons jamais eu l'intention de transformer notre relation en quelque chose de permanent et je ne veux pas t'obliger à changer les règles maintenant.

Un... deux...

Les narines de Cullen palpitèrent quand il inspira brusquement.

Trois... quatre...

Inspirer... souffler.

Cinq... six...

Encore.

Sept... huit...

S'il continuait à respirer et à compter ainsi, peut-être que le voile rouge qui brouillait sa vision allait se dissiper et qu'il n'éprouverait plus ce besoin irrépressible de flanquer son poing dans le mur le plus proche ?

Neuf... dix...

— Primo, s'efforça-t-il de prononcer d'une voix calme et égale. Sache que tu n'as pas été seulement un agréable passe-temps. J'admets que les choses ont été assez chaudes entre nous au début, et que nous sommes restés liés parce que, côté sexe, c'était génial. Mais du sexe, je peux en avoir chez moi. Je n'ai pas besoin de faire quatre mille kilomètres en avion tous les deux mois pour bien m'envoyer en l'air.

Le langage cru fit frémir Misty mais Cullen ne s'interrompit pas. Ce qui était une bonne chose, parce que même la douleur que lui causaient ses ongles enfoncés dans ses poings n'adoucissait pas la fureur qui le possédait tout entier.

— Secundo, qu'importe où notre relation peut ou ne pas en être maintenant arrivée, car les règles ont bel et bien changé. Tu es enceinte de mon bébé et que cela te plaise ou non, cela change tout. Tertio, j'aime ma famille. Je ne ferais jamais rien volontairement pour la blesser ou l'embarrasser, mais elle ne me dictera pas ma conduite. C'est moi qui prends mes propres décisions. C'est clair ?

Misty pointa le bout de sa langue pour humecter ses lèvres desséchées et Cullen dut se rappeler de s'en tenir à sa colère au lieu de se jeter sur le divan et de l'embrasser follement, comme sa libido lui soufflait de le faire.

— C'est clair ? répéta-t-il avec assez d'insistance pour retenir l'attention de Misty et se focaliser lui-même sur la question qu'il soulevait.

Misty hocha la tête. Ce n'était pas le geste de confiance en elle le plus évident qu'il lui ait jamais vu faire, mais cela lui suffit.

— Bon.

Il desserra les poings et remua les doigts pour faire revenir les sensations dans ses doigts qui le picotaient.

— Parce que j'ai pris une décision, poursuivit-il. Non pas pour ma famille, et encore moins à cause d'un sens mal placé de mes responsabilités. Mais pour moi.

Il fit une légère pause et annonça d'une voix neutre :

— Nous allons nous marier.

Toute couleur quitta le visage de Misty au point qu'elle devint plus pâle qu'elle ne l'avait été en entrant dans sa chambre d'hôpital. Portant la main à sa gorge, elle poussa une exclamation étranglée.

— Cullen...

— Non, l'interrompit-il.

Revenant vers la chaise qu'il avait occupée un peu plus tôt, il se percha sur le bord et se pencha vers elle.

— Ne discute pas. Contente-toi de m'écouter. Ce

bébé, je le désire, Misty. C'est mon enfant, il fait autant partie de moi que de toi. J'ai déjà manqué les quatre premiers mois de ta grossesse et je ne veux pas en manquer davantage. Je veux être là, à chaque étape. Je veux te masser les pieds quand tes chevilles seront enflées, t'apporter de la crème glacée à 3 heures du matin, et te tenir la main quand tu accoucheras. Plus important encore, je veux voir ce bébé chaque jour, et pas seulement les week-ends ou quand je pourrai m'arranger pour faire un saut en avion ici. Alors, la meilleure façon d'y parvenir c'est de nous marier.

— Cullen…
— Epouse-moi, Misty.

Elle ne détacha pas son regard du sien mais, il aurait pu jurer voir briller des larmes sous ses longs cils. En attendant sa réponse, il sentit son cœur palpiter dans sa poitrine.

Qui aurait pu croire, songea-t-il confusément, que se conduire en homme d'honneur et faire valoir ses droits sur un bébé pouvait mettre autant ces sacrés nerfs à l'épreuve ?

Il regarda les lèvres de Misty s'entrouvrir mais rien n'aurait pu le préparer à sa réponse lorsque enfin, elle arriva.

— Je suis désolée, Cullen, c'est impossible.

- 4 -

Chacun des mots qu'elle prononçait brisait un peu plus le cœur de Misty en voyant leur impact sur l'homme assis en face d'elle. Chavirée, elle vit ses lèvres se pincer et son expression se durcir.

Elle le faisait souffrir, alors que c'était la dernière chose dont elle avait envie. Mais ne comprenait-il donc pas ? Ne se rendait-il pas compte que l'épouser allait lui gâcher la vie à tout jamais ?

Elle avait bien réfléchi durant tout ce temps passé à l'hôpital. Mieux valait se jeter sous les roues d'un bus plutôt que de faire consciemment quoi que ce soit qui puisse faire de la peine à Cullen ou l'humilier. Et, qu'il en soit conscient ou non, l'épouser constituait pour chacun d'eux un aller sans espoir de retour.

En outre, en dépit des affirmations de Cullen, elle ne croyait pas que son profond sens du devoir ne jouait pas un rôle déterminant dans son offre de mariage. Elle savait parfaitement bien que Bryan, son frère, était le fruit d'une grossesse non désirée.

Son père avait mis sa mère enceinte à l'âge de dix-huit ans et le grand-père de Cullen les avait obligés à se marier. Mais, après douze ans d'union et la naissance de deux enfants, ils avaient divorcé.

Misty ne voulait de cela, ni pour elle ni pour son enfant. Elle ne voulait pas non plus que Cullen sacrifie son bonheur et son avenir parce qu'il se sentirait coupable et parce que, au cours de son enfance, on lui avait inculqué le sens des responsabilités.

Elle l'implora du regard pour qu'il essaye de la comprendre.

— Je t'en prie, ne sois pas en colère, Cullen. Ta proposition est adorable et je sais que tu fais ce que tu crois être le mieux. Mais je ne veux pas t'épouser parce qu'un préservatif s'est rompu ou que nous avons été un peu imprudents.

Les doigts étalés sur son ventre, elle poursuivit :

— Je désire ce bébé, moi aussi. Je serai une bonne mère et tu n'as pas à t'inquiéter que je te refuse sa garde ni aucun de tes droits de père. Jamais, jamais je ne le ferai.

Pendant quelques interminables minutes, Cullen la dévisagea sans un mot. Le pouls de Misty s'accéléra et elle s'agita nerveusement sous le regard qui la scrutait. Elle n'avait pas encore la moindre idée de ce que pensait son amant ou ce que serait sa réponse.

— As-tu réfléchi aux recommandations du

médecin ? demanda-t-il enfin, luttant à l'évidence pour contrôler ses émotions. Si tu ne fais pas attention, tu risques de te retrouver à l'hôpital ou pire, de perdre le bébé.

A cette seule pensée, un frisson glacé parcourut Misty. Elle referma les bras autour de la vie innocente qui reposait en sécurité dans son ventre et se courba un peu, son instinct protecteur déjà en alerte.

— Je ne perdrai pas ce bébé, affirma-t-elle, à la fois comme une promesse et une prière.

— Cela arrivera si tu continues à te surmener. Le médecin a dit que ton évanouissement a été provoqué par l'épuisement et la déshydratation. L'étudiante de ton cours qui m'a téléphoné pour me dire que tu avais été transportée aux urgences m'a raconté que tu avais doublé certains cours et fait passer de nouvelles annonces dans les journaux locaux pour faire redémarrer ton affaire.

— J'ai peut-être un peu exagéré, reconnut Misty. Mais cela n'arrivera plus.

Les yeux bleus de Cullen chatoyèrent brièvement tels deux saphirs.

— Alors pourquoi l'as-tu fait ?

Misty respira un bon coup et relâcha lentement l'air de ses poumons.

— Tu sais aussi bien que moi que le studio va cahin-caha. Avec un bébé en route, j'ai pensé qu'il serait prudent de faire rentrer autant d'argent que possible avant d'être obligée d'arrêter complètement les cours. J'arrive à peine à m'en tirer en ce moment, mais avec un enfant… Je ne gagne même pas assez pour engager quelqu'un afin de me remplacer durant les prochains mois de ma grossesse, jusqu'à ce que je puisse reprendre les cours moi-même.

— Eh quoi, tu t'imaginais que je ne voudrais pas faire vivre mon propre enfant ? grommela Cullen, l'air furieux. Je t'ai quand même bien aidée pendant ces trois dernières années ! Tu t'attendais peut-être à ce que je te coupe les vivres en découvrant que tu étais enceinte ?

Misty poussa un soupir. Ce n'était pas faute d'avoir vraiment essayé d'éviter cela à tout prix, mais elle n'avait réussi qu'à rallumer sa colère.

Elle se laissa glisser au bas du divan et rampa jusqu'à lui, sur la moquette beige. Le bras enroulé autour d'une des jambes de Cullen, elle posa les doigts en haut de la cuisse ferme.

— Bien sûr que non. Ce n'est pas tout à fait ce que j'ai voulu dire. Mais, Cullen, je ne peux pas te laisser éternellement payer mes factures. J'apprécie tout ce que tu as fait pour moi. Dieu sait ce qui serait arrivé si, après ma blessure au genou, tu n'avais pas été là. Mais comme je te l'ai dit dès le début, je te rendrai chaque centime des sommes que tu as investies pour acheter cet immeuble et le faire rénover afin que je puisse y vivre et y donner des cours. Sans oublier l'argent que tu déposes chaque mois sur mon compte en banque, depuis que le studio est dans le rouge.

D'y penser assombrit son visage. Plus que tout, ce dépôt mensuel la tracassait. Encore plus que le soutien qu'il apportait aux cours qu'elle donnait. Cela lui rappelait trop sa propre incapacité à s'assumer, sa dépendance vis-à-vis d'un homme qui lui mettait un toit sur la tête et de la nourriture sur sa table. Cela lui rappelait trop la véritable nature de sa relation avec Cullen.

Elle était la maîtresse et sur tous les points, il était son bienfaiteur.

C'était une vérité bien dure à avaler.

— Je t'ai déjà dit que tu n'avais pas à me rembourser, répondit Cullen. Ce n'était pas un prêt, mais un cadeau.

— Au diable le cadeau, marmonna-t-elle.

Elle savait parfaitement qu'il avait investi plus de cent mille dollars pour l'aider à monter son studio et le faire fonctionner, sans compter la généreuse somme d'argent déposée sur son compte, qui rapportait des intérêts à l'instant même où ils en discutaient.

— Le fait est, dit-il en appuyant sur les mots de manière à lui faire comprendre qu'il détournait le cours de la conversation, que tu ne vas pas pouvoir continuer à donner tes cours bien longtemps. Tu ne devrais sans doute même pas le faire du tout, sachant où cela t'a menée la dernière fois. Et alors quoi ?

Comme elle ouvrait la bouche pour répondre, il leva une main pour l'arrêter, et poursuivit :

— Je suis navré, Misty, mais je ne veux pas être un père lointain. Je ne veux même pas être un futur père lointain.

Le cœur de la jeune femme commença à battre la chamade.

— Que désires-tu, alors ?

Il prit une profonde inspiration avant de poser sa main sur celle de Misty. Ses longs doigts enveloppèrent les siens, beaucoup plus petits, et elle eut l'impression que la chaleur de sa paume s'infiltrait en elle, allant peu à peu réchauffer chaque parcelle de son corps.

— Reviens à New York avec moi, dit-il.
— Quoi ?

Stupéfaite, elle se redressa. C'était la dernière chose à laquelle elle s'était attendue.

— Accompagne-moi à New York. Tu pourras remettre tes cours à plus tard et garder le studio ouvert, mais tu ne pourras plus enseigner. Et je te connais, Misty. Sans rien à faire, au bout d'une semaine, tu t'ennuieras à mourir.

Il lui serra la main. Ce simple geste lui fit comprendre toute l'importance de sa prière.

— Alors, viens avec moi à New York. Ce sera bon pour le bébé. Tu as besoin de te reposer et ma maison est calme et confortable. En outre, je serai là pour veiller sur toi en permanence.

Pour la première fois, une lueur amusée passa dans le regard de Misty.

— Tu veux dire aux petits soins ?

Une étincelle suggestive s'alluma dans les yeux de son compagnon. Glissant les doigts sous la main de Misty, il la porta à sa bouche.

— Parfaitement. Aux petits soins, murmura-t-il en en baisant la paume.

Puis ses lèvres entourèrent l'un de ses doigts qu'il suça doucement. Une déferlante de désir emporta Misty qui frémit de tout son être. Si elle n'avait pas déjà été assise sur ses talons, elle se serait sûrement écroulée par terre, terrassée par cette myriade de sensations brûlantes.

— Misty, demanda Cullen d'une voix douce, tu m'écoutes ?

Il fallut quelques instants avant que les mots la pénètrent et qu'elle ne recouvre sa voix. Et même alors, tout ce qu'elle put émettre fut un faible :

— Mmm... hum.

— Il y a une autre raison pour laquelle j'aimerais que tu reviennes avec moi : je voudrais que tu fasses la connaissance de mes parents. Maintenant qu'ils vont être grands-parents, j'aimerais que vous puissiez vous rencontrer.

Le brouillard qui s'attardait, voilant la vision de Misty, commença à se dissiper. Ses parents ? Il désirait qu'elle rencontre ses parents ?

Dieu du ciel ! Elle imaginait déjà les présentations :

Maman, papa, voici Misty, ma maîtresse enceinte, une ex-danseuse de music-hall.

Les yeux leur sortiraient des orbites et ils en resteraient bouche bée... mais pas suffisamment longtemps pour qu'ils ne se ressaisissent et lui décochent des coups d'œil pleins d'hostilité.

Ils n'oublieraient pas non plus de sermonner Cullen d'avoir osé mêler le sang bleu des Elliott à celui d'une danseuse d'origine douteuse et d'une basse moralité évidente.

A tout prendre, mieux valait encore traverser toute nue le Strip de Vegas, la grande avenue bordée de tous les casinos et les clubs qui avaient fait la réputation de la ville.

— Allons, Misty, dit Cullen d'une voix câline. Tu me le dois.

Incrédule, elle écarquilla les yeux.

— C'est ce que tu attends de moi en échange de tout ce que tu as fait pour moi ?

— Je voulais seulement te faire comprendre que tu me devais un peu de considération après m'avoir caché ce bébé pendant quatre mois.

Là, il marquait un point. Mais quand même... Faire la connaissance de ses parents ? Ce n'était pas un peu trop ?

— De plus, poursuivit-il, ça ne sera pas pour toujours. Considère cela comme de courtes vacances. Tu pourras revenir ici n'importe quand.

Il lui tenait toujours les mains et quand il se releva,

il l'attira à lui et l'enlaça. Elle se laissa faire parce que c'était contre lui qu'elle se sentait le plus en sécurité et qu'elle était bien.

Etre dans ses bras, c'était comme se plonger dans un bain de mousse parfumé après une longue soirée passée à danser sous les projecteurs brûlants de la scène, avec des talons de dix centimètres et un costume pesant aussi lourd qu'une petite voiture. Enfin, à peine un peu moins.

— Et on ne sait jamais, lui murmura Cullen au creux de l'oreille en caressant son ventre rebondi. Peut-être que voir où je vis et rencontrer ma famille te fera changer d'avis et accepter ma proposition ?

Misty se renversa un peu en arrière et, croisant son regard plein d'espoir et d'attente, prit sa décision. Pour le meilleur ou pour le pire, elle lui était redevable de tout ce qu'il avait fait pour elle durant toutes ces années. La moindre de toutes ces choses n'étant pas de lui avoir inspiré le sentiment d'être protégée et d'être traitée comme quelqu'un de spécial. Et il avait raison, elle lui devait quelque chose pour lui avoir caché sa grossesse durant tant de temps.

— Je t'accompagnerai à New York, dit-elle.

Sa déclaration fut récompensée par un large sourire qui révéla une rangée de dents blanches et bien rangées ainsi qu'un bonheur sans mélange.

— Mais je ne t'épouserai pas, l'avertit-elle avant qu'il ne se laisse trop emporter.

Elle lui agita un doigt sous le nez pour bien se faire comprendre.

— Ça, ça ne fait pas partie du marché.

Le sourire de Cullen ne vacilla pas quand il baissa la tête et posa sa bouche sur la sienne.

— Nous verrons.

Une fois acquis l'accord de Misty pour revenir avec Cullen à Manhattan, celui-ci ne perdit pas de temps à mettre les choses en route.

Il appela aussitôt le pilote du jet privé de la famille pour le prévenir qu'ils désiraient s'envoler à la première heure le lendemain matin. Ensuite, il prit des dispositions avec une personne qui devait se charger des cours de danse au studio, et enfin, il emporta Misty dans la chambre à coucher et la déposa sur le lit en entassant des coussins derrière sa tête.

Sans tenir compte de ses protestations — elle était assez bien pour faire ses bagages toute seule, quand même ! — il entreprit de faire ses valises. Elle dut se contenter de rester assise à le regarder et à lui donner des instructions sur les vêtements à emporter.

En observant la manière qu'il avait d'entasser les affaires sans même les plier, sans accorder une pensée au fait que les talons de ses chaussures risquaient de déchirer le tissu délicat de ses jupes et de ses chemisiers, Misty ne savait pas très bien si elle devait rire ou pleurer. Lorsqu'elle lui en fit la remarque avec un petit rire, il tenta de faire un effort mais finit par abandonner en lui disant qu'il remplacerait tout ce qui serait endommagé pendant le voyage.

Et, même s'ils couchaient ensemble depuis quatre ans, partageant la même intimité qu'un couple marié, Misty fut stupéfaite de découvrir qu'elle rougissait encore de le voir trier sa lingerie au fond de son tiroir. Il paraissait prendre un extrême plaisir à choisir les dessous qu'elle emporterait à New York, remuant les sourcils et la lorgnant tandis qu'elle souriait.

Lorsqu'il eut terminé, il ferma la valise et la mit de côté avant d'aider Misty à se changer pour la nuit. Ensuite, il se coucha auprès d'elle, lui caressa les cheveux et la tint serrée contre lui jusqu'à ce que le sommeil les emporte tous les deux.

Le lendemain matin, ils gagnèrent la piste d'atterrissage dans une voiture de location, et cinq heures plus tard, ils débarquaient sur la côte Est.

Le voyage, mille fois plus tranquille et confortable qu'un vol commercial, s'effectua avec une surprenante facilité. Mais tout dans cet avion de luxe, et même la sollicitude de Cullen à son égard, parvint seulement à rappeler à Misty à quel point elle ne serait pas à sa place dans le monde de son amant.

Elle retint un soupir tandis qu'ils quittaient l'aéroport. Allons, il était inutile de se faire plus longtemps du souci sur le temps qu'elle pourrait supporter de passer dans sa maison de ville de l'Upper West Side. Au bout d'une semaine, lui et sa famille la supplieraient très probablement de s'en aller et d'oublier avoir jamais entendu prononcer le nom des Elliott.

Misty avait dormi dans l'avion aussi, au moment où ils arrivèrent chez Cullen, elle était bien réveillée et complètement à bout de nerfs. Pourquoi était-elle donc aussi angoissée de voir le lieu où il vivait ? Elle n'en n'avait pas la moindre idée.

D'un côté, elle s'attendait à trouver une nichée d'Elliott de l'autre côté de la porte, prêts à lui tomber dessus avec un regard méprisant. De l'autre, elle pensait que si ses mains étaient moites et si ses genoux flageolaient, cela tenait au simple fait de s'installer chez lui — même pour très peu de temps.

Cullen désirait qu'elle fasse la connaissance de ses parents. Il désirait prendre une part active dans le reste de sa grossesse et dans la vie de leur enfant. Tout cela avait un air un peu trop… domestique pour Misty. C'était trop. Comme si une fois qu'elle aurait mis un pied dans l'intimité de Cullen, elle serait à jamais incapable de l'en retirer.

D'un point de vue personnel, elle avait fait un pas en avant dans l'échelle sociale, mais il n'en n'était pas de même pour Cullen, et elle n'avait aucune intention de le rabaisser. S'il l'épousait, il deviendrait la risée de ses amis, sans compter qu'il perdrait le respect de ses collaborateurs, au sein du groupe Elliott et dans le monde des affaires.

Non, elle ne voudrait jamais le mettre dans une telle posture. Il comptait beaucoup trop pour elle.

Cullen l'aida à descendre de la luxueuse limousine qu'il avait commandée pour venir les prendre à l'aéroport puis, la soulevant entre ses bras, il franchit avec elle les marches de sa maison en pierre brune soigneusement entretenue.

Il la remit debout, pécha sa clé au fond d'une poche et prit Misty par la main pour la conduire à l'intérieur, en laissant la porte ouverte pour que le chauffeur apporte leurs bagages. Quand ce fut fait, il lui donna un pourboire et referma derrière lui.

Ensuite, un léger sourire sur les lèvres, les doigts enfoncés dans les poches du jean qu'il avait porté à Vegas, il se retourna vers Misty.

— J'aime ta maison, lui dit-elle, en examinant ce qui l'entourait.

A l'évidence, seule une personne d'une considérable aisance pouvait vivre en ces lieux. Pourtant, l'endroit n'était pas aussi opulent qu'elle se l'était imaginé. Ce qu'elle voyait était au contraire utile et pratique.

Les parquets de bois brillaient sous une bonne couche d'encaustique. De grandes pièces s'ouvraient de chaque côté de l'entrée. L'une était un salon, avec une télévision à écran plasma, un divan et des fauteuils de cuir noir ainsi qu'un ensemble stéréo encastré dans des étagères sur le mur du fond.

L'autre pièce paraissait être le cabinet personnel de Cullen. Sur un bureau de bois qui occupait l'extrémité de la pièce se trouvaient un ordinateur, un téléphone et une lampe. Au-dessus, tout le long du mur, couraient des étagères où s'entassaient des livres de toutes formes et de toutes tailles, et il y avait même une sorte d'alcôve près de la fenêtre face à la rue, où l'on pouvait se nicher dans un fauteuil club pour bouquiner par un après-midi de pluie.

Cullen se plaça derrière Misty et ses mains se posèrent, caressantes, sur ses épaules nues.

— Je veux que toi aussi tu considères cette maison comme la tienne. Fais comme chez toi. Fourre ton nez partout si tu le désires, comme ça tu sauras où se trouvent les choses. Et si tu as besoin de quoi que ce soit, n'hésite pas à demander.

Elle hocha un peu la tête, sachant pourtant qu'elle ne serait jamais ici qu'une invitée.

— Es-tu fatiguée ? interrogea Cullen en lui massant la nuque du bout de ses longs doigts énergiques.

— Pas vraiment, répondit-elle, sans pouvoir s'empêcher de gémir doucement, tant la sensation créée par ses mains habiles la faisait fondre.

Elle pencha la tête en avant et ses yeux se fermèrent.

— Dans ce cas, poursuivit Cullen, pourquoi ne pas aller défaire tes bagages et t'installer ?

Il laissa retomber ses bras et s'écarta un peu d'elle. Misty se redressa, non sans réprimer une légère plainte de regret de ne plus être l'objet d'attentions qui lui faisaient un effet quasi hypnotique.

— Ensuite, tu pourras aller au lit, ajouta Cullen.

— Je te l'ai dit, je ne suis pas vraiment fatiguée. J'ai dormi dans l'avion.

Elle le vit hausser un sourcil très noir et une étincelle taquine s'alluma dans ses yeux.

— Mais qui a parlé de dormir ?

- 5 -

Assis au pied du lit, Cullen écoutait les bruits que faisait Misty en se déplaçant dans la salle de bains. Toutes les quelques secondes, il parvenait à l'apercevoir, lorsqu'elle posait quelque chose sur le lavabo ou qu'elle rangeait ses propres affaires de toilette afin de faire de la place pour ses flacons de parfum et ses pots de crème.

Il lui avait fallu la moitié de la soirée pour la persuader de tout déballer et de faire comme chez elle plutôt que de laisser ses vêtements dans sa valise ou de les entasser dans un seul tiroir, ou bien encore de déposer son fond de teint et ses produits de beauté toujours enfermés dans leur emballage sur la table de nuit.

Maintenant, elle rangeait les objets comme ils devraient l'être si elle vivait ici, mais à regret.

Cullen respira profondément et effaça de la main les rides qui se formaient sur son front. Les choses allaient être un peu plus compliquées qu'il ne s'y était attendu.

Misty et le bébé lui appartenaient. Il les voulait chez lui, dans sa vie… mais il voulait aussi qu'ils le souhaitent. Or, à en juger par l'expression de Misty chaque fois qu'il émettait une remarque concernant son adaptation à sa maison ou à sa famille, il n'était plus sûr du tout que cela arrive jamais.

Les bruits en provenance de la salle de bains s'apaisèrent et il leva la tête. Misty se tenait dans l'embrasure de la porte. Elle n'avait vraiment plus rien de la femme qu'il avait vue pour la première fois sur la scène d'un casino de Las Vegas, quatre ans auparavant.

A cette époque, vêtue d'un mince costume pailleté qui mettait en valeur tous les atouts sexy de sa brûlante féminité, elle avait captivé son attention plus vite que si on lui avait tiré derrière l'oreille une fusée de détresse.

Pour l'instant, elle avait quelque chose d'une mère de parents d'élèves ou d'une mondaine de Manhattan — d'un genre toutefois assez sexy pour faire grimper la température de chaque homme et affûter les griffes des autres femmes. Et il devrait en être conscient, il avait eu sa part des deux.

Si elle croyait ne pas pouvoir s'adapter à sa famille et à son style de vie, ou au simple fait de vivre à New York, elle se trompait cependant. Misty, il en était sûr, pouvait s'intégrer dans n'importe quel univers, et d'abord parce qu'elle était le genre de femme — vibrante, belle, sûre d'elle — qui forçait le monde à s'adapter à elle plutôt que le contraire. Excepté en cet instant, où elle paraissait nerveuse et mal assurée.

Cullen se leva et fit deux pas vers elle.

— Tout va bien ?

Elle hocha la tête mais son sourire crispé démentait son affirmation.

— Je crois, oui, dit-elle. Je ne suis pas certaine que tu apprécies la manière dont j'ai rangé les choses. J'avais pas mal d'affaires et j'ai dû déplacer certaines des tiennes.

— Je suis sûr que ça ira très bien.

Elle lui lança un regard par-dessus son épaule et Cullen se dit qu'il devait faire quelque chose sinon elle allait avoir peur à en être malade le reste de la nuit.

— Viens ici, dit-il d'une voix douce.

Le regard de Misty revint vers lui, s'accrocha au sien. Sans poser de question, elle se dirigea vers lui, ses mules roses disparaissant presque dans l'épaisseur du tapis de la chambre.

Dès qu'elle arriva à sa hauteur, il l'enveloppa entre ses bras et la tint bien serrée contre sa poitrine.

— Ne sois pas nerveuse, murmura-t-il dans ses cheveux. Ta place est ici. Avec moi.

Elle ne répondit pas, mais il ressentit le frisson qui parcourait son corps. Il déposa un baiser sur sa tempe, puis sur sa joue, sur ses lèvres et, quand sa bouche s'entrouvrit sous la sienne, un élan de plaisir s'empara de lui.

Ses mains s'enfoncèrent dans la chevelure de Misty pendant que leurs langues se rejoignaient. Alors, ce fut comme si chacune de ses hormones endormies revenait à la vie et se mettait à courir dans ses veines tel un feu de forêt. Cela faisait quatre mois. Quatre longs mois au régime sec pendant lesquels il avait rêvé de Misty, fantasmé sur l'instant où il la mettrait dans son lit, ce qu'il avait été incapable de faire parce qu'elle l'avait évité pour lui cacher sa grossesse.

Il attendit que la colère, la contrariété ou un besoin de revanche ne lèvent en lui leur horrible tête, mais il ne ressentit rien de tel. Seulement le désir de sa chair et un instinct protecteur si aigu qu'il en était presque paralysant.

Sa main descendit le long du corps de Misty et vint se poser sur son ventre rond. Sur son enfant.

Respirant difficilement, il releva la tête.

— J'ai envie de te faire l'amour, mais je ne veux pas te faire mal.

— Tu ne me feras pas mal, répondit-elle d'une voix presque imperceptible.

La main gauche toujours posée sur le ventre de Misty, de l'autre il étreignit celle de la jeune femme.

— Mais… je ne t'ai jamais fait l'amour depuis

que tu es tombée enceinte... et tu viens juste de quitter l'hôpital.

Misty lui caressa la joue.

— Je me suis retrouvée à l'hôpital parce que je ne surveillais pas assez ma santé et non parce que quelque chose n'allait pas avec le bébé. Ils m'ont gardée jusqu'à ce qu'ils aient la certitude que tout allait bien pour moi, et depuis, tu t'es parfaitement bien occupé de moi. Tu ne veux même pas que je me déplace toute seule si tu n'es pas là pour me porter.

Elle lui adressa un sourire taquin.

— Mais je vais bien. Et j'ai envie de faire l'amour avec toi.

Ses paroles firent à Cullen l'effet d'un coup de poing. En lui cachant sa grossesse, Misty l'avait humilié, mais à présent, elle lui donnait le sentiment qu'il était l'homme le plus puissant du monde. Elle le traitait en héros... *son* héros, et que le diable l'emporte s'il ne voulait pas en être un à ses yeux !

Il la relâcha le temps de baisser les lumières. Puis, revenu vers elle, il l'embrassa afin de lui faire connaître toute la force de son désir, toute la puissance de ce qu'il ressentait pour elle.

En même temps, ils commencèrent petit à petit à se déshabiller. Les mains de Cullen se faufilèrent sous le pull de Misty, frôlant la soyeuse douceur de la peau sur sa taille. Ses doigts à elle jouèrent avec les boutons de sa chemise, les faisant sauter un par un des boutonnières.

Elle leva les bras pour lui permettre de faire passer le vêtement par-dessus sa tête. Dès qu'elle en fut débarrassée, elle lui retourna la politesse en faisant courir ses mains sur son torse nu. A ce seul contact, ce fut comme si des traînées de feu lui enflammaient la peau et Cullen retint son souffle.

Quand les lèvres de Misty se pressèrent sur le petit creux à la base de son cou, il dut serrer les poings pour se retenir de la jeter sur le lit et de la prendre, tel un criminel endurci à peine sorti de sa prison.

Cullen préféra concentrer toute son attention sur le pantalon bleu roi qu'elle portait, qu'il fit glisser le long de ses jambes. Chaussures et pantalon se retrouvèrent bientôt abandonnés en désordre sur le tapis. Enfin, Misty se tint quasi nue devant lui et il retint son souffle. Moins grande de quelques centimètres que son propre mètre quatre-vingt, elle avait des courbes à arracher des sanglots à n'importe quel homme. Maintenant, au quatrième mois de sa grossesse, elle lui mettait littéralement l'eau à la bouche.

Sous les bonnets de dentelle de son soutien-gorge d'un blanc sage, ses seins étaient plus épanouis qu'avant, mais ce fut surtout son ventre qui attira le regard de Cullen. Son enfant dormait dans ce renflement dur de la taille, à peine gros comme la moitié d'un ballon de basket-ball.

Tombant à genoux, les mains posées de chaque côté de la taille de Misty, il se pencha pour presser les lèvres contre la peau tendue. Un besoin fou, inattendu, de parler à la petite vie de l'autre côté de la paroi de chair s'empara de lui. Il voulait dire bonjour à son enfant, lui dire qu'il avait du mal à attendre de le connaître. Et aussi lui jurer de l'aimer et de le protéger sans aucune condition.

Relevant la tête, il croisa le regard émeraude de Misty.

— Qu'est-ce que cela te fait ? lui demanda-t-il à voix basse. Je veux dire d'être enceinte ?

Un instant, il crut qu'elle allait rire, se moquer d'une question aussi ridicule. Mais il aurait dû mieux la connaître : Misty ne ridiculisait jamais les émotions sincères et profondes que pouvaient ressentir les autres.

Du bout des doigts, elle lui effleura les cheveux et baissa les yeux vers lui. Un léger sourire jouait sur ses lèvres.

— Sur quel plan ? Les nausées matinales ? Les seins plus sensibles qui grossissent ? Ou bien les envies bizarres pendant la nuit ?

— Tout. Je veux tout savoir.

D'un geste tendre, il la fit s'asseoir sur le lit puis il s'y assit à son tour, tout au bord.

— Les nausées du matin n'avaient rien de drôle, poursuivit Misty. J'en ai souffert dès mon réveil jusqu'au milieu de l'après-midi, chaque jour pendant les trois premiers mois.

Elle fit la grimace et les coins de sa bouche se retroussèrent.

— Ma poitrine grossit, dit-elle avec un regard en direction de ses seins.

Elle pointa un doigt vers lui.

— Mais à mon avis, tu vas aimer ça. Et ils sont plus sensibles aussi, mais pas au point que cela devienne insupportable. Simplement, fais attention.

Il hocha la tête. Elle n'avait pas besoin de s'inquiéter pour ça. Elle lui donnait déjà l'impression de tenir entre ses grandes mains une poupée de porcelaine. Il n'avait aucune intention de faire quoi que ce soit qui puisse la faire souffrir ou la gêner.

— Quant aux envies, c'était plutôt intéressant. On m'a dit que plus ça allait, plus ça empirait. En tout cas, j'en ai déjà éprouvé pour des choses aussi étranges et inattendues que des asperges ou des cerises au marasquin.

Elle baissa les yeux. Ses joues se colorèrent d'une adorable teinte rose.

— Il y a eu une nuit où j'ai fait une descente dans un magasin ouvert la nuit pour acheter des beignets au sucre. J'ai acheté tout ce qu'ils avaient en rayon, les mini comme les normaux, avant de rentrer chez moi et de les dévorer jusqu'au dernier avec environ six verres de lait tout en écoutant *I love Lucy* en boucle.

Cullen éclata de rire en l'imaginant pelotonnée sur le divan dans un nuage de sucre et il souhaita avoir été à ses côtés à ce moment. Tout compte fait, il aurait aussi bien aimé être sur la brèche à 3 heures du matin pour partir à la recherche d'une quelconque nourriture, aussi bizarre fût-elle, dont Misty aurait éprouvé l'envie.

— Et le bébé ? Quel effet ça fait d'avoir une toute nouvelle vie qui se développe en toi ?

Il la vit s'humecter les lèvres tandis qu'un profond soupir lui soulevait la poitrine.

— Tu veux vraiment le savoir ?

Oh, oui ! Plus que n'importe quoi.

— Et comment !

— Eh bien, c'est terrifiant.

La stupéfaction noua l'estomac de Cullen. La réponse n'était pas du tout celle à laquelle il s'était attendu.

— Chaque jour, poursuivit Misty, je découvre en me réveillant que quelque chose a changé en moi. Mes seins sont plus gros, mon estomac plus rond, mes mains ou mes chevilles enflées. Puis je pense à quel point le bébé est petit.

Elle étendit la main sur son ventre, là où était déjà posée celle de Cullen.

— Je sais qu'il se développe de jour en jour, mais c'est malgré tout un petit être minuscule, dépourvu de toute défense et comptant sur moi pour prendre soin de lui pendant neuf mois entiers. Chaque fois que je mange une bouchée, je m'inquiète… de savoir si je dors suffisamment, à propos des chaussures que je porte, de savoir si je ne m'assois pas trop près de la télévision…

Son expression devint grave et elle se cramponna aux poignets de Cullen.

— Je veux dire que… j'ai fait tellement attention, tu sais. Honnêtement. Malgré tout, regarde ce qui est arrivé — je me suis quand même retrouvée à l'hôpital. Peux-tu imaginer ce qu'il se serait passé si je ne m'étais pas tout le temps préoccupée de chacun de mes repas, de chacun des pas que je faisais ?

Ses yeux s'emplirent de larmes, sa voix s'érailla. La main de Cullen tamponna ses cils humides de larmes.

— Tu t'en sors merveilleusement, la rassura-t-il. Tu as juste trop travaillé, même si c'était pour le bébé.

Et, comme les lèvres de Misty tremblaient toujours, il y posa les siennes, dans l'espoir que son baiser lèverait tous les doutes qu'elle pouvait encore avoir sur sa capacité à être mère.

Il les y laissa, légères et en même temps réconfortantes, savourant le nectar de sa bouche au lieu de la dévorer comme sa libido le pressait de le faire.

Lorsqu'il s'écarta d'elle, l'incertitude avait quitté le visage de Misty, remplacée par une passion frémissante égale à la sienne.

— As-tu déjà senti le bébé bouger ? demanda-t-il.

Sa propre voix résonna à ses oreilles, rauque et entrecoupée, ce qui ne le surprit guère.

Misty hocha la tête. Ce seul geste fit naître en lui un élan de désir.

— Veux-tu me prévenir la prochaine fois que cela arrivera ? J'aimerais vraiment être là, le ressentir par moi-même.

— Bien sûr...

Ce fut tout ce que Misty parvint à chuchoter.

Cela suffit à Cullen. Maintenant qu'il avait obtenu des réponses à ses questions, ils pouvaient tous deux passer à des occupations plus agréables.

Avec un léger sourire, il se leva, la prit sous les aisselles pour la soulever et la repousser un peu plus haut sur le lit avant de s'étirer au-dessus d'elle, admirant ce qu'il voyait, la tête pleine de tout ce qu'il avait envie de lui faire. Ils ne pourraient sans doute pas en épuiser la liste ce soir, mais ils avaient tout leur temps.

Oui, avec un peu de chance, ils allaient encore avoir à passer pas mal de temps ensemble.

Ses doigts coururent dans la chevelure de Misty étalée autour de sa tête tel un halo mêlant le brun et le blond.

— T'ai-je dit dernièrement à quel point je te trouve belle ? interrogea-t-il.

Les lèvres de Misty se retroussèrent un peu.

— Pas que je me souvienne.
— J'ai été bien négligent alors, murmura-t-il en baisant la courbe de son épaule.

Il glissa un index sous la bretelle de son soutien-gorge et la fit lentement glisser le long de son bras. Puis il fit de même de l'autre côté.

— Eh bien, tu l'es, tu sais. Très, très belle.

Elle se cambra un peu quand, passant derrière son dos, il défit les agrafes. Les bonnets transparents libérèrent sa chair voluptueuse et Cullen arracha la lingerie qu'il envoya promener sur le bord du lit.

— C'est ce que j'ai pensé la première fois que je t'ai vue. Tu étais sur scène avec toutes les autres danseuses. Des femmes tout aussi splendides les unes que les autres, mais quand même, toi tu sortais du lot.

Misty retint brusquement son souffle. Les doigts et la langue de Cullen venaient de trouver un mamelon et commençaient à jouer avec.

— Je t'ai remarqué, toi aussi, dit-elle d'une voix rauque. De temps à autre, entre deux projecteurs, je parvenais à glisser un œil vers la salle, et tu étais là.

Les ongles de Misty lui griffèrent les biceps et sa respiration se fit saccadée pendant qu'il léchait et taquinait avec délicatesse les tendres bourgeons de ses seins.

Sa main descendit, passa du ventre rebondi aux

hanches, avant de soulever la fine dentelle du slip qu'il fit glisser le long de ses jambes.

— A ton tour de te déshabiller, murmura-t-elle comme il revenait lui mordiller les lèvres.

Du genou, elle commença à se frotter contre le jean de son amant.

— Mmm. Laisse-moi m'occuper de ça, dit-il. Tu seras là quand je reviendrai, n'est-ce pas ?

Il lui décocha un sourire en coin, sachant très bien qu'il pouvait la prendre exactement là où il en avait envie.

— Je vais essayer de ne pas m'enfuir, répliqua-t-elle en souriant.

Et, pendant qu'il se levait pour faire valser ses chaussures et ses chaussettes et se débarrasser de son pantalon, Misty rampa vers le haut du lit. Tassant les oreillers derrière son dos, elle s'allongea, telle une princesse égyptienne attendant les attentions empressées d'une myriade de serviteurs. S'il avait eu une grappe de raisin dans la main, songea Cullen, il aurait été plus qu'heureux de la lui faire déguster, grain par grain, tout en adorant et en rendant hommage à son corps épanoui et lascif.

Mais il n'avait pas de raisin. Il devrait donc se contenter de l'adorer telle qu'elle était.

Nu maintenant, il revint vers Misty, en proie à un impérieux désir. Il n'avait nul besoin de se regarder dans un miroir pour savoir que ses yeux brûlaient de convoitise. Il pouvait la sentir pulser dans chaque cellule de son être, réchauffer son sang, faire monter sa température et rendre son sexe presque douloureux.

Agenouillé face à elle, il resta là quelques secondes à la fixer, à se nourrir de son visage en forme de cœur, de la lumière de ses yeux d'émeraude et de la douceur veloutée de ses lèvres, gonflées par ses baisers.

Puis il se pencha sur elle, et, une main autour de son cou, il l'embrassa de nouveau. Il dévora sa bouche, sa langue. Il aurait pu l'embrasser toujours, pensa-t-il, sans jamais se lasser du contact de son corps, de sa saveur, de son odeur.

Les lèvres toujours liées à celles de Misty, il roula sur le côté et la fit passer sur lui. Il pouvait sentir sa chaleur s'infiltrer sous sa peau, et il était pressé maintenant qu'elle le prenne en elle pour qu'il puisse enfin exploser.

— Il y avait bien trop longtemps, dit-il, en l'attirant vers lui.

— Je le sais.

Elle glissa la main entre leurs deux corps et le caressa, jusqu'à ce que la respiration de Cullen devint sifflante entre ses dents serrées et que ses hanches se soulèvent, s'arquant à la recherche d'un surcroît de cette sensation magique qu'elle éveillait en lui. Puis le corps de Misty s'abaissa un peu plus sur lui et l'engloutit tout entier.

Elle lui allait comme un gant. Encerclé par sa tiède

moiteur, Cullen eut l'impression d'être au paradis. Quatre mois qu'il n'avait pas goûté la douceur de sa bouche, pris ses seins pleins et généreux au creux de ses mains. Quatre mois qu'elle ne s'était pas refermée sur lui.

Comment avait-il pu survivre aussi longtemps sans elle ?

Comment avait-il pu s'imaginer un seul instant qu'entre deux sauts à Las Vegas, une autre femme puisse prendre sa place et combler autant ses désirs ? Et puis d'ailleurs, ce n'était pas uniquement pour le sexe…

Soudain, plus rien d'autre ne compta que les sensations qui l'assaillaient. Haletant, il enfouit la tête dans l'oreiller, tandis que Misty allait et venait sur lui en un rythme insensé. Il ne fallait pas qu'il vienne, pas encore, pas sans elle…

Lorsqu'il put reprendre son souffle — même par à-coups —, il comprit que la dernière pensée qu'il avait eue avant de perdre la tête était pleine de vérité. Le sexe, c'était grand — fabuleux, stupéfiant, fracassant — il n'y avait aucun doute à cela. Mais il y avait beaucoup plus encore dans l'attirance qu'elle exerçait sur lui.

En revenant à l'appartement de Misty, il lui avait demandé de l'épouser parce qu'il estimait que c'était la chose juste à faire pour elle et pour le bébé. Mais maintenant… maintenant, il désirait réellement cette femme pour lui aussi.

Etre lié à Misty jusqu'à la fin de ses jours n'était pas la pire chose qu'il pouvait imaginer. Et l'avoir chaque nuit dans son lit serait la cerise sur le gâteau.

Assise sur son torse, Misty accéléra encore l'allure, chassant toute pensée rationnelle de son esprit. Cullen, les mains pressées sur ses hanches, l'aida à se soulever et à retomber. Plus vite, plus fort. Il sentit ses muscles se refermer autour de lui et il serra les dents pour se retenir de partir tout seul, trop tôt.

— Cullen, gémit-elle, la tête rejetée en arrière.

Ses cheveux retombèrent en vagues brillantes sur ses épaules nues et elle se mordit si fort les lèvres qu'il les vit blanchir.

— Misty, répondit-il avec la même émotion.

Elle cria encore. Un son haut perché qui se répercuta sur la peau de Cullen, dans ses os, au creux de son âme. Sous lui, Misty frissonna quand le plaisir la prit et ses ongles, telles des griffes, s'enfoncèrent dans ses pectoraux. Cullen la suivit aussitôt. La suivit dans sa félicité... dans leur avenir.

Hors de souffle, épuisés, ils roulèrent tous deux sur le côté pour que son ventre arrondi soit plus à son aise.

— Eh bien, dit-elle, voilà une façon très impressionnante de me souhaiter la bienvenue.

De minuscules rigoles de sueur mouillaient ses joues rougies et son front.

Avec un léger rire, Cullen l'étreignit plus fort et

repoussa des mèches de cheveux mouillées derrière l'oreille où brillaient des pierres bleues et vertes.

— Ce n'était pas une manière de te souhaiter la bienvenue dans nos ébats, lui dit-il. C'était plutôt « voici un des nombreux avantages sexuels auxquels tu peux t'attendre en m'épousant. »

Avant même de croiser son regard frémissant, il la sentit se raidir entre ses bras, mais il ne lui laissa pas le temps de répliquer.

— Epouse-moi, Misty. Dis-moi oui.

- 6 -

Les mots jetèrent un froid sur la délicieuse chaleur qui avait envahi les veines de Misty, comme un dernier reflet de leur étreinte.

Si seulement, songea-t-elle avec amertume, Cullen savait à quel point elle avait envie de dire oui !

Comme la plupart des petites filles, elle avait passé une grande partie de son enfance et de son adolescence à imaginer un avenir de bonheur : rencontrer le prince charmant, se faire enlever sur son blanc destrier et emporter dans son château lointain où ils vivraient et s'aimeraient pour toujours, exactement comme dans un conte de fées.

Mais plus elle grandissait, et plus elle en était venue à percevoir ces rêveries comme un fantasme. A l'évidence, les hommes n'étaient que de simples humains. Il n'existait que très peu de princes dans son royaume et la plupart d'entre eux avaient bien moins en commun avec le prince charmant qu'avec les ogres qui vivaient sous le pont-levis des châteaux.

Cullen, il fallait le reconnaître, était vraiment

l'un des meilleurs, davantage prince même que la plupart. Mais point n'était besoin de faire appel à Merlin l'enchanteur pour prendre conscience des différences importantes qui les séparaient.

Elle n'était pas la princesse qu'il lui fallait, tout simplement.

Misty poussa un soupir résigné tout en traçant de petits dessins sur le torse de son amant pour essayer d'éviter son regard scrutateur.

— Cullen, je te l'ai déjà dit, je ne peux pas t'épouser.

Au lieu de discuter comme elle s'y était attendue, il se contenta de hausser ses larges épaules bronzées.

— Tu ne peux pas m'en vouloir d'avoir essayé.

Elle le pouvait mais ne le voulait pas. En revanche, même si elle ne pouvait pas l'accepter, elle trouvait sa proposition — *ses propositions* — tout à fait flatteuses. Et qu'il puisse désirer donner à son enfant une véritable famille et son propre nom si influent ne lui inspirait que plus de respect pour lui.

— Ne... ne me le redemande pas, d'accord ? l'implora-t-elle d'une voix douce.

Car c'était bien trop dur de s'entendre rappeler ce qu'elle aurait pu avoir et, elle le savait, il allait lui devenir encore plus difficile de refuser encore.

— Désolé, répondit Cullen sans la moindre once de sincérité.

Il se retourna de manière à se retrouver un peu

au-dessus d'elle, le poids de son corps reposant uniquement sur ses bras musclés.

— Je ne peux te faire aucune promesse.

Puis il l'embrassa, au risque de faire oublier à Misty toutes ses raisons de lui dire non.

Le matin suivant, le pouls de Misty courait, rapide, et elle transpirait comme si elle avait passé les deux dernières heures dans un sauna. Son estomac se soulevait, et si elle n'avait pas été plus au courant des symptômes liés à son état, elle aurait pu croire qu'elle souffrait encore de nausées matinales.

La sensation était terrible. Affreuse. Une véritable torture. Pourquoi diable, se demanda-t-elle pour la centième fois, lui avait-il proposé de faire la connaissance de ses parents ? Dieu du ciel, à quoi pensait-il donc ? Mais surtout, pourquoi avait-elle accepté ?

Lorsque Cullen passa la tête par l'embrasure de la porte de la salle de bains, elle éprouva une soudaine envie de lui jeter quelque chose. Elle n'avait malheureusement à sa portée qu'un tiroir plein de lingerie en dentelle. Si elle lui jetait le tout à la figure, il apprécierait. Cela ne faisait aucun doute.

— Bientôt prête ? s'enquit-il.

Elle baissa les yeux et s'examina. Debout au milieu de la chambre, elle n'était vêtue que d'un soutien-gorge rose et du slip assorti.

— Est-ce que j'en ai l'air ? lança-t-elle d'un ton brusque avant de s'en repentir aussitôt.

Ce n'était pas la faute de Cullen si elle n'était plus qu'un paquet de nerfs. Mais ça l'était tout à fait si elle était obligée de rencontrer ses parents.

La maîtresse enceinte qu'on ramenait au bercail pour la présenter à papa et maman... c'était bien assez pour lui donner des palpitations.

Les larmes aux yeux, elle se détourna rapidement avant que Cullen puisse s'en apercevoir. Elle-même préférait croire à une hyperémotivité due à sa grossesse, tout en sachant très bien qu'il y avait davantage que cela.

Les heures qui s'annonçaient, avec ce qu'elles allaient lui apporter, la terrifiaient abominablement. Dans son affolement, elle se prit à évoquer des incendies, des inondations, des épidémies... et dans sa tête, la liste s'allongeait, interminable.

— Hé...

Derrière elle s'éleva la voix basse et feutrée de Cullen. Ses mains glissèrent sur ses épaules, descendirent le long de ses bras et Misty sentit sa chair nue se hérisser.

— Qu'est-ce qui ne va pas ? insista Cullen.

Misty éclata d'un rire bref et rauque. Existait-il quelque chose qui n'allait pas ?

— Je ne veux pas faire ça, dit-elle avec franchise. Tes parents vont me détester. Ils m'accuseront de t'avoir perverti et d'essayer de te piéger en me faisant mettre enceinte... Et en outre, je ne sais pas comment m'habiller pour assister à mon propre procès.

Elle termina sa tirade sur une note perchée. Chaque mot qu'elle avait prononcé était imprégné de la terreur qui la minait.

Cullen partit d'un léger rire et lui frictionna les bras, dans un geste rassurant.

— Mon cœur, tu te fais du souci pour rien. Mes parents meurent d'envie de te connaître et ils ne vont pas mal se conduire avec toi. Je ne le permettrais pas, même s'ils essayaient.

Ses paroles la rassurèrent. Sans toutefois mettre un point final à ses craintes. Elles eurent au moins le mérite d'alléger la crispation de sa poitrine.

— Maintenant, loin de moi la prétention de dire à une femme comment elle doit s'habiller, poursuivit Cullen, mais malgré tout le plaisir personnel que je prends à te voir ainsi, tu pourrais peut-être avoir envie d'enfiler quelque chose de plus avant l'arrivée de papa et maman ?

Misty eut un léger sursaut en constatant qu'elle était toujours en sous-vêtements. Elle s'écarta brusquement de lui et courut vers la penderie.

Bien entendu, aucun des vêtements qu'elle avait apportés ne lui parut convenir pour une rencontre avec les parents de son amant. En cet instant, même un habit de religieuse ne lui aurait pas paru assez modeste.

— Je n'arrive pas à croire que j'aie pu te laisser

faire mes bagages, grogna-t-elle, reprise par son stress. Je ne peux pas faire la connaissance de tes parents en lingerie sexy. A quoi pensais-tu donc ?

— Je pensais que tu avais l'air sexy quelle que soit ta tenue.

Il traversa la pièce et passa devant elle pour inspecter le contenu de la penderie.

— Tiens, ça, ce n'est pas de la lingerie sexy.

Misty examina la jupe et le haut qu'il lui tendait. Ce n'était pas exactement discret, mais ce n'était pas si horrible. Une jupe rose pâle qui lui arrivait presque au genou avec un volant dans le bas et une blouse fleurie pourvue d'un décolleté plongeant en V.

Le décolleté était très profond mais peut-être qu'avec une épingle de sûreté… Quant au motif de la blouse, rose, grenat et marron, il ferait l'affaire assez longtemps pour camoufler l'expansion de son abdomen.

— Très bien, dit-elle avec un grand soupir en s'emparant du cintre.

— C'est même assorti à tes dessous, annonça Cullen. Tu vois, je ne suis pas si empoté quand c'est moi qui fais les valises, après tout.

Misty lui répondit par un grognement signifiant qu'elle refusait de s'engager dans cette discussion, avant de se démener pour se faufiler dans la jupe et y insérer son ventre gonflé en tirant sur les coutures. Ensuite, elle fit passer la blouse au-dessus de sa tête et se hâta de gagner la salle de bains pour contempler son image dans le miroir.

Elle ne ressemblait certes pas à une femme de la haute société, mais elle n'avait rien non plus de l'ex-danseuse de revue. Ça irait comme ça.

Par bonheur, elle avait conseillé Cullen lorsqu'il s'était agi de faire un choix parmi les chaussures et les accessoires, aussi trouva-t-elle des sandales marron pour ses pieds et des créoles en or pour ses oreilles.

On sonna à la porte à l'instant précis où elle ajustait les anneaux à côté des boutons en diamant qu'elle ôtait rarement des autres trous percés dans ses oreilles. Le bruit la fit sursauter et déclencha en elle une nouvelle vague de panique.

— C'est sûrement eux, dit Cullen, entrant à sa suite dans la salle de bains.

Il l'encouragea d'un sourire et pressa ses lèvres contre sa joue.

— Tu es superbe. Respire à fond, détends-toi, et dès que tu seras prête, descends.

Misty avala sa salive et inspira longuement comme il le lui avait suggéré. Le carillon résonna une nouvelle fois et elle entendit les pas de Cullen qui sortait de la pièce et descendait l'escalier.

Une houle lui souleva l'estomac comme si elle était sur le grand huit dans une fête foraine, mais elle s'obligea à apporter la dernière touche à sa coiffure et à se passer une ultime couche de rouge à lèvres.

Elle en était capable, se dit-elle. Tout ce qu'elle avait à faire, c'était de mettre un pied devant l'autre et de descendre l'escalier... avant de se jeter tout droit dans la gueule du loup.

En dépit de ses protestations, Cullen dut admettre lui aussi que la rencontre le rendait nerveux.

Peu de temps après avoir découvert la grossesse de Misty, il avait téléphoné depuis l'hôpital à chacun de ses parents pour leur faire savoir qu'ils allaient être grands-parents. Comme Daniel et Amanda étaient divorcés depuis longtemps, il avait dû procéder à deux appels et à deux confessions séparées sur sa liaison de quatre ans avec Misty.

A dix-huit ans, Daniel s'était trouvé dans la même situation et un père vieux jeu et autoritaire — Patrick Elliott, le grand-père de Cullen — l'avait obligé à épouser Amanda. Aussi, sur bien des points, Cullen s'était attendu à un sermon.

Il entendait son père d'ici : il aurait dû faire plus attention ; et d'abord, il n'aurait jamais dû fréquenter une danseuse ; qui n'était sans doute rien d'autre qu'une manipulatrice, une chercheuse d'or... mais, puisque selon l'expression consacrée, le loup était sorti du bois, il était temps pour lui de se reprendre et de se comporter comme une personne responsable.

Oui, il s'était bien attendu à entendre sortir tout cela et à bien davantage encore de la bouche de son père. Or, si Daniel s'était montré bien disposé et compréhensif, comme l'avait découvert Cullen, il ne lui avait donné qu'un seul conseil : fais ce que tu crois être le mieux.

La phrase était claire. Daniel ne voulait pas que Cullen fasse les mêmes erreurs que lui et qu'il se laisse entraîner par force dans le mariage, ou guidé par un sentiment de culpabilité, simplement parce qu'il y avait un enfant dans l'affaire. Cullen en avait retiré l'impression que s'il épousait Misty, son père accepterait sa décision. Et s'il décidait d'être un père lointain, ce serait tout aussi bien.

La conversation avec sa mère avait été différente dans le ton, mais essentiellement la même sur le fond. Amanda Elliott avait beau être une avocate très en vue dans les milieux huppés de Manhattan, sa voix s'était enrouée et mouillée dès l'instant où elle avait appris qu'elle allait être grand-mère. Elle l'avait supplié d'amener Misty à New York dès qu'elle se sentirait assez bien. Ou, si cela ne lui convenait pas, ce serait elle, Amanda, qui prendrait l'avion pour Las Vegas afin qu'elles puissent se connaître.

La question du mariage n'avait été soulevée à aucun moment. Soit parce que sa mère s'attendait à ce qu'il agisse comme son devoir le lui commandait, soit parce qu'elle n'y attachait aucune importance. Seule comptait l'arrivée prochaine de son petit-enfant.

Puis, la nuit dernière, lorsque Misty et lui étaient arrivés à New York, Cullen avait de nouveau appelé ses parents pour inviter chacun d'eux à faire la connaissance de leur future belle-fille. Il n'avait pas parlé de sa proposition de mariage ni du fait que Misty l'avait refusée — par deux fois.

Après avoir dévalé l'escalier, Cullen traversa la petite entrée vers la porte et l'ouvrit à la volée avant de laisser la sonnette résonner encore une fois. Le son commençait à lui taper sur les nerfs et il imaginait sans trop de peine l'effet qu'il produisait sur Misty.

Son père et sa mère se tenaient de l'autre côté de la porte. Il n'arrivait pas très souvent à leur fils de les voir ensemble et, une fois de plus, il fut frappé de constater quel beau couple ils formaient.

Il avait fini par accepter leur divorce, mais le petit garçon en lui souhaitait encore que les choses entre eux aient pu finir par s'arranger. Et que Bryan et lui n'aient pas dû affronter le séisme émotionnel de la séparation.

Il ne voulait pas de cela pour son enfant. Si Misty acceptait un jour de l'épouser, il remuerait ciel et terre pour s'assurer qu'ils resteraient ensemble.

— Bonjour, papa. Maman.

Il s'effaça pour les laisser entrer.

— Oh, Cullen ! s'écria sa mère.

Elle lui jeta les bras autour du cou et l'étreignit avec vigueur.

— Je suis si heureuse pour toi.

Lorsqu'elle le laissa aller, il remarqua que ses yeux bruns s'étaient embués.

— Je sais bien que tout cela est arrivé par surprise, poursuivit-elle, mais tu vas être un père merveilleux.

— Merci, maman.

La main sur le cœur, elle poursuivit comme s'il n'avait rien dit.

— Et enfin, je vais être grand-mère !

Cullen se tourna vers son père.

— Papa ?

Daniel Elliott lui tendit la main et l'attira vers lui en lui tapant sur l'épaule, dans un geste paternel d'encouragement. Pendant une minute, Cullen eut l'impression qu'il allait se mettre à pleurer avant de s'éclaircir la gorge, soulagé quand la sensation se dissipa.

— Alors, où est donc cette jeune femme que nous sommes censés rencontrer ? Celle qui porte notre petit-enfant.

Il n'y avait aucun blâme dans la voix de son père. Seulement de la curiosité.

— Elle est en haut. Elle se demandait quoi mettre.

— Je connais ça, observa Amanda en souriant.

— Ecoutez…

Cullen baissa la voix et se rapprocha d'eux.

— … Misty est vraiment nerveuse à la perspective

de faire votre connaissance, alors essayez de ne pas la mettre plus mal à l'aise qu'elle ne l'est déjà. Pas de questions indiscrètes ou inappropriées sur le choix de son ancienne profession, d'accord ?

Une expression ulcérée passa sur le visage de sa mère et tout de suite, il s'en voulut.

— Même pas en rêve, mon cher, dit-elle.

Cullen lâcha le soupir qu'il retenait et se frotta les mains sur ses jambes de pantalon.

— Je le sais. C'est seulement… je ne veux pas qu'elle se stresse et retourne à l'hôpital.

Son père lui donna une tape dans le dos avec un sourire malicieux.

— Cesse de te tracasser, mon fils. Ta mère et moi nous tiendrons parfaitement bien.

En attendant que Misty fasse son apparition, Amanda questionna son fils :

— As-tu entendu parler de ta cousine Scarlet et de John Harlan ?

Cullen fronça les sourcils.

— Non. Pourquoi ?

— Ils se sont fiancés, expliqua Daniel.

— N'est-ce pas merveilleux ? demanda Amanda.

— Si.

Voilà, pensa-t-il, qui expliquait sans doute leur étrange comportement au restaurant lors de leur dernière rencontre.

— Je leur passerai un coup de fil pour les féliciter tous les deux, dit-il.

Il n'oublierait pas non plus de secouer les puces à son cousin pour l'avoir laissé dans l'ignorance !

Il n'eut pas le temps d'en dire plus. Il y eut un léger bruit en haut de l'escalier. En se retournant, il aperçut Misty, debout sur le palier. Il la trouva très belle et son cœur se gonfla de fierté.

Elle était celle qu'il avait l'intention d'épouser. La mère de son enfant. La seule femme qu'il ait jamais souhaité présenter à ses parents.

Aussi, même s'il était un peu inquiet sur la façon dont la rencontre de ce matin allait se dérouler, rien de ce qui touchait à Misty ne le gênait ni ne l'embarrassait.

Il espérait seulement qu'il en serait de même pour ses parents.

— Misty, ma douce. Je te présente mes parents.

Le cœur de Misty battait la chamade. Elle avait les paumes moites et pendant une seconde, un vertige la prit et elle dut se cramponner à la rampe d'acajou.

Que Cullen l'ait appelée sa douce ne l'arrangeait en rien. Elle ne parvenait pas à se rappeler une seule fois où il ait fait cela au cours des quatre années où ils avaient dormi ensemble. Et voilà qu'il se lançait devant son père et sa mère !

En descendant lentement l'escalier, elle détailla le couple debout près de Cullen.

Un peu plus petit que son fils, Daniel Elliott était vêtu d'un élégant costume bleu foncé dont la veste déboutonnée lui donnait une apparence plus décontractée. Ses cheveux d'un noir de jais et ses yeux bleus étaient ceux de Cullen. Leur lien de parenté était évident, même s'il paraissait difficile de croire que Daniel était assez âgé pour être son père. Mais, comme Misty le savait, il avait largement passé la quarantaine, mais on aurait facilement pu lui donner cinq ou dix ans de moins.

Amanda Elliott avait des cheveux châtain foncé mi-longs et des yeux marron. Plus petite de quelques centimètres que son ex-mari, elle avait une très belle silhouette, bien prise dans un ensemble rouge d'une coupe raffinée.

Du bas des marches, les trois Elliott regardèrent Misty descendre, avec dans les yeux ce qui lui parut un mélange d'impatience et d'attente.

Elle ne pouvait leur en vouloir. Si Cullen ne lui avait pas adressé ce sourire éclatant pour l'encourager, elle serait depuis longtemps remontée à toutes jambes pour s'enfermer à double tour dans la salle de bains.

Dès qu'elle parvint à sa hauteur, il la prit par la main et l'attira à côté de lui. Elle se laissa faire de bon gré car elle éprouvait un grand besoin de son soutien physique et affectif. Les doigts toujours entrelacés aux siens, il lui passa l'autre bras autour de la taille, de manière à ce que sa paume repose sur la rondeur de son ventre de femme enceinte.

— Maman, papa, dit-il avec fierté, je vous présente Misty Vale.

Une seconde, un silence plana, total, plein d'intensité, puis Amanda tendit les bras et donna à la jeune femme une accolade enthousiaste.

— Bienvenue dans la famille, dit-elle d'une voix chantante. Et... oh ! Regardez-moi ça !

Elle s'écarta un peu et arrondit les deux mains sur le ventre protubérant de Misty, encerclant sa masse ferme et ronde. Misty se raidit, surprise par la hardiesse du geste. Puis d'un seul coup, elle se détendit en se rappelant qu'il s'agissait de la mère de Cullen... la grand-mère de son enfant.

— Misty...

Le père de Cullen contourna son exubérante ex-épouse pour serrer la main de Misty.

— Comme Amanda vient de le dire, bienvenue dans notre famille.

Misty sentit sa poitrine se gonfler devant tant de bienveillance et, un instant, elle eut l'impression d'être elle aussi une Elliott. La véritable fiancée de Cullen plutôt que sa maîtresse enceinte.

Elle s'éclaircit la gorge, priant pour que ses cordes vocales soient en mesure de fonctionner.

— Je vous remercie, mais je ne fais pas vraiment partie de la famille. Je suis seulement...

Sans lui laisser le temps de trouver une formulation plus juste, Daniel l'interrompit.

— Vous portez l'enfant de mon fils, la prochaine génération des Elliott. Vous faites donc partie de la famille.

Des larmes brûlèrent soudain les yeux de Misty, et ses poumons parurent lui refuser l'air dont elle avait un besoin désespéré. Tournant les yeux vers Cullen, elle lui serra follement la main. Il fallait qu'il vienne tout de suite à son secours sinon elle allait se laisser aller devant ses parents à une lamentable démonstration mêlant la reconnaissance et les sanglots.

Dans un geste rassurant, Cullen referma les doigts sur les siens.

— Pourquoi ne pas aller dans la cuisine ? proposa-t-il. Misty et moi n'avons pas encore pris notre petit déjeuner. Si vous voulez vous joindre à nous, vous êtes les bienvenus. Sinon, je peux vous offrir une tasse de café et nous pourrons bavarder.

- 7 -

Daniel et Amanda avaient déjà pris leur petit déjeuner avant d'arriver et, déclinant l'offre de leur fils, ils se contentèrent de café.

Pendant qu'ils bavardaient, Cullen confectionna des omelettes. Misty lui assura qu'elle n'avait pas faim — en réalité, elle était encore trop nerveuse pour manger — mais il insista. Maintenant, elle devait manger pour deux et il s'amusa beaucoup à le lui faire remarquer avant de commencer à lui faire avaler un mélange d'œufs battus avec toutes sortes de légumes possibles.

Et, elle dut en convenir, c'était délicieux. Elle s'était un peu forcée sur les premières bouchées pour ne pas le froisser, mais elle se rendit bien vite compte à quel point elle était affamée et elle mangea avec plaisir.

Tout en mangeant de bon appétit, Misty jeta un bref coup d'œil aux parents de Cullen. Elle savait qu'ils étaient divorcés et, d'après ce que lui avait rapporté Cullen à propos de leur rupture, elle en avait déduit que les choses ne s'étaient pas toujours bien passées. Pourtant, personne n'aurait pu s'en douter à les voir se comporter ce matin-là.

Daniel avait tiré un tabouret pour Amanda avant de s'asseoir près du plan de travail à côté d'elle. Cullen leur avait tendu des tasses de café noir fumant et Daniel avait automatiquement ajouté à celui de son ex-épouse de la crème et du sucre.

Amanda l'avait laissé faire, l'air de considérer ce genre d'attitude comme tout à fait normale.

Misty n'en dirait sûrement rien à Cullen de peur de se tromper, mais à les voir, on pouvait assez bien s'imaginer qu'entre ces deux-là, quelques étincelles venaient de se rallumer.

— Ce n'est pas que je ne sois pas ravi pour vous, déclara Daniel à son fils d'un ton réservé. Mais tu connais ton grand-père. Il est certain qu'il aura son mot à dire à ce sujet, et ce ne sera sans doute rien de très aimable.

Misty continua à mâcher consciencieusement, regardant les trois Elliott échanger des coups d'œil.

— Eh bien, tu sais ce que j'en pense, répliqua Amanda, les doigts refermés autour de sa tasse. J'aimerais envoyer promener ce vieux tyran ! La manière dont on vit sa vie n'est l'affaire de personne, sauf de soi-même. La mienne aurait sans doute été bien différente si Patrick Elliott n'avait pas été un despote aussi insupportable.

Un héritier chez les Elliott

Malgré l'âpreté des mots, la voix d'Amanda ne contenait aucune trace d'hostilité. Elle avait l'air d'énoncer simplement des faits, comme si elle recommandait à son fils de ne pas laisser l'opinion de son grand-père influencer ses actes, quels qu'ils soient.

Misty ne savait que penser. Elle s'était attendue à ce que les parents de Cullen la traitent avec un certain mépris, mais ils n'en n'avaient rien fait. Et voilà que maintenant, ils la prévenaient que du côté de son grand-père, cela pouvait arriver ? C'était bien assez pour que l'omelette si légère de Cullen lui reste sur l'estomac.

La bouche de ce dernier se crispa légèrement.

— Ce que pense grand-père, je n'y peux rien, répliqua-t-il. Si j'en ai le temps, je ferai un saut aux Tides pour lui parler. Peut-être prendra-t-il mieux la situation si c'est moi qui l'en informe ?

Daniel hocha la tête d'un air solennel. Amanda sirota son café sans émettre aucun commentaire.

Posant sa fourchette, l'appétit soudain coupé, Misty croisa les mains sur ses genoux. Toute cette scène la mettait mal à l'aise. Ces trois-là discutaient entre eux comme si elle n'était pas dans la pièce.

Elle comprenait très bien que sa grossesse inattendue puisse avoir un impact sur la famille Elliott dans son entier, mais elle refusait d'être l'objet de leurs querelles. Surtout si cela signifiait que la relation de Cullen avec son père ou son grand-père

— ou même la relation de Daniel avec son propre père — en soient affectées...

— Tu n'as pas besoin d'y aller, dit-elle à Cullen. Je ne veux pas être une cause d'ennuis pour quiconque dans votre famille. Je peux très bien retourner à Vegas et...

— Non !

La réplique de Cullen tomba, brève et sèche.

— Tu vas rester ici. Et tu ne causeras aucun ennui... Tu vas mettre au monde *mon* bébé. Libre à grand-père de l'accepter ou non. Ce sera son choix, mais il ne nous affectera en rien.

Misty fit une autre tentative.

— Cullen...

Il sourit et lui donna un rapide et ferme baiser.

— Non, Misty. Laisse tomber.

Comment répliquer ? se demanda-t-elle, incertaine. Tout du moins sans déclencher une discussion un peu trop animée en présence de ses parents ?

Daniel consulta sa montre puis s'éclaircit la gorge, histoire de briser le désagréable silence, avant de repousser son tabouret.

— Je ferais mieux d'y aller. *Snap* ne se fabrique pas tout seul, vous savez.

Ajoutant avec un regard entendu vers son fils :

— Bien que je comprenne parfaitement que tu ne t'y montres pas pendant un jour ou deux.

— Seigneur ! Regardez donc l'heure !

Amanda se releva d'un bond en tirant sur le bas de sa veste.

— Daniel n'est pas le seul à devoir y aller. J'ai rendez-vous avec un client. Misty, j'ai été très heureuse de faire votre connaissance. J'attends avec impatience de passer un peu plus de temps avec vous, quand vous serez en ville.

Elle contourna le plan de travail pour donner à son fils un petit baiser sur la joue puis enveloppa Misty d'une douce étreinte.

— Amusez-vous bien aujourd'hui et surtout, prenez soin de mon petit-enfant.

Sa main aux ongles manucurés caressa une fois encore le ventre de Misty qui sursauta mais parvint à répondre d'un petit signe du menton. D'une certaine manière, l'accueil inconditionnel que lui avait réservé Amanda la perturbait un peu.

Cette dernière quitta la cuisine, Daniel sur ses talons.

— Je vous raccompagne, dit Cullen.

L'air absent, il passa une main sur le bras de Misty avant d'emboîter le pas à ses parents.

— Finis ton omelette pendant que je les raccompagne.

De son tabouret dans la cuisine, Misty pouvait très bien les suivre tous trois des yeux aussi, lorsque Amanda s'arrêta pour récupérer son sac, elle remarqua que Daniel laissait un instant sa main posée sur son épaule. Il se passait vraiment quelque chose entre ces deux-là, conclut-elle. Et elle en fut en quelque sorte réconfortée.

Savoir que Daniel et Amanda avaient pu être obligés de se marier à cause d'une grossesse inattendue et que, des années plus tard, ils pouvaient encore avoir des attentions l'un pour l'autre lui permit de réfléchir qu'elle et Cullen pourraient tout aussi bien avoir la même chance.

Si elle acceptait de l'épouser, se demanda-t-elle non sans une certaine angoisse, seraient-ils acculés à l'échec ou bien l'amour qu'ils éprouvaient l'un pour l'autre se fortifierait-il au fil du temps ?

Debout dans l'entrée, Cullen fit un signe d'adieu à sa mère. Son père s'attarda un peu et, dès qu'Amanda eut disparu, il se retourna vers son fils.

— Si tu comptes vraiment parler à ton grand-père, fais-moi savoir ce qu'il te dira. Je suis d'accord pour que tu ne laisses pas ses idées rigides et rétrogrades contrôler ta vie, mais il pourrait, à toi et à Misty, vous rendre la vie difficile. Je désirais juste te mettre en garde.

Mieux que des mots, les ombres qu'il perçut dans les yeux de son père indiquèrent à Cullen à quel point Daniel regrettait certains pans de son passé. Cullen ne voulait pas commettre les mêmes erreurs. Même si, autant qu'il puisse en juger, il marchait sur les traces de son père.

— Merci, papa, dit-il. Je sais que grand-père ne sera pas très content quand il apprendra que j'ai mis une ancienne danseuse enceinte, mais avec le temps, espérons-le, il reviendra à de meilleurs sentiments.

— Oui, avec le temps. Espérons-le, acquiesça Daniel avec une légère grimace. Ecoute, mon fils, cela ne me regarde pas, mais as-tu envisagé de te conduire comme il le faut ? Je veux dire de l'épouser ?

— J'ai fait ma demande, répondit son fils. Elle a refusé.

Les yeux de Daniel s'agrandirent, mais il sut se taire.

— Ne t'inquiète pas, reprit Cullen. J'y travaille. Et j'ai bien l'intention de la faire changer d'avis avant longtemps.

Au bout d'un instant, Daniel hocha la tête.

— Je suis certain que tu y parviendras.

Les secondes s'écoulaient et Daniel s'attardait toujours sur le seuil, sans croiser le regard de Cullen, mais sans paraître se décider à s'en aller. Enfin, il s'éclaircit la gorge et ajouta :

— Il y a autre chose que j'avais l'intention de te dire. Mon mariage avec Sharon est enfin terminé.

L'annonce faite, Cullen vit la tension disparaître du visage de son père. Il se rappela que son divorce avec sa seconde femme avait été long et pénible, Sharon ayant fait de son mieux pour prendre à Daniel tout ce qu'elle pouvait en tirer.

Cullen posa une main sur le bras de Daniel et le serra dans un geste de réconfort.

— J'en suis heureux, papa.

Daniel hocha la tête et ils se dirent au revoir. Puis Cullen revint dans la cuisine où, remarqua-t-il, Misty n'avait guère fait honneur à son omelette. En revanche, elle avait terminé son verre de lait.

Il en fut satisfait. Il savait qu'elle prenait des vitamines pour la grossesse mais il avait bien l'intention de s'assurer qu'elle se nourrissait convenablement tant qu'elle séjournait à New York.

— Alors, que penses-tu de mon père et de ma mère ? demanda-t-il, en l'aidant à descendre de son tabouret.

Il la retint quelques secondes de plus qu'il n'était nécessaire, savourant le contact de ses bras nus sous ses doigts et celui de son ventre contre le sien.

— Je les ai trouvés très gentils. Adorables, vraiment.

L'air pensif, Misty se mordilla les lèvres.

— Je ne m'attendais pas à ce qu'ils se montrent si compréhensifs envers moi, ou par rapport à notre situation.

— Je te l'avais dit. Ma mère est folle de joie à la perspective de devenir grand-mère.

Il lui décocha un grand sourire.

— Au cas où tu ne l'aurais pas remarqué.

Misty se mit à rire et lui noua les bras autour du cou.

— J'ai remarqué. Je n'ai jamais vu quelqu'un passer autant de temps à me palper le ventre.

— Ah oui ?

Glissant une main entre leurs deux corps, il en fit autant.

— Oh, à part toi, bien entendu, remarqua Misty. Je ne crois pas que tu aies cessé de me toucher le ventre de toute la nuit, même en dormant.

— Il faudra t'y habituer. J'ai pas mal d'heures perdues à rattraper et j'ai l'intention de passer autant de temps qu'il faudra à caresser ton adorable corps de femme enceinte.

Sa paume lui encercla la taille, gagna le creux de son dos et fila vers ses fesses. Un gémissement monta dans la gorge de Misty. Elle renversa la tête et les lèvres de Cullen se posèrent sur le pouls qui battait dans son cou.

— Alors, qu'en dis-tu ? murmura-t-il contre la peau tiède. Prête à m'épouser ?

Il sentit ses muscles se contracter une seconde avant de se détendre.

— Pas encore.

Tournant son visage vers le sien, elle lui donna un long et langoureux baiser.

Peut-être commençait-elle à céder, songea Cullen, comme les doigts de Misty dansaient le long de ses bras et que sa langue commençait à lui faire des choses folles et sexy dans la bouche.

Parce que, après tout, *pas encore* ne voulait pas dire non !

Ils firent l'amour là, dans la cuisine, et Cullen se montra plein de prévenances, touchant Misty comme une délicate pièce de porcelaine.

Ensuite, pendant qu'ils se rhabillaient, il lui proposa de faire le tour de la ville. Il avait pris sa journée et Misty n'était jamais venue à New York.

Comme il ne voulait pas qu'elle se surmène, ils prirent un taxi pour Central Park où ils passèrent des heures, par ce bel après-midi ensoleillé de mai, à déambuler main dans la main, admirant les arbres, les fontaines et les enfants qui jouaient.

Cullen montra à Misty la statue de la Liberté, l'Empire State building, Radio City, et lui fit faire sans se presser le tour du bâtiment de la *Elliott Publication Holding* sur Park Avenue, entre la 50e et la 51e Rue.

Le hall d'entrée à lui seul occupait la surface de deux étages avec de hautes fenêtres, un sol dallé de granit et tellement d'arbres et de plantes en pots qu'on aurait pu se croire dans un jardin d'hiver.

Cullen fit une pause devant l'un des vastes postes de sécurité pour faire enregistrer Misty et lui faire délivrer un passe pour invités, puis, parvenus devant la batterie des ascenseurs, il scanna sa propre carte d'identité et ils montèrent.

Il lui montra la cafétéria qui occupait tout le quatrième étage, et la salle de sport au cinquième. Misty savait que Cullen y passait pas mal de temps à s'exercer avec les poids et les machines de remise en forme, comme ses doigts lui en fournissaient du reste la preuve chaque fois qu'ils faisaient l'amour. Puis ils reprirent l'ascenceur, et tandis qu'ils montaient, Cullen lui indiqua quelle branche du groupe se trouvait à chaque étage. Du sixième au vingt-quatrième se trouvaient les salles de réunion et de conférences, ainsi que les bureaux des différents magazines.

Tandis que l'ascenseur les emmenait en silence vers le haut du building, Cullen expliqua à sa compagne, comme il ne l'avait jamais fait auparavant, quels magazines occupaient tel étage et ce que ces publications impliquaient. Ces noms étaient familiers aux oreilles de Misty bien sûr, car peu de temps après le début de leur liaison, elle s'était fait un point d'honneur d'en apprendre autant qu'il lui était possible de le faire sur tout ce qui concernait l'empire des Elliott — sans rien en dire à Cullen.

Le quinzième étage, lui dit-il, était celui du magazine *Home Style*, un magazine de décoration très tendance ; le dix-septième hébergeait *Charisma* — mode et beauté ; quant à *Snap*, le magazine que dirigeait son père Daniel, il se trouvait pris en sandwich entre *Buzz*, le journal du show-biz au dix-huitième, et *Pulse* au vingtième pour l'info.

C'était bien assez pour lui donner le vertige mais

Misty écouta avec beaucoup d'attention, hochant la tête aux bons moments, parce que le travail de Cullen et les affaires de sa famille la fascinaient réellement.

Les portes de l'ascenseur s'ouvrirent sur le dix-neuvième étage, et Cullen l'aida à quitter la cabine. Main dans la sienne, elle s'arrêta brusquement, les yeux écarquillés.

— Oh, Cullen, c'est magnifique !

Il lui adressa un sourire ravi.

— Ça nous plaît bien, oui.

La décoration de l'étage tout entier était blanche et noire, telle une ode à l'ancien Hollywood. Des petites photos encadrées de Marilyn Monroe et de James Cagney ornaient les murs, côte à côte avec des copies agrandies de quelques-unes des couvertures les plus célèbres de *Snap*.

Cela évoqua tout de suite à Misty les vieux films de gangsters en noir et blanc et les starlettes à la voix oppressée avec leurs silhouettes en forme de sablier dont les femmes actuelles ne pouvaient plus que rêver.

Au cours de ces années, Cullen lui avait décrit par bribes son environnement professionnel, mais rien ne l'avait préparée à tout cela. Et maintenant qu'elle avait vu, elle ne pourrait plus jamais l'imaginer autre part. Il était ici parfaitement dans son élément.

Cullen lui présenta la réceptionniste de *Snap*, puis ils passèrent une porte vitrée qui séparait la réception du reste de l'étage et découvrirent des bureaux en open space où s'affairaient les employés du journal. Au fur et à mesure de leur progression entre les box vers le bureau de Cullen, l'air autour d'eux bourdonnait, mélange de voix, de sonneries de téléphones et de l'animation que génère un travail intense.

Misty fut impressionnée de constater que de nombreux employés l'accueillaient avec un sourire et un geste de la main, comme ils auraient accueilli l'une des amies les plus proches de Cullen.

En fait, elle n'était pas certaine qu'ils la considéraient simplement comme cela — comme une amie. Peut-être supposaient-ils aussi qu'il se passait entre eux un peu plus que cela ? Toutefois, personne ne posa de question et Cullen ne dit rien non plus. Mais en tout cas, ils se montrèrent tous si chaleureux et agréables qu'elle éprouva la sensation d'être pour eux un peu plus que la bienvenue.

Arrivé devant son bureau, Cullen ouvrit la porte sur laquelle on lisait *Cullen Elliott, directeur des ventes*, et la fit entrer.

— Très joli, s'exclama-t-elle, en notant que le décor ancien était en harmonie avec le reste de l'étage.

— Merci.

Il lui lâcha la main et contourna son bureau.

— Laisse-moi juste vérifier une ou deux choses et ensuite, nous pourrons y aller.

— Prends ton temps.

Elle se mit à faire le tour de la pièce, étudiant certains des magazines encadrés et pendus aux murs à côté de son diplôme d'école de commerce et de ses photos personnelles.

En se rapprochant du bureau, elle risqua un coup d'œil par-dessus l'épaule de Cullen pendant qu'il fouillait parmi ses messages et ses mémos. Elle mit un moment à se rendre compte qu'il ne bougeait plus et l'observait.

— Désolée, s'excusa-t-elle.

Ses joues s'empourprèrent et elle fit un pas en arrière, prête à retourner à sa contemplation de la galerie de photos.

— Ne sois pas sotte.

La prenant par la main, il l'attira sur ses genoux.

— J'étais juste en train de penser à quel point tu es belle et à quel point je souhaiterais ne jamais revenir travailler ici pour pouvoir rester à la maison vingt-quatre heures sur vingt-quatre et te vénérer comme la déesse que tu es.

— Cullen...

Avec un rire léger, elle lui donna un petit coup sur la poitrine.

— Quoi ? Qu'est-ce qu'il y a ? demanda-t-il en riant un peu lui aussi. Tu penses que j'en serais incapable ?

— Oh, je n'ai aucun doute sur ce point, mais...
— Embrasse-moi.

— Quoi ?

— Embrasse-moi. Donne-moi quelque chose sur quoi je puisse fantasmer quand je suis enfermé dans ce bureau sombre et lugubre à travailler à m'en user les doigts.

Il était difficile de considérer son bureau comme lugubre, même si le noir s'y mêlait abondamment au blanc. Mais Misty se pencha et l'embrassa quand même, savourant la chaleur de ses lèvres et le contact de ses mains sur son dos.

On frappa soudain derrière eux, et une voix féminine inattendue fit sursauter Misty qui se dégagea de l'étreinte de Cullen et se releva rapidement. Ses yeux se braquèrent sur la grande et séduisante jeune femme blonde qui se tenait sur le seuil, la main encore posée sur la poignée de la porte.

— Hé, Bridge ! lança Cullen, l'air quand même irrité d'avoir été interrompu.

— Désolée, je n'avais pas l'intention de déranger, mais j'ai entendu dire que vous étiez tous les deux ici et il fallait absolument que je vienne contempler Misty de mes propres yeux.

Elle s'avança main tendue vers Misty, et, tandis que celle-ci lui serrait la main, Cullen fit les présentations.

— Misty, je te présente ma cousine Bridget. Elle est chef du service photo de *Charisma* au dix-septième. Bridget, je te présente Misty Vale.

Un héritier chez les Elliott

— Heureuse de faire votre connaissance, fit Misty.

— Et moi, je suis plus qu'heureuse, je suis ravie de vous rencontrer ! répondit Bridget.

Elle recula un peu et se laissa tomber dans l'un des fauteuils réservés aux visiteurs, face au bureau de Cullen. Elle portait une étroite jupe noire et des escarpins noirs. Sa blouse bleue transparente avait une encolure très basse qui mettait en valeur son décolleté ravageur. Cette jeune femme avait un don inné pour la mode, songea Misty, qui éprouva tout de suite de la sympathie pour la cousine de Cullen. Elle faillit même lui demander où elle avait acheté sa blouse.

— Je dois vous avertir, Misty, que vous êtes le sujet de conversation le plus brûlant que les Elliott échangent par le biais du téléphone arabe depuis très longtemps. Grand-père est furieux.

Elle prit une voix basse et bourrue et cita :

— « Aucun de mes petits-fils n'épousera une strip-teaseuse ! »

Elle fit une grimace, les yeux écarquillés.

— Si vous me posez la question, je vous dirai que les Elliott ont grand besoin d'injecter un peu de sang frais dans le vieil arbre de la généalogie familiale.

Elle leur dédia un large sourire.

— Et rien n'est plus frais que celui d'une show-girl de Las Vegas.

Misty sentit le sang refluer de son visage et, de peur de perdre l'équilibre, tendit la main vers le bureau.

Cullen parut s'apercevoir de sa détresse.

— Bridge…, marmonna-t-il pour avertir sa cousine.

— Mais oncle Daniel et tante Amanda sont enchantés, poursuivit celle-ci. Ils sont tellement excités de savoir que Cullen se marie que je ne serais pas surprise si tante Amanda était déjà en train de s'occuper des préparatifs du mariage.

— Bridge…

— Et il faut absolument que vous me disiez comment vous vous êtes rencontrés et vous êtes mis ensemble. Il me reste encore à entendre la véritable version. Tout ce que j'ai eu jusqu'ici ne sont que des bribes et encore, je pense que la plupart d'entre elles ne sont que de simples conjectures. J'aimerais quand même mieux les tenir de source sûre si vous…

— *Bridget !*

Les yeux bleus de Bridget papillonnèrent et elle ouvrit la bouche.

— Oui ?

— Tais-toi. *La ferme.*

- 8 -

Bridget battit de nouveau des paupières et, à voir son air éberlué, il était visible qu'elle était totalement inconsciente de la raison pour laquelle Cullen lui criait après. Celui-ci respira à fond et desserra les dents pour s'efforcer de dissiper l'embarras provoqué par la diatribe de sa cousine.

— Je n'avais pas l'intention de crier, lui dit-il calmement. Mais je crois que tu mets Misty mal à l'aise.

Bridget jeta à coup d'œil à Misty et, comprenant tout à coup, ouvrit de grands yeux. Sautant de son fauteuil, elle se précipita pour l'étreindre dans un geste d'excuse.

— Oh, mon Dieu, je suis tellement navrée. Je n'avais aucune idée...

Elle retourna s'asseoir, entraînant Misty qu'elle fit asseoir à côté d'elle.

— Je n'avais aucune intention de vous offenser ou de vous mettre mal à l'aise. Je suis juste tellement excitée que vous fassiez bientôt partie de notre famille que je me suis laissé emporter.

— Comme d'habitude, marmonna Cullen.

Il adressa un clin d'œil à sa cousine et grimaça un sourire quand elle lui fit les gros yeux.

— Tout va bien, dit Misty.

Elle se passa la main sur l'estomac avant de s'agripper si fort aux bras de son fauteuil que ses doigts en blanchirent.

— Non, protesta Bridget. Je n'aurais pas dû me laisser aller ainsi. Il n'y a qu'un jour que vous êtes ici. Vous n'avez sans doute même pas eu le temps de défaire vos bagages et me voilà déjà en train de vous mettre sur le gril et tout ce qui s'ensuit !

Elle secoua la tête dans un grande envolée de cheveux avant de s'emparer d'une des mains de Misty.

— Pardonnez-moi. J'aimerais beaucoup que nous soyons amies. Je ne voudrais surtout pas que vous pensiez que j'ai voulu me montrer curieuse ou arrogante.

Les deux femmes échangèrent un regard. Dès que Misty commença à sourire, Bridget en fit autant. Le cœur de Cullen qui s'était presque arrêté de battre une très brève seconde se remit en marche et il poussa un silencieux soupir de soulagement.

Il espérait bien que Misty et sa cousine deviendraient amies. Plus il y avait d'Elliott pour accueillir Misty à bras ouverts et la traiter comme un membre de la famille, meilleures seraient ses chances de la convaincre de l'épouser... et de rester.

— Alors, que diriez-vous si je vous appelais un de ces jours pour aller déjeuner et peut-être faire un peu de shopping ? proposa Bridget.

Un sourire de plaisir retroussa les lèvres de Misty.

— Ça me plairait beaucoup.

— Génial. Et maintenant, je ferais bien de retourner travailler, dit Bridget.

En se levant, elle tapota le genou de Misty et ajouta :

— Et de vous laisser reprendre là où vous en étiez restés, quoi que ça puisse être.

Elle adressa à Cullen un sourire taquin et agita les doigts en signe d'au revoir. Dès que la porte se referma derrière elle, Cullen lui-même ne put retenir un sourire.

— Au cas où tu ne l'aurais pas remarqué, dit-il très pince-sans-rire, c'était ma cousine Bridget.

Misty éclata de rire.

— C'est ce que j'avais compris. Elle est très...

— Oui, exactement. Mais c'est une fille sensationnelle. Si elle téléphone pour t'emmener déjeuner ou faire des courses, je te conseille d'accepter. Je crois vraiment que vous allez vous entendre à merveille.

Repoussant sa chaise de bureau, il se leva et vint se placer devant Misty. Il lui prit les mains et la souleva jusqu'à ce que son long corps souple se colle contre le sien. Puis il s'inclina en arrière contre le rebord du bureau, l'entraînant avec lui.

— Bon, où en étions-nous restés ? demanda-t-il, le regard au fond des yeux vert émeraude.

— Tu étais en train de lire tes messages, répondit-elle d'un ton presque trop innocent.

Un sourire vint naître sur sa bouche.

— Ce n'est pas ce dont je me rappelle. Il me semble me souvenir que tu étais sur mes genoux, et que je me demandais si je pouvais ou non te faire quelques papouilles entre les heures de bureau.

Misty fit mine d'être offensée.

— Voyons, monsieur Elliott ! Ceci pourrait être considéré comme du harcèlement sexuel.

— Seulement si tu travaillais pour moi, ce qui n'est pas le cas. Et si tu n'étais pas intéressée, alors que tu l'es joliment.

Misty émit une sorte de roucoulement d'agrément et ses doigts se mirent à jouer avec les cheveux sur la nuque de Cullen. Ce simple geste fit passer des frissons de désir le long du dos de celui-ci.

Il se penchait pour l'embrasser, dans l'espoir d'en obtenir beaucoup plus, lorsque le téléphone sonna.

— Nom de…

Il jeta un regard noir vers l'objet qui l'offensait.

— Tu ne vas pas répondre ?

Prenant bien soin de ne pas remettre Misty trop brutalement sur ses pieds, Cullen se redressa.

— Diable non. Il y a un répondeur pour ça, je verrai ça demain.

Il la prit par la main et, après avoir remis un peu d'ordre sur son bureau, l'entraîna vers la porte.

— Sortons d'ici avant que quelque chose, ou quelqu'un d'autre nous interrompe.

Sur le chemin de retour vers sa demeure de l'Upper West Side, Cullen demanda au chauffeur de taxi de prendre le chemin le plus long en traversant Broadway, pour que Misty puisse s'émerveiller en passant devant les frontons des théâtres brillamment illuminés.

Jamais auparavant, elle n'avait assisté à un spectacle à Broadway et Cullen promit de l'emmener voir tous ceux qu'elle aurait envie de voir, et aussi longtemps qu'elle en aurait envie. Bien entendu, le choix était bien trop vaste et si elle désirait assister ne serait-ce qu'à un ou deux spectacles, elle serait obligée de rester à Manhattan avec lui...

Ils rentrèrent en fin d'après-midi et bien qu'elle se soit attendue à ce que Cullen reprenne les choses là où ils en étaient restés au bureau, celui-ci insista en entrant dans sa chambre pour qu'elle s'allonge et se repose.

Misty s'amusait bien trop et n'avait aucune envie

de dormir, mais il lui promit de l'emmener dîner si elle dormait — dans le restaurant de son frère, *Une Nuit*, pas moins.

C'était une offre à ne pas refuser et, dès qu'elle eut posé la tête sur son oreiller, Misty comprit à quel point en fin de compte elle était épuisée, car elle sombra dans un profond sommeil.

Lorsqu'elle ouvrit les yeux plusieurs heures plus tard, Cullen était assis au bord du lit et lui souriait. Elle eut un léger sursaut avant de s'asseoir, adossée à la tête du lit.

— Depuis combien de temps me regardes-tu dormir ?

— A peine quelques minutes.

Misty se passa la main dans les cheveux, probablement en bataille, puis se frictionna la bouche et le coin des yeux.

— Est-ce que j'ai bavé ? demanda-t-elle.

Cullen se mit à rire.

— Non. Tu es belle quand tu dors. Une vraie grande dame.

— Seigneur ! Est-il l'heure de dîner ?

— Nous pouvons y aller à n'importe quel moment quand tu seras prête. Bryan nous a réservé la table familiale, alors inutile de se précipiter.

Il avait changé ses vêtements de sport pour un pantalon et une veste noirs plus élégants, sur une chemise blanche. Par bonheur, songea Misty, elle avait emporté une robe de jersey noir qui conviendrait au restaurant très classe du frère de Cullen.

— Laisse moi me changer, dit-elle en rejetant les couvertures du vaste lit.

Elle s'était imaginé que Cullen quitterait la chambre pendant qu'elle s'apprêterait, mais il resta où il était à la regarder se déplacer. Si elle n'avait pas passé les quatre dernières années à évoluer autour de lui presque ou complètement nue, elle aurait pu en être embarrassée.

Dans ces conditions, elle aurait à peine dû prêter attention à la chaleur du regard qui paraissait lui transpercer la peau pendant qu'elle se débarrassait de ses vêtements froissés et enfilait des bas noirs et la petite robe noire. Par bonheur, le tissu était assez extensible pour recouvrir la rondeur de son ventre sans qu'elle ait besoin, pour paraître décente, d'y apporter certaines modifications ou camouflages.

Dix minutes plus tard, elle était prête. En quittant la maison, Cullen la prit par la main et lentement, ils descendirent à pied le long des deux blocs pour arriver au restaurant.

A leur arrivée, ils trouvèrent l'établissement bondé. Les clients, tous sur leur trente et un, souriaient et riaient en dînant tandis que le personnel s'affairait entre les tables, prenant les commandes et apportant les plats.

Tout de suite, Misty fut impressionnée par l'ambiance et la faveur dont jouissait l'établissement de

Bryan. Des banquettes en cuir noir et des fauteuils entouraient les tables à la surface recouverte de cuivre, et des lumières rouges tamisées éclairaient tout l'espace. Misty était plutôt habituée aux éclairages violents et factices, mais de son point de vue, *Une Nuit* était l'image même de ce qu'il y avait de plus tendance et de romantique à la fois.

Dès que le maître d'hôtel les aperçut, il les entraîna à sa suite en souriant à travers la grande salle vers un box privé réservé aux membres de la famille Elliott. Cullen fit signe à Misty de s'installer derrière la table avant de se glisser près d'elle, cuisse contre cuisse.

Misty était presque trop distraite par ce qu'il se passait autour d'elle pour songer à manger, mais Cullen se pencha vers elle pour lui proposer divers amuse-gueules et entrées ; ceux qu'il avait déjà essayés, ceux qu'il préférait, ceux qui étaient des spécialités de la maison. Mais tout, pour Misty, paraissait absolument délicieux.

Après avoir passé leur commande, Cullen se rapprocha encore d'elle et l'enlaça.

— Alors, que penses-tu de tout ça ? s'enquit-il en désignant du menton le centre du restaurant.

— Si la nourriture est à moitié aussi merveilleuse que l'atmosphère, je vais penser que ton frère est un véritable génie. Cet endroit est stupéfiant.

— Hé, hé, petit frère, tu as fini par trouver chaussure à ton pied ?

L'intrusion d'un nouveau personnage dans le rêve de Misty la fit sursauter, mais Cullen se contenta de sourire à l'homme qui se penchait vers eux, derrière le box.

Ainsi, c'était donc Bryan, songea-t-elle tandis que ce dernier contournait le box pour venir s'asseoir en face d'eux.

Il était grand, avec les mêmes cheveux noirs et les mêmes yeux bleus que son frère et son père. L'air de famille était si prononcé qu'une personne qui n'aurait pas connu les Elliott aurait quand même tout de suite compris en les voyant que les trois hommes étaient parents.

— Misty, dit Cullen, voici mon frère Bryan. Il est l'heureux propriétaire de ce bel établissement et un enquiquineur fini.

— Très drôle, rétorqua Bryan. Quand nous étions gamins, c'est ce que je disais de toi.

Ils étaient comme deux chiots se disputant le même jouet, songea Misty avec un sourire.

Bryan lui tendit la main au-dessus du milieu de table, composé d'une vasque de verre remplie d'eau sur laquelle flottaient trois bougies blanches allumées ayant la forme d'une ravissante fleur exotique.

Misty lui rendit sa brève poignée de main.

— Je suis heureux de faire votre connaissance, Misty, dit Bryan. Est-ce que mon frère vous traite comme vous le méritez ?

— Je la traite très bien, répondit Cullen pour elle.

Contrairement à certains hommes, je sais m'occuper des dames.

— Ne vous laissez pas abuser, dit Bryan avec un clin d'œil amusé. Tout ce qu'il sait, il l'a appris de son grand frère !

Cullen arbora un air railleur et Misty eut un large sourire.

— Bon, alors comment allez-vous tous les deux ? demanda Bryan, redevenant sérieux.

Son regard se concentra sur Misty.

— La famille vous a-t-elle réservé un accueil amical et chaleureux ?

Misty se mit à jouer avec le bord de son verre, soudain nerveuse, comme chaque fois que le sujet de la famille de Cullen — ou la façon dont elle l'avait accueillie — revenait sur le tapis.

— Ils ont tous été très gentils, répondit-elle.

— Même grand-père ?

Cette fois les yeux bleu clair étaient braqués sur Cullen.

— Il s'y fera, répondit simplement ce dernier.

L'attention de Bryan dériva vers un point situé au-delà de leur box.

— Désolé, je ne peux pas m'incruster, dit-il, mais on me demande. Le travail de restaurateur n'est jamais terminé. Misty, ce fut une joie de faire votre connaissance. J'attends avec impatience le jour où vous deviendrez ma belle-sœur.

Il lui décocha un sourire éclatant et de nouveau, lui tendit la main.

— Profitez bien de votre repas. Commandez ce qu'il vous plaira. C'est pour la maison.

— Voyons, ce n'est pas nécessaire, protesta Cullen.

— Bien sûr que si. Considérez cela comme un cadeau de fiançailles.

Avec un dernier geste du bras il disparut au cœur du restaurant.

Misty haussa les sourcils d'un air étonné en sirotant son cocktail non alcoolisé.

— Nos fiançailles ? répéta-t-elle.

Cullen s'éclaircit la gorge.

— Il a pu m'arriver d'en parler un peu comme ça quand je lui ai annoncé que nous allions venir au restaurant.

— Mais nous ne sommes pas fiancés, objecta Misty.

— Nous le serions si tu avais dit oui à au moins une seule de mes demandes.

Misty lutta contre le sourire qui menaçait d'envahir son visage. Cullen paraissait de mauvaise humeur, comme si elle l'empêchait de faire quelque chose dont il avait très, très envie. C'était flatteur pour elle et un flot de chaleur l'inonda délicieusement.

Malgré tout, elle ne voulait pas plaisanter sur la question du mariage ou le pousser à croire qu'elle pourrait en fin de compte accepter — et ce, quel que soit son désir de le faire.

— Cullen, je suis désolée, fut tout ce qu'elle put dire.

Il conserva un instant son expression maussade puis ses yeux s'éclairèrent, passant d'un bleu-noir orageux à la tendre couleur d'un ciel d'été.

— Ne t'excuse pas, lui dit-il. J'ai tout à fait l'intention de te persuader. En outre, je ne t'ai pas amenée ici pour te refaire ma demande ou te culpabiliser de m'avoir dit non. Je t'ai amenée ici pour dîner, et pour t'en mettre plein la vue avec cette autre branche de l'arbre familial, de manière à te donner une idée de ce qui t'attendait si tu avais dit oui. Alors, es-tu suffisamment impressionnée ?

Le pli de sa bouche était trop adorable pour que Misty puisse résister. Elle se pencha et lui déposa un baiser sur la joue.

— Très impressionnée, dit-elle d'une voix douce. Merci.

Leur commande arriva et ils passèrent l'heure qui suivit à manger, bavarder et flirter. Du bout de sa fourchette, Cullen lui offrit des bouchées de son plat et elle lui retourna la faveur jusqu'à ce que leur petit jeu devienne si brûlant que Misty eut peur qu'ils ne mettent le feu à la salle entière.

Sa peau la picotait au seul spectacle des lèvres de Cullen se refermant sur les fines bouchées. Le contact de ses cuisses pressées contre les siennes la brûlait presque. Et, il lui suffisait de croiser le regard de Cullen pour se rendre compte qu'il était aussi excité qu'elle.

Dès qu'ils eurent savouré la dernière cuillerée de leur crème brûlée à la mangue et aux fruits de la passion, Cullen s'empara de la main de sa compagne.

— Sortons d'ici.

Tous deux se glissèrent hors du box.

— Et l'addition ? demanda Misty.

— Je crois que je peux compter sur l'offre de Bryan, même si je ne m'y étais pas attendu.

En plein centre du restaurant il s'arrêta si brusquement que Misty lui heurta le dos. Pivotant sur lui-même pour se retrouver face à elle, il l'attira contre lui et l'embrassa, tel un homme égaré dans le désert sans eau ni nourriture, tombant soudain sur une oasis aux fraîches eaux.

Oublieuse du fait qu'ils se trouvaient au milieu du très couru et très bondé restaurant de son frère, Misty lui rendit son baiser.

Lorsque enfin Cullen relâcha son étreinte, tous les dîneurs avaient les yeux braqués sur eux, ce dont Misty découvrit qu'elle n'avait strictement rien à faire.

— Je remercierai Bryan plus tard, conclut Cullen d'une voix rauque au creux de son oreille. Pour l'instant, je veux juste te ramener à la maison et te faire l'amour jusqu'au bout de la nuit.

La perspective convenait à Misty. Le cœur battant et les jambes tout à coup de la consistance de la gelée, elle hocha la tête et répondit par le seul mot que son cerveau envahi par la passion lui permit de prononcer :
— D'accord.

- 9 -

Bien qu'il n'en ait aucune envie, Cullen reprit le lendemain le chemin du bureau. Par chance, il ouvrit les yeux un peu avant 6 heures du matin, avant que l'alarme ne réveille Misty. Il souleva délicatement de sa poitrine le bras de sa compagne et sortit du lit avec précaution pour commencer à s'habiller.

Quelque part, tout au fond de lui, il aimait l'idée de la voir ainsi tous les matins, pelotonnée sous les couvertures, pendant qu'il se préparait pour aller travailler. Il aimait la regarder endormie, sachant que, s'il revenait s'allonger à côté d'elle, elle l'accueillerait à bras ouverts et se servirait de ses mains et de sa bouche pour le convaincre de se faire porter malade.

Etouffant un grognement, il fit taire sa libido et s'obligea à quitter la pièce sans accorder un seul et dernier regard de désir à l'opulente forme endormie.

La matinée progressa à une allure d'escargot et il put à peine se concentrer sur le travail posé devant lui jusqu'au moment où, consultant sa montre, il se rendit compte que Misty devait maintenant être levée.

Décrochant son téléphone, il composa son propre numéro. La sonnerie retentit plusieurs fois avant que le répondeur se mette en marche.

Connaissant Misty, Cullen comprit qu'elle ne désirait sûrement pas répondre au téléphone de son domicile parce qu'elle savait — ou plutôt supposait — que personne n'était susceptible de l'y appeler.

Il raccrocha donc et rappela aussitôt, décidé à continuer ainsi. Et si elle ne répondait toujours pas, décida-t-il, il pourrait toujours faire un rapide saut chez lui pour vérifier que tout allait bien.

Soudain, ô miracle, elle décrocha.

— Allô ?

La voix était circonspecte, tendue.

— Bonjour, sexy madame.

— Bonjour.

La voix était toujours feutrée mais déjà plus confiante.

— J'ignorais si je devais répondre ou pas, dit Misty, mais quand le téléphone a continué à sonner, j'ai pensé qu'il s'agissait peut-être de quelque chose d'important.

— Juste pour mémoire, lui rappela Cullen, tu peux toujours répondre. N'oublie pas : Bridget pourrait te téléphoner pour te demander de sortir avec elle.

Et s'il s'agit de quelqu'un d'autre, tu peux prendre le message.

Cullen fit une pause pour lui donner le temps d'enregistrer avant d'ajouter :

— Et écoute, celui-ci est important. Tu me manques.

Un silence suivit sa phrase pendant quelques secondes puis Misty murmura :

— Toi aussi, tu me manques. Cet endroit est affreusement grand et tranquille sans toi.

Cullen étouffa un juron. Il l'imagina, perdue dans sa grande demeure vide, et aussitôt son corps se durcit. Il pensa encore à elle, toute seule sans lui, soupirant après lui, dans son immense demeure vide, et la chair qui venait de se durcir en lui s'emplit d'une douloureuse palpitation.

— Je rentre à la maison, bredouilla-t-il, la gorge nouée par le désir.

Le rire léger de Misty lui parvint du bout de la ligne.

— Non, tu ne peux pas. Tu as beaucoup de travail.

— Je suis incapable d'attendre.

Lui faire l'amour ne pouvait sûrement pas attendre, songea-t-il.

— Ne dis pas de bêtise, reprit Misty. Tu as passé bien assez de temps à t'occuper de moi et je serai toujours là quand tu rentreras à la maison.

Cullen ignorait ce qui lui fit le plus chaud au cœur

— de l'entendre dire « à la maison » ou qu'elle lui confirme qu'elle serait encore là à son retour. Une part de lui-même savait pertinemment qu'elle pouvait à n'importe quel moment sauter dans un avion pour retourner au Nevada. Il était très possible qu'un jour, en franchissant le seuil de sa maison, il découvre qu'elle était partie.

— Entre-temps, poursuivit Misty, j'ai pensé que je pouvais faire le tour du propriétaire et farfouiller dans les placards et les tiroirs. Est-ce que tu dissimules de vilains petits secrets que tu ne veux pas que je découvre ?

Un sourire retroussa la bouche de Cullen.

— Pour toi, mon cœur, je suis un livre ouvert.

— Mmm, roucoula-t-elle, quelle intéressante idée.

— Eh bien, si tu ne veux pas me laisser rentrer à la maison et mettre à mal ta tranquillité, alors je suppose que je devrais me remettre au travail.

— Très bien. Alors, à ce soir.

— Je t'appelle si je prends du retard.

— Entendu.

— Hé, Misty, lança-t-il juste avant qu'elle ne raccroche.

— Oui ?

— Veux-tu m'épouser ?

En imagination, il put presque voir les yeux de Misty s'arrondir sous le coup de la panique et le pouls dans son cou battre plus vite.

— Pas aujourd'hui, répondit-elle enfin. Mais merci de l'avoir demandé.

Bien qu'il se soit fait repousser maintenant pour la cinquième ou sixième fois, Cullen sourit.

— Je suppose, dit-il, qu'il faudra que je te repose la question demain ?

Le jour suivant et le surlendemain, Cullen téléphona chez lui à plusieurs reprises, juste pour entendre la voix de Misty. Et, chaque fois qu'il l'avait au bout du fil, il s'assurait toujours de poser la même question : « veux-tu m'épouser ? »

La réponse ne variait jamais sans que cela l'arrête pour autant. Et même, le refus de Misty ne le rendait que plus déterminé. Tel un guerrier du Moyen Age, il allait continuer à ébranler les murailles de sa forteresse jusqu'à ce qu'elles s'écroulent et qu'elle accepte l'inévitable.

Une semaine plus tard, Cullen se rendit dans la salle de gym du groupe Elliott où, pendant la pause du déjeuner, il devait retrouver son frère pour une séance de remise en forme. Il essayait de s'exercer une heure chaque jour et, chaque fois que Bryan le pouvait, il se joignait à lui.

Après s'être changé pour enfiler un short et un pull à manches courtes et à l'encolure dégagée, Cullen se dirigea vers les haltères. Bryan en fit autant et tous deux commencèrent à faire des mouvements de musculation des bras.

— Alors, comment ça se passe avec Misty ? questionna Bryan.

— Super, répondit-il, sincère.

Car entre eux, c'était fabuleux. Comme toujours, leur intimité charnelle était bouleversante et il trouvait la compagnie presque constante de Misty plus merveilleuse qu'il n'aurait pu l'imaginer.

Avec elle, il ne s'ennuyait jamais. C'était bien plus qu'il n'aurait pu en dire de n'importe quelle autre femme avec laquelle il était autrefois sorti. Si seulement, elle voulait accepter l'une de ses innombrables propositions de mariage, sa vie aurait pu être parfaite.

— Alors, a-t-elle enfin accepté ta demande en mariage ?

Cullen ignora le sourire légèrement narquois de son frère.

— Non, mais j'y travaille. Elle finira bien par s'y faire.

— Es-tu certain de vouloir l'épouser ?

La question de Bryan avait été posée à voix basse et les mouvements de Cullen se ralentirent.

— Qu'est-ce que tu veux dire ?

— Hum...

Bryan leva sa main libre.

— Je n'essaie pas de te décourager. Je te demande

seulement si tu as vraiment envie de te marier, ou si tu le lui demandes parce que tu l'as mise enceinte.

Si ce genre de commentaire était sorti de la bouche de quelqu'un d'autre, Cullen aurait déjà mis son poing dans la figure de l'insolent. Mais son frère était son meilleur ami et son confident, et Cullen savait que ses intentions étaient bonnes.

— Je n'en suis pas certain, répondit-il.

Pour la première fois, sa voix refléta ses véritables sentiments.

— Je désire l'épouser. Je ne sais pas vraiment si c'est par sens du devoir ou parce qu'elle compte vraiment pour moi.

— Tu ne crois pas que tu devrais mettre cela au clair avant de passer devant monsieur le maire ?

— Si seulement c'était aussi simple, répondit-il, en reprenant le rythme de ses exercices.

Bryan fit passer le poids qu'il tenait dans son autre main avant de s'asseoir sur le banc vide près de celui de Cullen.

— Ecoute, tu n'es pas le seul à avoir eu toute ta vie gravé en toi le sens des responsabilités avec un R majuscule. Papa et grand-père ont fait en sorte que nous comprenions ce qu'ils considéraient être la mesure d'un homme.

Cullen refoula bruyamment l'air de ses poumons.

— Et on a vu où cela a mené papa, hein ? Forcé

de se marier à dix-huit ans parce que maman et lui s'étaient mis dans une fâcheuse situation.

— N'es-tu pas exactement dans la même ? demanda Bryan.

— Si, répondit Cullen à regret. C'est la raison pour laquelle je ne sais pas vraiment si je dois presser Misty de m'épouser parce que j'ai envie de vivre avec elle, ou parce que je suis enclin à suivre les traces de papa.

Après avoir reposé le pesant haltère sur le râtelier, Cullen se rassit et s'essuya le front.

— Je ne veux pas que mon enfant grandisse sans père, Bryan. Je ne veux pas non plus être un père à mi-temps et je ne veux pas que Misty soit une mère célibataire. Son existence a été assez difficile et privée de toutes les chances dont nous avons bénéficié. Elle travaille dur pour gagner sa vie et elle n'a pas besoin de passer le restant de ses jours à continuer à se bagarrer ainsi.

— Tu pourrais faire en sorte que ça n'arrive pas. Même si tu décidais de ne pas t'impliquer dans l'éducation d'un enfant, tu pourrais t'assurer que tous deux aient ce dont ils auraient besoin sur le plan financier.

Un éclair de compréhension traversa Cullen en entendant la vérité sortir de la bouche de son frère. Il ne pourrait jamais se montrer négligeant, sachant que son fils ou sa fille avait besoin de quoi que ce soit qu'un Elliott puisse être en mesure de lui donner.

Mais il n'était pas certain non plus de pouvoir rester sans broncher à observer le déroulement des choses. Il désirait être là, plongé jusqu'au cou dans les couches et les biberons. Il désirait voir le premier sourire de son enfant, assister à ses premiers pas et le voir monter pour la première fois dans un bus scolaire.

— Tu peux être un bon père sans épouser sa mère, hasarda Bryan quand le silence s'étira un peu trop entre eux. Tu pourrais les entretenir tous les deux et soit convaincre Misty de s'installer à New York, soit prendre un avion pour le Nevada aussi souvent que nécessaire pour être avec eux et voir grandir ton enfant.

Sous ses cils baissés, Cullen étudia le visage de son frère aîné.

— Qu'est-ce que tu ferais à ma place ?

Bryan réfléchit une seconde à la question avant de remettre en place l'haltère dont il s'était servi.

— Je suppose que cela dépendrait de si j'étais amoureux de la mère du bébé ou non. Si je ne l'étais pas, je ferais tout mon possible pour que mon enfant sache que je l'aime et être là pour lui. Mais si je l'étais…

Il fit une pause pour donner plus de poids à son propos et regarda Cullen droit dans les yeux.

— Je remuerais ciel et terre pour rester avec eux.

Pendant le reste de la journée, Cullen fut hanté

par la phrase venue du cœur de son frère. Il devait l'admettre, son frère aîné avait plus de sagesse qu'il ne lui en avait jamais fait crédit.

Restait une question : était-il amoureux de Misty ou désirait-il simplement être un bon père pour leur enfant ?

En arrivant chez lui ce soir-là, il n'était pas plus près de trouver la réponse qu'il ne l'avait été un peu plus tôt. Il savait juste que son instinct lui soufflait d'épouser Misty, de tirer parti de ce qu'ils partageaient et de voir où l'avenir les entraînait. Mais si les choses ne marchaient pas, ce serait l'enfant qui en souffrirait.

Toujours aussi exquise, Misty l'accueillit sur le seuil. Elle portait un short en jean et un de ses T-shirts, et il sourit en la voyant ainsi vêtue. Elle s'était servie dans son armoire, songea Cullen, et elle avait bien fait. La grossesse avait déjà agréablement pourvu Misty de courbes abondantes. Le short en jean collait à ses fesses et à ses cuisses, et elle avait noué le bas du T-shirt gris sur le côté, ce qui soulignait l'augmentation de ses seins et le léger renflement de son ventre.

Elle avait l'air chaude comme la braise... et il l'avait pourtant vue nue, ou encore dans ces tenues étriquées et pailletées qu'elle utilisait habituellement sur scène.

— Bonne journée ? demanda-t-elle en se précipitant pour prendre la veste dont il se débarrassait d'un mouvement d'épaules.

— Très bonne.

Il se pencha pour déposer un chaste baiser sur ses lèvres. Ce moment était tout à fait quelque chose à quoi il pourrait très bien s'habituer : rentrer à la maison à la fin d'une longue journée pour retrouver son visage souriant et sa bouche douce et accueillante.

— Et toi ? s'enquit-il.

— Super. J'ai décidé de suivre ton conseil et d'explorer un peu la ville.

— As-tu appelé le service de voiturage dont je t'avais parlé ?

— Oui, dit-elle.

De minuscules rides apparurent au milieu de son front.

— Je ne voulais pas le faire. Je pensais plutôt appeler un taxi puis j'ai réalisé que je n'avais pas d'argent sur moi.

— La famille a un compte avec le service de voiturage, c'est pourquoi je t'en ai parlé.

— Je sais et c'est pourquoi j'ai fini par y avoir recours.

Cullen lui glissa un bras autour de la taille et l'attira vers lui.

— Alors pourquoi fronces-tu encore les sourcils ? demanda-t-il en effaçant par de légers baisers les signes de son inconfort.

— Parce que je n'aime pas dépendre de toi pour

le moindre sou que je dépense. Je sais bien qu'à Henderson, c'était ton argent qui payait tout, mais au moins c'était différent parce que je donnais mes cours et que cela faisait un *petit* revenu.

— Tu vas devenir ma femme, affirma-t-il. Ce qui est à moi sera à toi.

Du coup, les lignes sur le front de Misty se creusèrent un peu plus.

— Je ne vais pas devenir ta femme et je devrais être capable de gagner ma vie et celle de mon enfant.

— De notre enfant, corrigea-t-il d'un ton ferme.

Son ton s'adoucit.

— Ecoute, tant que tu seras à New York, tu seras mon invitée. Je ne veux pas que tu t'inquiètes de ce genre de choses. De toute manière, si je n'étais pas obligé d'aller travailler, je passerais chaque instant en ta compagnie. Alors, je vais te laisser un peu d'argent pour demain avec une ou deux cartes de crédit et des numéros de téléphone. Et si tu as besoin de quoi que ce soit d'autre, tu pourras m'appeler.

Misty lui décocha un regard signifiant clairement qu'il ne la comprenait pas.

— Fais-moi plaisir, veux-tu ? proposa-t-il en lui serrant un peu les épaules. Nous pourrons discuter de la division de nos biens quand nous serons mariés.

Par bonheur, elle laissa tomber le sujet. Avec toute autre femme, Cullen aurait pu avoir des soupçons, mais avec Misty, il savait que c'était sa façon d'être.

Si quelque chose valait la peine d'être discuté, elle se battrait jusqu'au bout, mais s'il ne s'agissait que d'elle, certains sujets ne valaient pas la peine d'être abordés.

— Très bien. De toute manière, le dîner est en train de refroidir, dit-elle.

Elle le prit par la main et lui fit traverser la maison en direction de la cuisine.

— Tu as préparé le repas ? demanda Cullen, très surpris.

— Bien sûr. Pour quelle autre raison aurais-je voulu sortir aujourd'hui ?

En entrant dans la cuisine, il aperçut des casseroles fumantes sur la cuisinière et Misty lui lâcha la main pour s'en occuper.

— Assieds-toi, dit-elle en lui indiquant le couvert déjà mis.

Il y avait une salle à manger dans la maison de Cullen et, il en était sûr, Misty avait bien dû la découvrir lorsqu'elle lui avait parlé de ses prétendues investigations. Cependant, la cuisine était plus chaleureuse et moins formelle pour prendre un repas en tête à tête.

— Désolée, s'excusa Misty, mais tu n'avais plus d'olives ni d'amuse-gueules.

Cullen frémit.

— Ah oui, désolé. J'essaie toujours de stocker quelques produits de base mais ces temps-ci, j'ai été un peu distrait. Ma grand-mère n'arrête pas de me dire que je devrais envoyer ma gouvernante me faire des courses, mais je n'en vois pas l'intérêt puisque je prends mes repas le plus souvent à l'extérieur, ou que j'achète de quoi grignoter en chemin quand je reviens du bureau.

— Oui, eh bien, ne t'emballe pas trop. Je n'ai rien fait d'extraordinaire.

— En tout cas, ça sent délicieusement bon.

Cullen admira le doux délié de ses gestes en la regardant goûter le contenu de ses casseroles. Elle passa une casserole de pâtes puis en mit une généreuse portion dans chacune de leurs assiettes qu'elle recouvrit ensuite d'une appétissante sauce onctueuse. Revenant enfin vers le bar, elle y posa les assiettes avant de grimper sur son tabouret.

Elle paraissait si impatiente d'avoir son opinion sur ses qualités de cuisinière que, sans attendre, Cullen étendit sa serviette sur ses genoux et plongea sa fourchette dans son assiette. Misty avait ajouté à la sauce des crevettes et des morceaux de champignons dont les arômes explosèrent sur les papilles de Cullen.

— Délicieux, dit-il d'un ton appréciateur.

Le compliment la fit s'illuminer. Ensuite, elle prit une bouchée de pâtes pour elle-même et ils mangèrent en silence pendant quelques minutes jusqu'à ce que Cullen la surprenne, un œil circonspect posé sur lui.

— Quoi ? demanda-t-il, les yeux baissés sur sa chemise. J'ai fait une tache sur ma chemise ?

Elle rit un peu.

— Non. J'étais juste en train de penser… s'il nous arrivait de nous marier, attendrais-tu de moi que je devienne une maîtresse de maison, une femme au foyer ?

Bien que la question ait été posée d'une manière plutôt innocente, Cullen ressentit tout le sérieux qui se dissimulait derrière les mots. C'était aussi la première fois qu'elle évoquait la possibilité de leur mariage plutôt que de s'en tenir à son inflexible position selon laquelle cela n'arriverait jamais.

Cullen posa sa fourchette à côté de son assiette, réfléchissant avec soin à sa propre réponse.

— Je n'attendrais rien, répondit-il enfin avec franchise. Je voudrais que tu ne t'occupes que de ce qui te rendrait heureuse. Si tu désirais rester à la maison pour élever nos enfants, ça me conviendrait très bien. Et si tu te plaisais à faire le ménage et la cuisine, ça m'irait très bien aussi. Mais j'ai déjà une gouvernante et je pourrais également engager une cuisinière si tu le souhaitais, donc ce ne devrait pas être un problème.

— Et si je voulais travailler à l'extérieur ?

— Je serais aussi d'accord, Misty.

Cullen étendit le bras sur la surface du bar et lui pressa doucement la main.

— Je serais d'accord pour tout ce que tu pourrais

avoir envie de faire de ta vie. Dans la mesure où ce serait raisonnable, bien sûr.

Et d'ajouter avec un grand sourire :

— Je ne sais pas si je serais très excité à l'idée de te voir sauter d'un avion ou te précipiter dans des bâtiments en feu. Mais si tu désirais un poste au sein du groupe Elliott, je ferais tout mon possible pour t'y trouver un emploi. Si tu désirais enseigner la danse à l'académie Juilliard, je t'aiderais aussi pour ça.

— Juilliard ? répéta-t-elle en ouvrant de grands yeux. Tu parles ! Comme s'ils allaient vouloir s'encombrer d'une ancienne show-girl de Las Vegas !

— Tu es une danseuse géniale, Misty. Tu faisais du music-hall mais nous savons tous deux que tu as du talent pour d'autres formes de danse. Tu pourrais leur en remontrer à tous, si tu le voulais.

Quand il vit son sourire rayonnant, tous ses moments de doute et de déception s'envolèrent. Il comprenait maintenant — tout au moins en partie — pourquoi elle continuait à le repousser.

Elle se sentait hors de son élément. La perspective du mariage lui faisait peur parce que, vivant loin des milieux chic et policés, elle ne se considérait pas assez bien pour un Elliott.

Alors d'un seul coup, Cullen détesta qu'elle ait une si piètre opinion d'elle-même. Si seulement elle savait à quel point la famille Elliott avait besoin d'elle — à quel point *lui,* avait besoin d'elle — pour apporter une étincelle à leur vie et desserrer un peu la rigidité que Patrick Elliott avait instillée en eux dès leur petite enfance.

Il repassa dans son esprit les remarques de son frère cet après-midi-là dans la salle de sport. Bryan avait raison. Il lui fallait décider si sa proposition de mariage avec Misty était fondée sur l'émotion ou sur un sens profondément enraciné de ses responsabilités.

Il commençait à croire qu'il s'agissait de la première hypothèse. Même si le mot amour était un peu trop fort. Après tout, il n'avait jamais été amoureux et il n'était pas tout à fait certain de ce qu'on pouvait ressentir quand on l'était. Mais il était profondément attaché à Misty. Et tellement même qu'il avait envie de l'épouser, d'élever ensemble leurs enfants et de passer le reste de ses jours avec elle. Il désirait vraiment tout cela, comprit-il soudain. Et il ne s'agissait en aucun cas d'une proposition d'assumer femme et enfant parce que c'était la seule chose décente et respectable à faire.

Ils terminèrent leur repas dans un agréable silence mais, lorsque Misty se leva pour mettre les assiettes au lave-vaisselle, Cullen s'essuya la bouche avant de s'éclaircir la gorge, persuadé qu'il devait renouveler sa demande encore une fois.

— Misty ?

Sans se retourner, elle fit signe qu'elle l'écoutait. Ses cheveux châtains méchés de blond retombèrent sur ses épaules et sur son dos lorsqu'elle se baissa pour charger le lave-vaisselle.

Un bref instant, la gorge de Cullen se noua. Les mots restèrent collés sur sa langue tandis que sa poitrine se serrait et qu'une vague d'émotion inattendue l'inondait. Il lui avait déjà proposé de l'épouser une bonne douzaine de fois auparavant, mais pour une raison inconnue, il devinait que, cette fois-ci, ce serait différent. Cette fois, son refus risquait de le détruire.

Il avala sa salive et ses doigts blanchirent, accrochés au rebord du bar.

— Veux-tu m'épouser ?

Misty interrompit son geste, se retourna et le regarda. Une très courte seconde, la tristesse et le regret se reflétèrent dans ses prunelles et Cullen comprit ce qui allait venir.

— Je suis désolée, Cullen, la réponse est toujours non.

- 10 -

Deux jours plus tard, Misty errait dans la maison de Cullen, essayant de trouver un quelconque sujet d'intérêt pour passer le temps. Elle avait déjà remis de l'ordre dans la cuisine et la chambre à coucher, zappé sur plusieurs chaînes de télévision dans le salon et lu les premiers chapitres d'un roman en poche extrêmement en vogue qu'elle avait découvert dans le bureau.

Il n'était pas encore midi et déjà, elle s'ennuyait ferme. Certes, Cullen lui avait affirmé qu'il n'attendait pas d'elle qu'elle se transforme en ménagère ou en mère au foyer. Elle pourrait sortir et aller où elle voudrait, dénicher un job ou n'importe quelle autre activité afin de rester occupée.

Si elle l'épousait. Ce qu'elle ne voulait pas. Ne *pouvait* pas. Et peu importait la violence avec laquelle son cœur pouvait s'élever contre une décision qu'elle estimait la meilleure.

Donc, elle continuerait à voir Cullen. Il viendrait au Nevada rendre visite à son enfant, et, elle en était sûre, il lui demanderait de prendre l'avion avec le bébé, direction New York, plusieurs fois par an. Ils en profiteraient pour passer du temps ensemble.

Il était possible que les choses alors ne soient plus pareilles entre eux — leurs relations sexuelles se transformeraient sans doute en quelque chose de plus platonique — mais au moins, elle resterait dans sa vie. Elle ne le perdrait pas complètement, juste parce qu'elle refusait de l'aimer, de l'honorer et de le chérir, selon la formule consacrée.

Sur ce point, Misty en avait la conviction, elle n'avait nul besoin de prononcer des vœux. Elle ressentait déjà tout cela à l'égard de Cullen, et même bien davantage. Mais il n'était pas question pour elle de s'imposer dans son existence, de le forcer à faire de la place pour elle et son enfant alors que, elle en était certaine, c'était aussi éloigné de ses projets que de s'envoler vers la lune.

Bon, pour elle non plus d'ailleurs. Pourtant, elle était capable de faire entrer le rôle de mère célibataire dans sa propre vie chaque jour plus facilement. Bien plus facilement, elle en était certaine, que Cullen ne pourrait jamais faire de la place dans la sienne à une ex-danseuse de revue, enceinte de surcroît.

Avec un soupir, elle se laissa tomber sur le divan devant le poste de télévision et passa de nouveau les chaînes en revue pour voir si rien de palpitant ne s'était passé au cours des dix dernières minutes. Elle pouvait toujours faire un tour à l'extérieur — par ce bel après-midi du mois de mai — mais elle était déjà partie toute seule en exploration autant qu'elle en avait eu le désir. En fait, ce qui lui manquait, c'était sa ville. Au fond, peut-être devrait-elle songer à repartir pour Las Vegas ?

Retourner au studio de danse et au train-train quotidien. Elle ne serait peut-être pas en mesure de donner ses cours comme elle le faisait par le passé, mais elle pouvait s'arranger pour faire que le studio reste ouvert. Elle avait donné des cours assez longtemps à deux de ses étudiants pour qu'ils soient en mesure de reprendre le flambeau et montrer des mouvements dont elle n'était plus capable.

Et puis, quelle raison y avait-il de retarder l'inévitable ? Un jour ou l'autre, elle allait être bien obligée de retourner chez elle. Alors mieux valait plus tôt que trop tard, surtout en considérant la tension qui s'était développée entre Cullen et elle depuis ce soir dans la cuisine où il lui avait fait une fois de plus sa demande.

Une ultime fois, apparemment, car depuis, il n'avait pas remis le sujet sur le tapis.

Alors que d'habitude, il le faisait plusieurs fois par jour, il y avait plusieurs jours maintenant que le sujet du mariage n'avait pas été abordé. Oh, certes, ils faisaient encore l'amour, dormaient toujours dans les bras l'un de l'autre, et Cullen l'appelait toujours du bureau pour savoir ce qu'elle faisait. Mais il ne la demandait plus en mariage.

Ni le matin, ni à midi, ni le soir.

Eh bien, cela lui manquait, se dit-elle, traversée d'un élan de regret. Alors que tant de fois, elle l'avait envoyé promener, c'était affreux de se lamenter maintenant qu'il avait cessé de le faire. Et pourtant, c'était la vérité. Les petits frissons d'anticipation qui la parcouraient chaque fois que le téléphone sonnait ou qu'il passait la porte lui manquaient.

Il ne fallait pas se le dissimuler : elle avait dit non parce que c'était la seule chose à faire. Mais elle avait été flattée de l'entendre encore et toujours lui poser la même question. Comme s'il le pensait vraiment.

Quand on sonna à la porte, le cœur de Misty battit la chamade et elle sauta sur ses pieds, pensant qu'il s'agissait de Cullen. Un instant plus tard, son bon sens revenu, elle comprit que, dans ce cas, il aurait utilisé sa clé plutôt que de sonner.

Cependant, un visiteur allait être une agréable distraction. Peu importait qu'il s'agisse d'un représentant désireux de lui démontrer l'étonnante puissance d'un nouvel aspirateur, ou d'une voisine à la recherche de son caniche nain.

En revanche, en ouvrant la porte à la volée, elle ne s'attendait pas à découvrir Bridget, la cousine de Cullen. Misty ne l'avait pas revue depuis l'amusante et légèrement embarrassante rencontre dans le bureau de Cullen, une quinzaine de jours auparavant. Cela n'empêcha pas Bridget de pénétrer à l'intérieur de la maison et d'adresser à Misty un sourire éclatant.

— Eh bien, bonjour, dit-elle avec entrain en rejetant sur une épaule son grand sac vert tilleul. J'espère que je ne vous dérange pas ?

Misty secoua la tête. Elle n'avait même pas eu le temps de dire bonjour mais elle commençait à comprendre qu'il s'agissait sans doute là de la manière d'être habituelle de Bridget. Un déploiement d'énergie aussi excessif fit naître un sourire involontaire sur ses lèvres.

Bridget portait un haut orange sans manches, dont le profond décolleté était retenu par un lien surmonté d'un nœud. Sa jupe en biais était dans les mêmes tons que sa blouse, son sac et ses chaussures. Ses cheveux d'un blond foncé, coupés à hauteur des épaules, étaient tirés en arrière et retenus de chaque côté par des clips en strass que le soleil faisait étinceler.

— Je suis vraiment ravie de vous revoir, Misty ! s'exclama-t-elle.

Une lueur de détermination s'alluma dans ses yeux bleus.

— Maintenant, dites-moi que vous n'avez pas de projets pour la journée.

Une nouvelle fois, Misty secoua la tête.

— Non. Pourquoi ?

— Super, parce que je suis venue pour vous emmener déjeuner.

— Pardon ?

Un peu déconcertée, Misty battit des paupières.

— Déjeuner. Vous savez, le repas qu'on prend entre le petit déjeuner et le dîner ! Cette activité pendant laquelle les femmes se réunissent pour papoter et parler entre filles.

Elle décocha à Misty un sourire rayonnant et s'empara de son bras.

— Venez donc. Je sais que Cullen travaille et vous devez devenir folle à moisir toute seule ici. Nous allons sortir, manger un morceau, et je vous dirai tout ce que vous devriez savoir sur le clan Elliott. Vous pourrez même me demander comment vous mettre dans les petits papiers de grand-père...

Là, elle roula de grands yeux.

— S'il a jamais eu des petits papiers, et je vous dirai aussi comment était Cullen lorsqu'il était petit.

Sa dernière phrase fut comme la cerise sur le gâteau. Misty s'était sentie presque désespérée de n'avoir rien trouvé à faire, et comme elle éprouvait beaucoup de sympathie pour Bridget, aller déjeuner en sa compagnie lui apparaissait comme quelque chose de très amusant. Et, puisqu'il en avait été question, elle désirait vraiment en savoir un peu plus sur l'enfance de Cullen et sur l'homme qui allait devenir l'arrière-grand-père de son enfant.

— Le temps de prendre mon sac, dit-elle en se retournant vers l'escalier. Il faudrait aussi que je téléphone à Cullen pour lui dire que je ne serai pas à la maison pendant un moment.

— Il le sait déjà, cria Bridget dans son dos.

Misty s'arrêta au milieu de l'escalier.

— Avant de quitter le siège de la société, je lui ai parlé de ce que j'avais l'intention de faire. Il a dit de bien nous amuser et de lui rapporter quelques restes.

Bridget croisa les bras.

— Qu'est-ce qu'il croit ? Qu'il trouve lui-même de quoi se nourrir ! Si nous bavardons aussi longtemps que je l'imagine, nous y serons encore à l'heure du dîner.

Misty se mit à rire avant de courir vers sa chambre pour prendre sa petite pochette. En quittant la maison, elle vit qu'un véhicule du même service de voiturage que Cullen lui avait recommandé de prendre attendait Bridget le long du trottoir.

— Je n'ai pas le droit de vous laisser vous surmener, annonça celle-ci lorsqu'elles se glissèrent toutes deux sur le siège arrière dans l'atmosphère climatisée.

— Je me sens très bien, protesta Misty.

— J'en suis bien certaine, mais Cullen nous a parlé de votre séjour à l'hôpital — de quoi le faire vieillir de dix ans, oserais-je dire — et il ne veut surtout pas que vous soyez malade ou que le bébé puisse être en danger. Vous avez de la chance qu'il ne vous oblige pas à rester couchée, que le médecin l'ait suggéré ou non…

Elle fit un clin d'œil à sa voisine.

— C'est comme ça que sont les Elliott : des têtus et des je-sais-tout.

— Et vous aussi ? demanda Misty avec un léger sourire.

— Bien entendu.

Bridget ne parut pas le moins du monde froissée ou démontée.

— Autant il m'arrive de détester cela, parfois — et surtout grand-père — je considère que j'ai de la chance d'être née dans cette famille. Chez n'importe qui d'autre, on m'aurait depuis longtemps déjà enfermée dans un sac de toile et jetée dans l'East River. Pour eux, je suis une vraie catastrophe. La plupart du temps, je m'imagine qu'ils se tiennent un peu en retrait, espérant que je ne les entraînerai pas avec moi si je fais quelque chose de stupide.

— Ce doit être formidable de faire partie d'une grande famille si soudée ?

— Oh oui, répliqua Bridget sans hésiter. Cela peut être un vrai poison aussi, mais chaque fois que j'ai des ennuis ou que j'ai besoin de quelque chose, je sais que je peux compter sur eux.

Un ange passa puis elle ajouta :

— Vous aussi vous le pourrez, vous savez. Une fois que Cullen et vous serez mariés, vous deviendrez une Elliott et vous pourrez vous adresser à moi ou aux autres si vous avez besoin de quoi que ce soit.

Misty s'apprêta à nier que Cullen et elle aient

l'intention de se marier, avant de changer d'avis. Cullen avait probablement déjà raconté à sa famille qu'ils étaient fiancés, et quelles que puissent être ses propres protestations, elle ne parviendrait sûrement pas à les convaincre du contraire.

En outre, elle ne voulait pas vraiment mêler la cousine de Cullen au débat. Quand la famille s'apercevrait qu'aucun préparatif n'était mis en place, il deviendrait bientôt très clair pour elle que ce mariage n'aurait pas lieu et que Misty allait s'en retourner à Las Vegas.

Elle n'était pas non plus d'accord avec l'idée selon laquelle elle se coulerait naturellement dans leur famille et deviendrait comme par magie *l'une d'entre eux*, par le simple fait d'être mariée à Cullen. Bridget elle-même n'avait-elle pas affirmé qu'on avait entendu leur grand-père Patrick s'écrier qu'aucun de ses petits-fils n'épouserait une strip-teaseuse ?

Elle n'était pas strip-teaseuse et ne l'avait jamais été, mais elle doutait que l'aîné des Elliott puisse apprécier la distinction.

Un tas de gens pensaient de la même façon. Elle ne pouvait donc pas lui en vouloir de sa méprise. Ce qui l'ennuyait le plus, c'était qu'il se soit à l'évidence fait une opinion sur elle et sur sa relation avec Cullen, avant même de l'avoir rencontrée. Mais là encore, elle ne pouvait l'en blâmer. A sa place, elle aurait sans doute eu la même réaction.

Vu de l'extérieur, elle en était certaine, elle avait

tout d'une chercheuse d'or partie à la conquête de la fortune des Elliott. Il était tentant de la considérer comme une ex-danseuse de revue cherchant à se sortir de Las Vegas pour se caser dans l'une des plus riches et des plus brillantes familles du Nord-Est.

D'abord, diraient-ils, elle avait attiré Cullen dans ses filets grâce au sexe, en nouant avec lui des liens fort opportunistes. Et ensuite, elle s'était arrangée pour se faire mettre enceinte et le piéger dans une union sans amour.

Si seulement les gens — Cullen y compris — connaissaient la vérité ! A quel point il comptait à ses yeux et combien sa grossesse avait été un choc pour elle comme pour tous les autres !

Sa main se déplaça pour se poser sur la légère rondeur de son ventre pendant que la voiture se faufilait parmi les feux verts et rouges du trafic sur Manhattan. C'était une raison bien suffisante pour qu'elle refuse d'épouser Cullen — parce que, quoi qu'ils puissent dire ou faire — personne ne croirait jamais qu'elle n'était pas tombée enceinte dans le seul but de mettre facilement la main sur sa fortune.

Elle réprima un soupir de tristesse. Elle était peut-être bien une femme possessive mais elle n'avait rien d'une chercheuse d'or, et elle n'imaginait pas pouvoir vivre en sachant que tout le monde avait à son sujet ce genre d'opinion.

*
* *

Des heures plus tard, Misty et Bridget étaient assises autour d'une table blanche en rotin dans le patio d'un traiteur local. Une brise légère gonflait le parasol au-dessus de leur tête, tandis qu'elles faisaient tranquillement un sort à leur sandwich et à leur salade de fruits. Elles seraient sans doute venues se restaurer un peu plus tôt, sans l'insistance de Bridget pour faire une pause en chemin. Après avoir entendu Misty détailler ce qu'elle avait fait au cours de sa première visite de New York, Bridget avait déclaré que ce genre de balades à pied étaient du dernier ennui, et elle avait décidé de lui faire connaître ce que les femmes de la famille Elliott considéraient comme une vraie et amusante journée de shopping.

Elle avait entraîné Misty dans plusieurs bijouteries et autant de boutiques, l'encourageant à faire un achat dans chacune d'elles. Elle ne cessait de répéter que cela ne *le* dérangerait pas, et une part de Misty la croyait sur ce point. Mais la pensée d'obliger Cullen à régler la note ou d'avoir à lui demander de payer pour autre chose que le strict nécessaire lui était insupportable.

Subvenir aux besoins de leur enfant était une chose, mais elle refusait d'accepter des babioles et des cadeaux superflus qui ne feraient d'elle rien d'autre de plus qu'une maîtresse. Tout cela lui donnerait l'impression d'être une catin. C'est-à-dire exactement l'espèce de femme auquel tout le monde s'imaginait qu'elle appartenait.

Elle ne s'en ouvrit pas pour autant à Bridget, même si elle soupçonnait que celle-ci la comprendrait si elle le lui expliquait. Au lieu de cela, Bridget avait haussé les épaules chaque fois que Misty avait refusé de faire un achat et elle s'était précipitée pour faire l'emplette d'un chapeau ou d'une paire de bottes pour elle-même.

Chemin faisant, tout en déambulant dans les boutiques et à travers la ville dans leur luxueuse berline, Bridget lui rapporta toutes sortes de commérages familiaux, et l'informa de tout ce qu'il se passait à la *Elliott Publication Holding*.

Certains potins la firent bien rire, comme l'histoire d'un des employés de *Buzz* qui avait assisté à une réunion avec le mot URGENT imprimé au dos de sa chemise froissée, donnant à chacun une nette idée de ce qui s'était passé dans la pièce des photocopieuses avec l'une des jeunes réceptionnistes du magazine.

Certains autres points l'incitaient à s'interroger. Comme la compétition que Patrick Elliott avait initiée entre ses enfants en leur lançant un défi. Celui qui, à la fin de l'année, aurait hissé son propre magazine en tête des ventes remporterait la palme et serait nommé P.-D.G. du groupe, le jour où Patrick prendrait sa retraite.

Misty n'arrivait pas à imaginer qu'on puisse ainsi

lancer ses héritiers l'un contre l'autre de quelque manière que ce soit, pour quelque chose d'aussi peu important qu'une affaire de famille. Certes, elle était consciente de l'immensité de l'empire Elliott, mais après tout, ce n'était qu'une société, un job, et loin d'être aussi crucial qu'une famille et des enfants, l'amour et le respect.

Du reste, le seul fait d'entendre raconter ce genre de choses au sujet d'un homme qui allait devenir l'arrière-grand-père de son propre enfant lui inspirait un certain malaise. Elle n'était pas particulièrement pressée de faire la connaissance de Patrick, mais elle se jura bien, quelles que soient les circonstances, de protéger leur enfant de lui et de son comportement brutal, de son mépris — ou le cas échéant, carrément de sa haine —, et de sa personnalité manipulatrice.

— C'est une vieille fripouille qui veut tout contrôler, voilà ce qu'il est, lui dit Bridget.

Elle poursuivit ses confidences sur son grand-père en mordillant son sandwich.

— Ses intrusions dans ma vie et dans celle du reste de la famille me rendent folle ! Il faudrait bien que quelqu'un lui inculque un peu de bon sens ou lui demande une bonne fois pour toutes de nous laisser tranquilles.

Misty sirota son verre de jus de mangue et hocha la tête d'un air approbateur. Elle n'avait en fait rien d'autre à offrir à Bridget que ses propres soucis sur la manière dont Patrick risquait d'influencer son existence et celle de son bébé, mais Bridget paraissait satisfaite d'avoir trouvé un auditoire attentif et elle poursuivit sur sa lancée.

— Il a obligé oncle Daniel à épouser Amanda quand elle s'est retrouvée enceinte à peine sortie du lycée. Dans le fond, je suppose que nous devrions tous lui en être reconnaissants car, sans cela, nous n'aurions pas Cullen à aimer.

Elle glissa à Misty un sourire entendu.

— Malgré tout, ils auraient dû avoir le droit de prendre leurs propres décisions sur la manière de gérer leur situation. D'une façon ou d'une autre, ils se seraient retrouvés et alors ils n'auraient pas fini par divorcer. Et même si cela ne s'était pas passé ainsi, je vous parie n'importe quoi que Daniel aurait quand même été un père génial et que tout se serait bien passé pour Bryan et Amanda.

Elle noya son sandwich avec une gorgée de soda.

— Quant à forcer Finola à abandonner son bébé quand elle s'est retrouvée enceinte à quinze ans, c'était une grosse erreur. A mon avis, je ne crois pas que la pauvre tante Finny s'en soit jamais remise. Elle a laissé son poste de rédactrice en chef de *Charisma* envahir complètement sa vie. Elle ne veut même pas accepter un seul rendez-vous galant.

En s'adossant à sa chaise, Bridget ajouta :

— Moi en tout cas, je ne veux pas que le magazine prenne le pas sur ma vie, ça non.

Une seconde plus tard, elle se pencha de nouveau vers Misty.

— Si je vous confiais quelque chose, chuchota-t-elle d'un air de conspiratrice, voulez-vous promettre de n'en souffler mot à personne ? Même pas à Cullen ?

Misty resta un instant silencieuse. Elle se sentait à la fois honorée que la cousine de Cullen veuille se confier à elle et indigne de cette confiance. Néanmoins, elle hocha la tête et tendit la tête au-dessus de son assiette pour écouter ce que Bridget avait à lui dire, parce qu'elle répugnait à mettre un terme à la camaraderie qu'elle venait de se découvrir avec cette femme.

— Croix de bois, croix de fer ? demanda Bridget.

— Croix de bois, croix de fer, promit-elle.

— J'adore diriger le secteur photo de *Charisma,* ne vous méprenez pas. Et je n'ai jamais parlé de cela à qui que ce soit auparavant, mais... enfin, voilà. Je travaille sur un livre de confidences sur la famille Elliott. Grand-père en *mourrait* s'il était au courant. En fait, il me tuerait sans doute en le découvrant. Mais il faut que cela soit fait. Quelqu'un doit faire savoir au monde quel genre d'homme est vraiment Patrick Elliott, et comment il s'y est pris pour arriver là où il est.

Sans même laisser à Misty le temps de digérer son discours, l'expression de Bridget passa d'une sévère détermination à quelque chose de doux et d'incertain. Elle poussa un gros soupir et porta à sa bouche une cuillerée de melon.

— Vous me croyez folle ? Pensez-vous que je risque non seulement la colère de mon grand-père mais aussi le rejet de ma famille ?

— Je l'ignore, répondit Misty, sincère.

Elle ne connaissait aucun d'eux, à part Cullen, mais le peu qu'elle en savait était déjà assez pour deviner comment ils réagiraient quand ils découvriraient les agissements clandestins de Bridget, ou à la lecture d'un paragraphe révélant au monde entier les rouages et les scandales intimes de la dynastie des Elliott.

— A mon avis...

Elle prit le temps d'inspirer profondément puis se lança avec franchise.

— Je crois que vous avez besoin de faire ce qui vous paraît juste. Il me semble que votre sujet vous passionne et, à mon humble avis, c'est une bonne chose. Vous ne devriez pas passer votre vie à un poste que vous n'aimez pas ou faire quelque chose qui vous laisse un sentiment d'insatisfaction.

Elle but une autre gorgée de jus de fruits avant de poursuivre hardiment.

— Le fait d'écrire ce livre ne signifie pas forcément qu'il faudra chercher à le publier. Vous pourriez l'écrire pour votre satisfaction personnelle sans que personne ait besoin d'être au courant.

Bridget fit la grimace. Il était évident que ses ambitions concernant son livre de révélations allaient beaucoup plus loin que l'envie de chérir un secret violon d'Ingres.

— En revanche, poursuivit Misty, si vous le publiez... eh bien, je ne suis pas une Elliott, alors je ne devrais sans doute pas vous dire cela, mais il est possible que le fait de mettre au grand jour certains squelettes dans les placards de votre famille est exactement ce dont a besoin votre grand-père pour comprendre qu'il a trop contrôlé la vie de ses enfants et de ses petits-enfants.

— Vraiment ?

A travers la surface de verre de la table, Bridget tendit la main pour serrer celle de Misty.

— Oh, Misty, merci. Grâce à vous, je me sens beaucoup mieux. Au moins, vous comprenez. Il doit y avoir quelqu'un d'assez courageux pour dire la vérité sur la famille Elliott — et pas simplement celle que Patrick Elliott a concoctée.

Le reste du repas se déroula paisiblement, mais Misty n'en ressentit pas moins une sorte d'épuisement émotionnel. Elle aimait beaucoup Bridget, mais elle savait que nouer un trop grand lien d'amitié avec elle ne serait pas loyal, puisqu'elle ne resterait sans doute plus très longtemps en ville. Peut-être même qu'elle ne reviendrait jamais à New York...

Quand enfin la voiture stoppa devant la maison de Cullen, Bridget se pencha pour étreindre Misty avant de la laisser descendre. Misty lui rendit son étreinte et des larmes lui picotèrent les yeux à l'idée qu'elle venait de rencontrer quelqu'un dont elle pourrait se faire une amie.

Une amie qu'elle pourrait bien ne plus jamais revoir.

- 11 -

— Comment s'est passé ton déjeuner avec Bridget ?

Assise derrière le plan de travail de la cuisine, Misty réfléchissait sans trouver de solution au mot croisé du journal de la veille.

A la question de Cullen, elle releva la tête et se rendit compte qu'elle ne l'avait pas entendu entrer. Elle n'avait pas non plus entendu la porte s'ouvrir... pas plus que le bruit de ses pas traverser le parquet... ni le tintement de son trousseau jeté sur la crédence. Il s'était débarrassé de sa veste et avait posé son attaché-case, mais elle n'avait entendu ni vu aucun de ses gestes non plus.

Le pourquoi de la chose n'était pas un grand mystère. L'après-midi passé en compagnie de Bridget lui avait rempli la tête d'un million de pensées — toutes centrées sur Cullen — ainsi que la question de savoir si, oui ou non, elle devait prendre plus longtemps le risque de rester à New York avec lui.

D'un geste distrait, elle se gratta la tête et arbora

un sourire pas tout à fait sincère avant de se retourner sur son tabouret.

— Très bien. J'aime beaucoup ta cousine, répondit-elle. Et toi ? Comment s'est passée ta journée ?

— Super.

Cullen continua à s'avancer jusqu'au moment où il se retrouva juste devant elle, la dominant de sa haute taille, et qu'elle put sentir son souffle sur ses joues, ses cils, ses lèvres. Il posa les mains sur le plan de travail de chaque côté d'elle avant de se pencher pour l'embrasser.

— Pourtant, tu m'as manqué. Je pensais...

Sa bouche frôla la tempe de Misty puis suivit la ligne de sa mâchoire.

— Tu pourrais peut-être m'accompagner demain au bureau ? Comme ça, chaque fois que je commencerais à rêver de toi, tu serais tout de suite là au lieu d'être si loin.

Un sourire amusé retroussa les lèvres de Misty.

— Ce ne serait pas trop distrayant pour toi ?

Elle lui passa la main dans les cheveux et pencha la tête pendant que la bouche de Cullen traçait un chemin humide le long de son cou.

— Pas autant que de te désirer et de ne pas t'avoir à portée de la main.

A ces mots, Misty sentit son cœur battre la chamade et quelque chose en elle se recroquevilla.

L'envie la prit de lui demander s'il l'avait trouvée tout aussi distrayante au cours des quatre dernières années, à vivre ainsi chacun de son côté, à deux endroits différents du pays. Mais elle craignait trop sa réponse. Elle avait trop peur qu'il n'ait jamais pensé à elle, alors qu'elle-même ne songeait qu'à lui chaque jour qui passait.

Le nez de Cullen câlina le décolleté plongeant de Misty, juste au-dessus des seins, et du bout de la langue il commença à humecter la peau qui très vite devint brûlante. Les paupières de Misty s'abaissèrent et une sorte de doux gémissement naquit dans sa gorge.

— Montons, murmura Cullen.

— Tu n'as pas faim ? Tu ne veux pas d'abord dîner ?

Cullen se redressa et Misty ouvrit brusquement les yeux. Avant qu'elle ait pu deviner ce qu'il allait faire, Cullen l'enleva dans ses bras.

— La seule chose dont j'ai faim pour l'instant, c'est de toi. Le dîner peut attendre.

Il monta rapidement les marches non sans prendre mille précautions et se dirigea vers la chambre à coucher. Parvenu au pied du lit, il y déposa doucement Misty et s'y coucha à son tour. Son regard était intense, possessif... adorateur, et un élan de regret noua l'estomac de Misty.

Comme il allait lui manquer quand elle s'en irait...

Car elle allait partir. Il le fallait. Seulement, ce

serait une des choses les plus dures qu'elle aurait jamais eu à faire.

Parce qu'elle l'aimait.

Tout au fond d'elle-même, elle savait qu'il en avait toujours été ainsi. Toutes ses dénégations et ses déclarations prétendant qu'elle avait accepté cette liaison parce que Cullen était un homme délicieux et la traitait mieux qu'aucun des hommes de son passé n'étaient qu'un écran de fumée.

Elle l'aimait comme elle ne s'en était jamais crue capable et, pour la première fois, elle remercia la providence de porter son enfant. C'était peut-être égoïste de sa part de penser cela, mais au moins, en ayant le bébé de Cullen, elle garderait ainsi une part de lui, un lien avec cet homme que rien ni personne ne pourrait briser.

Si cela pouvait être possible, elle l'épouserait et passerait le reste de son existence avec lui. Mais lorsqu'ils s'étaient rencontrés, il aurait fallu qu'elle exerce une autre profession que celle de danseuse de revue. Il aurait aussi fallu que leur relation ait commencé autrement que par une liaison secrète et incandescente.

Qu'il soit un Elliott n'arrangeait rien non plus. S'il ne l'avait pas été, certains des obstacles qui les séparaient n'auraient peut-être pas paru aussi insurmontables.

Ses yeux s'embuèrent et elle battit des paupières pour retenir ses émotions. Si Cullen remarquait qu'elle était proche des larmes, il voudrait savoir ce qui n'allait pas et ne la lâcherait pas jusqu'à ce qu'elle le lui avoue.

Mais comment lui dire qu'elle le quittait parce qu'elle l'aimait ? Comment le lui dire et lui faire comprendre que c'était le mieux — pour tout le monde ?

Bien entendu, Cullen voudrait la persuader du contraire. S'il voyait que les choses ne marchaient pas comme il l'entendait, il essaierait de discuter avec elle pour la faire changer d'idée. Et si elle restait décidée à partir, il l'attacherait sans doute au lit jusqu'à ce qu'elle retrouve son bon sens.

A cette pensée, un sourire naquit sur ses lèvres, presque malgré elle. Son côté entêté et obstinément braqué dans la même direction était l'un des traits de caractère qu'elle aimait le plus en lui, et qui faisait qu'elle se sentait protégée et chérie. Mais cette fois, elle ne pourrait plus laisser l'arrogance héritée des Elliott l'empêcher de faire ce qu'elle savait être le plus juste.

En suivant du pouce l'arc de ses sourcils, Cullen baissa les yeux vers elle. De l'épaule à la hanche, son corps épousait celui de Misty.

— Tu as l'air tellement sérieuse, dit-il d'une voix douce. A quoi penses-tu ?

Elle faillit lui dire « *je t'aime* ». Elle avait les mots au bout de la langue. Mais elle fut incapable de les prononcer.

D'abord, réfléchit-elle, l'amour n'avait pas fait partie de leur accord quand ils avaient commencé à coucher ensemble ; et dans ce cas, il ne serait pas loyal de sa part d'insérer maintenant un tel sentiment dans leur pacte.

D'un autre côté, elle ne pourrait pas supporter d'avouer son amour à Cullen et ne pas l'entendre en faire autant en retour. Ou pire encore, comment imaginer de voir son visage se durcir et se tendre pendant qu'il essaierait de se tirer des griffes d'une maîtresse devenue soudain collante et sentimentale ?

Grossesse ou pas grossesse, partage d'enfant ou non, elle devait se rappeler qu'ils étaient toujours amant et maîtresse.

Misty secoua la tête et fit courir ses doigts dans les cheveux soyeux de Cullen.

— A rien d'important, dit-elle en réponse à sa question.

Et, repoussant aussitôt tout ce qui venait de lui passer par la tête, outre ses sentiments :

— Je me disais à quel point il est délicieux de remplacer pour quelqu'un le boire et le manger.

— Pas pour quelqu'un, grommela-t-il. Pour *moi*.

Tel un prédateur, il referma les dents sur la chair tendre de sa gorge, dans un geste de possession. Le pouls de Misty s'accéléra, et, possédée par un désir fou d'être encore plus au contact de lui, elle se tordit sous le corps de son amant, tourmentée par son besoin de ne plus faire qu'un avec lui.

Cullen délaissa sa gorge et ses lèvres se déplacèrent vers sa bouche. Il se mit à l'embrasser avec une ardeur telle, une passion si intense qu'elle eut soudain l'impression qu'il lui dérobait l'air de ses poumons. Et, pendant tout le temps que les lèvres de Cullen se joignaient aux siennes, ses mains caressantes couraient sur ses bras, sa taille, ses seins.

Peu à peu, elle sentit qu'il la déshabillait. En se tortillant un peu, elle laissa Cullen lui ôter son pantalon noir et son haut rose pour se retrouver bientôt vêtue seulement d'un slip et d'un soutien-gorge.

Elle lui rendit le même service en dénouant sa cravate et en la tirant entièrement hors de son col, puis ses doigts coururent sur sa chemise, firent sauter les boutons l'un après l'autre jusqu'au moment où elle put sentir sous sa main le torse musclé qu'elle aimait tant.

Cullen retint sa respiration et son ventre se durcit au contact des ongles qui glissaient le long de ses flancs et s'introduisaient sous sa ceinture. Du pouce et de l'index, Misty fit descendre la fermeture de son pantalon tout en continuant à s'abreuver à la source de ses lèvres qu'elle mordilla, lécha, suçota.

Haletant, Cullen la repoussa soudain et bondit sur ses pieds pour envoyer promener ses chaussures et son pantalon, si vite qu'il lui arracha un léger rire. Puis, dans toute la splendeur de sa nudité, il revint vers elle et la libéra des minuscules pièces de lingerie qui la couvraient encore, avant de s'allonger au-dessus d'elle.

Leurs bouches se retrouvèrent. Leur souffle et leurs membres se mêlèrent et ils roulèrent sur le dessus-de-lit. Cullen baisa le cou de Misty, mordilla le lobe de son oreille puis ses lèvres descendirent sur sa poitrine. Il encercla le mamelon qui durcissait, bourgeonnait, avant de l'attirer dans sa bouche et de le taquiner, tout en tourmentant du bout du pouce la pointe de l'autre sein.

Misty se cambra, s'abandonnant aux sensations qu'il éveillait en elle, tendue vers l'explosion de ses sens au fur et à mesure d'une pression qui montait, palpitait, convergeait vers le cœur de sa féminité.

Soulevant les jambes, elle encercla la taille de Cullen. Aussitôt, il se glissa en elle, facilement, d'un seul élan plein de fluidité. Instinctivement, les muscles internes de Misty se resserrèrent autour de lui, et elle soupira, inondée par une sensation de plaisir qui la soulevait telle la vague venue de l'océan.

Ses doigts jouèrent le long du dos de Cullen, de ses épaules, de son torse. Il crispa les mâchoires, et les veines de son cou se tendirent, tandis que ses hanches s'abaissaient en d'incessants coups de reins.

Alors le monde cessa d'exister, se rétrécit jusqu'à n'être plus qu'un point extrême et minuscule du temps et de l'espace où eux seuls existaient, dans cette pièce, à cet instant précis. Toute autre pensée, tout autre souci disparut de leur esprit en un éclair. L'air s'emplit du mélange de leur souffle lourd et des gémissements que l'intensité du plaisir qu'ils se donnaient leur arrachait.

Les mains de Cullen descendirent sur les flancs de Misty. L'une s'attarda sur sa hanche, tandis que l'autre se glissait dans les replis secrets de son sexe. Du pouce, il se mit à caresser l'épicentre de son désir, déclenchant petit à petit dans chaque pore, chaque cellule de son corps, des éclairs de pure extase.

Dos arqué, les ongles plantés dans les épaules de Cullen, Misty s'abandonna à sa jouissance avec un long cri d'intense délice tandis qu'il continuait à exacerber ses sensations pour prolonger encore et encore les spasmes qui la secouaient. Puis, à son tour, il se raidit d'un seul coup et se répandit en elle avec un grondement venu du plus profond de lui-même.

Quand le cœur de Misty eut cessé de battre dans sa poitrine comme une fanfare un jour de parade, elle rouvrit les yeux.

Les yeux de Cullen, d'un bleu intense, étaient fixés sur elle. Sur ses bras tendus par l'effort, il se maintenait un peu au-dessus d'elle pour s'écarter de son ventre arrondi.

Alors, avec un grand sourire, il se pencha pour

Un héritier chez les Elliott

déposer un baiser ferme et satisfait sur la bouche de Misty avant de rouler sur le côté.

— Je ne sais pas ce qu'il en est pour toi, mais moi je préfère de loin ce genre de repas au bon vieux ragoût quotidien.

Les paupières de Misty commençaient à s'abaisser mais elle répondit quand même par un « *Mmm* » d'acquiescement. Cullen tira les draps et couvertures tassés et chiffonnés sous leurs deux corps et les remonta jusqu'en haut de leur poitrine avant de venir se blottir contre Misty.

Ils restèrent allongés là, sur le côté, comme deux cuillères emboîtées l'une dans l'autre. Cullen était serré contre le dos de Misty, le bras enroulé autour de sa taille, ses lèvres lui frôlant le cou et les épaules.

Misty poussa un profond soupir et s'efforça de ravaler les larmes qu'elle sentait monter en elle. Elle ne voulait surtout pas qu'il sache qu'elle pleurait. S'il s'en rendait compte, il voudrait en connaître la raison et la presserait de questions pour lesquelles elle n'avait pas de réponses.

Cullen pianotait machinalement sur la chair tendue et nue de son ventre gonflé et, au contact de ses doigts, le cœur de Misty flancha. L'émotion qui l'envahissait maintenant lui noua la gorge.

Il était si bon ! Il n'y avait rien qu'elle désire davantage que rester allongée avec lui chaque nuit, pendant le reste de leur existence. De savoir qu'elle était sienne... avec lui pour toujours... et qu'un avenir à deux brillait, éclatant, devant eux.

Mais ce n'était pas le cas et elle savait ce qu'il lui restait à faire.

Peu importait à quel point elle pourrait en souffrir.

- 12 -

A son retour du bureau le jour suivant, Cullen sifflotait en escaladant deux par deux les marches du perron pour rentrer chez lui.

Voilà ce qu'une vraie femme était capable de faire pour vous, se disait-il. S'arranger pour que vous vous sentiez léger, même après une longue et dure journée. Vous communiquer l'envie de rentrer chez vous et de faire autre chose que de mettre une portion individuelle à réchauffer dans le four à micro-ondes, ou de se laisser tomber devant la télé pendant quelques heures avant de ramper jusqu'à votre lit.

Certes, il était contrarié par son refus constant de l'épouser, cela ne faisait aucun doute. En fait, pour être tout à fait honnête, il devait admettre qu'il en était plus que désolé. Jamais auparavant, il n'avait proposé le mariage à quelqu'un. Jamais une femme n'avait assez compté à ses yeux pour qu'il lui en fasse la demande.

Mais il était attaché à Misty. Et il était aussi attaché à leur enfant à naître.

Il désirait qu'elle devienne sa femme, bon sang ! Combien de fois le lui avait-il demandé au juste ? Une bonne centaine de fois, pas moins. Et elle l'avait repoussé… une bonne centaine de fois aussi. Que pouvait-il faire de plus pour la convaincre, à part la balancer en travers de son épaule pour l'emporter quelque part où il pourrait lui faire subir une quelconque torture chinoise jusqu'à ce qu'elle cède ?

Restait une seule option : prendre ce qu'il était possible de prendre. Misty ne voulait pas se marier certes, mais elle paraissait assez heureuse de vivre à New York avec lui. Donc, c'est ainsi qu'ils devraient procéder. Ce ne serait pas l'idéal, et sa famille pourrait bien ne pas leur donner son accord à cent pour cent, mais ça pouvait marcher.

Ils pourraient vivre et élever leur bébé ensemble. Former une belle et heureuse famille, sans la bénédiction du mariage.

Au fin fond de lui-même, cette idée l'ébranla et ses doigts se crispèrent sur la poignée de la porte d'entrée. Il avait toujours été le play-boy de la famille, avec de jolies femmes pendues à son bras et buvant chacune de ses paroles. Son lit n'était jamais vide quand il en avait envie. Alors, pourquoi était-il si impératif de se passer la corde au cou et ne pas se contenter de vivre « à la colle » avec Misty ?

Parce qu'ils allaient avoir un enfant ensemble ?

Parce qu'elle était la seule femme pour laquelle il était prêt à oublier toutes les autres ?

Non, honnêtement, il n'en savait rien. Il s'était posé les mêmes questions à maintes reprises, mais il n'avait toujours pas les réponses.

Seulement, vœux ou pas vœux, ils pouvaient peut-être faire en sorte que ça marche ? Et ils y parviendraient. Il s'en assurerait.

Poussant la porte, il pénétra à l'intérieur de la maison, et redressa la tête pour écouter les bruits indiquant la présence de Misty. Il la trouvait souvent dans la cuisine, où elle mettait en route quelque chose pour le dîner. Ou alors dans le salon, en train de bouquiner. Il posa son attaché-case dans l'entrée et se débarrassa de sa veste avant de longer le couloir. Aucun arôme ne lui parvenait de la cuisine, ce qui ne signifiait pourtant pas qu'elle ne s'y trouvait pas.

Parvenu à l'arrière de la maison cependant, il trouva la pièce vide. Aucune cocotte, aucune casserole ne chauffait sur le feu, et il n'y avait aucun couvert sur le plan de travail.

Il vérifia ensuite le salon, puis le bureau. Quand la première sonnette d'alarme commença à résonner au fond de son cerveau, il fronça les sourcils et l'inquiétude chemina en lui.

Il n'avait sans doute aucune raison de s'inquiéter que Misty ne soit pas en bas à l'accueillir et pourtant, c'était le cas. Uniquement parce que, jusqu'à présent, il en avait toujours été ainsi.

Et il s'inquiétait aussi parce qu'elle était enceinte et qu'elle avait déjà eu des complications.

Ces jours derniers, Cullen avait l'impression de transporter avec lui, partout où il allait, une énorme inquiétude et une peur constante. Un souci pour la santé et la sécurité de Misty. Crainte qu'il puisse lui arriver quelque chose qui l'oblige à retourner à l'hôpital, peur enfin qu'elle perde le bébé.

Il s'efforçait d'enfouir profondément ces inquiétudes au quotidien, refusant de lui faire savoir que sa future paternité l'avait transformé en un paquet de nerfs.

Non, elle allait bien, se rassura-t-il. Ce qui ne l'empêcha pas de se précipiter au second étage, juste au cas où...

— Misty ? appela-t-il, s'attendant à une réponse immédiate.

Seul le silence lui répondit.

Elle était peut-être sous la douche ? Ou bien, elle faisait la sieste ? Cullen comprenait très bien que les femmes enceintes se fatiguent facilement et éprouvent le besoin de se reposer davantage.

La porte de la chambre à coucher était entrouverte. D'un geste rapide, il la poussa.

Misty n'était pas couchée. Debout près du grand lit, elle pliait des vêtements avant de les ranger avec soin dans une valise ouverte.

Le spectacle figea Cullen sur le seuil avec la sensation affreuse que son sang s'épaississait dans ses veines et ralentissait sa course, pendant que son cerveau tentait vainement de se remettre à fonctionner.

— Hé !

Le mot eut du mal à dépasser l'obstacle de sa langue. Une langue apparemment deux fois plus épaisse dans sa bouche que d'habitude.

Les gestes de Misty se ralentirent. Lentement, elle tourna la tête et croisa son regard. La tristesse qu'il lut dans ses yeux frappa Cullen comme un coup de poing au plexus. Mais ce qui le fit presque suffoquer, ce qui fit tourner la pièce autour de lui, ce fut la claire détermination qui s'inscrivait sur les traits de son visage.

— Qu'est-ce que tu fais ? demanda-t-il, craignant hélas de connaître déjà la réponse.

Elle retourna à sa tâche et finit de plier un pantalon noir qu'elle tassa dans sa valise.

— Je fais mes bagages.

— C'est ce que je vois. Et où allons-nous ? demanda-t-il, s'efforçant d'adopter un ton léger et priant intérieurement pour que ses soupçons soient vains.

— *Nous* n'allons nulle part, répondit Misty. *Je* rentre chez moi.

Oh, Seigneur ! s'affola-t-il.

— Chez toi, c'est ici.

La voix était douce.

— Non, Cullen. Ici, c'est chez *toi*. Moi, j'habite au Nevada.

A ces mots, le sang de Cullen reprit sa course dans ses veines. Un rapide élan de contrariété et de peur lui succéda. En trois longues enjambées, il traversa la pièce et lui saisit le bras avant qu'elle ait pu s'emparer d'un autre vêtement.

— Ta maison, c'est ici avec moi, déclara Cullen d'une voix ferme. L'endroit où nous vivons, quelle importance ?

— Cullen...

Elle repoussa son bras et il la laissa aller. A l'ombre des longs cils baissés sur ses joues, elle fixa le sol du regard avant de relever les yeux vers lui.

— Je suis désolée, mais ça ne va pas marcher. J'apprécie tout ce que tu as fait et tout ce que tu as essayé de faire pour moi au cours des dernières semaines.

D'un air absent, elle frotta du doigt le rebord de la valise tout en s'efforçant de soutenir le regard de Cullen.

— Et tu sais que je ne te tiendrai pas éloigné du bébé — la question ne se pose même pas. Mais je ne peux pas rester ici plus longtemps et faire semblant d'être ce que je ne suis pas... Prétendre que *nous* sommes ce que nous ne sommes pas.

— Personne ne t'a demandé d'être différente de ce que tu es.

Elle secoua la tête et ses cheveux châtains et blonds voletèrent autour de ses épaules.

— Tu désires que je sois ta femme alors que je n'ai pas du tout l'étoffe dont on fait une Elliott. Ton grand-père désire que je sois une mondaine plutôt qu'une danseuse, mais j'ai depuis longtemps passé l'âge de me couler dans un moule qui ne me convient pas.

L'appréhension fit apparaître sur la peau de Cullen une fine pellicule de sueur qui suinta le long de ses bras et humecta ses paumes.

Misty lui échappait. Comment diable allait-il faire pour l'arrêter ?

— Je me fiche pas mal de ce que veut grand-père, grommela-t-il avec rudesse. Je me fiche de ce qu'il veut sur ce point précis. Mais *toi,* qu'est-ce que tu veux ?

Misty prit une profonde inspiration qui lui souleva les seins, et un soupir qui venait du plus profond d'elle-même s'échappa de ses lèvres.

— Je désire retrouver la vie que je menais. Je ne m'en fais pas pour le bébé...

Elle posa une main protectrice sur son ventre.

— ... mais tu dois admettre que cela complique nos vies. Je ne veux pas compliquer la tienne plus longtemps. C'est pourquoi je m'en vais.

Quoi ! *Compliquer sa vie ?* Ne savait-elle pas qu'elle la rendait *meilleure* ? Qu'elle était comme un arc-en-ciel après un orage d'été... un feu réchauffant par une froide journée d'hiver… le lieu de douceur où se retrancher quand tout le reste autour de lui n'était qu'un tourbillon de tensions et de confusion ?

Elle avait été la seule constante de sa vie, pratiquement depuis la minute où ils s'étaient rencontrés. Misty l'avait toujours accueilli les bras grands ouverts, toute prête et disposée à l'écouter et à l'accepter tel qu'il était.

Etait-il possible qu'elle ne le sache pas ?

Comment était-il possible qu'elle ignore qu'il l'aimait ?

La vérité le frappa alors, lui coupant le souffle et il faillit trébucher en faisant un pas en arrière.

Il l'aimait. Voilà tout. C'était tellement simple. D'une telle évidence. Tellement incroyable qu'il ne parvenait pas à imaginer qu'il ne l'avait pas encore compris.

Il ne trouvait pas seulement Misty séduisante, ce n'était pas uniquement son corps qui l'attirait. Et il ne voulait pas vivre avec elle juste parce qu'elle était enceinte de son enfant.

Cet enfant, il le désirait, mais elle aussi, oh, comme il la désirait ! Il voulait qu'elle soit sa femme, son amante, sa partenaire de l'instant présent jusqu'au jour de leur mort.

S'il n'avait pas pu la quitter au cours des dernières années, cela n'avait rien d'étonnant. Indépendamment des autres femmes qui étaient passées dans sa vie ou du nombre de fois où il s'était répété qu'il devrait arrêter de voir Misty, il avait toujours été incapable de le faire et maintenant, il savait pourquoi.

Pendant tout ce temps-là, il avait été amoureux d'elle. Ce sentiment s'était bien dissimulé au plus profond de lui-même, dans un recoin dont il n'avait jamais pu soupçonner l'existence.

— Misty.

Sa voix se brisa en prononçant son nom, mais il n'en fut pas embarrassé. Il était pétrifié, éberlué... extatique. Il avait envie de fondre sur elle et de la serrer très fort, de la faire tourner autour de lui et de clamer à la face du monde la découverte qu'il venait de faire.

— Pourquoi t'en aller maintenant ? demanda-t-il au lieu de le faire. Je croyais que tu étais heureuse ici, que *nous* étions heureux ici et que tu étais contente d'apprendre à connaître ma famille. Que s'est-il passé pour que tu changes d'avis ?

Le regard de Misty se détourna du sien et elle se remit à ranger ses affaires. Cette fois, il la laissa faire, plus impatient d'entendre sa réponse que de retenir son attention pleine et entière.

— Rien du tout, répondit-elle. Je me suis juste rendu compte que j'étais restée ici plus longtemps que prévu et que je devais rentrer au studio pour reprendre mes cours.

Cullen n'en crut rien, mais il ne voulut pas la harceler. De toute manière, cela n'avait plus aucune importance.

— Et si je te disais que je t'aime ? lança-t-il, dans une envolée presque désespérée.

Les gestes de Misty s'arrêtèrent et une culotte de dentelle resta suspendue au bout de ses doigts. Comme dans un ralenti, elle se retourna pour lui faire face. Ses yeux étaient vides d'expression et il vit les muscles de sa gorge se convulser quand elle avala durement sa salive.

— Qu'est-ce que tu as dit ?

Cullen fit un pas en avant. Un sourire idiot, il en était certain, fendait son visage. Il referma les mains sur les bras de Misty et ses pouces la caressèrent, dans un geste rassurant.

— Je t'aime, Misty. Je crois que je t'ai toujours aimée.

Il leva la main pour lui caresser la joue et lui passer les doigts dans les cheveux.

— A mes yeux, tu n'as jamais été seulement une maîtresse. Dès le moment où je t'ai rencontrée, j'ai compris que tu étais plus que cela. Il est possible que je n'aie pas voulu l'admettre à ce moment-là…

Il partit d'un rire âpre.

— Bon sang, il est possible que je ne veuille pas l'admettre non plus maintenant, sauf que j'ai une peur bleue de te perdre.

Il fit jouer ses doigts sur la chair nue.

— Je ne veux pas que tu partes, dit-il avec simplicité. Mais si tu as l'impression que tu dois le faire…

si c'est vraiment au Nevada que tu veux aller, alors je partirai avec toi.

— Cullen...

— S'il le faut, je quitterai le groupe Elliott. Ou alors, je trouverai un moyen de continuer à travailler au loin pour ma famille. Je m'en fiche, du moment que je suis avec toi.

Misty secoua la tête et battit furtivement des paupières, ses magnifiques yeux couleur d'émeraude brillant de larmes contenues.

— Ce n'est pas possible, Cullen.

L'émotion voilait sa voix. Des gouttelettes s'amassèrent sur ses cils avant de ruisseler lentement le long de ses joues.

— Je t'aime, moi aussi, mais je ne veux pas être la raison pour laquelle un jour tu me détesteras.

Cullen sentit son cœur s'emballer. Il était tellement ravi de l'aveu qu'elle venait de lui faire que tout d'abord, il ne prit pas garde à la fin de sa phrase. Mais quand enfin il en eut conscience, son sourire s'effaça et l'étrange et désagréable sensation revint le harceler.

— Que veux-tu dire ? interrogea-t-il, perplexe.

Il ne parvenait pas à imaginer qu'elle soit capable de faire ou de dire quoi que ce soit qui puisse lui inspirer de la haine pour elle.

— Je ne suis pas la femme qu'il te faut, poursuivit Misty. Tu as besoin d'une épouse dont tu puisses être fier, que ta famille puisse approuver. Pas d'une maîtresse que tu te serais senti obligé d'épouser simplement parce qu'elle était enceinte.

Elle renifla et tenta de chasser les larmes de son visage, mais ne réussit qu'à en accentuer le flot.

— Je sais que tu t'estimes responsable de moi et du bébé et que tu désires faire au mieux pour nous parce que c'est de cette façon que ton père et ton grand-père t'ont élevé. Mais moi, je ne veux pas être un nouveau devoir auquel tu te sentes obligé de te plier, et je ne veux pas non plus que tu le fasses pour cet enfant.

Stupéfait, Cullen se contenta de la regarder fixement. C'était exact : il pensait vraiment à Misty et au bébé comme relevant de sa responsabilité, mais parce qu'ils les *aimait* et non parce qu'il se sentait piégé ou obligé.

Où avait-elle bien pu pêcher l'idée que… ?

Interloqué, il haussa les sourcils et un sourire en coin releva soudain sa bouche.

— C'est Bridget ? murmura-t-il, hésitant entre la colère et l'amusement.

Il secoua la tête.

— Bridget t'a farci la tête d'histoires au sujet de mon père et de la façon dont mon frère et moi avons été élevés, c'est bien ça ? Elle t'a parlé de grand-père et elle t'a dit à quel point il peut se montrer insupportable à toujours nous insuffler l'idée qu'un Elliott est responsable de ses actes, j'ai raison ?

Misty ébaucha un hochement de tête mais Cullen n'avait pas besoin de sa confirmation.

— J'aime beaucoup ma cousine, mais la prochaine fois que je la verrai, je te jure que je lui tordrai le cou, marmonna-t-il. Ecoute-moi, Misty.

Ses mains remontèrent le long des bras et des épaules de Misty pour venir envelopper la courbe de son cou gracile. Les mains sur sa nuque, il la força à le regarder.

— Je t'aime. J'aime notre bébé. Pour moi, tu n'es ni une obligation, ni un devoir. Tu es un cadeau. Une bénédiction dont j'ignorais avoir besoin jusqu'à ce que tu entres dans ma vie. Et j'en remercierai le Ciel chaque jour pour le restant de mon existence. Je ne veux plus jamais passer une seule seconde loin de toi.

Paupières closes, il baissa la tête jusqu'à ce que leurs fronts se touchent. Puis il rouvrit les yeux et son regard plongea directement dans les deux lacs d'émeraude. Ceux dans lesquels il espérait avoir la chance de se refléter pour le restant de son existence.

— Epouse-moi, Misty. Nous vivrons où tu voudras. Nous ferons ce que tu voudras. Simplement, épouse-moi. *Je t'en prie.*

Le souffle court, Misty sentit son cœur battre follement dans sa poitrine. Sûrement, songea-t-elle, il devait retentir aussi dans celle de Cullen. Les larmes continuaient à ruisseler le long de ses joues, mais c'était maintenant des larmes de bonheur et non de tristesse et de regret.

Car elle n'avait plus aucun doute : Cullen était persuadé de ce qu'il lui disait. Il ne la considérait pas comme une personne qu'il devait prendre en charge. Il y avait plus important encore : *il l'aimait*. Autant qu'elle l'aimait elle-même.

Elle s'éclaircit la gorge et ouvrit la bouche, espérant recouvrer sa voix — dans un instant où elle en avait plus que jamais besoin.

Du bout des doigts, elle toucha le beau visage si familier, si cher à son cœur.

— Je me rappelle le premier soir où je t'ai rencontré, quand tu es venu en coulisse après le spectacle, lui dit-elle d'une voix douce. J'ai compris dès cet instant que ma vie ne serait plus jamais la même.

La bouche pressée contre celle de Cullen, elle ferma une seconde les yeux avant de les rouvrir et de murmurer tout contre ses lèvres :

— Oui. Je t'épouserai.

Cullen s'écarta un peu d'elle et elle put voir le sourire qui se formait sur son visage, grandissait, s'élargissait, jusqu'au moment où une joie venue du plus profond de lui-même envahissait son regard.

— Enfin, murmura-t-il.

Il l'enveloppa de ses bras pour la serrer très fort contre lui.

— Tu as fait de moi un homme heureux, lui dit-il

au creux de l'oreille. Je te promets que tu ne le regretteras pas.

Misty appuya la joue contre son épaule et ses ongles s'enfoncèrent dans le tissu brun de sa veste.

— Es-tu certain de ne pas être gêné parce que j'ai cinq ans de plus que toi, ou bien que tout le monde sache que tu as épousé une ancienne danseuse de revue ?

— Tu te moques de moi ? rétorqua-t-il.

Avant de lui décocher un large sourire taquin et un clin d'œil qui la mit dans tous ses états.

— Les femmes mûres, c'est bien connu, font les meilleures maîtresses. C'est bien ce que dit le proverbe, non ? En plus trivial, je crois. Quant à ton statut d'ancienne danseuse… si quelqu'un m'embête avec ça, je lui expliquerai simplement que tu sais croiser les chevilles derrière ta tête. Non seulement il comprendra, mais il me demandera de lui présenter quelques-unes de tes amies danseuses !

Tous deux savaient très bien que la situation nécessitait un peu plus de sérieux, ce qui n'empêcha pas Misty d'enfouir son visage contre le torse de Cullen et de se mettre à rire. Son sens de l'humour était un autre des traits de caractère qu'elle aimait chez lui. Aussi, tant qu'il pourrait s'y tenir contre vents et marées, elle était persuadée que tout irait bien.

— Et… ton grand-père ? hasarda-t-elle.

— Grand-père apprendra à t'accepter. S'il ne le fait pas, alors il devra tenir sa langue ou bien il n'aura pas la permission de voir son premier arrière-petit-fils.

— Oh, Cullen, non !

Il lui couvrit la bouche avec deux doigts.

— Ne t'inquiète pas. Nous ferons en sorte que ça marche. Quoi qu'il puisse arriver, nous nous en tirerons *ensemble*. Ensemble, d'accord ?

— Ensemble, approuva-t-elle dans un murmure.

Puis ils scellèrent leur pacte d'un baiser.

- 13 -

Deux semaines plus tard

A l'extérieur des Tides, la fastueuse demeure de la famille Elliott dans les Hamptons, Cullen tirait sur le nœud de cravate de son smoking noir. La maudite chose ne servait qu'à entraver sa circulation.

Et son frère était en retard.

Tous les autres étaient à l'intérieur, les fleurs étaient disposées aux endroits stratégiques, sa famille et le pasteur étaient présents, les invités assis à leur place. Seul Bryan — son témoin — ne s'était pas encore manifesté.

Même aux yeux d'un observateur superficiel, Cullen aurait sans aucun doute manifesté tous les signes de l'énervement. Mais, puisque c'était le jour de son mariage, il estimait en avoir tous les droits.

Il soupira. Sa cravate était bien trop serrée et il commençait à être contrarié par l'absence prolongée de son frère. En revanche, il n'était pas du tout inquiet.

Il aurait dû épouser Misty depuis longtemps — plus longtemps qu'il n'en n'avait récemment pris conscience — pour penser maintenant une seule seconde à faire marche arrière. Si cela n'avait tenu qu'à lui, Misty et lui seraient déjà debout devant l'autel, prononçant leurs vœux. Ensuite, il ne serait plus qu'à quelques instants du moment où il l'enlèverait pour partir en lune de miel.

Il aurait aimé l'emmener à Paris ou en Grèce, mais comme elle en était déjà à son cinquième mois de grossesse, il lui était recommandé de ne pas prendre l'avion pour une destination trop lointaine.

En fait, le médecin avait déclaré que tout se passerait sans doute très bien, même si Cullen n'avait pas du tout été du même avis. Peut-être n'était-il pas un fiancé nerveux, mais en tant que futur père, il était exceptionnellement nerveux et surprotecteur.

Tous deux avaient déjà fait une fois le déplacement à Las Vegas, afin que Misty puisse réunir un plus grand nombre de ses affaires et régler certaines questions relatives à son école de danse, mais Cullen ne voulait pas risquer de la laisser reprendre l'avion tant que le bébé ne serait pas né.

Ils avaient donc accordé leur préférence à un long week-end au Carlyle, au cœur de Manhattan. Misty n'y était jamais descendue et avait toujours désiré voir l'intérieur de ce palace.

Pour le voir, songea Cullen, elle le verrait ! Une fois qu'il l'aurait emmenée dans leur suite, pas question de la quitter d'une semelle — ne serait-ce que pour un repas — pendant au moins quarante-huit heures.

Et que tous les membres de la famille aillent au diable si un seul d'entre eux osait les déranger ! Il les avait déjà menacés des conséquences les plus abominables si, malgré tout, ils s'y risquaient.

En soupirant de nouveau, Cullen consulta sa montre et retourna arpenter le bord de l'allée face au hall d'entrée des Tides.

Où diable était passé Bryan ?

Cela faisait une heure que son frère aurait dû être là. C'était lui qui avait les anneaux pour la cérémonie, et tous deux devaient prendre leur place devant l'autel avant que Misty ne descende la travée.

Cullen était sur le point de rentrer pour essayer de joindre son frère par téléphone lorsqu'il entendit un crissement de pneus et un ronflement de moteur. Puis il vit la Jaguar de Bryan remonter l'allée et s'arrêter en dérapant derrière une autre voiture garée quelques mètres plus loin.

Les yeux écarquillés devant l'arrivée spectaculaire de son frère, il se dirigea vers lui d'un pas décidé.

— Il était temps, lança-t-il au moment où Bryan ouvrait la portière et sautait hors du véhicule.

Bryan était vêtu d'un vieux jean fatigué et d'une chemise bleue boutonnée devant. Il avait aussi la lèvre écorchée et lorsqu'il claqua sa portière, Cullen remarqua qu'il boitait.

— Que s'est-il passé ? demanda-t-il, en s'arrêtant court.

Bryan secoua la tête.

— Juste un peu de tôle froissée, répondit-il, désinvolte. Je savais que j'allais être en retard et je n'ai pas été assez prudent au volant dans ma hâte à arriver ici. Bien entendu, j'ai été obligé de m'arrêter pour échanger les papiers d'assurances et cela n'a pas vraiment arrangé mes affaires.

Le regard de Cullen passa de la lèvre fendue que son frère tamponnait délicatement au pare-chocs de sa voiture. Il ne put y relever une seule égratignure, pas plus à l'avant que sur le côté ou l'arrière.

Cullen était sur le point d'ouvrir la bouche pour questionner plus avant son frère lorsque celui-ci lui donna une tape dans le dos.

— Allez, viens, petit frère. Il est temps pour moi d'aller enfiler mon habit de singe et pour toi de nouer ta cravate.

Comme ils se dirigeaient vers la maison, un sentiment d'attente crispa le ventre de Cullen. La demeure des Tides était un immense bâtiment en pierre de deux étages dont Patrick Elliott avait fait l'acquisition quarante ans auparavant. Située sur cinq acres d'un terrain formant une éminence au-dessus de l'océan Atlantique, la maison tout entière avait été décorée avec amour et Maeve, la grand-mère de Cullen, l'avait remplie de photographies et de souvenirs.

Rassembler toute la famille et préparer une cérémonie de cette taille en seulement deux semaines n'avait pas été une mince affaire, mais il n'avait jamais été question de l'organiser ailleurs que sur le domaine familial. La mère de Cullen avait pris très au sérieux son rôle d'organisatrice, discutant chaque détail avec lui ou avec Misty, mais sans laisser son fils ou sa future belle-fille lever un seul petit doigt.

Cullen ne parvenait pas à se rappeler la dernière fois où il avait vu sa mère si excitée et si pleine d'allant. De toute évidence, la perspective de voir son plus jeune fils se marier et devenir père la ravissait.

Et, à la surprise de tous, Patrick avait été plus que d'accord pour que l'événement se déroule dans sa propriété. Du moins n'en avait-il pas fait toute une histoire.

Depuis que Misty et lui avaient annoncé leurs fiançailles, Cullen s'était attendu à un coup de téléphone ou à une visite de son grand-père. Ou peut-être à un sermon sur l'horreur et l'abomination de mêler son noble sang d'Elliott à celui d'une humble danseuse de revue. Et bien sûr, à un ordre absolu de renoncer à ses projets et de renvoyer Misty et le bébé dans un coin de la planète où on ne les reverrait plus ; quelque part en tout cas, où ils ne constitueraient plus une gêne pour la famille.

Cullen s'y était attendu. Il s'était préparé, si besoin était, à défendre sa future épouse jusqu'à son dernier souffle. Mais Patrick n'avait pas téléphoné, pas plus qu'il ne s'était arrêté dans le bureau de Cullen au siège du groupe Elliott pour en discuter avec lui.

Cullen espérait que le silence de son grand-père signifiait qu'il avait accepté l'entrée de Misty dans la famille Elliott, même si une partie de lui-même s'attendait encore à l'inévitable.

Bryan et lui traversèrent le hall de marbre en direction de la bibliothèque et au-delà, les appartements principaux. Les témoins s'y étaient installés pour se changer, tandis que Misty et ses demoiselles d'honneur occupaient l'une des chambres à l'étage. Amanda avait beaucoup insisté sur une séparation assez nette pour éviter que, par hasard, le fiancé puisse apercevoir la future mariée dans sa robe avant la cérémonie.

Les contes de bonnes femmes sur le mauvais sort qui les accablerait si une telle chose arrivait ne troublaient pas Cullen le moins du monde. Il en était persuadé, rien ne viendrait entraver cette journée, pas plus que les nombreuses magnifiques années qui les attendaient.

Le mariage lui-même devait se passer à l'extérieur sur la pelouse impeccablement tondue. Un chemin en satin rose foncé avait été étalé sur l'herbe, flanqué de chaque côté de chaises drapées elles aussi d'un tissu d'un rose plus clair. Une sorte de tonnelle se dressait au bout, des roses rouges grimpant le long des croisillons blancs.

— Dépêche-toi, cria Cullen à son frère.

Il lui plaqua contre la poitrine un sac contenant le dernier smoking.

— Tu m'as fait attendre assez longtemps et je ne veux pas que Misty s'imagine que mon envie de l'épouser se refroidit.

— Tu plaisantes ? rétorqua Bryan. A ton dernier voyage à Las Vegas, tu étais tellement mordu que je me suis demandé si tu n'allais pas te marier là-bas !

— Ça m'est bien passé par la tête, crois-moi, marmonna Cullen. Cela aurait ôté une épine du pied à tout le monde. En outre, si je l'avais fait, Misty aurait déjà la bague au doigt et serait maintenant Mme Cullen Elliott.

Oui, ils seraient maintenant chez eux, nonchalamment étendus dans un lit, les mains enlacées au-dessus du plateau du petit déjeuner, échangeant des noms pour leur enfant. En outre, il ne rongerait pas son frein en cet instant même à l'idée de devoir prononcer le oui sacramentel.

Bryan déboutonna sa chemise et envoya promener ses bottes.

— Il faudrait que tu marches pieds nus jusqu'en Antarctique pour que ton ardeur se refroidisse et Misty le sait très bien. Vous êtes si heureux d'être ensemble que ça en devient indécent pour les autres !

Un léger sourire se peignit sur le visage de Cullen.

— Oui, acquiesça-t-il doucement. Je sais.

Dès que Bryan se fut débarrassé de son jean, il lui plaqua le pantalon noir dans les mains.

— Maintenant, ferme-la et habille-toi.

Misty contempla son reflet dans le miroir en pied avec la sensation que son cœur s'arrêtait de battre.

Elle ne parvenait pas à croire que c'était le jour de ses noces. Dans moins d'une demi-heure, elle allait traverser cette immense maison qui l'intimidait tellement et s'avancerait vers Cullen à travers la pelouse tondue avec soin.

Cullen. Son futur mari. L'homme de ses rêves.

Pendant toutes ces années où elle avait été avec lui et l'avait aimé en secret, elle n'avait jamais vraiment cru qu'ils puissent un jour vivre ensemble. Mais maintenant elle savait qu'ils ne seraient plus jamais séparés.

En dépit de leurs différences — l'âge, l'éducation, le statut social — elle savait qu'il l'aimait. Et il n'y avait aucun doute à cela, elle l'aimait aussi.

Cullen aurait volontiers abandonné sa famille — ou tout au moins son grand-père — ainsi que sa vie à New York, afin de vivre avec elle. En comparaison, l'abandon de son studio de danse d'Henderson et son emménagement à Manhattan pour tenter de devenir une Elliott ne lui paraissaient pas être un grand prix à payer.

Elle savait qu'elle serait heureuse ici. Toute la famille n'était peut-être pas ravie de leur mariage, mais la plupart d'entre eux l'acceptaient et avaient déjà fait clairement savoir qu'ils soutenaient la décision de Cullen.

Misty n'avait cependant aucune intention de jouer les maîtresses de maison ou les mères au foyer. Elle était contente de pouvoir rester dans sa maison près de l'Upper West Side jusqu'à la naissance du bébé — et peut-être pendant un certain temps ensuite, mais Cullen et elle avaient aussi discuté de la possibilité pour elle de reprendre quelque part son job de professeur de danse, ou, peut-être même d'ouvrir son propre studio en ville.

Elle n'était pas encore très certaine de ce qu'elle avait envie de faire. Elle savait seulement qu'elle ne voulait pas limiter ses choix uniquement parce qu'elle avait accepté de se marier dans le clan Elliott.

— Comme tu es belle !

Rompant le fil de ses pensées, Bridget s'avança derrière elle et son image se refléta dans le champ de vision limité de la psyché.

Le cœur de Misty se remit à battre la chamade et elle avala sa salive pour se débarrasser de la boule qui se formait au fond de sa gorge.

— Y a-t-il des gens dehors ? interrogea-t-elle d'une voix timide.

— Bien entendu, s'exclama Bridget en riant. N'es-tu pas sur le point de te marier dans l'illustre famille Elliott ? Aucune personne qui compte dans cette ville n'oserait manquer ça. Les parents des deux familles sont ici, de même que tous les membres des médias qui ont pu mendier, emprunter ou voler une invitation ! A propos, ta mère n'a pas cessé de pleurer depuis son arrivée ici. Attends lundi matin et tu verras ton visage et celui de Cullen s'étaler sur toutes les unes des journaux et sur les couvertures de tous les magazines d'Amérique.

— Oh, mon Dieu !

Misty combattit l'envie de se plier en deux et d'enfouir son visage entre ses genoux, comme le font les danseuses prises de malaise.

— Allons, détends-toi.

Bridget lui donna des petites tapes dans le dos et arrangea les plis de sa robe blanche. Misty avait d'abord résisté à l'idée de se marier en blanc. Cela lui paraissait quelque peu déplacé et pour le moins ridicule, considérant qu'elle était enceinte de cinq mois et avait l'air — selon sa propre expression — d'avoir avalé un ballon de football. Mais la mère de Cullen avait insisté et après un premier essayage, Misty avait fini par accepter.

Sa robe était tout entière coupée dans le même satin de soie. Le corsage, uni et dépourvu d'ornements, se terminait juste au-dessous des seins, dans le style Empire et se prolongeait par un pan de tulle semé de minuscules perles tombant jusqu'aux chevilles, qui masquait presque entièrement la rondeur de son ventre.

— Tu es stupéfiante, poursuivit Bridget pour tenter d'alléger ses craintes. Tout ce dont tu as besoin de te rappeler est que cette journée vous appartient entièrement, à toi et à Cullen, et à personne d'autre. Quand tu sortiras d'ici, fais comme si vous étiez les deux seules personnes vivantes au monde. N'aie d'yeux que pour lui et ignore tout le reste.

Vu de cette façon, Misty ne pensait pas qu'elle aurait de grandes difficultés à se tirer de la cérémonie, quel que soit le nombre d'invités présents ou celui des flashes éclatant devant son visage. Pour elle, garder les yeux fixés sur Cullen était aussi naturel que de respirer ou de s'éveiller entre ses bras.

Elle s'accorda un dernier coup d'œil dans le grand miroir ovale, hocha la tête et se retourna vers celle qui était en train de devenir sa nouvelle meilleure amie et qui, maintenant, la tutoyait.

Bridget portait une des robes bustier couleur lilas choisies par Amanda pour les demoiselles d'honneur. Ses cheveux blonds étaient relevés et décorés de brins de fleurs printanières.

— Merci, lui dit Misty, et encore merci pour toute ton aide de ce matin. Je n'aurais rien pu faire sans toi.

Bridget était en effet passée très tôt la chercher chez Cullen et l'avait emmenée aux Tides pour ce qui allait devenir plusieurs heures de préparatifs nuptiaux. Elle lui avait fait une manucure, l'avait coiffée et maquillée puis l'avait aidée à s'habiller, quand il était devenu évident que Misty était incapable d'apercevoir ne serait-ce que le bout de ses pieds, et encore moins d'enfiler ses bas délicats ou une robe de haute couture hors de prix.

Sa future cousine lui adressa un grand sourire.

— C'est bien à ça que servent les demoiselles d'honneur, non ?

Elles étaient en train de récupérer le bouquet de Misty et se tenaient prêtes à descendre lorsqu'on frappa légèrement à la porte. Bridget se précipita, prête à barrer l'accès au futur époux, si par hasard Cullen s'était décidé à braver la malédiction annoncée par sa mère, pour tenter d'aller admirer la mariée avant la cérémonie.

— Grand-père, dit-elle d'une voix atone en reculant pour laisser entrer le vieux monsieur.

Patrick Elliott était grand avec de courts cheveux gris. Comme Misty le savait déjà, il avait depuis longtemps dépassé les soixante-dix ans, mais il en paraissait bien dix de moins. Ses yeux étaient d'un bleu étincelant et il était clair que c'était de lui que la plupart des Elliott tenaient la couleur de leurs prunelles.

Misty ne l'avait rencontré qu'une seule fois, au cours d'une petite réunion familiale pendant laquelle Cullen était resté fermement planté à son côté, dans une attitude protectrice. Pourtant, même si Patrick avait adopté avec elle un comportement un peu froid ce jour-là, il n'avait pas paru délibérément hostile.

Aujourd'hui, vêtu d'un complet gris, il paraissait juste un peu nerveux à l'idée de pénétrer dans une pièce appartenant si clairement au domaine réservé des femmes un jour de mariage.

— Si vous le voulez bien, dit-il, j'aimerais pouvoir dire deux mots en privé à la future épouse.

Sa voix était profonde mais pas aussi désagréable ou autoritaire qu'on aurait pu s'y attendre d'après la description qu'on avait faite de lui à Misty.

Bridget croisa les bras d'un air belliqueux.

— Je ne crois pas...

Misty l'interrompit.

— Mais oui, bien sûr.

Toute l'angoisse que les paroles encourageantes de Bridget avaient apaisée revint d'un seul coup à la surface et, dans son anxiété, l'envie la prit de hurler. Mais il n'était pas question de refuser un entretien au grand-père de Cullen. Pas même si elle était sur le point de se faire étriller comme elle ne l'avait jamais été de sa vie.

Car cet homme avait clairement exprimé — même si c'était avec des tiers — qu'il la désapprouvait. Désapprobation sur tous les plans : son éducation, le choix de son métier, sa liaison avec Cullen. Mais quand même, il allait devenir son parent par le mariage, et il serait l'arrière-grand-père de son enfant. Le moins qu'elle pouvait faire était donc de le laisser lui dire ce qu'il avait sur le cœur.

Et peu importaient les mots qu'il allait prononcer ou à quel point la rencontre risquait de la bouleverser. En dépit de tout, Misty était bien décidée à descendre l'escalier pour aller échanger des vœux avec l'homme qu'elle aimait.

— Tu en es certaine ? insista Bridget.

Le doute, l'inquiétude et un peu plus que de l'hostilité à l'égard de son grand-père étaient gravés sur ses traits.

Misty se força à sourire, manifestant une confiance qu'elle n'était pas certaine de ressentir.

— J'en suis sûre.

A contrecœur Bridget hocha la tête et rouvrit la porte.

— Je serai là si tu as besoin de moi.

Après avoir jeté à son grand-père un dernier coup d'œil de dédain, elle disparut dans le couloir.

Patrick la regarda s'éclipser avant de se retourner vers Misty.

— Je vous remercie.

Elle inclina la tête, la bouche trop sèche pour pouvoir parler.

Patrick regarda autour de lui, notant tous les signes révélateurs des préparatifs d'une noce : vêtements et chaussures dispersés un peu partout, fleurs, produits de maquillage, de manucure et flacons de parfums. Puis ses yeux revinrent se poser sur Misty, glissèrent sur sa silhouette épanouie avant de se fixer uniquement sur son ventre gonflé.

— J'ai remarqué un grand changement chez mon petit-fils depuis que vous avez commencé à vous fréquenter tous les deux, déclara-t-il enfin.

Il enfouit les mains dans ses poches de pantalon et se balança en arrière sur ses talons avant de s'éclaircir la gorge et de poursuivre.

— J'ai commencé à remarquer cela il y a déjà quelques années, lorsque, je présume, il vous a rencontrée. Mais cela est devenu plus évident depuis votre arrivée à New York et votre installation chez lui.

Le pouls de Misty battait si fort qu'elle avait l'impression de l'entendre taper au creux de ses oreilles. Elle ouvrit la bouche puis la ferma dans l'espoir d'avoir assez de salive pour former des mots, avant de la rouvrir encore.

— Je suis navrée, répondit-elle. Je sais que vous n'approuvez pas l'engagement de Cullen envers moi, mais...

Le vieil homme secoua la tête. Ses sourcils se rejoignirent durement et il fronça la bouche.

— Ce n'est pas ce que je veux dire. Ce que j'essaye de vous faire comprendre c'est que Cullen semble plus heureux en ce moment, plus décontracté. A l'évidence, il vous aime beaucoup et la venue de ce bébé l'excite au plus haut point.

Il opina du menton en direction du ventre de Misty

et d'un geste de la main, engloba sa silhouette, de la tête aux pieds.

— Vous avez eu une bonne influence sur lui. Même un vieil homme à la tête dure comme moi est capable de s'en rendre compte.

De nouveau, il s'éclaircit la gorge et cette fois, Misty prit conscience de sa nervosité.

Patrick Elliott, le patriarche d'une des plus riches et des plus influentes familles de New York, était donc mal à l'aise avec elle ?

Avec elle, l'ancienne danseuse de Las Vegas, venue d'un humble milieu, qui était devenue la maîtresse de son petit-fils ? Elle avait plus que de la peine à y croire.

— Je suis heureux que vous entriez dans notre famille, ajouta Patrick Elliott d'un ton bourru. J'ai comme le sentiment que vous nous ferez du bien à tous.

Pendant une minute de stupéfaction, Misty ne put que le dévisager avec de grands yeux. Puis elle s'obligea à murmurer un faible « merci ».

— Hum, dit-il, eh bien…

Son regard fit le tour de la pièce et il commença à battre en retraite vers la porte.

— C'est tout ce que j'avais à vous dire, vraiment. Vous êtes ravissante, à propos, et je suis certain que Cullen est impatient de vous épouser, aussi vais-je vous laisser à… ce que vous étiez en train de faire.

Il eut dans sa direction un dernier geste de la main, avant de s'échapper comme Bridget l'avait fait avant lui, laissant Misty plantée là dans un silence éberlué. Deux secondes plus tard, Bridget réapparut. Par la fente de la porte qui se refermait derrière elle, elle jeta un regard méfiant à son grand-père qui s'en allait.

— Qu'est-ce qu'il voulait ? demanda-t-elle d'un ton plein de cynisme.

Misty essaya de sortir du choc provoqué par la déclaration embarrassée de Patrick, mais elle avait l'impression d'être incapable de bouger.

Ainsi donc, le grand-père de Cullen venait de s'excuser pour les propos qu'il avait tenus juste après son arrivée à New York — prétendant qu'un Elliott ne pouvait épouser une strip-teaseuse. Et aujourd'hui, il était venu lui parler en privé, alors qu'il n'avait pas à le faire. A sa manière, il lui avait souhaité la bienvenue au sein de sa famille.

— Il vaudrait mieux pour lui qu'il n'ait rien dit qui ait pu te bouleverser, grommela Bridget d'un ton protecteur. S'il l'a fait, je jure...

— Non.

Misty secoua la tête et battit des paupières à plusieurs reprises pour tenter de dissiper la brume de stupéfaction qui obscurcissait encore son cerveau.

— Tu ne le croiras jamais, mais...

Soudain, un téléphone fit entendre sa petite musique.

— Oh, zut, c'est le mien.

Bridget se précipita vers le lit et pécha son sac sous une montagne de vêtements jetés là pêle-mêle pendant que les demoiselles d'honneur s'étaient changées.

Ayant trouvé son portable, elle décrocha.

— Allô ?

Misty la vit fouiller de nouveau dans son sac, en tirer un bloc et un stylo et prendre des notes tout en écoutant la personne qui se trouvait au bout de la ligne.

— Très bien, dit-elle enfin. Merci.

Elle ferma l'appareil, le remit dans son sac et retourna auprès de Misty. Saisissant avec délicatesse quelques boucles de sa chevelure qui s'étaient égarées, elle les réajusta sous le diadème de faux diamants où elles avaient normalement leur place.

— Tu ne le croiras jamais, dit-elle, sans presque reprendre haleine. Je viens d'avoir des informations sur ce qui pourrait devenir un vrai scoop pour mon bouquin. Mais cela signifie que je devrai partir tout de suite après la réception.

— Pour aller où ? s'inquiéta Misty.

— Je ne veux pas encore le révéler, mais je te promets de t'appeler dès que j'arriverai pour te dire si je vais bien.

Elle fit un pas en arrière et décocha à Misty un sourire encourageant.

— Et maintenant, raconte-moi ce que t'a dit

grand-père pour que je sache si je dois en parler à Cullen ou non.

Misty aspira une grande bouffée d'air et lui confia ce qu'elle n'arrivait pas encore tout à fait à croire.

— Il m'a dit que j'avais une bonne influence sur Cullen et qu'il était heureux que j'entre dans sa famille.

Sous le coup de la surprise, les yeux bleus de Bridget s'arrondirent. Aussitôt après, un soupçon les rétrécit.

— Voilà qui ne ressemble guère à mon grand-père. Tu es sûre d'avoir bien entendu ?

Misty partit d'un léger rire.

— Oui, j'en suis sûre. Même si, je dois l'admettre, je suis aussi étonnée que toi.

Pendant une seconde encore, Bridget conserva son air sombre. Puis ses traits s'éclaircirent et elle haussa une mince épaule nue.

— Il retrouve peut-être enfin un peu de bon sens, dirait-on. En tout cas, quelle que soit la raison de son revirement, j'en suis heureuse pour toi. Nous tous avons toujours su que tu allais être une magnifique addition à la famille. Cullen t'adore et c'est tout ce qui compte.

Au nom de Cullen et au rappel de tout l'amour qu'il lui portait, un grand sourire incurva la bouche de Misty.

— Je le sais.

— Et si nous descendions pour annoncer que nous sommes prêtes ?

Les doigts de la mariée encerclèrent les tiges de son bouquet de lis et de roses nouées d'un ruban, rose lui aussi, qui pendait presque jusqu'au sol.

— Oui, allons-y.

La main dans celle de Bridget, avec la sensation qu'une multitude de papillons plongeaient en piqué dans son estomac, Misty sortit de la pièce, descendit l'escalier jusqu'au rez-de-chaussée de l'immense demeure, avant de se diriger vers l'arrière de la maison où les autres demoiselles d'honneur attendaient pour la précéder sur la travée improvisée.

Bridget l'abandonna derrière les invités et rejoignit les demoiselles d'honneur. Daniel, le père de Cullen, allait escorter Misty jusqu'à l'autel et, tandis qu'il s'approchait d'elle, elle vit une lueur d'émotion embuer ses yeux. Déjà proche des larmes elle-même, elle détourna vite le regard, passa son bras sous le sien, et s'occupa de remettre de l'ordre dans les plis de sa robe et les rubans de son bouquet.

Une fois tout le monde aligné et prêt à se mettre en marche, Amanda donna le signal à l'orchestre de commencer à jouer la marche nuptiale. Aux premiers accords, le cœur de Misty se mit à palpiter et elle dut se répéter sans arrêt de respirer profondément et de se détendre.

Elle n'avait peut-être pas eu très envie de mettre le nez dehors pour se retrouver sous le feu des regards de centaines d'invités, mais elle désirait bien davantage encore arriver à la fin de cette journée et devenir enfin Mme Cullen Elliott.

Aussi, à la minute où elle l'aperçut, debout face au treillage fleuri à l'autre bout du chemin, toute sa fièvre, toute sa tension nerveuse s'apaisèrent. Un sentiment de sérénité l'envahit tout entière et un sourire plein de douceur étira ses lèvres.

Cullen lui sourit à son tour et, dès cet instant, ils ne se quittèrent plus des yeux.

En arrivant devant le prêtre, Daniel embrassa Misty sur la joue puis la présenta à Cullen. Leurs doigts s'entrelacèrent et il lui pressa doucement la main. Misty lui répondit sans quitter du regard l'homme qu'elle était sur le point d'épouser.

Le prêtre leur parla d'amour et d'engagement et, avant même d'en avoir tout à fait pris conscience, le moment d'échanger leurs vœux arriva. Chacun à leur tour, ils se promirent d'aimer, d'honorer et de chérir leur partenaire, un serment qui ne serait, Misty en était certaine, jamais un problème pour aucun d'eux. Enfin, le prêtre dit à Cullen d'embrasser la mariée.

— Avec plaisir, répondit-il.

Tenant le visage de Misty au creux de ses mains, il se pencha vers elle jusqu'à ce que leurs souffles se mêlent.

— Je t'aime, murmura-t-il rien que pour elle.

Misty battit brièvement des paupières avec l'impression que son cœur se gonflait à en éclater.
— Je t'aime aussi, souffla-t-elle.
Alors il l'embrassa. Leur bouche se rencontrèrent en un doux et chaste baiser qui parvint malgré tout à exprimer toute l'étendue de leur passion, et la dévotion qu'ils se voueraient jusqu'à la fin de leurs jours.

Épilogue

— Eh bien, dit Cullen, dans le genre folies sexuelles de nuit de noces, c'était plutôt incroyable, non ?

Il repoussa de son front ses cheveux humides de sueur avant d'égrener des petits baisers sur la gorge de Misty, sur sa poitrine et sous ses seins.

Ils étaient dans leur suite du Carlyle, enfin et délicieusement seuls. La réception s'était prolongée à l'infini — du moins, était-ce l'impression que Cullen en avait eue — jusqu'au moment où, enfin, il avait pu filer avec Misty.

Une limousine les avait ramenés au cœur de la ville et il avait eu l'honneur de la porter — dans tous ses atours de mariée — pour traverser le hall d'entrée de l'hôtel, puis dans l'ascenseur, avant de lui faire passer le seuil de la suite nuptiale.

Malgré les protestations de Misty — elle était trop lourde, trop enceinte —, elle était pour lui légère comme une plume. D'ailleurs, même si tel n'avait pas été le cas, l'adrénaline qui se déversait à flots dans les veines de son mari lui aurait permis de la porter sur toute la longueur de Manhattan.

N'étant pas femme à négliger le moindre détail, sa mère avait fait en sorte que la chambre soit remplie de fleurs fraîches, de chocolats fins accompagnés de deux bouteilles de champagne — du vrai et du non alcoolisé.

C'était adorable et il y avait là tout ce qu'un couple de jeunes mariés pouvait espérer, mais Cullen n'y avait même pas jeté un seul coup d'œil.

Il avait préféré emporter sa jeune épouse tout droit vers le lit et débarrasser petit à petit son corps voluptueux de sa robe immaculée pour lui faire l'amour langoureusement. Pour la première fois en sa qualité de mari... L'expérience avait été si émouvante, si fondamentale, qu'elle lui avait donné envie de pleurer.

La seconde fois, il avait enfin compris que Misty était sienne, vraiment, complètement, et pour toujours.

Il était l'homme le plus chanceux du monde.

— Si j'avais su, remarqua-t-il, je t'aurais menée à l'autel depuis des années.

Misty se mit à rire. Pendant que du pied, elle lui frottait l'arrière de la cheville, le son de son rire fit frissonner Cullen comme si on lui passait un glaçon dans le dos.

— Je n'arrive toujours pas à croire que tu avais

mis des bas résille sous ta robe de mariée, s'esclaffa-t-il.

Passer la main sous sa robe, pour n'y découvrir que les petits riens sexy et révélateurs qui couvraient à peine ses cuisses fuselées, avait été pour lui une sacrée surprise. Mais une bonne surprise. Et même excellente.

— J'ai pensé que c'était exactement ce qu'il te fallait, expliqua Misty. Juste pour te rappeler que, même si tu as fait de moi aujourd'hui une Elliott, dans mon cœur, je serai toujours une show-girl.

— Amen, murmura-t-il.

Puis ses mains recommencèrent à vagabonder. Ses paumes encerclèrent et caressèrent le ventre arrondi, bientôt remplacées par ses lèvres.

— T'ai-je jamais dit à quel point je te trouve sexy avec ton ventre de femme enceinte ?

— Je ne crois pas, dit-elle avec un léger rire.

Elle laissa courir ses doigts dans les cheveux de son mari.

— J'adore le toucher, poursuivit-il. Sentir le bébé bouger et savoir que j'ai joué un rôle s'il se trouve là.

— Ça, c'est indéniable !

— Et maintenant, nous devons préparer la naissance. Songer aux couches à changer et aux tétées la nuit. Peut-être même penser à des petits frères...

La main toujours sur le ventre de Misty, il égrena des baisers en remontant vers sa bouche.

— As-tu déjà pensé à un prénom ?

— Non, répondit-elle, repue et ensommeillée, et toi ?

— J'en ai imaginé quelques-uns. Et je suis certain que ma famille aura des suggestions à nous faire.

Il contemplait les yeux étincelants comme des émeraudes et les vit s'obscurcir légèrement lorsqu'il évoqua sa famille.

— Qu'y a-t-il ?

Misty secoua la tête et elle se mordilla les lèvres. Aussitôt, un élan d'inquiétude poignarda Cullen.

— Raconte-moi, dit-il, interrompant sa caresse.

— Ce n'est rien de mal. Simplement, je n'avais pas eu le temps de t'en parler avant le mariage.

Avec un soupir, elle tourna la tête sur l'oreiller et le regarda droit dans les yeux. Elle alla chercher sa main et entrelaça leurs doigts.

— Figure-toi que ton grand-père est monté me voir avant la cérémonie.

Stupéfait, Cullen sursauta.

— Quoi ? Que t'a-t-il dit ? T'a-t-il menacée ? T'a-t-il offert de l'argent pour que tu renonces à m'épouser ?

— Non. Non, non, le rassura-t-elle tout de suite.

D'un geste apaisant, elle caressa l'épaule nue de son mari.

— C'est là l'important, justement. Il a été très gentil avec moi et en quelque sorte… il m'a souhaité la bienvenue dans la famille. Enfin, je crois.

Pendant quelques secondes, Cullen put seulement la fixer comme si on l'avait frappé. Puis, comme il recouvrait un peu sa voix :

— Eh bien, ça alors ! Je dois bien avouer que je ne m'étais pas attendu à ce qu'il change d'avis. Mais j'en suis heureux.

Il repoussa les cheveux de Misty et lui effleura la bouche d'un léger baiser.

— Maintenant, me crois-tu quand je t'affirme que tu seras une parfaite Elliott ?

— Je ne sais pas. Mais c'est sûrement un soulagement de savoir que ton grand-père ne me déteste plus… et qu'ainsi, il ne te détestera pas non plus.

— De toute manière ça me serait égal, répliqua-t-il d'un ton confiant. Tu es à moi et je ne laisserai personne prétendre que nous ne pouvons pas nous appartenir.

Misty leva la main gauche devant elle, et contempla la bague ornée d'un diamant énorme, presque obscène, et juste à côté, l'alliance en or qui brillait à la lueur de la lampe de chevet. Puis, elle attrapa les deux coupes de champagne posées sur le chevet, et lui en tendit une avec un sourire.

— Tiens, voilà pour ces quatre années où j'ai été ta maîtresse, murmura-t-elle, et aussi pour le reste de mon existence en tant qu'épouse.

— Je vais boire à cela, dit-il avant de couvrir sa bouche de la sienne. Mais… plus tard.

CHARLENE SANDS

L'amour à fleur de peau

*éditions*Harlequin

Titre original : HEIRESS BEWARE

Traduction française de SYLVETTE GUIRAUD

© 2006, Harlequin Books S.A. © 2007, Harlequin S.A.
83/85 boulevard Vincent-Auriol 75646 PARIS CEDEX 13.
Service Lectrices — Tél. : 01 45 82 47 47

The New York SPECTATOR

DISPARITION D'UNE HERITIERE

Disparue depuis quatre jours, Bridget Elliott, petite-fille du magnat de l'édition Patrick Elliott, fait l'objet d'une enquête de police de dimension nationale.

Mademoiselle Elliott, âgée de vingt-huit ans, a été vue pour la dernière fois dans les Hamptons où elle assistait au mariage de son frère Cullen aux Tides, la propriété familiale. Selon un extra, sa voiture a été vue quittant le domaine à 2 heures du matin. Lorsque mademoiselle Elliott ne s'est pas manifestée à son bureau du magazine *Charisma*, où elle occupe le poste de directrice de la photo, la police a alors été alertée.

Les résidents de l'immeuble de Soho où elle habite n'ont pas revu l'héritière depuis plusieurs jours maintenant. Une source proche de la famille affirme que mademoiselle Elliott aurait reçu, avant le mariage, un appel téléphonique d'un correspondant non identifié prétendant détenir une information vivement souhaitée par la jeune femme.

Le patriarche de la famille, Patrick Elliott, a indiqué aux journalistes que les siens n'épargneraient aucune dépense de leur immense fortune pour retrouver sa petite-fille. « Nous ne dormirons pas en paix jusqu'au jour de son retour, saine et sauve, quoi que cela puisse nous coûter » a déclaré le PDG sur le point de prendre sa retraite.

- 1 -

— Oh, toi ! Je t'interdis de caler ! s'écria Bridget Elliott avec toute la véhémence dont elle était capable.

Mais, en dépit de sa supplication, la maudite voiture de location rendit l'âme. Bridget eut beau s'acharner sur le démarreur ou l'allumage, rien n'y fit.

La jeune femme risqua un œil à travers le pare-brise. Il n'y avait rien à voir hormis l'immense étendue de terre desséchée du Colorado, une route qui se déroulait à l'infini devant elle, et un éclatant soleil couchant, promesse d'un lendemain d'une écrasante chaleur. Née et élevée à New York, Bridget était habituée à certaines journées brûlantes, et pourtant, sans rien savoir du Colorado, un seul regard lui suffit pour souhaiter n'avoir jamais l'occasion d'y revenir.

Néanmoins, elle n'avait pas hésité à se déplacer après avoir reçu une information de première importance, la veille au soir, pendant la réception de mariage de son cousin Cullen. A la fin de la soirée, elle avait donc sauté dans le premier avion, et, pendant le vol, elle avait échafaudé toutes sortes de plans, espérant inscrire un ultime chapitre au livre qui devait étaler au grand jour les secrets et les mensonges que son grand-père avait infligés à la famille pendant deux générations. Derrière son image publique, l'homme, Patrick Elliott, propriétaire et P.-D.G. du groupe Elliott, l'un des plus grands empires de presse du monde, allait être démasqué. Rien ne serait plus bénéfique au clan Elliott. Bridget avait bien l'intention d'éclaircir l'atmosphère, de révéler au grand jour les secrets de famille et d'exposer les scandales avec des vérités capables de faire choir son grand-père de son piédestal.

Il le méritait. Son dernier tour, un peu plus tôt dans l'année, n'avait-il pas confondu et mis en fureur toute la famille ? Certes, il avait annoncé sa retraite prochaine mais, au lieu de nommer un successeur, il avait préféré instaurer une sorte de cruel petit jeu, en jetant ses quatre enfants les uns contre les autres pour l'obtention du poste.

Pour Bridget, la coupe était pleine.

Aussi, au cours des six derniers mois, s'était-elle lancée à la recherche de l'enfant de sa tante Finola. Le bébé, conçu lorsque sa tante était encore adolescente, avait été donné à l'adoption — adoption exigée par le propre père de Finola, Patrick Elliott. Bridget avait soupçonné sa tante chérie de ne s'en être jamais remise et d'avoir choisi par la suite de consacrer sa vie au magazine *Charisma* afin de remplir le vide laissé par la disparition de son enfant. Travaillant en qualité de directrice de la photographie de ce même journal, il arrivait très souvent à Bridget de voir passer dans les yeux de sa tante une expression égarée, même maintenant, plus de vingt ans après.

Puis Bridget avait fait une découverte qui lui avait un peu rendu l'espoir, grâce à un renseignement sûr d'une personne prétendant connaître l'identité de l'enfant. Elle n'avait donc pas hésité à se rendre à Winchester afin d'y retrouver la trace de la fille de tante Finola. Avec la découverte de l'enfant de sa tante, elle signerait ainsi le dernier chapitre de son livre.

Et le monde verrait enfin quelle sorte d'homme était en réalité son grand-père.

Il était près de 6 heures du matin, et pourtant il n'y avait pas une âme sur la route. Bien entendu, si elle avait crevé sur l'autoroute 25, elle aurait déjà été secourue, mais les instructions fournies par son informateur l'avaient éloignée de la route bien aménagée et aiguillée sur cette nationale à deux voies.

Bridget se tassa sur son siège en soupirant. Elle n'avait pourtant pas de temps à perdre. Puis elle se souvint qu'elle était partie avec son téléphone portable. Au moins elle allait pouvoir appeler pour qu'on vienne à son aide et peut-être même lui envoyer rapidement une dépanneuse. Fouillant à l'intérieur de son sac, elle en sortit le téléphone. Mais ses espoirs s'évanouirent rapidement. La batterie était morte. Elle pesta. Pourquoi oubliait-elle donc toujours de recharger ce sacré truc ?

Une fois encore, elle essaya de mettre le contact.

— Allez, s'il vous plaît, supplia-t-elle les dieux de l'automobile. Démarre, bon sang !

Comme un enfant indiscipliné, la Honda Accord refusa de s'exécuter. Rien. Pas même le moindre petit ronflement.

— La société de location va m'entendre, grommela Bridget en jetant son sac sur son épaule et en descendant de voiture.

Elle claqua la portière et se mit à marcher. Elle se rappelait vaguement avoir vu une pancarte un peu avant, indiquant que le comté de Winchester était à un peu plus d'une vingtaine de kilomètres. Si ses calculs étaient corrects, elle avait devant elle une trotte d'une dizaine de kilomètres pour arriver à destination.

— Je peux le faire, se dit-elle, tandis que les talons de sept centimètres de ses bottes se retournaient sur l'asphalte.

Toujours branchée mode, en bonne élève de *Charisma,* Bridget se demanda pourquoi elle n'avait pas songé à emporter ses chaussures de marche.

Où étaient donc ses Nike quand elle en avait besoin ?

L'amour à fleur de peau

Le shérif Mac Riggs sauta de son véhicule de patrouille et se dirigea à grands pas vers le corps inerte de la femme gisant au bord de la route, dangereusement proche du rebord de la falaise. Si elle était tombée, songea-t-il, elle n'aurait jamais survécu tant la pente était raide.

Elle avait le visage tourné sur le côté et ses jambes étaient tordues dans une drôle de position, mais c'était le sang derrière sa tête qui l'inquiéta le plus. Il ne faisait aucun doute qu'elle avait heurté l'arête de granit tranchant à côté d'elle, celle qui était couverte de sang.

En s'approchant, le shérif remarqua le visage dépourvu d'expression, bien que séduisant. Des cheveux blond foncé l'encadraient, et les lèvres qui avaient encore la couleur rose de la vie étaient légèrement entrouvertes.

Il lui prit la main et la serra un peu.

— Mademoiselle, vous m'entendez ?

Mac ne s'était guère attendu à une réponse et pourtant, les yeux de la femme s'ouvrirent brusquement. Elle les leva vers lui et battit des paupières à plusieurs reprises tandis que Mac plongeait le regard dans ses surprenants yeux bleu lavande. La combinaison des cheveux blonds, de la peau claire et de cette nuance très particulière de bleu donnait à cette femme quelque chose d'extraordinaire, échappant à tous les clichés.

Mac se pencha un peu plus vers elle et la rassura.

— Je suis le shérif Riggs. Tout va bien se passer. Il semble que vous ayez été victime d'un accident.

— Ah oui ?

Elle parlait à voix basse, avec une expression intriguée qui semblait indiquer qu'elle était encore étourdie par sa blessure à la tête.

— On le dirait bien. Votre tête a heurté un rocher.

De nouveau, elle parut confuse.

— Tenez bon et ne bougez pas, reprit Mac. Vous êtes trop près du bord de la falaise. Je reviens tout de suite.

Quelques secondes après, il revint à côté d'elle avec la trousse de premiers secours de son véhicule de patrouille.

— Je ne vais pas vous bouger de là jusqu'à ce que vous me disiez que c'est bon. Avez-vous mal quelque part ?

La femme secoua légèrement la tête.

— Pas vraiment, sauf que… quelque chose bat dans mon crâne comme une saleté de…

Mac retint un sourire.

— Vous croyez que vous pouvez vous asseoir ?

— Je crois, oui.

Il s'agenouilla, lui passa les bras autour des épaules

et l'aida à se remettre en position assise. Le tissu de son pull couleur framboise s'enroula sous ses doigts, mais ce fut l'encolure en V qui attira son attention. Après un rapide coup d'œil, il évita de regarder la peau si douce et la vertigineuse naissance des seins, préférant se concentrer sur l'aide à apporter à la femme blessée.

— C'est bien. Maintenant, je peux voir l'arrière de votre tête, dit-il.

— Est-ce vilain ?

Mac procéda à un rapide examen. Le sang avait collé les cheveux mais ne coulait plus. Ce qui ne lui indiquait pas combien de temps elle était restée inconsciente. Un vrai coup de chance, se dit-il, qu'il pense de temps à autre à faire un tour sur cette route. Sinon, elle aurait tout aussi bien pu prendre la mauvaise pente et tomber droit dans le canyon de Deerlick.

— En fait, vous avez une sacrée chance. Ça ne paraît pas trop méchant.

Mac s'assit derrière elle pour s'occuper de sa blessure. Il tamponna la plaie avec de la gaze humide en séparant les cheveux pour évaluer l'étendue des dégâts.

— Ça fait mal ?

— Non.

— Comment vous appelez-vous ? demanda-t-il pour la distraire du malaise qu'elle se refusait à avouer.

Mais il l'avait vue frémir à l'instant où la gaze avait touché sa tête.

— Comment je... m'appelle ?

— Oui. Et pendant que nous y sommes, j'aimerais savoir ce que vous faisiez par ici. Que s'est-il passé ? Etes-vous tombée ?

Il la vit se tendre. Son corps devint aussi rigide qu'une planche. Comme elle hésitait encore, Mac reprit d'un ton plus doux.

— D'accord. Commençons par votre nom.

— Je m'appelle... mon nom est...

Elle s'écarta de lui suffisamment pour se retourner et plonger dans le sien un regard affolé.

— Je ne sais pas, dit-elle d'une voix qui montait peu à peu.

Elle s'interrompit et regarda de tous côtés.

— Je ne sais pas qui je suis ! Je ne me rappelle plus rien !

Elle tentait visiblement de retenir les larmes qui lui montaient aux yeux.

— Je ne sais pas. Je ne sais pas, répéta-t-elle frénétiquement d'une voix désespérée.

Mac se leva et, lui prenant les deux mains, la releva lentement. Devant son affolement, mieux valait l'éloigner du bord de la falaise.

— Ça va aller. Notre médecin va vous examiner.

— Oh, mon Dieu ! Je ne me rappelle plus rien. J'ignore qui je suis, ce que je fais ici.

Elle le tira par sa manche de chemise d'un air suppliant.

— Où suis-je ?

— Vous êtes dans le comté de Winchester.

Elle lui jeta un regard dépourvu d'expression.

— Colorado, ajouta Mac.

La jeune femme secoua la tête. Ses grands yeux étaient vides et Mac vit la détermination s'inscrire sur son visage tandis qu'elle essayait de toutes ses forces de se rappeler quelque chose.

— Est-ce que j'habite ici ?

— Je n'en sais rien. Il semble que vous soyez à pied. Mais nous rechercherons une voiture plus tard. Il n'y a aucun signe non plus de votre présence dans le coin. Ni sac à main, ni sac à dos. Si vous aviez quelque chose, je suppose que cela a dû passer par-dessus le rebord lorsque vous êtes tombée. Enfin, *si* vous êtes tombée. Mais je suis quand même certain d'une chose : avec les bottes que vous portez, je doute que vous ayez fait du tourisme.

Elle baissa les yeux vers ses bottes de cuir noir et lisse avant de remarquer le reste de ce qu'elle portait. Un jean griffé, un léger pull en cachemire, une ceinture de daim noir posée en travers du pull et des hanches mais, curieusement, aucun autre bijou qu'une montre avec un gros diamant sur le cadran. La jeune femme prit note de tout sans paraître rien reconnaître. Elle donnait l'impression de contempler les vêtements d'une personne inconnue.

— Je n'arrive pas à me souvenir. Seigneur ! Pas du plus maudit petit détail !

— Allons, venez. Je vous emmène voir le Dr Quarles.

Mac la prit par la main, mais au premier pas, ses jambes la trahirent. Aussitôt, il la rattrapa prestement et la pressa contre lui pour la soutenir. Elle se cramponna à lui et lui enroula les bras autour du cou, légèrement inclinée vers lui.

Mac la retint ainsi un instant, la tête contre son torse, comme si elle avait besoin de cette minute pour recouvrer son sang-froid, ou peut-être s'appuyer simplement contre lui à la recherche d'un soutien moral. Il comprenait sa peur. Se réveiller dans un environnement inconnu, sans aucun moyen de savoir qui elle était ou ce qu'elle faisait là, devait être très effrayant.

Tout en la maintenant avec patience, son propre sang-froid entra en jeu. Homme de loi par profession, il s'obligea à nier la légère accélération de son rythme cardiaque. Cependant, cette femme était douce et belle et sacrément agréable à tenir entre ses bras. Et pour Mac, cela faisait si longtemps ! Il en avait presque oublié ce qu'on ressentait. Mais les mots qu'elle prononça ensuite le ramenèrent à ses devoirs.

— J'ai la tête qui tourne.

Cette fois, Mac n'hésita pas. Il la souleva entre ses bras et regagna à pas lents la voiture de patrouille.

L'amour à fleur de peau

Avant de la déposer à l'intérieur, il prit quelques secondes pour passer mentalement les lieux en revue. Pas de voiture, aucun signe, aucune affaire nulle part lui appartenant. Il se promit de revenir plus tard avec quelques adjoints pour explorer les environs. Pour l'instant, il devait emmener la jeune femme chez le médecin.

Ensuite, il essaierait d'en apprendre un peu plus sur son identité et de découvrir la raison de sa présence dans le coin.

Elle ignorait où elle se trouvait. Elle ne se souvenait d'absolument rien sur elle-même. La tête lui tournait et elle se concentrait uniquement sur l'homme qui la tenait entre ses bras, le shérif Riggs. Il la maintenait avec douceur, mais percevant sa force, elle se sentait protégée et en sécurité. Elle se fiait au réconfort qu'elle trouvait en fixant ses yeux sombres. De beaux yeux, pensa-t-elle, et sans doute un sourire agréable lorsqu'il laissait tomber sa garde. Mais, soupçonna-t-elle, le shérif Riggs ne s'y laissait pas très souvent aller.

Elle avait eu de la chance qu'il la retrouve. Elle avait eu de la chance de n'avoir pas roulé par-dessus le rebord de la falaise jusqu'au fond du canyon. Mais sa chance s'arrêtait là. Au cours des dernières minutes, elle avait fouillé et refouillé son esprit dans l'espoir que quelque chose s'y soit imprimé. Et puis rien. Rien du tout.

Le shérif la déposa dans son véhicule et, dans un geste maladroit, son corps heurta celui de la jeune femme. Quand il la relâcha, son bras effleura le bas de ses seins et elle retint son souffle.

— Ça va ? demanda-t-il, le visage à quelques centimètres du sien.

Il fit une pause et la fixa. Leurs regards se croisèrent et se retinrent. Bridget hocha la tête, respirant l'odeur de sa lotion après-rasage, une fragrance subtile et musquée, très masculine, qui la rassura. Oui, elle le sentait, cet homme la protégerait s'il le fallait, jusqu'à son dernier souffle. Cet homme, lui dictait son instinct, prenait son job et sa vie très au sérieux.

Mac sauta sur le siège du conducteur et mit le moteur en marche.

— Dites-moi si quelque chose vous paraît familier, la prévint-il, avec un coup d'œil en coin au moment où ils démarraient.

De nouveau, elle hocha la tête.

Glissant un regard à travers la vitre, elle observa autour d'elle. Le terrain s'était aplani et ils entrèrent bientôt dans une vallée bordée de ranches. Au loin, la chaîne montagneuse formait une majestueuse toile de fond. Encore une fois, Bridget fouilla son esprit à la recherche d'un indice, d'une piste concernant son identité. Vivait-elle ici ? Etait-ce ici sa maison ? Ou bien effectuait-elle une mission quelconque ? Elle était peut-être en vacances ? A moins qu'elle n'ait eu rendez-vous avec quelqu'un ?

Mais, comme rien ne lui venait à l'esprit, elle ferma les yeux, dans l'espoir que son vertige allait se dissiper et priant pour que le médecin lui communique une bonne nouvelle.

Quelques minutes plus tard, le shérif Riggs gara la voiture devant un petit cabinet médical au bout d'une allée.

— Ne bougez pas, dit-il. Je vais faire le tour pour vous aider à descendre.

— Je crois que je pourrai marcher.

Elle ouvrit la portière et sortit. L'air tiède la frappa et elle en aspira une bouffée en s'appuyant à la carrosserie.

Tout de suite, le shérif fut près d'elle, le regard soucieux.

— Plus de vertiges ?

— Je ne dirais pas ça, répondit-elle en éprouvant de nouveau les effets de la station debout. Mais ça va mieux.

Sans hésiter, il lui ceintura la taille et l'aida à pénétrer dans le bureau du médecin.

Trente minutes plus tard, le Dr Quarles, après lui avoir fait subir un examen approfondi, rappela le shérif.

— Mac, il semble que cette jeune femme souffre d'une forme d'amnésie. Lorsqu'il est atteint d'une amnésie rétrograde, le patient ne peut se souvenir de rien de ce qui lui est arrivé avant un accident ou un incident. Un coup à la tête pourrait en être la cause, mais cette forme d'amnésie peut également avoir été provoquée par le stress. La bonne nouvelle, c'est qu'elle n'a pas de dommage permanent. Physiquement, elle va bien. Oh, bien sûr, elle aura mal à la tête pendant un jour ou deux. Mais pour plus de sûreté, ce ne serait pas une mauvaise idée de lui faire subir quelques examens à l'hôpital. Les blessures sont mineures, mais je me sentirais mieux si...

— Quand vais-je retrouver la mémoire ? l'interrompit la jeune femme d'une voix impatiente.

Le Dr Quarles secoua la tête et, à travers ses lunettes, la considéra de ses bienveillants yeux bruns.

— Je ne peux répondre à cela. Peut-être des heures, des jours ou des semaines. Parfois, un patient passe des mois sans recouvrer la mémoire. En général, avec ce genre d'amnésie, les souvenirs les plus anciens reviennent les premiers, mais je dois vous en avertir, vous pourriez ne pas vous rappeler ceux qui sont à l'origine de votre amnésie. L'esprit a tendance à les refouler.

— Alors, il est envisageable que je ne me souvienne pas de ce qui m'est arrivé ?

— C'est une possibilité, répondit le médecin. Et faites-moi tout de suite savoir si vos maux de tête ne se dissipent pas. Mais en principe, vous devriez aller mieux.

L'amour à fleur de peau

— Mais… mais, commença-t-elle quand la situation lui apparut tout à fait clairement. Vous êtes en train de me dire que je ne vais pas bientôt recouvrer la mémoire ?

— Bientôt ?

— Aujourd'hui, docteur. J'ai besoin de savoir qui je suis. Aujourd'hui même !

— J'ai bien peur que ce ne soit pas possible. Il n'y a aucun moyen de le savoir.

— Vous pouvez sûrement faire quelque chose.

Effondrée, elle se mit à trembler, le corps tout entier secoué par des frissons incontrôlables. Comme hébétée, elle se passa la main sur le front.

— Non. Non, cela ne peut pas m'arriver. Où vais-je aller ? Que vais-je faire ?

Elle se refusait à pleurer sans pour autant parvenir à maîtriser ses frissons. Dans son affolement, elle trembla encore davantage. Elle ne connaissait pas âme qui vive dans le comté de Winchester. Ou n'importe où ailleurs, pour ce qu'elle en savait. Elle ignorait si elle avait de la famille dans la région. Elle ignorait tout d'elle-même. Encore une fois, elle fouilla son esprit, en essayant de se remémorer une chose, une seule. Mais rien ne vint. Elle ne connaissait même pas son nom ! Un véritable cauchemar.

Le Dr Quarles jeta un coup d'œil au shérif avant de la regarder de nouveau. Puis, d'une voix douce :

— Ma femme et moi avons une chambre inoccupée à la maison. C'était celle de notre fille Kate, mais désormais elle est adulte et mariée. Vous serez la bienvenue chez nous et vous pourrez y rester le temps d'y voir plus clair.

Bridget était abasourdie. Comment répondre à une offre si généreuse ? Les mots étaient insuffisants pour exprimer la gratitude qu'elle ressentait envers cet homme.

— Merci, merci, parvint-elle à murmurer, la gorge nouée par l'émotion.

— Laissez-moi seulement appeler mon épouse pour la prévenir que nous avons une invitée.

Le regard de Bridget glissa vers les prunelles sombres et indéchiffrables du shérif Riggs. Pour quelque curieuse raison, elle éprouvait le besoin d'avoir son approbation. En un si court espace de temps, elle en était arrivée à accorder sa confiance à l'homme qui, ce matin, lui avait sauvé la vie.

Le shérif garda les yeux rivés sur elle un long moment comme s'il réfléchissait. Un instant, ses lèvres prirent un pli curieux. Ce n'était pas tout à fait un sourire, mais pas loin.

— John, attendez, dit-il.

Le ton était impérieux et arrêta le médecin sur le point de quitter la pièce.

— J'ai une autre idée.

L'attention du shérif se reporta vers la jeune femme à qui il adressa un regard de ses perçants yeux noirs.

— Je pense qu'elle devrait s'installer chez moi.

- 2 -

Peut-être était-ce parce qu'il se sentait responsable de sa sécurité ou bien à cause des surprenants yeux bleus qu'elle levait sur lui ? Toujours est-il que Mac se surprit à penser qu'il ne pouvait vraiment pas abandonner celle qu'en son for intérieur, il appelait sa belle inconnue. Pas même entre les mains de John et Doris Quarles, l'un des couples les plus exquis du comté de Winchester.

Quelque chose en lui ne parvenait pas à s'y résoudre et l'invitation tomba de sa bouche sans la moindre hésitation.

La jeune femme s'écarta de la table d'examen et planta son regard dans le sien. Sourcils froncés, elle s'adressa à lui d'un ton qui lui parut... plein d'espoir ?

— Vous désirez que je m'installe chez vous ?

Il hocha la tête, sans préciser. Bon sang ! Il ne lui faisait pas une proposition ! S'il l'avait rencontrée en d'autres circonstances, elle l'aurait intéressé, sans aucun doute. Et on ne pouvait pas dire qu'il s'était intéressé à beaucoup de femmes, ces temps-ci. Mais quand il s'agissait du sexe opposé désormais, Mac était plus avisé et encore plus cynique. Il avait de mauvais antécédents, un mariage raté entre autres, pour le prouver. Pourtant, quelque chose chez cette inconnue l'avait touché. Il lui apporterait donc son aide, le vivre et le couvert, un point c'est tout.

— C'est uniquement une question pratique, poursuivit-il. J'habite derrière le poste de police et mes recherches dans votre passé seront plus faciles si je vous ai sous la main. Le Dr Quarles habite…

Il jeta un coup d'œil à John, dans l'espoir de tomber juste.

— … à au moins vingt-cinq kilomètres de la ville. Pas vrai ?

Le médecin opina.

— C'est juste. Doris et moi avons une jolie maison, mais j'ai bien peur qu'elle ne se trouve en dehors de la ville.

— Je vis avec ma sœur Lizzie, expliqua Mac. Nous ne serons pas seuls, faites-moi confiance. Lizzie est institutrice. Elle est toute la journée en contact avec des ados et elle adorera avoir une compagnie adulte.

— Cela me paraît plus logique, docteur, remarqua la jeune femme à l'adresse du Dr Quarles. Il faut que je travaille avec le shérif pour découvrir ma véritable identité. Mais je vous remercie de votre offre. Tous deux vous êtes montrés si bons et si généreux avec moi.

Elle sourit et des fossettes se creusèrent au coin de sa bouche. Mac s'en attribua tout de suite le mérite et dans la foulée, mit fin à ce genre de pensée. Ça n'avait aucun sens de se laisser attraper par une paire d'yeux bleus et un corps bien roulé. Il avait un boulot à faire. Du reste, il en était sûr, elle allait bientôt recouvrer la mémoire. Ou alors quelqu'un viendrait la chercher.

— Vous avez fini de l'examiner ? demanda-t-il au médecin.

— Oui. Je lui ai délivré une ordonnance au cas où elle aurait mal, mais appelez-moi tout de suite si elle éprouve davantage de vertiges, des faiblesses ou quoi que ce soit d'inhabituel.

Mac se retourna vers sa nouvelle pensionnaire.

— Vous êtes prête, Jane ?

Elle fronça le nez.

— Jane ?

— Il vous faut bien un prénom, non ? dit-il d'une voix douce. Et j'ai pensé que celui-ci vous irait bien. A moins que vous ne préfériez un autre nom ?

— Le véritable serait merveilleux, répondit-elle un peu tristement, en inclinant la tête.

— Je vais y travailler d'arrache-pied, je vous le promets.

De nouveau, elle lui lança un regard plein d'espoir.

— Jane... c'est un nom qui en vaut un autre, je suppose.

— Parfait, Jane. Rentrons à la maison.

Et, pour la première fois de sa vie, Mac emmena une femme chez lui pour faire la connaissance de sa sœur cadette.

A croire que c'était lui qui s'était cogné le crâne contre un rocher.

— Il ne faut pas que je vous empêche de faire votre travail, shérif, dit Jane, assise en face de lui dans sa confortable cuisine.

Il l'avait emmenée chez lui après lui avoir montré le poste de police du comté de Winchester, situé à quelques mètres en amont de la rue principale. Sa demeure s'élevait dans un coquet quartier résidentiel, juste derrière la prison.

A la minute où elle en franchit le seuil, la jeune femme aima tout de suite cette charmante maison, si chaleureuse.

— Appelez-moi Mac, lui proposa le shérif avec un soupçon de sourire. Et ce que nous faisons c'est du travail. J'espère que vous êtes prête à répondre à quelques questions ? Un peu plus tard dans la journée, je compte faire un tour avec mes assistants pour passer au peigne fin le lieu où vous avez fait une chute.

Il fit glisser sur le plan de travail une tasse de

café et un sandwich à la dinde qu'il venait de lui préparer.

— Oh, merci, dit-elle.

— C'est mon travail, répliqua-t-il automatiquement.

Elle se mit à rire. Avec lui, c'était boulot-boulot.

— Non, je voulais parler du repas.

Il plongea un instant les yeux dans les siens.

— Ce n'est pas ce que j'appellerais un repas. Lizzie est meilleure cuisinière que moi. Elle sera de retour à 15 heures.

— J'espère qu'elle ne verra aucun inconvénient à ma présence.

— Pas du tout, répliqua-t-il aussitôt. Mais elle risque de vous casser les oreilles. Ma sœur adore papoter. Surtout si c'est elle qui parle.

— Oh, je vois, dit Jane d'un ton volontairement taquin.

Car vraiment, ce shérif était bien trop sérieux.

— C'est la raison pour laquelle vous souhaitiez ma présence ? Ça vous fait un poids en moins, c'est ça ?

— C'est exact. Vous êtes très intuitive.

Jane aspira une bouffée d'air. Dans sa situation si désespérée, elle devrait peut-être mieux éviter de faire de l'esprit.

Elle croqua une bouchée et but une gorgée de café.

— Merci pour le sandwich. Que vouliez-vous me demander ?

Mac se gratta la tête puis se pencha vers elle. Il fit une pause et son regard courut sur elle, enveloppant. Quand, un dixième de seconde, ses yeux s'arrêtèrent sur sa poitrine, Jane retint son souffle. A l'intérieur de la petite cuisine, l'air s'emplit soudain d'électricité. Mac appréciait visiblement ce qu'il voyait et malgré tous ses efforts, il ne parvenait pas à dissimuler le choc initial. Alors, après tout ce qu'elle avait enduré pendant la journée, ce bref instant lui apporta une évidente satisfaction.

C'était idiot, bien sûr, mais vrai. Si Jane en savait très peu sur elle-même, elle comprenait au moins une chose concernant le sexe opposé. Et ce shérif Mac Riggs, en plus d'avoir la tête sur les épaules, était un homme fort séduisant. Bien plus que cela, même.

— J'ai besoin de savoir, reprit-il, si vous êtes venue ici par vos propres moyens ou si quelqu'un avait l'intention de vous faire du mal. Désolé, mais je suis obligé de vous poser la question.

L'hypothèse que quelqu'un ait pu vouloir lui faire du mal ne lui avait pas traversé l'esprit et cependant, Jane ne se sentit pas inquiète. En fait, elle avait l'impression d'être aussi lisse qu'une feuille de papier. Elle fouilla sa mémoire, dans l'espoir d'y découvrir un quelconque indice.

— Je ne sais pas. Je n'arrive pas à me rappeler.

Croyez-vous possible que quelqu'un m'ait délibérément laissée au sommet de cette falaise ?

— Je l'ignore. Peut-être. Un petit ami jaloux ? On sait que ça peut arriver, mais vous n'aviez aucun papier permettant de vous identifier. Je n'ai vu aucune voiture abandonnée sur la route. Enfin, nous vérifierons ça plus tard. En outre, vous n'aviez aucun objet personnel.

— Je sais, dit-elle, refoulant un sentiment de frustration.

Elle n'ignorait pas que le shérif essayait seulement de trouver des indices.

— C'est étrange, mais je n'ai aucune réponse à vous apporter. La seule chose dont je me souvienne c'est d'avoir marché sur cette route, du soleil qui me réchauffait et de vous avoir regardé dans les yeux. Je me rappelle avoir pensé qu'ils étaient beaux.

Voilà qu'elle avait dit tout haut ce qu'elle avait voulu garder pour elle !

Le shérif la dévisagea. Son expression était toujours indéchiffrable. D'un mouvement d'épaule, Jane se débarrassa du moment de gêne induit par sa phrase et se rappela de garder à l'avenir ses pensées secrètes pour elle. Ce qui ne l'empêcha pas de se rendre compte qu'elle n'en savait pas tout à fait assez sur elle-même pour rester sereine. Chaque découverte, aussi minime soit-elle, comme les beaux yeux sombres de Mac, lui paraissait avoir une signification. Elle avait si peu à quoi se raccrocher et elle en savait si peu à son propre sujet que dans son imagination, chaque élément nouveau pouvait constituer un indice sur son identité.

Elle se demanda également, et cette fois en gardant ses pensées pour elle, si son attirance pour Mac Riggs était une réaction naturelle, due au fait qu'il l'avait sauvée, ou si elle l'avait d'instinct classé comme étant son type d'homme. Etait-ce vrai ? Appréciait-elle ce genre d'homme grand, brun et mortellement sérieux, avec des traits énergiques et des yeux sexy ?

— Quoi d'autre ? interrogea-t-elle, le bras tendu pour prendre les assiettes.

Mac tendit la main pour l'en débarrasser et, dans ce geste, effleura la sienne. Le contact la surprit et elle se figea, le cœur palpitant. Des frissons la parcoururent d'une très agréable manière, même s'ils n'étaient pas les bienvenus. Jane avait bien assez de soucis comme ça sans convoiter l'homme qui avait été assez bon avec elle pour la prendre en charge, lui offrir un toit et sa protection.

— Je ne m'attends pas à ce que vous fassiez le service pour moi, dit Mac d'une voix ferme.

Elle laissa échapper un gros soupir.

— Et moi je m'attends à faire ma part de travail ici. Maintenant, si vous n'avez plus de questions, je vais nettoyer la cuisine. N'avez-vous pas une enquête à poursuivre ?

L'amour à fleur de peau

Mac cligna des yeux et ses lèvres se pincèrent, mais Jane en fut certaine, il se retenait de sourire.

— Si, m'dame. Et j'y vais de ce pas.

Il se redressa, bombant le torse. Une fois de plus, reprenant le contrôle de lui-même.

— Lizzie va bientôt rentrer. D'ici là, si vous avez besoin de quelque chose, appelez le poste.

Il griffonna un numéro sur un bloc-notes posé sur le plan de travail. Puis, rabattant son chapeau sur sa tête, il reprit son expression renfrognée et, comme Jane commençait à débarrasser la table, il prit congé d'un mouvement du menton.

Depuis le seuil, Jane le regarda se diriger à grandes enjambées vers la voiture de patrouille garée dans l'allée. Décidément, songea-t-elle, Mac était tout aussi séduisant de dos, avec son pantalon marron clair plaqué sur ses petites fesses et sa chemise d'uniforme chocolat tendue sur ses larges épaules. Elle le vit se glisser dans son véhicule et mettre le moteur en marche. Après un dernier regard dans sa direction, il démarra.

Comme c'était bizarre ! Tant qu'il avait été là, Jane s'était sentie protégée et en sécurité. Mais aussitôt après son départ, son courage s'évanouit. Elle était seule. Pas juste seule dans une maison qu'elle ne connaissait pas, mais seule à l'intérieur de sa tête. Elle n'avait plus de mémoire, rien à quoi se raccrocher, rien qui puisse la réconforter et cela, plus que n'importe quoi d'autre, l'effrayait.

Elle se mit à errer de pièce en pièce pour faire connaissance avec une maison inconnue, s'apprêtant à rencontrer une femme qui, malgré les affirmations de Mac, pouvait fort bien ne pas apprécier son intrusion.

Jane croisa les bras sur sa poitrine comme pour se bercer et prévenir un nouvel accès de tremblements. Comment savoir si elle allait avoir la force de survivre, ainsi privée de mémoire ? Pour l'instant, rien ne lui paraissait avoir de réalité. Elle pénétra dans la chambre que Mac lui avait désignée comme devant être la sienne et s'allongea sur le lit. Le large matelas lui parut accueillant et elle remarqua le décor plein de gaieté de la pièce. Lizzie, devina-t-elle, devait être la décoratrice de la famille, car à travers toute la maison, on pouvait noter certaines touches bien féminines, très éloignées de l'aspect un peu sévère du shérif.

Saisie par la fatigue d'une journée harassante, Jane se roula en boule sur le dessus-de-lit en chenille et ferma les yeux. Elle espéra seulement, avant de s'endormir, qu'à son réveil la mémoire lui serait revenue.

Et que cette journée de cauchemar serait enfin terminée.

Jane s'éveilla en entendant fredonner une rengaine qu'elle ne reconnut pas tout de suite. Elle ouvrit les yeux sur un environnement inconnu et son regard erra en papillonnant autour de la chambre. Tout lui parut… étranger. Pendant une seconde, rien ne se passa. Puis, d'un seul coup, tout lui revint et elle se rappela sa subite apparition dans le comté de Winchester. Elle se souvint d'avoir été recueillie par le shérif Riggs. Et qu'elle s'était endormie chez lui, dans sa chambre d'amis.

Elle s'assit sur le lit, espérant se remémorer quelque chose de plus que lors des toutes dernières heures qu'elle venait de vivre. Comme rien ne lui revenait à la mémoire, elle se leva rapidement et passa la tête par l'entrebâillement de la porte de la salle de bains pour savoir qui chantonnait.

— Oh, bonjour ! Je n'avais pas l'intention de vous réveiller.

Une jeune femme élancée aux courts cheveux auburn et aux mêmes yeux bruns couleur d'espresso que Mac, s'approcha d'elle dans le couloir, un grand sourire aux lèvres.

— C'est cette chanson ! J'ai l'impression de ne pas pouvoir me l'ôter de la tête. Je ne m'étais pas rendu compte que je fredonnais et que je vous dérangeais par la même occasion. C'est ce qui se passe avec certaines chansons, vous savez.

— Je ne l'ai pas reconnue, répondit Jane, fouillant sa mémoire. J'aurais dû ?

— Non, pas si vous n'écoutez pas de musique country. C'est la dernière de Tim McGraw.

— Oh ! dit Jane en haussant les épaules. Je crois que je n'aime pas la country.

Ce qui lui apprit par la même occasion quelque chose de nouveau sur elle-même.

L'autre jeune femme sourit de nouveau et tendit la main.

— Je suis Lizzie, la sœur de Mac. Ne vous faites pas de souci : quelques jours ici et vous connaîtrez tout le fichu répertoire country !

Jane prit la main tendue mais, au lieu de la serrer, Lizzie posa son autre main par-dessus la sienne et la pressa avec douceur.

— Mac m'a parlé de votre situation. Désolée pour votre amnésie. Cela doit paraître étrange de ne pas se rappeler qui on est.

Elle lui adressa un sourire chaleureux et consolant.

— Vous serez la bienvenue ici, quel que soit le temps que vous mettrez à retrouver la mémoire. Ne lui dites pas que je vous en ai parlé, mais Mac est le meilleur. S'il y a un moyen de découvrir qui vous êtes, il le trouvera.

Jane hocha la tête. Elle avait déjà classé Mac dans la catégorie des policiers dévoués.

— Il m'appelle Jane.

Lizzie fronça les sourcils.

— Jane ? Pourquoi ?

— Je ne sais pas, il dit que ça me va bien. Alors appelez-moi... Jane.

— Entendu, Jane. Je suis heureuse de faire votre connaissance. Et bienvenue : ma maison est votre maison.

— Je ne peux pas vous dire à quel point j'apprécie votre hospitalité. Votre frère s'est montré si bon. Et maintenant, vous ! Merci du plus profond de mon cœur.

D'un geste vif, Lizzie repoussa ses remerciements.

— Je suis heureuse d'avoir de la compagnie, vous n'imaginez pas ! Mac vous a dit que j'enseignais dans un collège ? Ce sont tous des petits démons, mais je les adore quand même !

Jane se mit à rire. Lizzie avait vraiment des façons qui donnaient envie de sourire.

— Il est facile de voir que vous adorez votre métier.

Lizzie hocha la tête.

— En effet. Mais c'est bientôt les grandes vacances, et je vais être libre tout l'été.

A cet instant, Jane se posa la question de son propre métier. En avait-elle un ? Allait-elle bientôt manquer à quelqu'un ? Ou bien était-elle venue jusqu'ici pour de simples vacances ? Il lui parut que toutes les conversations qu'elle avait eues jusqu'à présent se résumaient soudain à une seule question. Qui était-elle ? Et pourquoi se trouvait-elle dans le comté de Winchester ?

— Dites-moi, demanda-t-elle à Lizzie avec curiosité, cette chanson que vous n'arrivez pas à vous sortir de la tête, elle parle de quoi ?

— *Vis comme si tu allais mourir* ? Elle parle de vivre pleinement sa vie. D'en tirer le maximum tant qu'on est sur terre.

Elle haussa légèrement les épaules.

— Du moins, c'est ainsi que je l'interprète.

— Et vous le faites ? demanda Jane, presque certaine de la réponse. Vous vivez votre vie à fond ?

Le sourire de Lizzie s'effaça un peu et elle parut réfléchir sérieusement à la question.

— Non, répondit-elle enfin. J'aimerais avoir davantage l'esprit d'aventure, mais je n'ai jamais été très portée sur la prise de risques.

Surprise, Jane ne sut que dire. Mais Lizzie reprit avec un grand sourire.

— De plus, qui veillerait sur Mac ? Il a besoin de moi. Il n'a personne dans sa vie, et cela fait déjà pas mal de temps. Il y a des années qu'il a divorcé.

Jane ne connaissait pas très bien Mac Riggs, mais elle avait eu l'impression très nette que le grand shérif costaud n'avait besoin de personne pour veiller sur lui. Il semblait tout à fait capable de se suffire à lui-même, à tous points de vue. C'était un homme qui ne désirait ni n'avait besoin de complications dans son existence. Il donnait l'impression de prendre la vie comme elle venait. Jane soupçonna que Mac gardait sa sœur près de lui afin que *lui* puisse veiller sur elle, contrairement à ce que prétendait Lizzie.

L'amour à fleur de peau

Et Jane devina aussi que celle-ci avait sacrifié une part de son existence pour son frère.

Alors, même si cela ne la concernait pas, elle se sentit obligée de faire un commentaire.

— Il a de la chance de vous avoir, Lizzie. En fait, vous avez de la chance de vous avoir l'un l'autre. Je voudrais tant savoir si moi aussi j'ai des parents...

Lizzie tendit la main vers elle. Ses yeux bruns étaient chauds et rassurants.

— La mémoire vous reviendra bientôt. Et pourquoi pas demain ? Mais entre-temps, sachez que vous avez une bonne amie ici à Winchester.

— Merci, dit Jane.

— Bon, me voilà qui parle et qui parle et je ne vous ai même pas demandé si vous aviez envie de faire un peu de toilette ? Préférez-vous une douche ou un bain moussant ? Je parie que vous aimeriez bien vous débarrasser de ces vêtements.

La sensibilité de Lizzie et son attitude pleine de générosité mirent Jane complètement à l'aise. Rien que pour cela, elle lui en serait éternellement reconnaissante, songea-t-elle.

— Oui, j'aimerais bien. J'ignore pourquoi, mais j'ai l'impression de ne pas les avoir quittés pendant au moins vingt-quatre heures.

La tête lui tournait. Elle jeta un coup d'œil à Lizzie.

— Raison de plus pour les enlever et en mettre d'autres ! Je vais vous apporter des vêtements propres, j'ai tout ce qu'il faut. Contentez-vous de vous détendre et de vous mettre à l'aise. Je vais vous montrer la salle de bains. Les sels de bain à la lavande vous attendent.

Soudain, Jane n'y tint plus. Il fallait absolument qu'elle se déshabille et se lave. Et elle venait d'apprendre encore quelque chose de nouveau sur elle-même.

Elle préférait un bain moussant fumant à une douche, et ceci, tous les jours de la semaine.

Mac pénétra dans la cuisine par la porte de derrière. Il déboucla sa ceinture et ôta son chapeau avant de les accrocher ensemble à une patère de bois qui avait connu de meilleurs jours. Lizzie l'avait harcelé afin de mettre la cuisine au goût du jour, mais Mac aimait les choses comme elles étaient. Le changement le rendait mal à l'aise et il s'était habitué aux dalles fendues et aux rideaux hors d'âge.

— Liz ! appela-t-il.

— Non, pas Lizzie, corrigea une autre voix.

Faisant volte-face, il se trouva nez à nez avec Jane.

— Il n'y a que moi, dit-elle.

Mac recula d'un pas pour la contempler. Elle était là, dans sa cuisine, le visage propre. Ses blonds cheveux humides, coiffés en arrière, retombaient sur ses épaules. Ses yeux lavande paraissaient plus grands maintenant et plus expressifs aussi lorsqu'elle l'examina un court instant avant de se retourner vers le fourneau.

— Lizzie a un cours en ce moment. Elle m'a fait confiance pour faire réchauffer votre dîner. J'espère que tout se passera bien.

— Parfait, grommela Mac.

— Elle a dit aussi de ne pas l'attendre pour dîner. Elle avait quelques courses à faire. J'ai l'impression que vous voilà coincé avec moi.

Etre « coincé » à contempler une belle femme en train de lui préparer à dîner n'était pas si mal, songea Mac. Il resta là, à regarder Jane s'activer dans la cuisine, vêtue de vêtements dans lesquels il reconnut ceux de Lizzie.

Le Levi's collait à son postérieur et le T-shirt des Winchester Wildcats n'avait jamais fait si bel effet sur sa sœur. Lizzie était une fan de la première heure de l'équipe de football du collège, et bon sang ! Mac n'avait jamais vu quelqu'un remplir aussi bien un T-shirt !

Toutes capacités de détective mises à part, n'importe quel mâle au sang chaud aurait noté que Jane ne portait rien sous le T-shirt. Le tissu marron et blanc moulait sa poitrine, laissant apparaître la pointe de ses seins. La gorge serrée, Mac s'efforça de ne pas imaginer ce qu'elle pouvait ne pas porter sous le Levi's.

— A mon avis, c'est plutôt vous qui êtes coincée avec moi, dit-il. Voulez-vous un coup de main ?

Jane s'arrêta, prête à enfourner le rôti.

— Non merci. Le dîner devrait être prêt dans une heure.

Mac se dirigea vers le réfrigérateur et mit fin à l'onde de chaleur qui remontait le long de sa nuque, en se rappelant la raison pour laquelle il était rentré plus tôt. Il avait des nouvelles pour Jane.

— Une bière ? proposa-t-il, en sortant une bouteille.

Jane ferma le four et se tourna vers lui.

— Je ne sais pas. Est-ce que j'aime la bière ?

Mac saisit une seconde bouteille.

— Il n'y a qu'une seule façon de le savoir.

Il lui tendit la bière et lui fit signe de s'asseoir près de la table. Tous deux s'installèrent l'un en face de l'autre.

— Comment allez-vous ? demanda Mac. Vous vous sentez bien ?

Même si elle avait l'air en forme, il devait lui poser la question. Il se devait de veiller à sa santé. Et Mac ne prenait jamais ses responsabilités à la légère.

— J'ai fait une petite sieste un peu plus tôt et cela m'a vraiment fait du bien. Je me sens beaucoup mieux.

— Pas de maux de tête ?

Elle secoua la tête et ses cheveux humides lui encadrèrent le visage.

— Pas de maux de tête.

Soulagé, il secoua la tête et se rendit compte que mademoiselle Jane n'avait pas quitté ses pensées de toute la journée. Il s'était inquiété à propos de sa chute de ce matin, et de savoir comment elle allait gérer le reste de la journée.

— J'ai emmené quelques adjoints avec moi sur les lieux où je vous ai trouvée, l'informa-t-il.

Jane se mit à jouer avec sa bouteille. Ses yeux s'étaient agrandis, pleins d'une expression d'attente.

— Et ? demanda-t-elle.

— Eh bien, on ne peut pas en être certain, mais il semble qu'une voiture se soit arrêtée sur la route à environ deux kilomètres de l'endroit où on vous a retrouvée. Il y avait des traces fraîches de pneus dans la poussière. Si c'était votre voiture, il y a des chances pour qu'elle ait été volée. Mais encore une fois, il pourrait ne pas y avoir de lien.

— C'est tout ?

Mac secoua la tête.

— Je suis désolé de ne pas apporter de meilleures nouvelles.

Jane prit une nouvelle gorgée de bière et Mac attendit sa réaction. Elle continua à boire jusqu'à ce qu'elle ait vidé la moitié de la bouteille.

— On dirait que vous êtes une buveuse de bière, lança Mac.

Elle haussa les épaules, les yeux baissés.

— Donc, j'aime la bière et les bains moussants bien chauds.

Mac se sentit soudain envahi par une étrange chaleur. Il avait déjà bien assez de problèmes à regarder Jane déambuler dans la cuisine. Alors la seule pensée de la voir nue et plongée dans un bain fumant plein de mousse suffit à lui donner le vertige. Il avala une gorgée de sa bière, puis une longue rasade dans l'espoir de se calmer, en vain. Il ne parvenait pas à se souvenir d'un temps où une femme l'avait à ce point perturbé. Il s'était déjà attiré quelques bordées de paillardises lorsqu'il avait quitté le poste plus tôt pour rentrer chez lui. La plaisanterie risquait de prendre de l'ampleur quand ses hommes auraient examiné sa protégée de plus près.

Celle-ci continuait à le fixer de ses grands yeux interrogateurs.

— Et maintenant ?

Mac revint à leur propos. Il se gratta la tête et dévoila son prochain plan d'action.

— La routine. Nous allons vérifier toutes les déclarations de personnes disparues dans les parages. Demain, nous relèverons vos empreintes digitales et verrons si nous tombons sur quelque chose.

— Mes empreintes ? Croyez-vous que je sois une criminelle ?

Elle chuchota le mot comme s'il la terrifiait. Masquant mal son angoisse, elle eut du mal à croiser le regard de Mac.

Mac secoua la tête. Son instinct lui soufflait que Jane n'était pas une criminelle. Quelque chose en lui voulut aller vers elle, la rassurer et lui apporter aide et réconfort. Mais le policier en lui ne le pouvait pas. Il savait qu'il devait se tenir derrière une ligne claire et bien définie. Il ne pouvait la franchir. Parfois, même les gens en apparence les plus innocents détenaient les pires secrets. A trente-cinq ans, Mac était dans la police depuis une quinzaine d'années et cela avait suffi pour l'endurcir.

— Pas nécessairement, répondit-il à la question de Jane. Les criminels ne sont pas les seuls dont on relève les empreintes. On utilise un système automatique d'identification des empreintes pour les militaires et les délinquants. S'il vous est un jour arrivé de demander une licence pour vendre de l'alcool ou si on vous a prise avec une arme cachée, vos empreintes digitales seraient enregistrées. Ce système est utilisé dans un but d'identification.

— Mais surtout pour les criminels, n'est-ce pas ?

— Oui, c'est exact. Avez-vous un prob...

Jane secoua vivement la tête.

— Non, non. Je veux bien faire tout ce qu'il faudra. Je n'ai aucun problème avec ça.

— Alors, c'est entendu. C'est notre prochaine étape. Ça pourrait prendre un moment, aussi ne vous croyez pas à l'abri d'une déception, d'accord ?

Elle hocha la tête et lui adressa un bref sourire.

— D'accord.

Mac se leva et se dirigea vers l'entrée. Il avait l'intention de se changer et de se mettre en civil. Sur le point de sortir de la pièce, il décrocha sa ceinture avec son revolver.

— Ah, une chose encore, dit-il en se retournant.

Jane se leva à son tour, et haussa ses fins sourcils blonds.

— Avez-vous, hum, avez-vous des signes particuliers sur le corps ?

Il la balaya du regard, incapable de limiter son champ de vision à son visage. Soudain, les deux mètres qui les séparaient ne lui parurent pas assez éloignés. C'était une chose, se dit-il, de questionner une victime au poste, et une autre de parler ouvertement d'un tel sujet dans l'intimité de sa propre maison.

Mais peut-être était-ce le fait de poser ces questions si personnelles à Jane qui enfiévrait ainsi son corps ?

— Des tatouages, insista-t-il, des piercings... ce genre de choses.

Elle secoua la tête.

— Rien de tel. Mais je... euh... j'ai une marque de naissance.

Elle s'empourpra. Encouragé, Mac demanda :
— Où ça ?

Jane se mordilla la lèvre et montra du doigt un

point situé juste au-dessus de son postérieur caché par le Levi's taille basse de Lizzie.

— Je ne sais pas exactement comment la décrire. J'ai du mal moi-même à l'apercevoir.

Mac avala sa salive et se maudit d'avoir posé la question. Toujours le policier zélé…

Il se tenait là, fixant le parfait petit derrière de Jane.

— Est-ce important ? demanda-t-elle. Parce que vous pourriez… je veux dire, je vous perm…

Mac plongea le regard dans les clairs yeux bleus, si sérieux. Puis il fit un pas en arrière et secoua la tête.

— J'ai eu affaire à quelques personnages plutôt coriaces, Jane, dit-il. Mais désolé. Je ne suis pas courageux à ce point.

Ou stupide, eut-il envie d'ajouter.

En toute hâte, il quitta la pièce. Son corps était tendu et brûlant, mais pire encore, d'entendre s'élever derrière lui le rire léger de Jane, ses oreilles étaient devenues toutes rouges.

- 3 -

— J'ai rassemblé mes affaires, si vous avez envie de les voir, dit Jane en tendant à Mac la pile de vêtements fraîchement lavés.

Il était assis sur une chaise de jardin de bois blanc et son regard était posé sur le jardin à l'arrière de la maison, tout en buissons bien taillés et fleurs printanières bigarrées qui faisaient l'orgueil de Lizzie.

Celle-ci avait eu l'amabilité de laver et de sécher tous les vêtements de Jane, à l'exception, bien sûr, du pull en cachemire. Un peu déchiré et taché par la poussière rouge dans laquelle Jane était tombée, il était importable.

Après le dîner, Mac avait demandé à Jane la permission de jeter un coup d'œil sur ses vêtements.

— Apportez-les dehors, lui dit-il. La soirée est très agréable et j'ai fait du café.

La porte claqua derrière Jane lorsqu'elle sortit de la maison. Deux tasses de café étaient posées sur une table en osier laqué de blanc à côté de Mac. Jane s'installa sur l'autre chaise, ses vêtements sur les genoux, touchée qu'il l'ait invitée à partager ce moment de répit.

Mac s'était fait beau, remarqua-t-elle. Un peu plus tôt dans la soirée, elle avait été saisie, lorsqu'il était entré dans la cuisine, de le voir en tenue décontractée — jean délavé et polo noir. Bronzé, musclé, il avait l'air moins impressionnant hors de son uniforme, mais tout aussi séduisant.

Elle se demanda ce qu'il faudrait pour l'amener à baisser sa garde. Il lui restait encore à le voir sourire.

— Je dois vous remercier une fois encore de tout ce que vous faites pour moi, dit-elle.

— C'est mon...

— Et ne dites pas que c'est votre travail, shérif Riggs, l'interrompit-elle en agitant un doigt vers lui. Vous êtes allé bien au-delà de votre devoir en me recueillant. Vous avez une très jolie maison et votre sœur est aussi gentille qu'on peut l'être. Tous deux m'avez donné le sentiment d'être la bienvenue. J'ai une chance incroyable, et j'espère bien qu'un jour je trouverai un moyen de vous le rendre.

Mac lui lança un coup d'œil, et elle vit ses lèvres frémir. Puis il secoua la tête.

— Alors ne me proposez pas une seconde fois de me montrer votre marque de naissance et nous serons quittes.

Totalement stupéfaite, Jane eut du mal à trouver ses mots.

L'amour à fleur de peau

— Ma marque de naissance ? Je pensais qu'elle… aiderait, dit-elle d'une voix qui recommençait à grimper, en se levant d'un bond de sa chaise.

La seule chose qui l'arrêta fut le paquet de vêtements sur ses genoux qu'elle eut du mal à ne pas laisser tomber.

— Je ne vous l'aurais jamais proposé si je n'étais pas aussi pressée de découvrir qui j'étais, espèce d'idiot !

Contenant à peine sa fureur, elle lui donna une tape sur le bras. L'instinct bien affûté de Mac dut lui revenir en un clin d'œil car il s'écarta rapidement. Puis il se mit à rire à gorge déployée, d'un rire profond. Son changement d'expression fut stupéfiant — au point que, pendant une minute, Jane en oublia toute sa colère. Elle le regarda fixement, le cœur battant à grands coups. Seigneur ! songea-t-elle, il était magnifique. Fabuleux.

— Ne vous méprenez pas, Jane, reprit Mac. C'est la meilleure offre qu'on m'ait faite depuis cinq ans.

L'œil dilaté, Jane se renfonça sur sa chaise en secouant la tête.

— Seulement cinq ? demanda-t-elle, sarcastique.

En dépit de sa cinglante remarque, elle était encore déconcertée par la transformation qui s'était opérée sur le visage du policier. Et aussi en songeant que, depuis tout ce temps, il était resté célibataire.

Mac lui ôta la pile de vêtements des genoux.

L'amour à fleur de peau

— Bière, bain moussant et mauvais caractère. Au moins, nous apprenons quelque chose à votre sujet, Jane.

— Et dire que je commençais à croire que le bon shérif n'était pas humain, répliqua-t-elle avec vivacité.

D'où ce cynisme lui venait-il ? se reprocha-t-elle intérieurement. Les mots étaient sortis comme ça. Et elle venait d'apprendre que lorsqu'elle était acculée, elle se battait.

Le sourire de Mac s'évanouit et il lui jeta un regard perçant de ses yeux noirs et pénétrants. Lorsqu'il répondit, ce fut comme un murmure.

— Croyez-moi, je suis humain. Votre marque de naissance sera dans mes rêves cette nuit.

Son regard était toujours centré sur elle, mais sa chaleur et la signification de ses paroles se répandirent en elle comme de la lave en fusion.

Plus que consciente des étincelles qui crépitaient entre eux, Jane ne trouva rien à répondre, pourtant, elle ne se sentait pas mal à l'aise. Non, c'était un échange… intense. Puis tous deux en même temps parurent recouvrer la raison. Ils se renfoncèrent dans leur siège et Mac se mit à examiner les vêtements de la jeune femme.

Le moment était venu, et était passé. Jane en fut reconnaissante. Elle n'avait pas besoin de complications pour le moment. Admettre que Mac Riggs était un homme intéressant et très séduisant était une chose. Mais laisser quoi que ce soit se développer entre eux en était une autre. Comment le pourrait-elle ? Elle ne savait même pas qui elle était ni d'où elle venait.

— Lizzie m'a dit que vous aviez des vêtements griffés, remarqua Mac en examinant l'étiquette du jean.

Ses mains remontèrent le long du tissu puis il regarda l'intérieur de la ceinture.

— Taille 38.

Jane écarquilla les yeux. Ne savait-il pas qu'un homme ne devait pas claironner la taille d'une femme ? Mais, après sa dernière remarque sardonique, elle décida de ne faire aucun commentaire.

— Pourquoi les femmes dépensent-elles des fortunes pour un Gucci ou un Ralph Lauren quand un Levi's leur va tout aussi bien ? demanda Mac en jetant un regard sur le jean que portait Jane.

— Peut-être parce que les femmes désirent être mieux que « bien », répliqua-t-elle.

Il répondit par un grognement. Puis, soulevant la montre de Jane, il l'approcha de son visage pour examiner le diamant.

— Joliment gros, ce diamant.

Il retourna la montre.

— Pas d'inscription.

Il posa la montre et le pantalon sur la table et se déplaça pour examiner le pull.

— Pourquoi porter un pull, et en cachemire pas moins, en plein milieu de juin ?

Jane haussa les épaules. Son sentiment de frustration montait. Rien de ce qu'elle possédait ne paraissait délivrer d'indices sur son identité.

— Je ne sais pas, mais j'ai l'impression d'avoir porté ces vêtements pas mal de temps, dit-elle.

— Ce qui veut dire ?

— Que j'ai peut-être dormi avec. Ou voyagé dedans assez longtemps. Mais je n'en suis pas sûre.

— Peut-être bien. Cela pourrait signifier que vous veniez de loin. Si vous aviez voyagé toute la nuit, vous auriez sans doute eu besoin de vêtements plus chauds. Cela expliquerait le pull. Et le fait que vous ne connaissez pas grand-chose du Colorado en juin. La température y est étouffante dans la journée, à cette époque de l'année.

— Cela ne nous mène pas à grand-chose, n'est-ce pas ?

Mac sirota son café, les yeux perdus, l'air de réfléchir.

— C'est quelque chose, au moins.

Son regard revint se poser sur elle.

— Ça vaut ce que ça vaut, mais je ne crois pas du tout que vous soyez de la région.

— Pourquoi ?

— Oh, une impression.

Il souleva ensuite la grosse ceinture en daim noir et l'étudia.

— Ce n'est pas une ceinture western. Elle ne passerait dans aucune boucle. En fait, elle paraît diablement coûteuse.

Jane n'avait aucune réponse à lui donner. Et elle se sentait complètement perdue. Comme si elle se trouvait devant un puzzle dont aucune pièce ne paraissait convenir.

Elle but une gorgée du café de Mac.

— Pas mauvais, shérif Riggs.
— S'agirait-il d'un compliment ?
— Je ne veux pas vous mentir. C'est un excellent café.

Hochant la tête, il but à son tour.

— Merci.

Il posa la ceinture à côté des autres effets et se leva. Jane n'avait pas le courage de lui montrer sa lingerie. Elle l'avait dissimulée dans sa chambre car il lui était insupportable de penser que Mac apprenne qu'elle avait porté un minuscule bout de chiffon en guise de slip.

C'était plus qu'il n'avait besoin de savoir.

— Je vous emmènerai au poste dans la matinée et nous nous pencherons sur votre cas, dit Mac.
— Entendu.

Jane se leva, ramassa ses effets et les serra contre sa poitrine. Ils étaient tout ce qu'elle possédait en ce monde, maintenant. La soirée touchait à sa fin et elle éprouvait le besoin d'être réconfortée.

Mac inclina la tête en un bref salut.

— Eh bien, bonne nuit.

Mais Jane ne pouvait pas le laisser s'en aller. Pas avant de s'être excusée. Elle avait exagéré et il méritait quand même mieux à cause de tout ce qu'il avait fait pour elle.

— Attendez. Je... euh, je ne peux pas vous souhaiter une bonne nuit sans vous demander de m'excuser pour mon comportement de tout à l'heure. Je n'aurais pas dû m'emporter comme ça.

Alors Mac lui sourit, découvrant dans un bref éclair une rangée de dents blanches entre ses lèvres pleines.

— Ne vous excusez pas, Jane. Je n'avais pas ri de si bon cœur depuis bien longtemps.

— Vraiment ? demanda-t-elle, intriguée. Qu'y avait-il de si drôle ?

— Vous. Personne n'a eu le cran de me traiter d'idiot depuis mes neuf ans. Ce jour-là, j'ai fait saigner le nez du gamin et je l'ai envoyé au bureau du principal.

— Oh ! Je me sens mal, dit Jane, comprenant enfin que sa langue acérée avait réellement été insultante pour lui.

Mac lui prit la main et la serra. Il s'apprêtait à lui dire quelque chose lorsqu'ils entendirent une voiture s'arrêter devant la maison.

— Ce doit être Lizzie, dit-il en laissant retomber sa main et en s'écartant d'elle.

L'instant d'après, Lizzie monopolisait toute leur

L'amour à fleur de peau

attention en déployant devant eux une douzaine de pièces de lingerie qu'elle venait d'acheter pour Jane. Sans compter tous les accessoires d'hygiène, de toilette et de beauté. Elle n'avait même pas oublié un bâton de rouge à lèvres.

— Vous aviez besoin de certains effets personnels et surtout de quelque chose pour dormir ce soir, conclut-elle.

Jane s'éclaircit la gorge en jetant un coup d'œil sur les achats en question, sous le regard de Mac, appuyé contre l'évier. Un tel monde d'émotions tourbillonnait en elle qu'elle avait du mal à les nommer toutes — gratitude d'abord, mais aussi embarras, en même temps qu'un sentiment inconnu d'impuissance.

— Je ne sais que dire. Pour l'instant, je ne pourrai pas vous rembourser.

— Ne vous en faites pas, Jane. Appelons ça un prêt. D'ailleurs…

Par-dessus la tête de Jane, Lizzie adressa un clin d'œil à son frère.

— J'ai tout payé avec la carte de crédit de Mac.

Jane tourna vivement la tête et le vit hausser les épaules.

— Tout ira bien, reprit Lizzie en lui pressant doucement la main. Mac est encore plus riche que Donald Trump. La seule différence c'est que mon frère ne fait pas étalage de ce qu'il a. Il peut se permettre ça.

Jane regarda la jolie chemise de nuit rose, le léger

peignoir assorti et quatre parures, chacune d'un style différent, depuis la petite culotte en coton jusqu'au string de dentelle rouge.

— J'ignorais ce que vous préfériez, expliqua Lizzie.

— Oh, Lizzie. C'est si attentionné et si généreux de votre part. Tout cela est parfait.

Elle se tourna de nouveau vers Mac et surprit son regard.

— Merci, dit-elle. Je trouverai bien un moyen de vous rembourser.

Il secoua la tête.

— Ne vous préoccupez pas de ça pour l'instant.

— Dès que je le pourrai, je vous emmènerai faire un peu de shopping, poursuivit Lizzie. Vous avez besoin d'autre chose à vous mettre que mes vieilles frusques.

— Aucune importance, répondit Jane, envahie par une sorte d'accablement soudain.

Elle ne possédait rien pour rendre à chacun d'eux leur bonté et leur générosité. Les vêtements de Lizzie lui allaient assez bien, même si elle y était un peu engoncée.

— Et, ajouta-t-elle, j'espère bien recouvrer la mémoire avant de me lancer dans des achats extravagants.

Lizzie lui adressa un chaleureux sourire.

— Je l'espère aussi, Jane. Mais juste au cas où, nous irons quand même un jour, très bientôt. Pour l'instant, je suis plongée jusqu'au cou dans les examens. Les cours se terminent en fin de semaine et après, je disposerai d'un peu de temps libre.

Jane souhaita du plus profond du cœur ne pas en arriver là. Elle espérait retrouver la mémoire très rapidement. Mais la sœur de Mac paraissait tenir à cette journée de shopping et Jane ne voulait surtout pas refroidir son enthousiasme.

— Eh bien, c'est d'accord, dit-elle. J'attendrai ce moment avec impatience.

— Super ! lança Lizzie, radieuse.

— Merci, Lizzie. Maintenant, je vais reprendre mes affaires et aller au lit. Je dois me lever aux aurores, Mac veut m'emmener demain au poste de police pour prendre mes empreintes.

Elle se tourna vers lui.

— Dois-je mettre l'alarme de mon réveil ?

Il s'avança vers elle. Son regard restait fixé sur le string posé sur la pile de lingerie neuve.

— Je taperai à votre porte quand ce sera l'heure, dit-il. Inutile de vous lever trop tôt.

Son regard croisa enfin celui de la jeune femme et la lueur indubitable qu'elle vit au fond des sombres prunelles suffit à la faire frissonner.

— C'est l'heure, mademoiselle Jane, annonça Mac sur le seuil de la chambre.

Le coup frappé à sa porte l'avait tirée d'un profond

sommeil. Ouvrant lentement les yeux, elle resta un instant étendue, laissant les événements des dernières vingt-quatre heures la pénétrer. Elle savait qu'elle avait dormi dans un lit inconnu, mais fait curieux, elle s'était endormie presque tout de suite. Et elle avait aussi rêvé.

Elle avait souhaité rêver de quelque fait issu de son passé, quelque chose qui lui aurait donné un indice sur son identité, mais cela n'avait pas du tout été le cas.

Les yeux levés vers le plafond, elle serra son oreiller contre elle.

— J'ai rêvé du shérif Mac Riggs, murmura-t-elle, incrédule.

Elle en avait même gardé un très vif souvenir. Elle avait revécu la scène où Mac l'avait trouvée gisant dans la poussière, sur la route du canyon. Il la tenait entre ses bras pour l'emmener en lieu sûr, mais là, le rêve se brouillait.

Ensuite, elle s'était réveillée inondée de chaleur.

— Jane, vous m'entendez ?

— Oui, répondit-elle, en retrouvant la voix profonde et familière de son rêve. Je suis réveillée. Je serai prête dans quelques minutes.

— Prenez votre temps. Le café est en train de passer dans la cuisine, cria-t-il à travers la porte, n'hésitez pas à vous servir. Lizzie a dû partir tôt pour l'école. Moi, je serai dans le garage.

L'amour à fleur de peau

— Merci.

Lizzie avait posé sur la commode plusieurs chemisiers et débardeurs. Jane se décida pour la blouse noire rehaussée de dentelle, plus appropriée pour se rendre au poste de police que le débardeur rose vif ou cet autre vert pomme. Elle se glissa hors de sa chemise de nuit et s'habilla. Cette fois, elle opta pour ses propres chaussures dans lesquelles elle se sentit plus à l'aise que dans les tennis que Lizzie lui avait passées.

Elle jeta un dernier coup d'œil dans le miroir, espérant y trouver autre chose que ses yeux bleu lavande et ses cheveux blonds, mais rien ne lui vint à l'esprit. Elle reconnut le visage et rien d'autre. Ni passé ni histoire. Tout se passait comme si sa vie avait commencé à la minute où Mac l'avait découverte là-bas, sur cette route.

Elle se promit de rester positive et patiente. Elle faisait confiance à Mac Riggs et mettait en lui toute sa foi. Enfin elle fit une petite prière pour que quelque chose se passe le jour même.

Elle prit une minute pour se brosser les cheveux, appliquer un peu de gloss sur ses lèvres et passer un peu de mascara sur ses cils. Ensuite, elle fit son lit et rangea la pièce avant de gagner la cuisine. Elle avait vraiment besoin d'une grande tasse de l'excellent café de Mac.

En entrant dans la cuisine, elle s'arrêta court. La table était mise pour une personne. On n'y avait rien oublié, ni le set, ni la serviette et même une rose rouge à longue tige dans un vase de verre élancé. Des œufs, du bacon, des flocons d'avoine et des biscuits étaient disposés dans des bols, comme sur un buffet.

Jane secoua la tête. Jamais elle ne parviendrait à avaler toute cette nourriture !

La riche odeur du café emplissait la pièce et elle s'en versa une tasse, avant de s'asseoir, encore une fois très émue. Elle remplit à moitié un bol de flocons d'avoine et le dégusta rapidement avant de couvrir le reste des aliments de papier d'aluminium et de mettre le tout au frigo.

Elle prit une seconde pour sentir le doux arôme de la rose, un geste attentionné de la part de Mac, puis emplissant une seconde tasse de café, elle se dirigea d'un pas décidé vers le garage. En arrivant, le café jaillit des tasses lorsqu'elle s'arrêta court, comprenant soudain qu'elle faisait une erreur.

— Oh, je suis désolée. Je n'avais pas l'intention de vous déranger.

Elle considéra les taches de café sur le sol du garage et maudit sa propre stupidité.

— Bonjour, Jane, dit Mac. Vous ne me dérangez pas du tout. J'ai presque fini.

Jane lui adressa un demi-sourire, en s'efforçant de ne pas trop le fixer, ce qui n'était pas facile car il n'était vêtu que d'un pantalon de survêtement gris. Il soulevait des poids. La transpiration ruisselait sur son large torse et la lumière du matin filtrant à l'intérieur du garage faisait briller sa peau. Jane regarda ses muscles saillir pendant qu'il terminait ses exercices. Le pouls accéléré, elle posa les tasses sur un établi par crainte de les laisser tomber. Ainsi donc, voilà ce qui se dissimulait sous l'uniforme de shérif ? se dit-elle en contemplant les bras noueux et les muscles fermes. Mac était l'homme le mieux bâti qu'il lui ait jamais été donné de voir.

Elle sentit sa bouche s'assécher. Du coup, elle but une gorgée de café en s'efforçant de garder une attitude nonchalante et son sang-froid. Il y avait une raison à sa venue. Lorgner le shérif n'avait pas été dans ses intentions et pourtant, elle ne pouvait nier l'attraction qu'il exerçait sur elle. Oui, Mac Riggs l'attirait et ce n'était pas une bonne chose.

Mac finit ses exercices et s'assit sur un banc en essuyant la sueur de son front. Jane le regarda se frictionner le torse avec une serviette blanche.

— Je voulais vous remercier pour le petit déjeuner, dit-elle d'une voix brève. Je n'ai pas tout mangé pourtant, je crains de ne pas être très affamée le matin.

Le regard de Mac effleura son corps lentement, avec une sorte de nonchalance. Jane sentit une chaleur monter dans son cou et prit soudain conscience d'être trop à l'étroit dans les vêtements prêtés par Lizzie.

— Non, sans doute, répondit-il. J'aurais dû le savoir.

— Eh bien maintenant, nous savons.

— Exact, dit-il pendant que son regard remontait de sa poitrine vers ses yeux.

— Je suppose que vous n'avez pas besoin de café, dit-elle gauchement en lui montrant la tasse.

Il porta une petite bouteille d'eau à ses lèvres et but une gorgée.

— Non, mais merci de l'attention.

— A propos, reprit-elle, j'ai beaucoup apprécié la rose rouge. Vient-elle de votre jardin ?

Il but encore une fois et Jane ne put s'empêcher de le dévorer des yeux pendant qu'il ne la voyait pas.

— Oh, ça ? C'est Lizzie. Moi, je fais la cuisine. C'est elle qui met la table. Elle adore ses fleurs.

— Oh ! s'exclama Jane, bien sûr.

Pourquoi diable avait-elle imaginé cela ? Bien entendu, Mac n'était pas du type sentimental ou romantique ! Pourquoi aurait-il mis la rose sur la table à son intention ? Elle était son invitée, pas son amoureuse.

— Il faut que je la remercie, dit-elle. Alors, c'est ça votre violon d'Ingres ?

Le regard de Mac balaya le garage et l'endroit où il s'entraînait.

— C'est mon travail, dit-il.

Ses yeux croisèrent ceux de Jane et elle se mit à

rire. A son tour, Mac se fendit d'un sourire et Jane se dit qu'ils tenaient là leur petite blague intime.

— D'accord, reprit Mac. Je dois garder la forme pour mon travail. Il m'est plus facile de faire ça ici chez moi, à mes heures. Et je crois aussi que ça me plaît. Je m'entraîne une trentaine de minutes tous les jours avant d'aller travailler et quand je suis libre, je viens aussi une heure ou deux.

Le regard de Jane courut de nouveau autour du garage.

— Pour une installation à domicile, c'est très impressionnant.

Et lui donc ! songea-t-elle.

Mac hocha la tête.

— Merci. Vous savez, je ne pense pas du tout que vous en ayez besoin, mais si vous avez envie d'utiliser mon équipement, vous êtes la bienvenue. C'est toujours bon de garder la forme.

— En tout cas, vous l'avez, vous ! lança-t-elle, avant de se reprendre et d'ajouter très vite : C'est une offre très aimable. Un jour peut-être... alors, quand serez-vous prêt ?

— Accordez-moi dix minutes pour prendre une douche rapide et ensuite, nous partirons.

— D'accord. A tout à l'heure à la maison.

Et, en son for intérieur, elle prit note de ne pas traîner derrière Mac Riggs chaque fois qu'il s'entraînait dans le garage.

C'était bien trop dangereux.

- 4 -

Une demi-douzaine d'adjoints au shérif se pressaient autour de Jane, attendant d'être présentés.

— Reculez-vous, dit Mac. Laissez donc madame respirer.

Ses hommes ne bougèrent pas d'un centimètre, sauf pour se bousculer afin de lui serrer la main et bavarder quelques instants avec elle. Marion Sheaver, l'adjointe au shérif et sa collègue préférée, de loin le plus bourru de ses policiers, le prit à part. Elle était à six mois de la retraite et avait toujours son mot à dire.

— C'est une jolie femme, remarqua-t-elle, et elle fait grosse impression ici. La semaine a été longue et une femme mystérieuse et amnésique pourrait remettre un peu d'ambiance. Laisse donc les hommes parler avec elle. J'ai comme l'intuition qu'elle pourrait avoir besoin de nouveaux amis.

— Des amis ?

Mac contempla ses adjoints en s'efforçant de se

débarrasser du sentiment protecteur que lui inspirait Jane.

Elle était sous sa responsabilité, rien de plus. Mais une foule de sensations tourbillonnaient en lui en regardant ses hommes la contempler bouche bée, comme si elle était une sorte de prix à remporter à la fête du comté.

— Je doute que *l'amitié* soit leur première préoccupation, observa-t-il.

— Et toi, Mac ? Qu'est-ce que tu as en tête ?

— Pour nous, Marion, elle n'est qu'un cas à traiter.

— Tu l'as ramenée chez toi, dit-elle en haussant ses sourcils grisonnants. Elle habite avec toi.

— Avec moi et Lizzie. Et n'oublie pas, quand je l'ai découverte, elle avait perdu la mémoire, elle n'avait plus d'argent, pas de papiers. Ce n'est pas le genre de femme à héberger dans un refuge, bon sang ! Elle était totalement affolée par sa situation.

Marion le dévisagea en se grattant la tête. Mac avait toujours détesté cette expression particulière lorsqu'elle se peignait sur son visage. Cela signifiait en général qu'un sermon allait suivre. Ou bien un conseil qu'il n'avait aucune envie d'entendre.

— C'est une belle femme, répéta Marion.

Mac croisa les bras, prêt pour la bagarre.

— Tu l'as déjà dit.

— Elle te plaît.

— Je ne la connais pas. Par le diable, elle ne se

connaît pas elle-même ! Jane est amnésique, rappelle-toi. Elle commence seulement à apprendre quelque chose sur elle-même.

— Mac, il est grand temps que tu sortes de nouveau avec une femme. Si ce n'est pas Jane, ça peut être quelqu'un d'autre.

Marion agita un doigt vers lui.

— Tu es un homme trop bien pour vivre seul.

Il écarquilla les yeux.

— Ah non ! Ne recommence pas !

— Tu as fait une mauvaise expérience, mais c'était il y a des années.

— Adjoint Sheaver, n'allez pas plus loin.

— Ne le prends pas de haut avec moi, Mac. Tu sais que je roule pour toi.

— Parlons-en ! Me voir la corde au cou, c'est ta mission dans la vie, avant de prendre ta retraite.

— Et laisse Lizzie vivre sa vie.

Mac roula de grands yeux.

— Je ne l'empêche pas de faire quoi que ce soit. Elle est adulte, elle peut faire tout ce qui lui chante.

Marion secoua la tête et ferma un instant les yeux.

— Si tu crois ça, alors tu ne vois pas ce que tu as sous le nez. Et chez un homme de ta profession, c'est un crime.

Mac la quitta précipitamment et se dirigeant vers Jane, fendit le groupe de ses hommes et la prit par le bras.

— Prête ? demanda-t-il, en regardant ses hommes l'un après l'autre.

C'était curieux, constata-t-il, mais les seuls hommes qui paraissaient rechercher « l'amitié » de Jane étaient les célibataires.

— Allons prendre vos empreintes maintenant, proposa-t-il.

Et, avec un coup d'œil à son équipe.

— Vous n'avez rien d'autre à faire ?

Jane leur adressa un sourire.

— J'ai été ravie de faire votre connaissance.

Mac poussa un grognement tandis que ses hommes tournaient lentement le dos pour regagner leurs bureaux.

— Tout le monde est-il aussi gentil dans le comté de Winchester ? s'enquit Jane.

Mac prit alors conscience de quelque chose : elle n'avait aucune idée de sa séduction. Une qualité attachante. Etait-ce un trait naturel chez elle ou était-il dû à sa récente perte de mémoire ? Il n'aurait su le dire. Qui était la véritable Jane ? Et pourquoi lui était-il si difficile de contenir l'attirance qu'il éprouvait pour elle ?

— Des fouineurs, voilà ce qu'ils sont. Des hommes bien, chacun d'eux, mais votre apparition ici, à Winchester, a causé un grand émoi.

— Vraiment ? Pourquoi donc ?

Mac haussa les épaules, puis, passant la main au creux du dos de la jeune femme, il l'emmena le long du couloir pour la prise d'empreintes. Peut-être auraient-ils de la chance et tomberaient-ils juste avant la fin de la journée ? se dit-il. Alors ce désagréable sentiment de malaise disparaîtrait — quand Jane quitterait la ville.

— C'est une petite communauté, ici, lui expliqua-t-il. Nous n'avons que des petits voleurs et des disputes entre habitants, mais nous n'avons jamais vu débarquer chez nous une amnésique. Vous êtes un vrai mystère.

— J'aimerais mieux ne pas l'être, vous savez !

— Allons, Jane, on aura peut-être de la chance en consultant le fichier national des empreintes.

— Et que ferons-nous si ça ne marche pas ? Si mes empreintes ne figurent nulle part ?

Il y avait une légère altération dans la voix de Jane et Mac s'arrêta de marcher.

— Ne vous faites pas de souci, Jane. Il y a d'autres moyens. Nous avons tout un protocole de recherches. La prochaine étape devrait consister à joindre les médias locaux. C'est pour cela que je vous ai demandé de décrire les marques sur votre… corps.

Instantanément, Mac se rappela leur conversation. Il n'en avait pas rêvé, pas plus que d'elle, comme il l'avait dit la veille au soir, mais la jeune femme n'avait jamais été très éloignée de son esprit depuis qu'il l'avait rencontrée… avec sa marque de naissance et tout le reste.

Jane haussa ses blonds sourcils. Elle avait une

façon bien à elle d'en lever un plus haut que l'autre, ce qui le mettait dans tous ses états.

— Vous voulez dire que je devrais passer à la télévision ?

— Pas forcément. On pourrait diffuser une photo de vous pour les journaux et les chaînes de télévision avec ce que nous savons sur vous. On ferait passer des flashes sur les radios locales également, avec votre description et des détails sur la manière dont nous vous avons trouvée. Nous pourrions publier tout ce qui pourrait aider quelqu'un à vous identifier.

— Oh, et quand cela pourrait-il se faire ?

— Aussitôt que j'aurai pris les mesures adéquates.

— Et que me conseillez-vous ? questionna-t-elle, ses grands yeux bleus levés vers lui.

Elle avait confiance en lui, c'était clair, et il ne voulait pas abuser de cette confiance.

La main de Mac retrouva sa place sur son dos et ils commencèrent à marcher à pas lents.

— Je pense qu'il faut y aller. Plus nous en ferons et plus vite nous obtiendrons des résultats. J'ai seulement un peu hésité à propos des médias parce que être ainsi exposée peut être assez désagréable. Nous pouvons aussi attendre et espérer que vous vous rappellerez quelque chose. Ou bien alors, foncer.

Jane l'écouta avec beaucoup d'attention avant d'approuver de la tête.

— Fonçons. Et, ajouta-t-elle avec un petit sourire

triste, je déteste être pessimiste, mais que se passera-t-il si rien ne marche ?

Mac soutint son regard et la rassura.

— Si nous n'avons aucun résultat avec tout ça, il reste encore d'autres moyens.

— Comme quoi ?

— Les prélèvements d'ADN, l'hypnotisme... mais ne mettons pas la charrue avant les bœufs. Je vous expliquerai tout ça un peu plus tard.

Près de la vitre portant l'inscription « empreintes », il fit de nouveau halte.

— Nous y sommes. Margie va vous montrer la marche à suivre. Je serai dans mon bureau. Quand vous aurez fini, venez me retrouver pour faire le point.

Jane hocha la tête et Mac alla se réfugier dans son bureau pour méditer. Jane était son principal souci mais désormais, Marion avait planté dans sa tête le poison du doute à propos de Lizzie. Et il ne put penser à rien d'autre du reste de la journée.

— Vous êtes rentrée plus tôt que prévu, observa Lizzie en déposant une masse de papiers sur la table de l'entrée avant de se diriger vers le sofa.

Jane avait passé le gros de l'après-midi à bouquiner. Elle avait découvert un roman sur la cheminée et décidé que ce serait un bon moyen de tuer le temps.

— Bonsoir, Lizzie, répondit-elle en posant son

livre, heureuse d'avoir un peu de compagnie. Je pourrais en dire autant de vous. Les examens sont terminés pour la journée ?

— Oui, répondit Lizzie, et j'ai pensé rapporter les copies à la maison plutôt que de les corriger en classe. De cette manière, je serai plus à l'aise et sûrement plus généreuse avec mes élèves !

— Je suis certaine que vous êtes toujours généreuse avec eux, de toute façon. Quelle matière enseignez-vous ?

Lizzie s'assit à côté d'elle sur le sofa et soupira.

— Quelle matière j'enseigne ? J'ai fait pas mal de choses et à peu près tout enseigné, depuis l'économie et la peinture jusqu'au journalisme et l'anglais. Pour l'instant, j'enseigne l'anglais et l'histoire.

— Hum, je suis très impressionnée. Avez-vous un sujet favori ?

— Eh bien, j'adore l'histoire de l'Amérique. Mais c'est un véritable défi que d'essayer de passionner mes élèves sur un tel sujet.

Jane ne pouvait bien sûr se rappeler sa scolarité, aussi lui fut-il difficile d'ajouter quelque chose. Elle ignorait complètement quelle était sa matière favorite ou si elle avait aimé l'histoire de l'Amérique lorsqu'elle allait en classe.

— Et vous, comment s'est passée votre journée ? lui demanda Lizzie en s'installant confortablement sur le sofa.

Son côté sérieux et dépourvu d'artifices était ce que

Jane préférait avant tout chez Lizzie Riggs, faisant naître à son égard une sympathie immédiate.

— Ma journée s'est bien déroulée, lui dit-elle. Votre frère fait tout ce qu'il peut pour moi. J'ai passé la matinée à la prise d'empreintes et ensuite, Mac m'a fait examiner le fichier des personnes disparues. Je pense que le temps nous en dira plus. J'ai aussi fait la connaissance de certains adjoints très gentils. Tout le monde paraît si amical. L'un d'eux m'a parlé de vous. Un certain Lyle Brody, je crois ?

La surprise écarquilla les yeux de Lizzie.

— *Lyle* vous a parlé de moi ? demanda-t-elle d'une voix un peu enrouée.

Toute son attitude parut soudain se transformer. Son visage s'illumina et elle se redressa, légèrement penchée en avant, sur le qui-vive. Impossible de se tromper sur le langage de son corps. Lizzie avait le béguin pour Lyle Brody.

— Et comment ! répondit Jane. Il m'a demandé de vous dire bonjour de sa part et que ce serait bien si vous pouviez faire très bientôt un petit saut au poste.

— Oh non !

Le visage de Lizzie avait pris une expression rêveuse.

— Si. Il a dit aussi que j'avais de la chance d'habiter chez vous, parce que vous êtes la meilleure cuisinière du comté de Winchester. Vous avez déjà cuisiné pour lui ?

Lizzie sourit aux anges, tout en essayant avec beaucoup d'application de cacher sa satisfaction.

— Eh bien, oui. Mais pas vraiment. Je veux dire que c'est Mac qui a mis cela en place au poste de police. Le dernier vendredi de chaque mois, ils mangent à la fortune du pot. Il y a tellement de jeunes célibataires au poste que Mac a décidé qu'une fois par mois, ses adjoints prendraient un repas décent. Alors l'un de nous s'y colle et cuisine pour le déjeuner et le dîner.

— C'est super. Donc, Lyle aime particulièrement votre cuisine ?

Lizzie haussa les épaules d'un air plein de modestie.

— Je suppose.

Jane observa la jeune femme. Proche de la trentaine, elle était très mignonne et sympathique, et semblait dotée d'une forte personnalité. Il devait sûrement y avoir une raison pour qu'elle ne soit pas encore mariée ou du moins, qu'elle ne sorte pas avec quelqu'un. Et selon Jane, cette raison avait quelque chose à voir avec Mac. Lizzie avait plus d'une fois fait allusion à sa loyauté à l'égard de son frère.

— Alors, s'il aime autant votre cuisine, pourquoi ne pas lui mitonner un bon petit repas… dans l'intimité ? insista-t-elle.

— J'y ai songé des centaines de fois, acquiesça Lizzie, mais…

— Mais ?

— C'est compliqué.
— Alors, arrangez-vous pour que ça ne le soit pas.
— Si seulement Mac voulait bien se remarier, remarqua Lizzie d'une voix calme.
— Mac est un grand garçon, Lizzie, répondit Jane avec douceur.

Elle ne voulait pas aller trop loin, mais elle avait envie de venir en aide à sa nouvelle amie.

— Je le sais. Mais Mac s'est occupé de moi pendant quinze ans. Je ne peux pas l'abandonner maintenant. Je ne peux pas laisser mon frère tout seul.
— Lui en avez-vous parlé ?

Lizzie secoua la tête.

— Non. Mac est très protecteur avec moi. Vous savez, c'est le syndrome du grand frère. Il ne trouve rien d'assez bon pour moi. Sur ce genre de sujet, il a la mentalité d'un homme des cavernes.
— Alors il est peut-être temps de le faire retomber dans le vingt et unième siècle.

Il fallut à Lizzie une bonne grosse minute pour y réfléchir puis elle sourit, et son visage s'épanouit. Elle adressa à Jane un très curieux regard et lui tapota le genou.

— Peut-être bien, oui. Merci, Jane. Je crois que vous avez mis le doigt sur le vrai problème.

Saisissant ses copies, elle poussa un soupir de satisfaction.

— Je vais hiberner dans ma chambre pendant

deux heures, ensuite j'en aurai terminé. J'ai une réunion à l'heure du dîner, ce soir. Je rentrerai assez tard. Ça ne vous ennuie pas de préparer le repas pour Mac ?

— Non, bien sûr que non, répondit Jane en la regardant quitter la pièce d'un pas élastique.

Une bien étrange sensation l'envahit alors, et involontairement, elle frissonna. En s'appuyant sur sa capacité de déduction autant que sur ses sensations profondes, elle eut l'intuition que quelque chose d'important venait de se passer. Quelque chose qui avait un rapport avec elle et le frère de Lizzie. Mac, cet homme si séduisant…

Mac pénétra dans la cuisine en sacrant à mi-voix.

— Où diable est passée Lizzie ?

— Pardon ?

Intriguée, Jane se détourna de sa besogne.

— Qu'avez-vous dit ?

— Non, rien, répondit-il en suspendant son chapeau et sa ceinture au portemanteau.

Il connaissait déjà la réponse à sa question. La voiture de Lizzie n'était pas dans l'allée, donc elle ne rentrerait pas dîner ce soir. Encore… Cela faisait trois soirs consécutifs qu'elle s'était déjà éclipsée depuis un bon moment lorsqu'il revenait du travail.

Mac savait très exactement ce que sa jeune sœur

avait en tête. Il y avait des années que Lizzie et Marion le suppliaient de sortir de nouveau avec une femme. L'absence de Lizzie encore une fois ce soir, son idée de choisir ses vêtements les plus sexy pour Jane, et que dedans, Jane ressemble à un top model, tout cela le mettait dans tous ses états.

Oui, il savait très exactement quelles étaient les intentions de Lizzie — et ça marchait plutôt bien.

Bon sang ! Passer une bonne partie de sa journée ainsi que la meilleure partie de la soirée en compagnie de Jane ne faisait rien pour l'aider à s'en tenir à sa résolution de garder ses distances. Cette femme l'attirait comme une flamme une mouche.

Il s'efforça de prendre une lente inspiration afin de calmer le tumulte qui naissait en lui. Demain, la photo de la jeune femme s'étalerait dans tous les journaux et sur tous les écrans de télévision. Sa description serait également diffusée par toutes les stations de radio. Bientôt, le nom de Jane serait connu de tous dans le comté de Winchester.

Mais pour l'instant, elle était dans la cuisine, l'air d'être un peu trop chez elle, en train de préparer son dîner.

Mac ne put retenir un soupir, et Jane parut s'en apercevoir, aussi poursuivit-il très vite :

— Ça sent bien bon, ici.

Elle lui sourit et même les flocons de farine qui piquetaient son visage ne parvinrent pas à anéantir sa beauté. Ses vêtements lui allaient comme un gant.

Le Levi's de Lizzie, très serré, dessinait la courbe de ses hanches et elle portait un top blanc sans manches, trop petit d'au moins deux tailles, au décolleté vertigineux. Mac avait eu du mal à la quitter du regard aujourd'hui au poste de police, et il n'avait pas pu ne pas remarquer les coups d'œil concupiscents de ses hommes. Partout où elle allait, Jane faisait tourner les têtes. Il fallait faire quelque chose pour sa façon de s'habiller, décida-t-il. Elle était assez jolie pour attirer l'attention sans même porter ces vêtements un peu trop révélateurs, même si Mac détestait devoir l'admettre, cette femme l'excitait.

Sur son lieu de travail, il avait obligé son corps à ne pas réagir. Mais la voir là, dans la cuisine, et se retrouver seul avec elle, eh bien, quoi ! Il était humain, après tout. Et dur comme la pierre.

— Je n'ai rien fait de spécial, lui répondit Jane à sa remarque. Juste du poulet rôti et des pommes de terre. J'ai aussi essayé de faire des biscuits, mais je suis certaine que vous préféreriez la cuisine de Lizzie.

Mac passa la main dans ses courts cheveux.

— Chef différent, même restaurant. La bonne cuisine c'est toujours de la bonne cuisine, Jane. Je reviens dans quelques minutes vous aider à mettre la table.

Sur ce, il tourna les talons pour aller prendre une douche bien glacée.

Une demi-heure plus tard, il revint dans la cuisine

après s'être gelé sous l'eau en se faisant la leçon avec sévérité. Maintenant, il se sentait soulagé et beaucoup plus maître de lui. Il allait pouvoir s'arranger pour vivre avec la jolie blonde sans trop s'investir personnellement. En matière d'autodiscipline, il en connaissait un rayon.

Jusqu'à ce qu'il jette un regard sur l'expression de Jane.

Du fourneau où elle était, elle se retourna vers lui, le visage rouge, les yeux humides, tremblant de tout son corps.

Dans la tête de Mac, une sonnerie d'alarme se mit à vibrer violemment. Il baissa les yeux sur la poêle contenant le poulet, dont les morceaux noircis et brûlés étaient presque impossibles à reconnaître, entourés par des pommes de terre plus que frites. Il régnait dans la maison la même odeur que répandait le feu de joie du rallye de l'équipe de foot des Wildcats — après la bataille — et autant de fumée.

Envahi par des sentiments qu'il n'avait pas le droit de ressentir, Mac fit une grimace. Il aurait fallu trop de compréhension, de sensibilité. Il n'avait jamais été du genre à perdre la tête pour une femme.

Pas même avec sa très temporaire épouse.

— Jane, que diable... ?

Au son de sa voix, elle éclata en larmes. Tout son corps fut bientôt secoué par d'incontrôlables hoquets et elle finit par s'effondrer en larmes.

Au bruit de ces sanglots, le cœur de Mac se brisa.

Il se hâta vers la fenêtre et l'ouvrit rapidement pour évacuer la fumée avant de se retourner vers Jane.

— Ce n'est qu'un dîner, dit-il d'une voix brusque. Nous mangerons de la pizza.

— Je... vous avais dit que Lizzie était meilleure cuisinière que moi. Je... ne... sais pas ce que je fais ici, parvint-elle à balbutier.

— D'accord, Lizzie est peut-être une meilleure cuisinière. Ce n'est peut-être pas votre truc non plus, après tout ?

— Il ne s'agit pas seulement du dîner... vous... vous... êtes...

— Un idiot ? suggéra-t-il.

— Je n'ai rien dit de tel... J'ai appris ma leçon depuis la première fois.

— Mais c'est ce que vous pensiez.

Jane s'arrêta de pleurer et le fixa de ses grands yeux bleu lavande.

— Quoi ? grommela-t-il.

Qu'avait-il donc fait de mal, encore ?

Elle jeta le torchon dans sa direction. Surpris, il l'attrapa avant de le recevoir en pleine figure.

— Bon sang, Jane ! dit-il. Je n'arrive pas à vous comprendre.

— Eh bien alors, nous sommes deux !

La respiration saccadée, elle poursuivit :

— Moi non plus, je n'arrive pas à me comprendre, je ne sais rien de moi ! Je suis absolument incapable de faire la cuisine, ça c'est certain. Mais qu'est-ce

L'amour à fleur de peau

que je sais d'autre ? Rien. Pas la moindre maudite chose !

Mac se mit à jouer avec le torchon orné de canards bleus et de marguerites jaunes. Jane piquait une crise de nerfs. Elle avait du courage, de la fierté et de l'intelligence. Côté silhouette, il le savait déjà, elle était fabuleuse. L'esprit en déroute, il était incapable de dire s'il avait davantage envie de prendre ses jambes à son cou ou s'il n'en était que plus excité.

Aucune de ces émotions ne faisait son affaire.

— Tout ça à cause d'un dîner brûlé ? demanda-t-il en s'efforçant toujours de trouver une explication à son éclat.

Certes, il n'était pas capable de savoir ce qui l'agitait en cet instant, mais une chose était sûre : il avait fait et ferait tout ce qui était en son pouvoir pour l'aider à recouvrer la mémoire.

Jane serra les lèvres et secoua la tête.

— Non ? Alors quoi ?

Elle baissa les yeux, l'air de contempler les restes du repas gâché, mais Mac comprit qu'elle ne les voyait pas vraiment.

— L'agent Brody a téléphoné pendant votre absence. Il a dit… il a dit que mes empreintes ne correspondent à aucune autre. Je devais vous transmettre le message.

Nom d'un chien ! pensa aussitôt Mac, Lyle aurait dû lui en faire part en privé.

Cette fois, quand Jane leva les yeux vers lui,

tout espoir avait disparu de son visage ; son corps semblait s'affaisser sous le poids du sentiment de sa défaite. Mac ne put le supporter une minute de plus. En quelques pas, il la rejoignit, la prit dans ses bras et la serra très fort contre lui. La tête de Jane reposait maintenant contre son torse et ses cheveux frôlaient son menton.

— Tout ira bien, Jane, murmura-t-il, en lui effleurant le front de ses lèvres. Ne perdez pas espoir.

Elle s'accrocha à lui et Mac prit tout à coup conscience que c'était peut-être tout ce dont elle avait éprouvé le besoin depuis son arrivée — quelqu'un pour la soutenir. Pour lui affirmer que tout allait s'arranger.

Il baissa les yeux vers l'endroit où sa poitrine s'écrasait contre lui. Le premier bouton du chemisier s'ouvrit, exposant sa peau crémeuse jusqu'au ras de son soutien-gorge blanc.

Mac détourna les yeux mais l'image de Jane et la douce odeur de ses cheveux le mirent sur des charbons ardents. Il était dur comme la pierre contre elle et cette fois, ne s'en souciait pas le moins du monde.

— Mac, chuchota-t-elle.

Quand leurs yeux se croisèrent, il vit qu'elle n'était pas seulement à la recherche de réconfort. Alors, il lui souleva la tête et abaissa la sienne vers elle, contemplant le désir qui se peignait sur le joli visage de Jane. Il posa ses lèvres sur les siennes, réclamant sa bouche dans un baiser qui débuta avec lenteur, avec douceur, comme pour la tester. Un léger bruit de gorge s'échappa des lèvres de Jane et Mac l'attira plus près de lui. Il lui prit le visage entre ses deux mains et enfonça les doigts dans les vagues blondes de sa chevelure.

Jane se pressa contre lui. Elle lui noua les bras autour du cou et ses doigts se faufilèrent à leur tour dans ses cheveux. Sa bouche était douce, tiède, généreuse, et Mac approfondit son baiser, explorant ses lèvres avec méthode jusqu'à ce qu'elle soupire de plaisir.

Il y avait un bail qu'il n'avait pas eu de femme. En fait, il était sorti avec quelques-unes, avait couché avec d'autres, mais il était incapable de se rappeler un instant où une femme lui avait collé à la peau comme celle-ci. Il ne se rappelait pas non plus en avoir autant éprouvé le besoin.

Ecartant les lèvres de Jane, perdant un peu de son sang-froid coutumier, il l'embrassa avec fougue, et leurs langues se mirent à danser ensemble un ballet échevelé. Leurs lèvres, leurs langues se touchèrent, se prirent, se mêlèrent, créant une chaleur, un feu qui leur fit monter la sueur au front. Leurs deux cœurs battaient la charge, leurs corps les suppliaient d'aller plus loin.

Soudain, une pensée frappa Mac. Il recula, mettant fin au baiser, et son regard sonda celui de Jane.

— Vous êtes peut-être mariée ?

Elle secoua la tête et soulevant la main gauche, remua son annulaire dépourvu d'alliance.

— Je ne pense pas.

— Vous pourriez être fiancée. Il y a peut-être quelque part un homme qui attend pour vous épouser.

De nouveau, Jane secoua la tête.

— Il n'y a personne. Ne me demandez pas comment je le sais, c'est comme ça.

Mac en était moins sûr. Jane n'avait pas du tout l'air d'une femme seule dans la vie. Elle avait manifesté de la passion et de la vulnérabilité autant que de la force et de l'intelligence. Elle était belle, sexy et débordait de vie. Comment une femme comme elle pouvait-elle n'avoir aucune attache ?

Elle avait toujours les bras autour de son cou. Mac garda le contact une minute encore avant de l'emporter dans un long et profond baiser, puis de glisser une main vers les rondeurs de ses seins.

Elle attendit, le regard rivé au sien. Mac toucha le bouton ouvert du chemisier. Jane poussa un profond soupir et sa poitrine se souleva, écartant davantage l'étoffe. Mac hésita, conscient des retombées de son prochain geste. Il ne désirait rien tant que passer la main sous le petit haut pour caresser sa chair. Sentir sous ses doigts ses rondeurs douces et épanouies.

Pourtant, lentement, avec adresse, il la reboutonna et fit un pas en arrière. Le choc de l'avoir lâchée alors qu'elle lui offrait le plus beau cadeau qu'il pourrait jamais recevoir le fit cligner des yeux. Il s'éclaircit la gorge et plongea le regard dans les prunelles bleues déconcertées.

— Demain, déclara-t-il, nous irons faire des courses. Vous avez besoin de vêtements à votre taille.

- 5 -

— Voilà, nous y sommes, dit Mac en pénétrant dans le parking du centre commercial de Winchester. Cela n'a rien de très original, mais à mon avis, vous trouverez ici quelque chose à votre goût.

Jane lui jeta un coup d'œil. Il avait l'air d'avoir envie d'être partout sauf ici. Il portait un jean bleu qui ne lui allait que trop bien et un débardeur blanc frappé du logo du club de foot de Winchester.

Mac Riggs, pensa-t-elle, ne faisait qu'un avec son métier. Qu'il soit libre ou au travail, son engagement pour le comté auquel il appartenait l'occupait tout entier. Elle le respectait pour son dévouement, consciente de n'être rien d'autre pour lui qu'une obligation.

Même si, la veille au soir, elle n'avait rien ressenti de tel chez lui lorsqu'il l'avait embrassée. Certes, elle était alors submergée par ses émotions, taraudée de questions sur elle-même, aux prises avec le fiasco du repas brûlé, et la mauvaise nouvelle que lui avait apprise l'agent Brody n'avait fait qu'augmenter son bouleversement.

Elle ne s'était pas attendue à tomber dans les bras de Mac de cette manière, ni même à l'embrasser. Elle ne s'était pas attendue à se sentir bien plus vivante à ce moment-là qu'au cours des quatre derniers jours et en fait, depuis qu'elle s'était réveillée amnésique.

Le baiser avait été quelque chose de merveilleux, mais il avait provoqué entre eux des instants de gêne pendant tout le reste de la soirée. Ils avaient partagé une pizza, peut-être pour se prouver mutuellement qu'ils étaient capables de gérer ce qui leur était arrivé ou plutôt ce qui *n'était pas arrivé* entre eux. Mais leurs coups d'œil volés, leurs regards qui s'évitaient et leur conversation guindée avaient incité Jane à aller se coucher tôt.

Pour leur bien à tous deux.

Cependant, comment nier qu'elle mourait d'envie de se pelotonner contre Mac dans son propre lit ? Comment ne pas désirer sentir ses bras autour d'elle pour la réconforter et lui apporter encore une fois cette sensation d'être plus vivante et pleine d'énergie ?

— Ceci sort de vos attributions, Mac, objecta-t-elle. A mon avis, c'est le dernier endroit où vous désirez vous trouver un jour où vous ne travaillez pas.

Malgré lui, Mac jeta un coup d'œil appréciateur au débardeur vert pâle.

— C'est nécessaire.

— Mais Lizzie a affirmé que si vous pouviez

attendre jusqu'au prochain week-end, elle serait heureuse de m'accompagner faire les magasins.

Mac sauta de la voiture, claqua la portière et contourna rapidement le véhicule pour ouvrir l'autre, côté passager.

— Nécessaire pour ma santé en général, Jane, dit-il avec un regard explicite vers son décolleté.

Jane baissa les yeux sur elle pour tenter de se découvrir telle qu'il la voyait. Elle avait bien l'impression d'être serrée comme une sardine dans ses vêtements, mais elle n'avait pas compris jusqu'alors l'effet que cela pouvait produire sur Mac. Tout au moins, jusqu'à la veille au soir.

— Vous avez un corps, lança Mac en se dirigeant vers l'entrée du centre commercial. Et je préférerais ne pas m'en souvenir chaque fois que je vous regarde.

Jane descendit du véhicule et dut presque courir pour le rattraper. Son dernier commentaire l'avait piquée au vif. Comme si elle avait le choix ! Elle avait été abandonnée avec juste ce qu'elle avait sur le dos. Qu'y pouvait-elle si la garde-robe de Lizzie ne lui allait pas très bien ? Elle aurait été bien ingrate de se plaindre.

— Ça ne devrait pas vous tracasser, shérif, lança-t-elle. Vous possédez assez de volonté pour deux.

Mac lui glissa un coup d'œil en coin.

— N'en soyez pas trop certaine.

— Est-ce vraiment tout ce qui vous intéresse ?

Il s'arrêta net et la fixa.

— Quoi ?

Rougissante, presque privée de voix, Jane murmura :

— Je crois que vous m'avez entendue.

— Je ne peux pas me permettre de m'intéresser à vous, Jane. Ne le comprenez-vous pas ? Vous vivez sous mon toit, vous êtes sous ma protection. Que vous le croyiez ou non, vous avez peut-être des liens avec d'autres personnes. Des gens qui vous aiment et pour qui vous comptez.

— Oui, je l'ai compris. Je l'ai *bien* compris, hier soir. Vous avez été assez clair.

Mac secoua la tête d'un air sombre et Jane sentit son cœur se serrer. Elle lui inspirait un sentiment de frustration, et elle commençait à comprendre pourquoi. Il protégeait bien son cœur. Si bien, même, qu'il ne voulait pas le laisser s'ouvrir assez pour prendre un risque. Son dévouement à sa profession ne lui permettrait de toute façon pas de faire de compromis. Tout cela, elle l'avait compris.

Mais elle avait aussi compris qu'il voulait la protéger, elle. Qu'arriverait-il si elle avait un passé, une famille qui la recherchait ? Si un homme la cherchait ? Pour l'instant, Jane ne pouvait qu'entrevoir les menus détails de la vie, mais Mac, lui, voyait la situation dans son ensemble.

Sachant qu'elle ne pouvait lui en vouloir de reculer, Jane lui prit la main et la serra doucement.

L'amour à fleur de peau

— Ecoutez, je suis désolée. Je vous dois tellement pour tout ce que vous avez fait pour moi.

— Vous ne me devez rien, Jane.

— Si. Et aujourd'hui, eh bien, c'est si gentil à vous de m'emmener faire des courses ! Mais oublions tout ça, je promets de faire vite. Je ne prolongerai pas la torture.

Mac lui adressa un large sourire. Ses dents brillèrent, blanches et bien rangées, et le cœur de Jane se serra une fois encore.

— Vous êtes vraiment quelqu'un, Jane, dit-il.

Elle inclina la tête de côté.

— Avez-vous réellement la fortune de Trump ?

Il se mit à rire.

— Personne n'est aussi riche que Trump.

— Ne vous inquiétez pas : je ménagerai votre portefeuille.

Avec un nouveau sourire, Mac l'entraîna à l'intérieur du centre commercial.

— Je vous parie une semaine de corvée de lave-linge que vous m'aurez lessivé d'ici à une heure.

— Tenu.

— Hé ! C'est vous la femme qui a perdu la mémoire? s'écria la jeune vendeuse en dévisageant Jane. J'ai vu votre photo dans le journal ce matin. On vous a trouvée dans le Deerlick Canyon. Ça fait quoi de ne pas se rappeler qui on est ?

L'expression de Jane s'altéra un instant.

— Eh bien… c'est une chose que je ne souhaiterais à personne.

Mac s'avança vers le comptoir et présenta sa carte de crédit.

— Tout est là ?

— J'ai entendu dire que vous étiez blessée, reprit la vendeuse, mais que personne ne savait comment c'est arrivé.

Puis, après avoir jeté un coup d'œil à la carte :

— Oh, c'est vous qui l'avez trouvée ? Le journal a dit de contacter le bureau du shérif si on vous reconnaissait.

— Oui, c'est exact, confirma Jane.

Mais le langage de son corps fit clairement comprendre à Mac qu'elle désirait en finir au plus vite.

Une fois encore, la vendeuse scruta les traits de Jane.

— Eh bien non, je ne vous reconnais pas. Non. Je ne vous ai jamais vue dans notre magasin.

— Merci. Nous en prenons note. Pourriez-vous faire vite avec ça ?

Mac désigna sa carte bancaire et les vêtements que Jane avait posés sur le comptoir.

— Nous avons encore pas mal de choses à faire ce matin.

— Oui, bien sûr.

L'amour à fleur de peau

La jeune femme enregistra la vente et fit signer Mac.

— Je parie que quelqu'un vous reconnaîtra. J'ai vu votre photo devant chez moi, en sortant de ma voiture ce matin.

— Devant chez vous ? s'étonna Jane.

— A la Une du *Winchester Chronicle*. Oh, là, là ! Je n'arrive pas à imaginer ça. Ça doit faire un drôle d'effet.

Jane lui adressa un faible sourire.

— Très drôle, oui.

La vendeuse glissa les vêtements dans un sac noir et le tendit à Jane. Ils la remercièrent brièvement et s'empressèrent de quitter le magasin.

— Je suppose qu'à partir de maintenant, tout va se passer comme ça, remarqua-t-il.

— Comme si j'étais dans un aquarium et que tout le monde éprouvait le besoin de regarder ce poisson bizarre ?

Mac lui serra la main avant de la lâcher.

— Non, pas bizarre, Jane. Curieux. Ici, vous êtes un mystère, c'est tout. Nous allons passer les spots pendant quelques jours et si personne ne se manifeste, nous tenterons autre chose. Vous ne jouirez pas trop longtemps de votre célébrité.

— Ma célébrité ? Ça ressemble plutôt à une exhibition de monstres.

Mac secoua la tête. Il n'y avait rien de monstrueux chez Jane. Même dans sa situation précaire, elle réagissait remarquablement bien, en dépit de sa crise de découragement de la veille au soir. C'était une femme forte, qui savait sans doute très bien faire des choix. Sans être un expert, il l'avait observée pendant qu'elle sélectionnait des vêtements, préférant les couleurs qui mettaient en valeur son joli teint et sa silhouette impeccable.

Elle avait de la classe, il le lui concédait, et aussi du flair pour tout ce qui avait du style. Même si le centre commercial de Winchester récemment construit ne pouvait être comparé à ceux des grandes villes, Jane avait quand même été capable d'y dénicher les vêtements qui convenaient le mieux à sa personnalité.

Malheureusement pour Mac, elle était toujours aussi sexy dans ses nouvelles tenues. Et peu importait qu'elles soient à la bonne taille et qu'elles ne soient pas griffées : Jane avait quand même l'air d'une princesse.

— Où allons-nous, maintenant ? interrogea-t-elle.

Mac baissa les yeux sur ses chaussures de cuir noir.

— Venez. Il faut vous dénicher des chaussures convenables. L'été arrive.

— Ce n'est pas que je sois ingrate, mais les chaussures de Lizzie me font mal aux pieds. Elles sont un peu trop petites.

L'amour à fleur de peau

Ils se dirigèrent vers une boutique à l'enseigne du « Palais de la Chaussure ».

— Je suppose que ces bottes ne peuvent pas être plus confortables que celles de Lizzie, remarqua-t-il.

— En fait, ce sont les plus confortables que je possède. Elles viennent d'une petite ville d'Italie. Le cordonnier n'en fabrique que deux paires par mois. Il fait un moule de votre pied et travaille d'après lui.

Mac s'arrêta net.

— Quoi ?

Jane continuait à marcher.

— J'ai dit que le cordonnier ne fabriquait que deux...

Elle s'arrêta court elle aussi et se tourna vers Mac, les yeux arrondis par la surprise. Elle le regarda fixement un instant tandis que la lumière se faisait en elle.

— Oh, mon Dieu ! murmura-t-elle en lâchant son sac. Mac, je me rappelle quelque chose !

Puis, plus fort cette fois, le visage fendu d'un grand sourire, elle répéta :

— Je me suis souvenue de quelque chose.

Une fois encore elle le surprit en se précipitant dans ses bras.

— Oh, Mac !

Sa joie était contagieuse. Mac la retint un moment contre lui, fermant les yeux, savourant le trop bref contact. Puis Jane se détacha rapidement de lui avec un grand sourire.

— C'est bon.

— Très bon. Que vous rappelez-vous d'autre ? Le nom du cordonnier ? La ville d'Italie ? Quand avez-vous acheté ces bottes ? Etait-ce un cadeau ?

Jane sourit encore une fois, en secouant la tête.

— Je ne sais rien de tout ça. Je ne peux rien me rappeler d'autre, mais c'est bon signe, non ? Nous devrions peut-être téléphoner au Dr Quarles pour l'informer ? Il y a peut-être quelque chose à faire pour aider ma mémoire ?

— Ce n'est pas une mauvaise idée. Nous l'appellerons plus tard.

— Oh, Mac !

Jane lui tomba une fois de plus dans les bras. Sa tête se pressa contre le torse de Mac et il l'enveloppa de ses bras en la serrant très fort. Ils se tenaient entre deux boutiques, au milieu de l'allée commerciale, tels deux adolescents fous l'un de l'autre.

Jane leva les yeux sur lui et l'embrassa.

— Merci.

— C'est en quel honneur, ça ? demanda-t-il d'une voix étranglée.

Il fallait à tout prix préserver son cœur du sentiment de perte qu'il venait en un éclair de ressentir, en croyant qu'elle avait recouvré totalement la mémoire.

L'amour à fleur de peau

— D'être ici, dit Jane. De m'aider. De m'apporter votre soutien.

— C'est mon...

Une lueur de déception passa sur le visage de la jeune femme.

— C'est un plaisir. Cela me fait très plaisir, Jane.

Elle lui sourit de nouveau, d'un grand et large sourire, et Mac refoula ses appréhensions. Après tout, elle était le cas qu'il traitait et c'était son travail de lui venir en aide. Mais, boulot ou non, il dut finalement admettre qu'il ferait tout ce qui était en son pouvoir pour lui venir en aide.

Une pensée qui le déstabilisa et le secoua jusqu'à l'âme.

Cette femme, il l'avait dans la peau. Et ce soir, demain ou le jour suivant, toute sa mémoire pouvait lui revenir. Et elle s'en irait.

— Je me sens tellement en sécurité quand je suis contre vous, Mac, reprit-elle. Comme si tout allait bien se passer...

Mac frémit. Lui, il pensait exactement le contraire. Quand il la tenait entre ses bras, il avait l'impression que rien dans son existence ne serait jamais plus pareil.

Jane se détacha de lui et le tira par la main.

— Venez ! Vous devez m'acheter des chaussures d'été.

L'amour à fleur de peau

Jane étala ses vêtements neufs sur le lit, arrangea les hauts et les pantalons, les jeans et les shorts, combinant, mélangeant, mariant. Elle était heureuse de ses achats et se rendait compte qu'avec les vêtements d'une semaine, elle pouvait en fait varier ses tenues pendant au moins un mois. Tout compte fait, c'était du bon travail. En outre, elle n'avait pas ruiné Mac. Elle s'était montrée prudente, vérifiant les étiquettes, pour s'assurer qu'elle pourrait justifier le coût de chaque élément.

Lizzie frappa à la porte déjà ouverte et pénétra d'un pas vif dans la chambre en poussant une exclamation. Son doux regard posé sur les vêtements s'illumina de plaisir.

— Regardez-moi tout ça ! C'est superbe, Jane. J'adore l'ensemble framboise. Il ira à merveille à vos yeux et à vos cheveux.

Jane ne put retenir un sourire.

— Je me suis bien amusée et Mac a été si gentil ! Tous les deux, vous avez été adorables.

Lizzie retourna une étiquette de prix et lança à Jane un regard admiratif.

— Ce haut fabuleux existe-t-il dans d'autres couleurs ?

— A peu près cinq autres.

Lizzie sourit.

— Mac a adoré, vous savez.

L'amour à fleur de peau

Intriguée, Jane fronça les sourcils.
— Ce haut ?
— Mais non ! Vous emmener faire des achats.
Jane battit des paupières et sa voix monta d'un ton.
— Il vous l'a dit ?
Lizzie secoua la tête et les fins cheveux de sa frange auburn lui retombèrent sur les yeux.
— Enfin, jamais mon grand frère n'admettrait qu'il a aimé faire du shopping. Mais...
Elle plongea le regard dans les yeux de Jane.
— Il ne s'en est pas plaint. Pas une seule fois. Je crois qu'il vous aime bien.
Une onde chaude monta au visage de Jane. Du coup, elle se sentit obligée de faire un commentaire.
— C'est un homme formidable, murmura-t-elle.
Mais elle était capable de décrire Mac d'une manière beaucoup plus précise. Il était fort et calme. Protecteur et pourtant réservé. Fiable. Autoritaire. Et, oh oui ! sexy en diable. Il avait une façon de la regarder ces derniers temps qui lui donnait la chair de poule, et lorsqu'il la tenait dans ses bras, des frissons la parcouraient tout entière.
Lizzie empila les vêtements de Jane pour se faire une place sur le lit.
— Vous trouvez vraiment mon frère formidable ? Tant mieux.
Jane souleva une robe d'été sans manches et l'accrocha à un portemanteau. C'était un achat de

dernière minute, un article que Mac l'avait encouragée à acheter. Elle avait besoin d'au moins une robe, aussi n'avait-elle pas discuté. Elle alla la suspendre dans la penderie et se retourna.

— Que voulez-vous dire ?

Lizzie lui décocha un regard malicieux.

— Mac a besoin d'avoir une femme dans sa vie.

— Oh, Lizzie ! Et vous pensez que ce pourrait être moi ?

— Vous l'aimez bien, Jane. Je le vois quand vous le regardez.

— Bien sûr que je l'aime bien. Il m'a sauvé la vie et m'a hébergée.

D'un geste de la main, elle montra les vêtements posés sur le lit.

— Il m'a aussi habillée. Je lui suis très reconnaissante ainsi qu'à vous, mais nous n'avons pas d'avenir commun, j'en ai peur. J'ignore qui je suis, Lizzie. Mac a raison de se préserver des personnes comme moi.

— Alors vous ne trouvez pas que c'est un type génial ?

— Lizzie, Mac est un type génial et il n'a sûrement pas besoin de vous pour se marier, dit-elle d'une voix douce. Alors pourquoi essayer de le faire à sa place ? Et où en est votre propre vie amoureuse ?

Lizzie poussa un long soupir lugubre.

— Quelle vie amoureuse ?

Jane s'assit à côté d'elle.

— Et l'adjoint Brody ?

Lizzie haussa les épaules, mais ses yeux s'éclairèrent en entendant prononcer ce nom.

— Racontez-moi, poursuivit Jane gentiment. J'aimerais beaucoup vous aider.

— C'est juste que... je crois qu'il a peur de ce que dirait Mac.

— Lizzie, vous êtes adulte et vous avez le droit de faire vos propres choix de vie. En outre, Lyle Brody est un homme comme il faut, d'après ce que j'ai vu. Pourquoi Mac s'y opposerait-il ?

De nouveau, Lizzie haussa les épaules.

— C'est compliqué.

Elle dévisagea Jane un instant comme pour se décider à se confier à elle.

— Je désire voir Mac heureux. Il le mérite. Il est seul depuis trop longtemps et... eh bien, j'aurais l'impression de l'abandonner. D'accord, il est parfois insupportable, mais je sais dans mon cœur qu'il donnerait sa vie pour moi. C'est un frère génial.

Jane comprenait la loyauté de Lizzie jusqu'à un certain point. Et, tout en pensant combien il était merveilleux que Mac et Lizzie partagent un lien si particulier, elle se posa la question de sa propre existence. Avait-elle quelque part un frère qui la recherchait ? Existait-il quelqu'un qui désirait passer son existence avec elle ? C'était en de tels moments qu'elle se sentait si seule, tellement perdue. Ce vide en elle la dévorait parfois, et elle était obligée de repousser ces accès de désespoir avant qu'ils ne la détruisent.

Mais maintenant, elle avait de l'espoir. Aujourd'hui, elle s'était souvenue de quelque chose. Ce ne devrait être qu'une question de temps avant que la mémoire ne lui revienne. Elle s'accrochait de toutes ses forces à cette espérance. Cet après-midi, elle avait tenté de parler au Dr Quarles, mais il n'était pas à son cabinet. Demain, elle prendrait rendez-vous avec lui.

— Mac désire votre bonheur, Lizzie, dit-elle, revenant à la conversation. Je suis prête à parier mon dernier sou là-dessus.

Et, avec un sourire :

— Si j'en avais un, bien sûr.

Lizzie sourit à son tour, mais brièvement.

— Il y a autre chose, Jane. Et je ne suis pas certaine que Mac apprécierait que je vous en parle.

— Je comprends, acquiesça-t-elle, même si elle mourait d'envie de savoir.

— Bien entendu, si vous me forciez à le faire, on ne pourrait pas me le reprocher.

Jane sourit encore une fois et comprit pourquoi Lizzie était la professeur préférée des élèves du lycée de Winchester. D'un côté, il y avait encore en elle une part d'enfance et d'autre part, elle était une femme avec des besoins et des désirs qu'on ne pouvait ignorer. Lizzie méritait d'avoir une vie qui lui appartienne en propre. Elle méritait d'avoir un homme à aimer, un foyer, une famille, et Jane avait du mal à croire que Mac était capable de lui refuser toutes ces satisfactions.

— Eh bien, je vous y force officiellement. J'en prends la responsabilité. Je ne vous laisse aucun choix.

Elle lui fit un clin d'œil.

— Très bien, dit Lizzie en s'emparant de la boîte à chaussures contenant les sandales neuves de Jane. Posez-moi des questions sur Lyle.

— Pourquoi Mac ne veut-il pas que vous voyiez Lyle Brody ?

— Bien, puisque vous m'y forcez, je vais vous le dire. Mac a été marié à Brenda Lee, la sœur de Lyle.

Tout à coup, l'air parut abandonner les poumons de Jane. Sans savoir pourquoi, un vide se creusa en elle. Elle savait que Mac avait été marié, mais en parler, connaître le nom de la femme en question, donnait bien plus de réalité à la chose. Elle n'avait aucun droit d'éprouver le moindre pincement de jalousie et pourtant, ce fut ce qui se produisit. Lentement, elle la sentit monter en elle.

— Oh, mon Dieu, soupira-t-elle.

Lizzie hocha la tête.

— Vous comprenez, maintenant. La rupture ne s'est pas faite en douceur et bien sûr, Lyle se montre exactement aussi protecteur envers sa sœur que Mac avec moi. Ils se respectent mutuellement sur le plan professionnel, mais Lyle est l'ex-beau-frère de Mac. C'est compliqué, n'est-ce pas ?

— Et vous êtes amoureuse de Lyle, bien sûr ?

— Je pense que c'est possible, mais nous n'avons pas eu le loisir d'explorer ce genre d'éventualité.

Submergée par une vague de sensations désagréables à l'évocation de Mac et de son mariage avec la sœur de Lyle, Jane éprouva soudain un étrange désir d'en apprendre davantage sur ce mariage raté.

— Que s'est-il donc passé avec Brenda ?

— Oh, elle et Mac n'ont jamais réellement été faits l'un pour l'autre. Une fois mariés, Brenda a pensé qu'elle pouvait le transformer. Elle voulait quitter Winchester et sa poussière et elle croyait pouvoir convaincre Mac de l'emmener loin d'ici. Mac s'est battu avec ça pendant longtemps, mais il était incapable de changer. Brenda n'a jamais compris qu'il était le shérif d'une petite ville et le serait toujours. Mac aime sa vie, cette ville, son travail. Il ne s'était pas attendu à ce qu'elle exige de lui de tels changements. Mac ne pouvait pas s'arrêter d'être Mac, même pas pour sauver son mariage.

— Je vois.

— Oui, et Brenda Lee a fini par obtenir ce qu'elle désirait. Maintenant, elle vit à New York. Elle est remariée et elle a deux enfants.

— C'est pour cela que vous croyez manquer doublement de loyauté vis-à-vis de Mac, si vous vous engagez avec Lyle ?

L'amour à fleur de peau

— Oui, c'est tout à fait ça. Quand vous êtes apparue et que j'ai vu comment Mac réagissait en votre présence, je ne peux pas vous décrire le soulagement que j'ai ressenti. Il y a bien longtemps que Mac ne s'était pas intéressé — je veux dire sérieusement — à une femme.

— Il continue à prétendre qu'il ne l'est pas, Lizzie. Je déteste vous apporter une mauvaise nouvelle, mais Mac me considère comme sa responsabilité. Rien de plus.

— Bien sûr, répliqua Lizzie, sarcastique, et le soleil ne se couche pas tous les soirs à l'ouest !

Interdite, Jane ne sut plus quoi dire.

— Mon frère n'a pas l'habitude d'inviter des femmes chez lui, amnésiques ou non. Il ne les invite pas non plus à faire des courses pour leur offrir des cadeaux si elles ne l'intéressent pas.

Lizzie mit la main dans la poche de son chemisier et en tira une boîte dorée.

— Il m'a demandé de vous donner ceci.

Stupéfaite, Jane saisit la boîte que Lizzie lui tendait.

— Eh bien, ouvrez-la, dit Lizzie. Je meurs d'envie de voir ce que c'est.

Lentement, délicatement, Jane entrouvrit la boîte.

— Oh ! dit-elle à voix basse tandis que des larmes lui montaient aux yeux.

Elle sortit de la boîte une parure complète :

boucles d'oreilles, bracelet, collier — de larges anneaux reliés par des chaînons plus petits — le tout en argent estampillé.

— J'y ai jeté un coup d'œil dans la vitrine quand nous faisions des courses, dit-elle. Je n'imaginais pas que Mac s'en était aperçu, Lizzie. Je ne pouvais vraiment pas m'attendre à ce qu'il m'achète des bijoux.

— Mais il l'a fait.

— Oui, il l'a fait, répondit Jane d'une voix calme.

Incapable de donner un nom à la chaude vague d'émotion qui l'envahissait, elle serra la boîte contre son cœur.

— Pourquoi ne me les a-t-il pas donnés lui-même ?

Le sourire de Lizzie s'élargit.

— Sans doute parce qu'il n'aurait pas supporté de voir ce regard dans vos yeux. Vous m'avez presque tiré des larmes à moi aussi.

— Je ne sais pas quoi dire.

— Rendez-moi service, voulez-vous ? Quand vous le remercierez, n'en faites pas trop. Mac n'est pas du genre à apprécier les effusions. Il lui suffira de voir que vous les portez.

— Je ne suis même pas sûre de devoir les accepter, Lizzie.

— Cela ne mettra pas son compte en banque à

sec, Jane. En outre, vous le vexeriez si vous les lui rendiez.

Jane joua avec le collier, admirant la finesse des détails. De tous les bijoux de prix qu'elle avait aperçus aujourd'hui dans les vitrines, la beauté simple de cet ensemble en argent l'avait particulièrement touchée. Et Mac l'avait remarqué ?

Pourquoi s'en étonner, après tout ? Il possédait un grand sens de l'observation et un instinct très sûr.

— A la réflexion, je ne pourrai sûrement pas les lui renvoyer.

Elle tendit le collier à Lizzie.

— Aidez-moi à le mettre.

— D'accord, mais à une condition. Quand je reviendrai de voyage, vous m'aiderez à m'attaquer à une nouvelle garde-robe. J'ai besoin de faire la tournée des magasins et me lancer dans des achats extravagants.

— J'adorerais cela, Lizzie. Je crois qu'on va s'amuser. Mais où allez-vous donc ?

— En Caroline du Nord. Caitlin, ma meilleure amie, va avoir son bébé plus tôt qu'on ne le pensait. Et comme Joe, son mari, est en mission à l'étranger, je vais l'accompagner pendant la naissance et être la marraine du bébé.

— C'est formidable. Combien de temps serez-vous absente ?

Lizzie se leva pour fermer le collier autour du cou de Jane.

— Je pars dimanche et je serai absente un peu moins d'une semaine. Suffisamment en tout cas pour que Mac et vous fassiez le point.

Le collier autour du cou, Jane secoua la tête.

— Mac va croire que vous jouez les entremetteuses.

— Ce n'est pas ma faute si Caitlin a eu quelques complications ! Je ne peux pas laisser tomber mon amie, n'est-ce pas ? Une promesse est une promesse, et je suis ravie de participer à la naissance.

Elle sourit, montrant de magnifiques dents blanches, très semblables à celles de son frère.

— Mais je dois admettre, ajouta-t-elle, la tête un peu penchée, que le timing ne pourrait pas être plus parfait.

- 6 -

Debout sur le seuil de la porte de derrière, Jane se demandait si elle devait aller ou non retrouver Mac au garage. Elle l'avait entendu quitter la cuisine et elle s'en voulait de ne s'être pas levée plus tôt pour l'attraper au vol au petit déjeuner et le remercier pour son généreux présent. La veille au soir en effet, il n'était pas rentré dîner après leur après-midi de shopping et Lizzie avait expliqué qu'il avait été appelé au poste pour une urgence.

Aujourd'hui, elle portait ses bijoux. Ils s'harmonisaient parfaitement avec sa nouvelle chemise lilas et son léger pantalon noir. Ainsi parée, elle avait l'impression d'être plus elle-même qu'elle ne l'avait été durant toute la semaine. Le temps s'était beaucoup radouci, l'été du Colorado s'était installé, et ses nouveaux vêtements conféraient à Jane le confort et la fraîcheur qu'elle recherchait. Elle avait même relevé ses cheveux en queue-de-cheval en se demandant si c'était quelque chose qu'autrefois, elle avait eu tendance à faire. Etait-elle du genre garçon manqué ? Elle n'en savait rien mais pour l'instant, grâce à ses cheveux relevés, la brise pouvait lui rafraîchir le cou et la gorge. Elle en aurait peut-être besoin si, comme elle le soupçonnait, elle trouvait Mac en pleine séance de remise en forme.

Poussant un profond soupir, elle se dirigea vers le garage. Elle était au moins sûre d'elle-même sur un point — elle ne pouvait attendre pour le remercier. Cependant, juste à titre de précaution, au lieu de pénétrer directement dans le garage, elle décida d'y jeter un rapide coup d'œil par la fenêtre. Sans aucun signe de la présence de Mac, elle ne sut pas très bien si elle en fut soulagée ou déçue. Puis, juste au moment où elle se détournait, la voix de Mac retentit derrière elle.

— Vous me cherchiez ?

Pivotant sur elle-même, elle le découvrit, appuyé contre un des poteaux de la barrière, en train de boire de l'eau à la bouteille. Le soleil du Colorado dorait son torse bronzé et cette fois encore, il ne portait que son pantalon de survêtement. Une serviette blanche encerclait son cou.

— Oh, Mac... oui, en effet. Je... je ne voulais pas vous déranger.

— J'ai terminé.

Il but une dernière gorgée avant de poser la bouteille sur le poteau et de s'approcher d'elle.

Il fallut toute sa volonté à Jane pour ne pas reculer. Mac avait une telle façon de la fixer que son cœur se mit à galoper, ses nerfs se crispèrent, et ses lèvres frémirent. Elle vit le regard de Mac glisser sur sa gorge, noter la présence du collier, puis du bracelet et enfin l'éclat des anneaux pendus à ses oreilles.

— Vous êtes ravissante, dit-il, en s'arrêtant devant elle.

Elle rougit et avala sa salive. Instinctivement, sa main se porta vers le collier. C'était la première fois que Mac lui faisait un compliment direct et sans fard.

— Oh, hum, c'est la raison de ma présence. Vous remercier. J'adore les bijoux, vous avez dû vous en rendre compte.

Il hocha la tête et Jane se rappela soudain les recommandations de Lizzie. Ne pas en faire trop...

— Cela a été une jolie surprise, dit-elle sobrement.

— Jane..., commença Mac, les yeux fixés sur les siens.

Elle sentit son pouls s'accélérer. C'était sûr, elle allait défaillir... Elle attendit la suite, mais comme il continuait simplement à la fixer, Jane se dit que c'était la première fois qu'elle le voyait chercher ses mots. Qu'était-elle censée faire en une telle situation ?

— Vous désirez quelque chose ? finit-elle par murmurer.

Elle vit aussitôt un étrange sourire fleurir sur les lèvres de Mac, ou plutôt qu'un sourire, une sorte de rictus.

L'amour à fleur de peau

— Ce n'est guère une bonne question à poser à un homme qui désire…

— Qui désire ? Que désirez-vous, Mac ?

Comme s'il s'en voulait à lui-même de manifester une émotion réelle et pour une fois visible, Mac commença à battre en retraite. Alors, attrapant par les deux bouts la serviette qu'il avait autour du cou, Jane tira dessus, refusant de le laisser partir. Elle se tenait maintenant juste devant lui, le regard rivé sur le beau visage.

Les yeux de Mac s'assombrirent, virant presque au noir, avant de se concentrer sur sa bouche.

Inondée de sueur, palpitant de désir, Jane entrouvrit les lèvres. Mac poussa un grognement et baissa un instant les paupières.

— Que désirez-vous ? demanda Jane de nouveau, cette fois avec la douceur d'une brise d'été.

— Pas ici, dit-il d'un ton énigmatique.

La prenant par la main, il l'entraîna à sa suite à l'intérieur du garage où il la poussa contre le mur. Posant les mains autour d'elle comme pour l'enfermer, il abaissa sa bouche contre la sienne et lui donna un baiser long et passionné.

Jane poussa un gémissement suivi d'un soupir de plaisir. Elle ne s'était pas attendue à ça — à rien de pareil en fait — mais elle ne s'en plaignit pas. Même si tout cela était complètement fou, elle était dans l'incapacité de refuser à Mac ce baiser ou n'importe quoi d'autre.

L'amour à fleur de peau

Elle se mit à caresser sa peau douce et lisse. Ses mains coururent sur son torse, ses doigts s'accrochèrent aux boucles de sa toison. Le shérif Mac Riggs avait un corps ferme et très musclé et Jane ne parvenait pas à s'en rassasier. Ses mains coururent sur lui encore et encore, jusqu'à ce que Mac, à son tour, n'en puisse plus. Il se poussa plus fort contre elle et son érection dure frotta son ventre. La sensation était telle que Jane crut défaillir.

— Oh, Mac, souffla-t-elle, prête à lui donner tout ce qu'il voulait.

Un instant plus tard, comme par enchantement, son haut était déboutonné et Mac y glissait les mains pour caresser la chair si sensible.

Ses pouces passèrent et repassèrent sur la pointe de ses seins, aiguisant tellement le plaisir de Jane qu'elle eut envie de crier. Mac n'arrêtait pas de l'embrasser, de lécher sa peau jusqu'au moment où l'attente pour elle devint trop forte. Elle s'offrit, cambrée vers lui, et il baissa la tête pour la prendre dans sa bouche.

— Tu es si parfaite, murmura-t-il d'une voix rauque en relevant la tête pour l'embrasser encore. Je veux tout de toi, tout…

Jane chercha son regard et y découvrit le désir qu'il avait d'elle, sombre et passionné. D'un mouvement de tête, elle acquiesça. Elle voulait que Mac lui fasse l'amour, qu'il trouve sa place en elle et qu'il y reste jusqu'à ce qu'ils soient tous deux repus et épuisés. Oui, elle désirait ce lien entre eux, être ainsi reliée à lui. Le ressentir en elle. Lui appartenir. Elle voulait tout cela. Et seulement avec Mac.

Elle allait être exaucée… Sans jamais rompre le contact, il l'étendit sur son banc d'entraînement. Une seconde après, son corps recouvrait le sien et Jane remarqua sa délicatesse et sa manière de se tenir légèrement en retrait pour ne pas l'écraser.

Il se mit à bouger avec lenteur, prenant son temps, l'embrassant, la caressant, se frottant sur chaque point sensible. Jane se consumait pour lui. Tout son être lui criait d'assouvir son désir pour cet homme.

Quand enfin, il tendit la main vers la fermeture à glissière de son pantalon, elle retint son souffle et lui facilita la tâche.

Ce fut alors qu'une sonnerie retentit. Jane crut d'abord qu'il s'agissait de la cloche de l'école. Ou de la sirène des pompiers. Mac s'immobilisa, l'oreille aux aguets. Et quand il se redressa, Jane eut le sentiment d'une perte subite.

— Qu'est-ce que c'est ? demanda-t-elle.
— Mon portable, Jane. Il se passe quelque chose. Soit au poste, soit avec Lizzie.

Il laissa pourtant sonner. Il baissa les yeux vers Jane et soudain, elle se sentit nue et vulnérable. Mais le regard de Mac soutint le sien, lui disant sans avoir besoin de paroles que tout allait bien. Et par ce seul regard, il vainquit la gêne qu'elle avait pu ressentir.

Il lui prit la main et soupira.

— Jane, c'est une bonne chose que le téléphone ait sonné.

Sur ce point, Jane n'était pas d'accord du tout.

— Je n'avais même pas de préservatif, acheva-t-il.

Alors, persuadée qu'il regrettait d'avoir perdu son sang-froid, Jane reboutonna son chemisier d'un geste presque mécanique, sans un mot, et il resta debout à la contempler jusqu'à ce qu'elle soit totalement rhabillée.

— C'est de la folie. Je n'ai pas réfléchi, c'est tout. Comment pourrez-vous me pardonner ?

Jane rassembla son courage, tentant de tempérer sa colère.

— Taisez-vous, Mac !

Il releva brusquement la tête et l'interrogea du regard.

— Ne vous excusez pas, je vous en prie ! Je suis une grande fille, tout à fait capable de prendre seule mes décisions.

Elle se détourna un peu pour dissimuler sa détresse.

— Ne devriez-vous pas aller voir qui a téléphoné ?

— Jane ?

— Allez-y, Mac, dit-elle avec force.

Puis, plus doucement :

— Allez-y.

— Ça va aller ?

Non, eut-elle envie de crier. Elle n'allait pas bien du tout. Rien n'allait bien depuis qu'elle avait perdu la mémoire. Mais pendant ces quelques brefs instants, elle s'était imaginée que peut-être tout irait bien. Pour Mac. Et pour elle.

— Je vais bien.

Mac prit le portable sur l'établi et consulta le numéro qui s'y était inscrit.

— C'est le poste.
— Rappelez-les.

Debout près du banc, cet endroit où leur vie à tous deux aurait pu basculer ce matin, il lui jeta un coup d'œil par-dessus son épaule.

— Je...
— Ne dites rien, Mac. Je vous en préviens.

Cette fois, il sourit, comme si le ton qu'elle avait employé l'amusait, puis il se détourna pour passer son coup de fil.

Jane se précipita hors du garage. D'immenses émotions l'emplissaient. Il fallait qu'elle parte d'ici, et vite.

Et c'était exactement ce qu'elle allait faire. Partir.

Mac sortit de la douche, se sécha rapidement et s'habilla. Il fallait rejoindre le poste au plus vite et il devait aussi parler à Jane. La nouvelle qu'il venait de recevoir la concernait. Pourtant, il n'était pas très chaud pour passer davantage de temps avec elle ce matin. A quoi diable avait-il bien pu penser dans le garage ? Il lui avait presque fait l'amour, en oubliant toute trace de la raison dont la nature l'avait doté, comme n'importe quel ado boutonneux, rendu fou par ses hormones.

Cela ne lui ressemblait pas de perdre ainsi sa maîtrise. Lui qui était si fier de son esprit rationnel et de son bon sens ! Il était seul depuis trop longtemps, voilà tout. Et Jane l'attirait sexuellement.

Quel homme ne le serait pas ?

Malgré tout, quand il l'avait recueillie, il avait pensé qu'il pourrait s'en accommoder, et que partager son toit avec elle ne serait pas un problème. Après tout, ils avaient Lizzie pour chaperon. Mais à présent, la pensée même de la *nécessité* d'un chaperon auprès de Jane le rendait malade. Où donc était passée sa volonté ?

Il aurait bien aimé flanquer une bonne fessée à sa sœur pour avoir manigancé de pousser Jane dans ses bras chaque fois qu'elle le pouvait. Lizzie, qui n'avait jamais à ce point été absente de la maison. Elle n'avait jamais eu des « réunions » ou des « rendez-vous » si tard le soir. En fait, dès que Jane avait fait son apparition, sa sœur s'était faite rare.

Mac prit mentalement note de lui lire son acte d'accusation la prochaine fois qu'ils seraient seuls. Lizzie ignorait qu'elle jouait avec le feu. Mac s'était déjà brûlé une première fois et même s'il avait depuis longtemps surmonté la cuisante douleur, il n'était pas assez stupide pour se jeter une nouvelle fois dans le brasier. En outre, apprendre de la bouche de sa sœur qu'elle allait partir pendant une semaine, pour assister une de ses amies sur le point d'accoucher, n'était pas exactement ce qu'il avait envie d'entendre.

— Tu sais très bien que j'ai promis d'être auprès d'elle, Mac, avait-elle dit.

Mac le savait, mais il n'avait pas prévu de se retrouver totalement seul avec Jane. Certes, il s'était fait le serment de maintenir une distance de sécurité avec cette jeune femme qui enflammait ses sens, mais était-ce si facile alors qu'elle était constamment avec lui, dans la journée pour essayer de trouver des indices sur son identité, et le soir, quand il rentrait à la maison ?

Allons, tempêta-t-il, cela ne servait à rien de mettre en route une histoire avec une femme qui n'était que de passage.

Seulement, quand il l'avait aperçue aujourd'hui, éclatante et si jolie dans ses nouveaux vêtements, parée des bijoux qu'à son avis elle méritait, quelque chose lui avait noué la gorge. Un besoin charnel urgent, possessif. Les bijoux étincelaient sur la peau de Jane, captant la lumière et la renvoyant vers lui, et Mac s'était soudain senti perdu. Un unique désir le possédait.

Jane.

— Et regarde où ça t'a mené, mon gars ! marmonna-t-il.

Certes, il avait réussi à s'arrêter à temps, mais si son téléphone n'avait pas sonné, aurait-il eu assez de raison pour s'interrompre avant de lui faire l'amour ?

En outre, il n'avait réussi qu'à l'embrouiller encore un peu plus, or, il le savait, davantage de chaos et d'incertitudes c'était bien la dernière chose que souhaitait Jane. Lui-même avait en grande partie contribué à aggraver la situation. Comment oublier de sitôt l'expression blessée et déçue sur le visage de la jeune femme, au moment où la raison en lui avait repris le dessus ? N'avait-il pas été sacrément frustré, lui aussi ? Mais il ne parviendrait jamais à en persuader Jane. Elle n'était pas contente de lui pour l'instant et pourtant, il allait devoir l'affronter et lui faire part de la nouvelle arrivée ce matin.

— Jane ! appela-t-il en passant de pièce en pièce dans la maison.

Confronté à l'étrange silence qui suivit ses appels, il soupira et continua à la chercher. Cinq minutes plus tard, après avoir fouillé partout, Mac monta dans sa voiture de patrouille et claqua la portière. Son cœur battait comme un fou. Où pouvait-elle bien être ? L'homme de loi en lui ne pouvait s'empêcher de penser que, en raison de la manière dont il l'avait découverte — seule, abandonnée sur cette crête —, il avait pu s'agir d'un acte criminel. Quelqu'un était-il venu la reprendre ? Lui avait-on fait du mal ? Cela ne ressemblait pas à Jane de quitter si brusquement la maison.

Soudain, Mac détesta le tour que prenaient ses idées. Il mit le contact et partit lentement patrouiller dans les rues de Winchester dans l'espoir d'y retrouver une blonde sublime dotée d'un sale caractère.

Quand enfin il la retrouva, il s'obligea à tempérer sa propre irritation et se laissa aller à un bref instant de soulagement. Jane se trouvait dans la rue principale. Elle parlait — non, en réalité elle *riait* — avec Lyle Brody. Si la mémoire de Mac fonctionnait bien, ce devait être le jour de repos de son adjoint et la tenue que ce dernier arborait — un jean et une chemise bleue à carreaux — le confirma dans son hypothèse. Tous deux se tenaient devant l'épicerie Tyler, et Lyle portait un gros sac de provisions entre les bras.

Mac gara la voiture quelques mètres plus bas et, bras croisés, attendit. Voyant qu'aucun des deux interlocuteurs ne regardait de son côté, il compta jusqu'à dix, une précaution qu'il avait apprise chaque fois qu'il ressentait le besoin impulsif et pressant de bondir de sa voiture.

Soit Jane ne l'avait pas vu, soit elle refusait tout simplement de le reconnaître. Il ne pouvait être sûr de rien. Ayant encore une fois compté jusqu'à dix, il sortit enfin de sa voiture et s'approcha d'eux, d'un pas tranquille, l'air décontracté.

— Bonjour, dit-il en s'adressant à Lyle.

Jane et Lyle parurent surpris de le voir là, ce qui ne fit qu'ajouter à son irritation. Que pouvait-il y avoir de si intéressant qu'ils en effacent le monde autour d'eux ?

— Salut, shérif, dit Lyle en se redressant et en effaçant le sourire de son visage. Regardez qui j'ai rencontré ? Jane et moi étions…

— Je suis ici pour le travail, l'interrompit Mac. Il faut que je parle à Jane.

Les voir tous les deux ensemble, l'air si… proche, lui portait sur les nerfs.

— Bien sûr. Je ferais aussi bien d'aller ranger mes achats.

Lyle jeta à Jane un bref sourire.

— Au plaisir de vous revoir.

— Moi de même, Lyle. Rappelez-vous ce que je vous ai dit.

Lyle hocha la tête et jeta un regard en coulisse vers Mac. A quoi diable ces deux-là jouaient-ils ? fulmina-t-il.

— Il le fera, lança Mac sèchement. A plus tard, Lyle.

Droite comme un I, Jane croisa les bras sur sa poitrine tandis que Lyle s'éloignait.

— Eh bien, voilà qui est un peu impoli.

— Ce qui est impoli, Jane, c'est de quitter la maison sans me dire où vous allez.

— Je suis allée me balader, c'est tout. J'ai le droit,

non ? Il m'arrive d'éprouver le besoin de sortir pour m'éclaircir les idées.

Pour Mac, il y avait plus que cela. Tous deux étaient restés inquiets et énervés par l'épisode du matin dans le garage. Dans son cas personnel, il avait mis très longtemps avant de couper court à sa bouffée d'énergie sexuelle.

— La prochaine fois, dit-il, laissez un mot. Je suis toujours responsable de vous.

Jane secoua la tête.

— Ecoutez…

— J'ai du nouveau pour votre affaire, reprit Mac pour éviter ce qui n'allait pas manquer de suivre. Venez faire un tour en voiture avec moi.

— Du nouveau ? Pour moi ?

L'expression de Jane se modifia. L'espoir illumina soudain ses yeux bleus, et Mac s'en réjouit. Au moins, il était parvenu à la sortir de sa morosité. Restait à espérer qu'une fois qu'il l'aurait emmenée sur place, elle se souviendrait de quelque chose. Même si, au fond de lui, une part de lui souhaitait que Jane recouvre la mémoire et quitte Winchester pour de bon, tandis que l'autre luttait contre l'idée même de son départ.

Ce matin, en s'apercevant de sa disparition, il ne s'était pas uniquement inquiété pour des raisons professionnelles. Et ce genre de sentiment, il le savait, pouvait apporter de gros ennuis à un homme.

— Venez.

L'amour à fleur de peau

Mac se dirigea vers sa voiture.

— On nous attend. Je vous donnerai des détails en route.

— Voilà, c'est ici, dit Mac en garant le véhicule sur la berge de Cascade Lake. On dirait que nous arrivons juste à temps.

Encore troublée par les événements du matin, Jane jeta un coup d'œil autour d'elle. Peut-être allait-elle avoir maintenant une occasion, un indice sur son identité, et même si, en chemin, Mac l'avait mise en garde de ne pas trop espérer, elle était incapable de s'en empêcher.

— Comme c'est beau, dit-elle, le regard perdu vers le lac.

Les profondes eaux bleues étincelaient sous le soleil du Colorado et de grands arbres aux teintes printanières s'alignaient le long de la rive du fond. Les derniers vestiges de neige hivernale coiffaient au loin le magnifique Pike's Peak.

— Il y a ici de nombreux souvenirs historiques, expliqua Mac. C'est l'un des tout premiers endroits dans l'Ouest à avoir été peuplé.

A cet instant, un lourd grincement vint troubler leur dialogue et tous deux tournèrent la tête.

— On dirait une Mustang rouge, cria un des policiers qui attendaient qu'un véhicule soit retiré de l'eau.

L'amour à fleur de peau

Mac et Jane descendirent de la voiture de patrouille et Mac vint se placer à côté de la jeune femme.

— Tout ce que vous avez à faire est de jeter un coup d'œil, dit-il. A vous de voir si cela allume quelque chose dans votre esprit. C'est un coup à tenter, Jane. Mais, comme nous sommes persuadés que vous conduisiez une voiture qui nous reste encore à découvrir, cela pourrait avoir du sens. Nous avons découvert deux autres voitures par ici, sans la moindre trace d'identité. Pas d'enregistrement, pas de plaque, mais nous sommes parvenus à retrouver les propriétaires.

— Etait-ce des voitures volées ?

— Oui. Nous pensons qu'il devait seulement s'agir de garçons qui voulaient faire une virée car ils n'ont pas pris de pièces détachées. Nous avons une idée sur leur identité, d'ailleurs, mais nous n'avons pas de preuve.

— Donc, vous croyez que quelqu'un a pu voler la voiture que je conduisais ?

Mac haussa les épaules.

— C'est une possibilité. Approchons-nous pour mieux voir.

Mac juste à côté d'elle, Jane contempla fixement la Mustang dégoulinante et couverte de débris sortis des profondeurs du lac. Elle l'inspecta longtemps, avec insistance, et finit par secouer la tête.

— Rien ne me vient à l'esprit, Mac. Je ne crois pas avoir déjà vu cette voiture.

L'amour à fleur de peau

Mac la poussa en avant.

— Regardez à l'intérieur.

Jane plongea le regard à l'intérieur du véhicule trempé et vide, sans aucun indice susceptible de lui donner une piste. De nouveau, elle secoua la tête.

— Il y a encore le coffre. L'une des voitures que nous avons trouvées comme celle-ci n'avait rien à l'intérieur qui puisse nous venir en aide, mais l'autre si. Nous avons découvert dans le coffre quelques bricoles avec une facture d'épicerie. Cela nous a permis de localiser le propriétaire. On va remorquer la voiture au poste et fouiller le coffre.

— Quand a-t-on trouvé les autres ? s'enquit Jane.

— Ce mois-ci. Les enquêteurs croient qu'il y a une bande d'ados dans la nature qui cherchent à s'amuser un peu. Nous les retrouverons. Ce n'est qu'une question de temps.

Une fois encore, Jane considéra la voiture, l'étudiant avec intensité. Et une fois encore, elle secoua lentement la tête, incapable de voir ou de ressentir ce qu'elle avait espéré.

— Je ne crois pas que ce soit la mienne, Mac.

— Sans doute pas, mais nous le découvrirons une fois que le coffre sera ouvert. Si c'est la vôtre, il y aura sûrement un bagage ou d'autres objets qui nous donneront des indications.

— Et maintenant ?

— Accordez-moi une minute. Je dois parler au sergent Meeker du poste de police de Pueblo.
— D'accord.

Jane regarda Mac se diriger vers le groupe de policiers rassemblés derrière la Mustang. Puis ses yeux se reportèrent vers le lac et elle respira l'air sec et frais, jouissant du paysage, laissant sa tranquille sérénité s'infiltrer en elle et apaiser ses nerfs.

Elle n'aurait su le dire avec certitude, puisqu'elle ne se souvenait de rien, mais elle avait l'impression que, de sa vie, elle n'avait jamais contemplé un point de vue aussi magnifique que celui de Cascade Lake. En s'éloignant de la scène du « crime », Jane marcha un peu le long de la berge. Comme elle aimerait revenir ici un jour, quand sa vie serait moins bousculée. Elle adorerait s'asseoir tout simplement au bord de l'eau et se rassasier du magnifique spectacle.

— Jane ?

Elle se retourna. Mac était derrière elle et fixait sur elle des yeux sombres et scrutateurs.

— On va faire un tour ?

Elle hocha la tête.

Ils se mirent à déambuler le long du rivage. Tous deux étaient profondément plongés dans leurs pensées. Enfin, lorsqu'un épais massif de roches leur barra la route, ils firent halte.

— Quand j'étais gosse, remarqua Mac, c'est là que je venais pour sauter dans les rochers. C'est ici aussi que j'ai connu mon premier baiser, à douze ans.

L'amour à fleur de peau

Jane se mit à rire.
— Douze ans ?

La bouche de Mac s'étira sur un de ses trop rares et séduisants sourires.

— Vous étiez précoce, dirait-on ? remarqua Jane.

— Je m'y étais plutôt mal pris et nous avons tous les deux failli tomber dans le lac la tête la première. J'étais tellement nerveux !

— Mais déterminé ?

Il approuva de la tête.

— Toujours.

— Et elle est devenue votre petite copine ?

— Vous plaisantez ? Elle m'a plaqué le lendemain.

Mac se mit à rire.

— Je ne peux pas dire que je l'en ai blâmée.

Jane imagina le jeune garçon efflanqué, plein d'impatience et sans doute affreusement maladroit qui essayait d'impressionner une fille. Depuis, il s'était sûrement bien amélioré. Ce matin, elle s'était laissé emporter par ses « talents » et elle l'avait trouvé passionné, prévenant et attentif. Même si elle avait tout oublié de sa propre vie, elle était certaine au fond de son cœur qu'aucun homme ne pourrait jamais l'émouvoir comme l'avait fait Mac.

— A propos de ce matin, Jane…, dit-il soudain tandis que son sourire s'effaçait.

Elle leva la main comme pour l'arrêter.

— Non.

— Je ne veux pas m'excuser, poursuivit-il rapidement. Mais j'ai une responsabilité. J'aurais dû le savoir. Il s'agissait de bien plus qu'un innocent baiser et nous savons tous les deux où cela nous aurait menés.

Jane hocha la tête. Elle ne voulait pas se dissimuler ce qui s'était passé ce matin. Mac avait raison — si le téléphone n'avait pas rompu le charme, ils auraient fait l'amour, là sur le banc et qui sait où encore. Cela avait été aussi intense que ça. Aussi puissant que ça.

— Mais cela ne peut pas arriver, Jane. Vous ne savez rien de votre propre vie, et jusque-là...

— Eh bien, quoi, Mac ? On n'a jamais de garanties dans l'existence.

Il poussa un long et laborieux soupir.

— Je le sais bien, mais autrefois, je me suis engagé avec un femme qui ne se connaissait pas. Elle pensait se satisfaire de la vie telle qu'elle était, mais une fois mariés, rien ne lui parut suffisant. Et aujourd'hui, nous avons eu tous les deux la sottise de croire que votre vie, votre *véritable* vie, ne prendrait pas le pas sur quoi que ce soit que vous ayez pu trouver ici avec moi.

— Je sais que ce que vous dites est vrai, Mac, dit-elle enfin après un long silence. Mais je suis sûre d'une chose : ce que je ressens.

Le sourire de Mac s'élargit et le cœur de Jane se remit à palpiter.

L'amour à fleur de peau

— Moi aussi, je sais ce que je ressens, dit Mac.
— Et... qu'est-ce que c'est ? interrogea Jane, dont le cœur, maintenant, battait à grands coups.

Il hésita quelques secondes puis ajouta, avec un regard direct et franc :
— Je vous désire.

Une onde de chaleur parcourut le corps de Jane. Même si, elle le comprit aussitôt, il lui faudrait se satisfaire de cela. Elle ne ferait pas pression sur Mac. Il s'efforçait tellement d'être raisonnable, rationnel et responsable.

— Je suis au courant pour votre femme, Mac. Lizzie m'en a un peu parlé.

Elle le vit froncer les sourcils.

— Ne soyez pas en colère contre elle. Elle ne désire que votre bonheur.

— C'est une chipie.

Jane se mit à rire, et le son de son rire se répercuta contre les arbres qui entouraient le lac comme un rempart.

— Non, c'est un amour.

Mac lui accorda un demi-sourire.

— Oui. Ça aussi.

Il prit une profonde inspiration.

— Ecoutez, vous savez que Lizzie s'en va dimanche ? Ce n'est pas ce que j'avais prévu quand je vous ai invitée à habiter avec nous. Nous allons nous retrouver seuls et si vous ne voulez pas...

— Désirez-vous que je parte ? le coupa Jane.

Son cœur battait, mais elle devait connaître la réponse. Il était inutile de s'incruster et si Mac croyait que son départ lui rendrait la vie plus facile, alors elle s'en irait. Un peu plus tôt dans la matinée, elle avait appelé le Dr Quarles pour prendre rendez-vous et une fois encore, il avait été assez aimable de lui offrir l'hospitalité aussi longtemps qu'elle le voudrait.

— Non, dit immédiatement Mac. Je posais la question pour votre bien. Pas pour le mien.

— Si cela doit vous permettre de vous sentir mieux, je ne m'attarderai plus à la maison. Lizzie m'a aidée à trouver du travail. Je vais être tous les jours bénévole à la librairie.

Elle lui adressa un sourire épanoui. Avec Lizzie, elles avaient mis cela au point un peu plus tôt dans la journée, et à présent, elle mourait d'impatience de commencer et de faire de sa vie quelque chose de productif.

— Rory m'a assurée que mon travail n'interférerait pas avec nos recherches. Chaque fois que vous aurez besoin de moi, je serai disponible. Et entre-temps, je lui donnerai un coup de main là-bas.

— C'est Lizzie qui a arrangé ça pour vous ?

Elle hocha la tête.

— Oui. Elle est très amie avec Rory Holcomb. Je crois que ses petits-enfants ont tous les six suivi ses cours. Et c'est assez près aussi pour que je parte travailler et que je revienne à pied.

L'expression de Mac s'altéra.

— Ce n'est pas si près de la maison que cela, Jane. Je préférerais que vous ne travailliez pas le soir.

— Vous préférez que je reste chez vous le soir ? Seule. Avec vous ?

Mac pinça les lèvres puis, résigné, hocha la tête.

— Très bien. Vous avez gagné. Mais j'irai vous chercher à la boutique quand vous travaillerez le soir. Et ceci n'est pas *négociable*.

— Entendu. J'ai du mal à attendre de commencer, dit Jane avec un soupir heureux. C'est la seule chose positive à laquelle je m'attende.

— Est-ce là où vous êtes allée ce matin ?

— Oui. J'avais entendu dire que sa vieille librairie était pleine de charme. Je désirais rencontrer Rory par moi-même et voir les lieux.

— Et vous avez oublié de m'en parler. J'ai failli devenir dingue.

Jane tourna la tête et le regarda dans les yeux.

— Vous étiez inquiet ?

Mac se gratta la tête puis se leva, refusant de répondre.

— Il faut que je retourne au travail.

Jane revint avec lui vers la voiture. Elle luttait avec ses pensées. Elle avait cru mettre Mac en colère en partant sans sa permission. Elle pensait qu'il s'agissait davantage de sa part d'une question d'ego. Elle n'avait pas songé qu'il pouvait se faire du souci pour elle. S'inquiéter signifiait se soucier. Et se soucier menait à d'autres choses encore.

Depuis ce matin, elle savait que Mac la désirait. Mais cet attrait était uniquement sexuel. Jane n'avait rien imaginé au-delà. Elle n'avait pas soupçonné qu'elle puisse vraiment compter pour lui. En tout cas, pas de la façon personnelle et intime dont un homme se soucie d'une femme…

Allons, se reprit-elle, elle était sous sa responsabilité, c'était tout. Ne le lui avait-il pas seriné des douzaines de fois ? Il se sentait lié à elle par son devoir, un point c'est tout.

Jane allongea le pas et atteignit la voiture de patrouille avant Mac. Elle y grimpa, claqua la portière et regarda droit devant elle. Elle ne se sentait vraiment pas le droit de penser qu'elle comptait vraiment pour Mac. Ce serait bien trop dangereux. Et pourtant, à cette seule idée, son cœur se consumait.

La voie la plus sage serait donc de mettre de la distance entre eux. Travailler de longues heures à la librairie allait lui en donner les moyens. Ainsi, elle resterait hors d'atteinte de Mac.

Car le cœur de Mac n'était pas le seul à pouvoir être brisé. Dans l'état de vulnérabilité où elle se trouvait, Jane savait qu'elle aussi serait complètement anéantie si cela lui arrivait.

- 7 -

Le matin suivant, Jane pénétra dans la librairie avec l'impression de faire déjà partie des lieux. Elle respira l'odeur des pages jaunies tournées par des mains aimantes, de couvertures vieillies retenant les feuilles entre elles par la force de l'âge, et des sofas de cuir légèrement usés placés en demi-cercle dans la boutique. Le coin des lecteurs, comme l'appelait affectueusement Rory, était l'endroit où jeunes et moins jeunes aimaient à se réunir. Dans l'après-midi, les enfants se vautraient sur les sofas en écoutant Rory leur lire leurs contes préférés. Les soirées étaient partagées entre un groupe d'amateurs de lecture historique, et un autre groupe qui s'aventurait volontiers dans le paranormal.

Tout bien considéré, Jane se sentait comme chez elle. Curieusement, elle s'insérait dans ce cadre avec naturel et une douce et fluide sensation d'être là où elle le devait l'emplissait. Même les notes légères de musique country qui flottaient dans l'air ne parvinrent pas à éradiquer cette nouvelle impression de faire partie de cet environnement. A force de vivre chez les Riggs, elle n'avait pas eu le choix. Elle s'était même surprise plusieurs fois à taper du pied en cadence.

Elle devait admettre qu'elle aimait entendre KWIN, la station de radio locale et tous les vieux airs des disc-jockeys. Même si au début elle avait été un peu étonnée, elle avait fini par s'habituer à entendre diffuser sa description sur les ondes. « *Une jeune femme amnésique, blonde aux yeux bleus, découverte aux alentours de la ville. Si quelqu'un, à Winchester, possède des informations concernant cette jeune femme, veuillez contacter le bureau du shérif du comté de Winchester.* »

— Bonjour, vous êtes bien matinale, dit Rory en levant les yeux d'un tas de livres de poche prêts à être rangés sur les étagères.

— Bonjour, Rory. J'étais impatiente de commencer.

— Nous n'ouvrons pas officiellement avant une demi-heure. J'étais sur le point de boire une tasse de café avec un beignet. Marietta les fait elle-même chaque matin et elle m'en apporte une fournée pour les clients. Ce sera sympathique de les partager avec quelqu'un. Venez donc et asseyez-vous. Je ne m'attends pas à avoir la foule avant la fin de la journée.

— Merci. Avec grand plaisir.

Après deux tasses de café et un beignet au sucre, Jane se mit au travail. Elle mit de l'ordre dans une pile de livres en les classant par ordre alphabétique, sans oublier de lire le texte de présentation de la quatrième de couverture et de feuilleter les premières pages. La sensation des ouvrages entre ses mains, les caractères d'imprimerie, tout cela lui paraissait familier, bien qu'elle n'ait aucun souvenir véritable, aucun indice lui permettant d'en connaître la raison. Elle savait seulement qu'elle aimait se trouver là et qu'après tout, elle éprouvait un bien fou à faire quelque chose de productif.

La journée s'écoula comme dans un rêve. Elle travailla côte à côte avec Rory et lorsqu'il dut s'absenter de la boutique pendant une heure, il la lui confia. Il revint avec le déjeuner et, entre deux clients, ils dévorèrent leurs sandwichs.

Rory lui confia l'heure de lecture des enfants et la présenta comme leur nouvelle « copine » de lecture. Il avait mis les enfants deux par deux, pour qu'ils puissent aborder ensemble les mots les plus difficiles. Parfois, Jane leur lisait une histoire et parfois, c'était au tour des enfants.

Plusieurs heures plus tard, tête baissée, elle était concentrée sur un thriller haletant qu'elle n'avait pas encore eu le courage de ranger, lorsqu'une voix demanda :

— Vous n'avez pas faim ?
— Un peu, répondit-elle distraitement.

Levant les yeux, elle découvrit Mac penché vers elle. Il la fixait d'un regard intense.

— Oh, bonjour ! dit-elle gauchement, surprise de constater combien sa présence ces derniers temps semblait toujours la bouleverser.

Et maintenant son odeur, cet après-rasage au citron mêlé à sa propre essence masculine, qui l'accompagnait partout, même lorsqu'il partait en quête de quelque criminel.

— Que faites-vous ici ? interrogea-t-elle.
— Il est presque 20 heures. Il y a des heures que Rory est parti. Jimmy, l'aîné de ses petits-fils, est en train de faire la caisse et il s'apprête à fermer.
— Oh ! s'exclama-t-elle, j'ai perdu la notion du temps.

Elle se rappela avoir dit bonsoir à Rory un peu plus tôt. Il lui avait dit de rentrer chez elle et c'était bien ce qu'elle avait eu l'intention de faire, avant de se plonger avec passion dans le thriller.

Mac lui prit le livre des mains, le ferma et jeta un coup d'œil au titre.

— Il est bon ?
— Je n'arrivais pas à le lâcher.
— Je meurs de faim, poursuivit-il. Allons manger.

Etonnée, Jane le suivit jusqu'à la caisse.
— Vous n'avez pas encore dîné ?
— Non.

Il secoua la tête et Jane était trop abasourdie pour se rendre compte que Mac avait payé le livre qu'elle était en train de lire. Lorsqu'il le lui tendit avec un léger sourire, elle battit des paupières.

— J'ai eu un appel en fin de soirée, l'informa-t-il. Vous n'étiez pas à la maison quand j'y suis arrivé, du coup je suis passé ici vous chercher.

Jane finit par jeter un regard au livre qu'elle tenait entre ses mains. Elle devait se souvenir de ne pas voir une autre intention dans ce genre de simple gentillesse, même si, venant d'un shérif loyal et entêté, de tels gestes la faisaient chavirer.

Le crépuscule tombait et il devint évident pour Jane que Mac s'était senti obligé de venir la chercher. Elle détestait la pensée d'être devenue une complication dans sa vie et en même temps, elle avait l'impression qu'il s'agissait, de sa part, d'un peu plus que cela. Cette pensée lui mit un peu de baume au cœur. Elle avait essayé aujourd'hui de rester à l'écart, de s'immerger dans ce travail bénévole et c'était vrai, elle avait passé une agréable journée. Mais cela n'avait rien de comparable avec le fait d'être avec Mac.

Il était là, grand, portant avec fierté son uniforme, et il l'observait. Jane se mordilla la lèvre, en regardant son reflet dans le badge en argent du shérif.

— Je m'occuperai du dîner quand nous rentrerons... *à la maison,* dit-elle.

L'expression, dans le contexte présent, lui fit de nouveau tourner la tête. Elle commençait tout à fait à avoir l'impression que le 2785, Crescent Drive était sa vraie demeure. Et que le beau shérif Mac Riggs l'attendait pour dîner.

— Inutile. Nous sortons. Dans le meilleur restaurant de la ville.

Jane baissa les yeux sur ses vêtements. Sachant qu'elle allait aujourd'hui travailler à la librairie, faire du rangement, ouvrir des cartons et s'asseoir par terre avec les petits pour les aider à choisir des livres, elle avait revêtu son vieux jean et un haut sans rien de particulier.

— Je devrais peut-être rentrer me changer ? dit-elle.

La main sur sa taille, Mac la poussa vers sa voiture avec un large sourire.

— Pas question, Jane. Vous êtes habillée exactement comme il faut.

— Je continue à dire que vous êtes une poule mouillée, Jane...

Assise à l'arrière du pick-up de Mac dans le parking de Chuck's, Jane mangeait un hamburger avec des pickles et de la tomate dans une boîte en carton. Mac avait opté pour un Pike's Peak, avec du chili, du fromage, des oignons et Dieu sait quoi d'autre encore, le choix certainement le plus dangereux. A la vue de cette chose monstrueuse, l'estomac de Jane se soulevait.

— Pas poule mouillée, répliqua-t-elle. Juste raisonnable.

Elle désigna d'un geste le burger de Mac.

— J'espère que vous avez des anti-acides chez vous.

— J'ai un estomac d'acier, répliqua-t-il en prenant une énorme bouchée.

Jane ne pouvait le contredire sur ce point. Elle l'avait vu torse nu, elle avait contemplé ses muscles noueux et ses abdominaux. L'image s'attarda dans sa tête jusqu'au moment où elle se secoua pour la chasser.

— Vous en aurez besoin. Si ce burger ne vous tue pas, les frites le feront.

— Ah, peut-être, mais de quelle délicieuse manière !

Il fit sauter une frite dans sa bouche.

Jane sourit et picora son repas tandis qu'il engouffrait le sien.

— Vous savez comment traiter une dame, c'est certain, dit-elle, taquine.

— Et vous n'avez encore rien vu, rétorqua-t-il sans s'offusquer. On ne sait pas ce qu'est Winchester tant qu'on n'a pas goûté le Pike's Peak du Colorado Chuck's.

Il secoua la tête.

— Dommage, Jane. Vous ne savez pas ce que vous manquez.

— La prochaine fois, peut-être. Je veux dire... si je reviens ici... peut-être... un jour.

Le burger à mi-parcours de la bouche, Mac s'interrompit et lui lança un regard direct. Leurs yeux se tinrent un long moment et Mac soupira. La pensée que Jane puisse quitter un jour Winchester, plutôt tôt que tard, s'étendait entre eux comme une mer profonde, pleine de doutes.

Jane avala la boule qu'elle avait dans la gorge et grignota un peu de son burger.

— Savez-vous combien il y a de petites villes et de villages en Italie ? questionna Mac.

Il termina son repas et froissa sa serviette.

— Des centaines.

Jane fut heureuse qu'il change de sujet. Elle ne voulait pas penser au moment où elle quitterait Winchester et Mac. Mais elle ne pouvait pas attendre le moment de recouvrer la mémoire et de découvrir qui elle était.

— Je l'ai certainement su à une époque, répondit-elle. Alors, aucune chance de retrouver notre gentil petit cordonnier italien ?

Mac lui répondit en secouant la tête.

— Nous n'abandonnons pas. Ça nous aiderait bien si nous avions son nom. Rien d'autre qui vous vienne à l'esprit ?

Jane finit son burger sans avoir touché à ses frites et termina par un milk-shake à la fraise.

— Non, désolée. Je n'ai pas cessé de penser à ces

bottes. Vous m'avez fait rêver de talons aiguilles et de cuir noir, mais rien ne me vient à l'esprit.

Mac faillit s'étrangler avec son milk-shake au chocolat qui gicla sur l'asphalte du parking.

— Bon sang, Jane. C'est plutôt moi qui devrais rêver cette nuit de talons aiguilles et de cuir noir.

Par jeu, Jane lui donna un léger coup sur le bras mais la chaleur du regard de Mac figea son geste. Il ne plaisantait pas. Le désir consumait ses yeux sombres et le corps de Jane s'enflamma aussitôt. Un seul regard de passion du shérif fut tout ce qu'il fallait pour transformer son calme relatif en un véritable cataclysme nerveux. Le souvenir de la sensation de ses lèvres sur les siennes, de ses mains caressant son corps, de sa longue silhouette couchée sur elle sur ce banc d'entraînement emplit son esprit et mit son cœur à la torture. Saisissant les deux boîtes en carton, elle sauta de l'arrière du pick-up et se dirigea vers la poubelle où elle les jeta.

En se retournant, elle aperçut Mac en pleine conversation avec une jeune et jolie brune au corps voluptueux, qui posait sur lui une main de propriétaire. Une fois le terrain libre, la dame n'avait pas perdu de temps à aborder Mac.

Jane hésita quelques secondes puis, ayant pris sa décision, se dirigea droit vers eux.

— Bonjour, je m'appelle Jane, dit-elle, la main tendue.

L'autre la saisit, avec un regard circonspect.

— Lola. Je suis... une amie de Mac.
Jane hocha la tête et sourit.
— Eh bien, avec moi, ça fait deux.
Mac restait assis en silence, observant l'échange sans broncher.
— Mac et moi nous connaissons depuis longtemps. N'est-ce pas, shérif ? reprit Lola en lui décochant un sourire.
Il haussa les épaules en sirotant son milk-shake.
— Je crois bien. Nous sommes nés et avons grandi tous les deux à Winchester.
— Camarades d'école, alors ? demanda Jane, même si elle n'appréciait pas vraiment de se mêler à la conversation.
Son cœur battait la chamade, mais surtout, un profond sentiment de crainte obnubilait toutes ses autres sensations. Une part d'elle-même éprouvait un regret jaloux, l'autre lui pesait, comme si Mac avait autour du cou une masse de plomb qui l'entraînait. Depuis qu'on l'avait retrouvée à Deerlick Canyon, Jane avait occupé chaque instant de Mac, l'éloignant de toute la vie personnelle. Il l'avait prise sous son aile et elle n'avait guère songé que sa présence à Winchester pouvait avoir une quelconque influence sur sa vie.
— Camarades de classe et même un peu plus, n'est-ce pas, Mac ? poursuivit la femme avec un léger rire.

L'amour à fleur de peau

Elle inclina la tête et ses brillantes boucles châtain lui retombèrent sur l'épaule.

Mac souleva le hayon de sa voiture.

— C'est de l'histoire ancienne, Lola.

— Eh bien, je ne voulais pas vous interrompre, reprit la femme en le fixant avec des yeux brillants et pleins d'intérêt.

Jane connaissait bien ce regard. C'était celui qui permettait à une femme de savoir quand une autre femme était en train de flirter, même si l'homme ne s'en rendait pas compte.

— Ravie de t'avoir revu, Mac. Ne te fais pas trop absent.

Mac hocha la tête et se dirigea vers la portière avant.

— Prends soin de toi, Lola.

Jane reprit tranquillement sa place et ferma les yeux, étonnée par la rudesse de son propre comportement.

— Je jette vraiment un froid sur votre vie sociale, remarqua-t-elle.

Mac engagea la voiture vers la sortie du parking, et tous deux gardèrent le silence pendant le court trajet de retour vers la maison. Mac gara la voiture dans l'allée et Jane s'apprêta à descendre.

— Jane, écoutez-moi, dit Mac.

Elle se tourna vers lui. Ses yeux brillaient de larmes contenues. Elle n'avait pas de noms pour les émotions qui la bouleversaient, mais elle savait au moins une chose : elle ne voulait pas que Lola ou n'importe quelle autre femme tourne autour de Mac. Et cela n'avait pas de sens car elle n'avait aucun droit sur lui. Il était libre, s'il en avait envie, de sortir avec n'importe quelle femme sauf avec elle. Il avait été clair sur ce point et pourtant, lorsqu'il était apparu à la librairie ce soir, l'esprit rationnel de Jane s'était fermé et elle s'était laissé entraîner dans un monde de rêveries audacieuses.

— Mac, malgré tout ce que vous dites, je sais bien que depuis que je suis ici, vous ne pouvez plus vivre comme avant...

— Bon sang, Jane, vous ne me gênez en rien !

— Vous essayez juste d'être gentil, murmura-t-elle.

Mac sortit en trombe de la voiture et claqua la portière.

— Je ne suis pas *gentil !* s'écria-t-il.

Jane descendit à son tour du véhicule et ensemble, ils gravirent les marches vers la porte d'entrée.

— D'accord, vous n'êtes pas vraiment gentil. Du reste, je ne l'ai jamais pensé. Ça va mieux comme ça ?

Mac s'arrêta de marcher.

— Ah bon ? Vous ne l'avez jamais réellement pensé ?

Jane secoua la tête, avec tant de vivacité que ses cheveux vinrent lui fouetter les joues.

Mac se passa la main sur le bas du visage dans

ce que Jane prit pour un geste de frustration, mais lorsqu'elle put enfin apercevoir sa bouche, elle vit qu'elle dissimulait un grand rire.

— Mais qu'est-ce que je vais faire de vous ?

Elle se joignit à son hilarité, heureuse de l'avoir tiré de son humeur morose. Puis, sur une impulsion, elle lui planta un petit baiser sur la joue.

— Vous voulez bien m'en parler alors ?

Il haussa un sourcil interrogateur.

— De quoi ?

Au moment où il déverrouillait la porte, elle le dépassa pour se poster devant lui, bras croisés.

— De Lola, et de la manière dont je gêne votre vie.

Mac la fixa un instant puis son regard s'abaissa vers sa poitrine, à l'endroit où ses bras étaient croisés. Jane ne broncha pas, bien que la chaleur du regard de Mac fût suffisante pour la faire fondre.

Puis Mac détourna les yeux et se dirigea vers la fenêtre. Le dos tourné, il affirma :

— Lola et moi sommes amis, Jane. Rien de plus. Nous sommes un peu sortis ensemble après mon divorce, mais c'est tout. Nous avons fait du chemin, depuis.

— Elle n'est pas mariée.

Mac se tourna vers elle.

— Non. Elle rendrait fou n'importe quel homme, et je ne vous ai rien dit, hein ?

L'amour à fleur de peau

Jane eut un léger rire, satisfaite de constater que Mac n'avait rien trouvé d'irrésistible à la brunette.

— Pourquoi ? insista-t-elle.

— Aucune importance. Assez parlé.

— Et les autres femmes, Mac ? Vous ne fréquentez personne. Aucune petite amie. Je trouve cela difficile à croire, parce que vous êtes tellement…

— Inaccessible ? termina-t-il à sa place. Ou peut-être entêté ? Trop dévoué à mon travail ? Choisissez.

L'expression de Jane s'adoucit et elle s'assit sur le sofa, les yeux levés vers lui.

— J'allais dire tellement séduisant.

Mac s'assit dans le coin opposé du sofa et la regarda, une lueur au fond des yeux.

— Maintenant, c'est vous qui êtes gentille. Mais, à dire vrai, c'est sûr : il y a des femmes de temps à autre qui me regardent. Parfois, je sors avec elles, mais ça ne va pas plus loin. Je ne cherche rien de permanent. Le mariage, je connais. Très peu pour moi.

Quel gâchis ! songea Jane. Mac avait de trop grandes et trop nombreuses qualités pour renoncer à partager sa vie avec quelqu'un.

— Quel dommage ! dit-elle à voix haute.

— Je suis heureux de l'existence que je mène, Jane. Pourquoi toutes les femmes que je rencontre éprouvent-elles le besoin de m'entraîner dans quelque chose dont je n'ai pas envie ? De plus…

Là, il se pencha en avant, l'index pointé vers elle.

— Ceci est bon pour vous aussi. Vous êtes tellement persuadée que vous gâchez ma vie sociale alors qu'en vérité, je n'en n'ai aucune ! Alors, oublions tout ça. Ne vous inquiétez pas, Jane.

— Alors, vous ne désirez vraiment pas passer un peu de temps avec Lola ce soir ?

— Je suis ici avec vous, n'est-ce pas ?

Jane retint un léger grognement.

— Je pense que j'ai ma réponse, fit-elle en lui décochant un lent sourire et en se levant. Bon, il est temps d'aller se coucher, je crois.

Elle fit un pas dans sa direction pour lui dire bonsoir, plus attirée vers lui qu'elle n'aurait dû l'être. Mac avait été franc avec elle. Il lui avait confié un peu de sa vie. Il avait essayé de s'expliquer du mieux qu'il pouvait. Et maintenant, il se tenait debout devant elle, lui bloquant le passage vers le couloir menant à sa chambre.

— Ne vous souciez que de retrouver la mémoire, dit-il en lui touchant le bout du nez.

Le contact fit perdre à Jane toute mesure. Cette fois, elle l'embrassa sur la bouche, ce qui les surprit tous deux. Mac poussa un grognement mais il ne recula pas et au contraire, l'entoura de ses bras sans la serrer, lui laissant la direction des opérations.

A l'instant où leurs lèvres se retrouvèrent, Jane comprit qu'elle allait avoir de gros ennuis. Et pourtant, combien n'avait-elle pas soupiré après cet instant où les lèvres de Mac embraseraient les siennes et où le feu de leur corps les emporterait ?

— Non, vous n'êtes pas vraiment gentil, Mac, murmura-t-elle. Mais tellement plus.

Elle entrouvrit les lèvres et leurs langues se rencontrèrent en une sorte de cérémonial sacré.

Mac resserra son étreinte, et la serra si fort qu'elle sentit son cœur battre au même rythme que le sien.

— Parfois, vous me surprenez, Jane, murmura-t-il contre sa bouche.

— Et moi, je m'étonne moi-même, souffla-t-elle.

A l'instant précis où leurs lèvres se touchaient de nouveau, Lizzie fit irruption dans la pièce et s'arrêta net en les apercevant.

— Oh, excusez-moi.

Aussitôt, Jane se détacha de Mac et, le rouge de la honte remontant le long de ses joues, dévisagea Lizzie.

Celle-ci souriait aux anges.

— Toute réflexion faite, dit-elle, je ne m'excuse pas. Il était grand temps.

— Lizzie !

Le ton de Mac était celui de la mise en garde.

— Toi et moi devons avoir une petite conversation.

L'amour à fleur de peau

— Impossible, grand frère. Mes bagages sont prêts. Je pars aux aurores pour Raleigh.

— Très bien. Dans ce cas, nous parlerons sur le chemin de l'aéroport. A quelle heure ?

Lizzie, les yeux brillants, adressa un sourire à Jane.

— Oh, tout est arrangé. Jane s'en est occupée pour moi.

L'œil inquisiteur, Mac regarda Jane.

— Vous vous en êtes occupée ? Comment ?

Ignorant son regard intense, elle sourit timidement à Lizzie.

— Jane ? Qu'avez-vous fait ?

— Pas grand-chose en réalité, répondit-elle en haussant les épaules.

Impatienté, Mac se retourna vers sa sœur.

— Alors, qui t'emmène à l'aéroport ?

Menton redressé, Lizzie lança le seul nom capable de mettre son frère dans tous ses états.

— Lyle Brody.

Deux nuits plus tard, Jane rangea le dernier des livres pour enfants et alla retrouver Jimmy à la caisse. Celui-ci releva les yeux vers elle et ses cheveux blonds lui retombèrent sur le front.

— J'ai fini, dit-il.

— Moi aussi.

Ils gagnèrent ensemble la sortie et Jane regarda

L'amour à fleur de peau

Jimmy fermer à clé avant de se retourner vers elle.

— Vous êtes sûre de ne pas vouloir que je vous ramène chez vous ? demanda-t-il.

— Certaine. Le shérif Riggs ne va pas tarder, répondit-elle en balayant du regard la rue assombrie, à la recherche du pick-up de Mac.

Il lui parut bizarre ce soir qu'il ne soit pas déjà garé dehors à l'attendre. Ne le voyant toujours pas au bout de cinq minutes, elle commença à marcher sans y accorder d'importance. Elle avait pas mal de choses en tête et en outre, la brûlante journée estivale venait enfin de céder la place à une soirée plus tiède, rafraîchie par une légère brise.

L'autre soir, Mac était très en colère contre elle, et elle avait marché pendant deux jours à l'ombre réfrigérante de son dédain. Il lui tenait rigueur d'être intervenue dans la vie de Lizzie. Il s'était montré abrupt, presque cruel. Elle n'oublierait jamais le regard hautain qu'il lui avait jeté lorsque Lizzie avait quitté la pièce.

— Cela ne vous concerne en rien, Jane, avait-il dit froidement. Vous ne savez rien de cette histoire. Vous n'avez aucun droit de vous mêler de mes affaires.

Cette dernière phrase l'avait piquée et elle avait essayé de se défendre, mais Mac n'avait rien voulu entendre. Il s'était fermé, refusant de discuter de Lyle ou de Lizzie, pas plus que de la question de savoir pourquoi il était si opposé à ce que Lizzie sorte avec son adjoint.

Jane n'avait eu d'autre choix que de se tenir à l'écart, mais le mal était fait. Depuis, Mac tolérait à peine sa présence, restant à distance prudente, même si, parfois, il lui glissait un coup d'œil à travers la pièce. En tout cas, l'amitié naissante qui s'était lentement développée entre eux avait disparu.

Jamais Mac ne lui avait fait sentir qu'elle était une intruse, mais elle devait croire désormais qu'il souhaitait son départ. Peut-être devait-elle songer vraiment à accepter l'invitation du Dr Quarles ? Qui savait combien de temps il lui faudrait pour recouvrer la mémoire ?

D'autant qu'elle n'avait eu aucun nouveau flash, et que tout ce qu'elle savait sur elle, c'était qu'elle possédait des bottes fabriquées par un artisan-cordonnier vivant dans un petit village d'Italie... Et côté média, il n'y avait rien de neuf non plus.

Juste comme Jane tournait le coin d'une rue en soupirant après le seul homme qu'elle désirait avoir dans sa vie, le grondement familier d'un moteur se fit entendre derrière elle. En arrivant à sa hauteur, Mac ralentit la voiture de patrouille. Il baissa sa vitre et le sourire tout prêt de Jane s'évanouit en apercevant son beau visage crispé.

— Montez, Jane, dit-il.

Elle se hâta de grimper sur le siège et, comprenant

que quelque chose n'allait pas, se tourna aussitôt vers lui.

Il avait le visage meurtri et en sang, et il plaquait une main contre sa poitrine.

— Mac, vous êtes blessé ! s'écria Jane, tremblant de peur.

La voiture démarra et Mac hocha lentement la tête comme si le mouvement le faisait encore davantage souffrir.

— Des petits malins ont cru qu'ils pouvaient tout saccager chez Sully. J'ai dû entrer pour remettre un peu d'ordre.

La seule chose à laquelle Jane, l'esprit embrouillé, put penser, fut l'étendue des blessures de Mac. Il tenait toujours sa main contre sa poitrine et du sang coulait sur son visage.

— Où avez-vous mal ? demanda-t-elle.

— J'ai probablement quelques côtes froissées. Des écorchures et des éraflures. C'est tout.

— Tout ? répéta Jane.

Elle ne supportait pas de le voir si mal en point. Quant à ses côtes, elles étaient peut-être même fracturées plutôt que froissées.

— Il faut que vous alliez à l'hôpital, Mac.

— Pas question, Jane. Je vais bien.

— On ne dirait pas, répliqua-t-elle d'un ton qui montait peu à peu. Vous avez l'air d'être passé sous un camion.

— Merci. J'apprécie l'image.

L'amour à fleur de peau

— Je ne plaisante pas, Mac. Combien étaient-ils et qu'est-ce que c'est que chez Sully ?

— Environ une demi-douzaine. Un bar-gril, répondit-il d'une voix saccadée.

— Ils étaient six et vous, combien ?

— Deux, jusqu'au moment où nous avons dû battre en retraite.

Le cœur de Jane cognait à grands coups. Jusqu'à ce soir, elle n'avait guère réfléchi à la profession de Mac, à ses dangers et à ses pièges. Winchester était une petite ville tranquille. Mais, à le voir là, souffrant et à peine capable de conduire, elle ressentit avec une brutale acuité toute la réalité du travail de Mac. Semblable à tous les autres représentants de la loi, il mettait chaque jour sa vie en jeu. Jane ne parvint pas à se débarrasser de cette pensée qui s'imprima dans son esprit et l'inonda de terreur.

Tout à coup, elle s'aperçut que la manche de chemise de Mac était retroussée.

— Vous avez le bras bandé. Qu'est-il arrivé ?

— Oh, juste une coupure.

— Une coupure ? Vous voulez dire qu'on vous a attaqué avec un couteau ?

Il hocha la tête.

— Attaque à main armée. On s'en est occupé. Les gens des urgences m'ont fait un pansement.

Jane sentit quelque chose se contracter en elle. Mac aurait pu être tué ce soir, songea-t-elle, presque anéantie. Ses sentiments pour Mac Riggs étaient donc bien plus profonds qu'elle ne l'avait cru ?

— Pourquoi ne vous a-t-on pas emmené à l'hôpital ?

Mac haussa à peine les épaules en s'engouffrant dans l'allée menant à sa maison. Puis il avoua. Les ambulanciers auraient bien voulu l'emmener à l'hôpital s'il le leur avait permis. Mais il avait préféré se diriger vers Elkwood street dans sa voiture de patrouille pour venir la chercher.

Mac arrêta le moteur et descendit de voiture.

— Je vais bien, Jane.

Jane fit le tour du véhicule en courant pour le cueillir à la portière.

— Appuyez-vous sur moi, dit-elle d'une voix assurée en le serrant contre elle.

Il serra les lèvres, l'air de réfléchir, et finit par accepter d'un bref hochement de tête devant le regard ferme que Jane lui adressait. Il enroula son bras valide autour de ses épaules, et elle soutint son poids du mieux qu'elle le put.

Ensemble, ils s'avancèrent lentement vers la porte d'entrée. Une fois à l'intérieur, Jane conduisit Mac directement dans sa chambre et l'aida à s'asseoir sur le lit où il resta une bonne minute, à reprendre son souffle.

— Avez-vous la tête qui tourne ? demanda Jane.

Il eut un rire un peu forcé.

L'amour à fleur de peau

— On pourrait le dire comme ça. C'est plutôt drôle, vous savez : de toutes les manières auxquelles j'ai rêvées pour vous attirer dans ma chambre, celle-ci n'en faisait pas partie.

Jane sourit.

— Allongez-vous, shérif.

Mac obéit. Fermant les yeux, il baissa la tête et étendit ses longues jambes sur le lit. Jane tassa l'oreiller et le poussa derrière lui. Puis elle se redressa et le regarda.

— Vous savez, ce n'est pas exactement non plus la façon dont j'espérais entrer dans votre chambre.

Ouvrant un œil, il scruta son visage, mais elle garda son quant-à-soi, refusant de se laisser embarrasser. La vérité était ce qu'elle était.

— Maintenant, restez comme ça, dit-elle. Votre front saigne encore. Je reviens tout de suite.

Au moment où Jane quittait la pièce, elle l'entendit pousser un grognement. A l'évidence, songea-t-elle, cela n'avait aucun rapport avec la douleur et tout avec la remarque qu'elle venait de lui faire. Au moins, il savait à quoi s'en tenir. Il n'y aurait plus à revenir dessus ni à se tromper. Jane désirait cet homme, mais ce soir, quelque chose d'encore plus fort s'imposa à elle. Lorsqu'elle l'avait aperçu blessé, battu et souffrant, elle avait compris qu'il lui était désormais impossible de nier plus longtemps les sentiments qu'elle éprouvait pour lui. Elle avait compris que le perdre serait se perdre encore une fois. Elle était amoureuse de lui.

Jane l'amnésique était follement amoureuse du shérif Mac Riggs.

Elle attendit une minute que ses sentiments s'enracinent dans son esprit et pour accepter ce qui, dès le départ, avait été inévitable. Même si elle avait vu venir cet amour, elle n'avait pas eu la force de le nier ou de le repousser dès sa naissance, dès le premier moment où ses yeux avaient croisé le regard scrutateur de Mac sur la route du canyon.

Avec un profond soupir, elle s'empara de la trousse d'urgence de la salle de bains et rassembla les autres éléments dont elle avait besoin avant de retourner dans la chambre. Mac était toujours étendu sur le lit comme elle l'avait laissé, les yeux grands ouverts, le regard posé sur elle.

Elle se glissa près de lui pour tamponner la blessure de sa tête. Le liquide antiseptique moussa dans la coupure au-dessus de ses yeux et elle s'excusa :

— Désolée. Ça doit piquer.

Il grommela un démenti.

— A mon avis, vous avez des côtes fracturées, dit-elle.

— Non. Je me suis déjà fracturé des côtes lorsque j'étais demi d'ouverture dans l'équipe des Wildcats. Je sais faire la différence. Elles sont froissées, c'est tout.

— Pouvez-vous ôter vos vêtements ou préférez-vous que je le fasse moi-même ? s'enquit-elle, sachant qu'il fallait l'installer plus confortablement.

Mac lui décocha un sourire en coin.

— Si vous proposez de me déshabiller, je ne vais pas refuser...

— Mac, ça n'est pas drôle ! Vous m'avez tellement fait peur ! C'était si effrayant de vous voir tout ensanglanté et contusionné, à moitié affaissé sur le volant. J'ai failli avoir une crise cardiaque.

— Désolé, Jane.

Elle lui laissa prendre sa main. Son pouce lui effleura le creux de la paume avec tant de douceur qu'elle en eut la chair de poule.

— En fait, expliqua-t-il, Winchester est une ville tranquille. Nous manquons un peu d'excitation par ici.

Il frémit et ses paupières s'abaissèrent brièvement sous l'effet de la douleur qu'il s'efforçait de cacher.

— Mais juin a été un mois inhabituel. D'abord, une belle amnésique a atterri sur le pas de ma porte et ensuite, je me suis retrouvé confronté à une bande d'étrangers à la ville qui cherchaient la bagarre.

— Sans oublier les joyeux drilles qui abandonnent des voitures dans le lac.

— Ça aussi, oui. Mais en général, le gros de mon travail est beaucoup plus banal. C'est vrai, il s'est passé de drôles de choses ces temps-ci à Winchester.

A propos, ne vous ai-je pas entendue parler de me déshabiller ?

Jane pinça les lèvres.

— On profite de la situation, shérif ?

— J'ai juste besoin d'être un peu réconforté, Jane.

Il déposa un baiser au creux de sa paume et sa voix se fit plus basse.

— Par vous.

Jane eut l'impression que les lèvres humides lui vrillaient la peau et que son cœur s'arrêtait de battre. A contrecœur, elle lui retira sa main pour la tendre vers les boutons de sa chemise d'uniforme. Avec précaution, elle les défit un par un avant de faire glisser tout doucement la chemise de ses épaules. A la vue de son bras bandé et des meurtrissures de son torse, elle retint un frisson.

Plongeant un linge dans un bol d'eau, elle rafraîchit la peau brûlante. Impulsivement, elle se pencha pour planter un petit baiser sur l'une des plus importantes contusions. Mac souleva son bras valide et ses doigts caressants coururent dans sa chevelure. Puis, relevant la tête de Jane, il se pencha en avant pour lui indiquer ce qu'il désirait. Leurs lèvres se rencontrèrent un bref instant en un doux et apaisant baiser qui fit palpiter le cœur de Jane. Mac sourit.

— Vous êtes très réconfortante.

Jane se détacha de lui, et se leva pour se placer au bout du lit. Avec un regard farouche sur les bottes de Mac, elle prit son élan, tira, tordit et enfin, d'un coup sec, enleva une botte et la chaussette en même temps.

L'autre botte vint plus facilement et Jane ressentit un élan de satisfaction. Elle revint vers Mac, allongé devant elle, torse nu, l'air tout à la fois vulnérable et sexy.

— Pouvez-vous vous débrouiller tout seul avec votre pantalon ? demanda-t-elle, retenant son souffle.

Mac essaya de se pencher avant de réfréner un gémissement de douleur et de laisser retomber sa tête sur l'oreiller.

— Je ne crois pas.
— Très bien, dit Jane, tendant la main vers sa ceinture.

Incapable de ne pas voir le renflement de sa virilité, elle défit la boucle puis ses mains se glissèrent vers la fermeture Eclair.

— Mac, je vous croyais blessé, protesta-t-elle.

Il ne put retenir un sourire malicieux.

— Je ne souffre de rien au-dessous de la taille.

Jane le fixa.

— Touchez-moi là, la prévint-il, et je ne réponds plus de mes actes.

Jane déglutit avec peine.

— C'est une invitation ou un avertissement ?
— Les deux.

Ses prunelles ne pétillaient plus maintenant. L'ardeur brûlante de son regard enflamma Jane.

— C'est fou, vous savez. De nous priver de ce que nous désirons tous les deux.

— Je le sais, murmura Jane, consciente de ne plus rien pouvoir lui refuser.

Sa main se tendit vers la fermeture Eclair.

- 8 -

Mac en avait beaucoup voulu à Jane de s'être mêlée des affaires de Lizzie. Il refusait que quelqu'un, et elle surtout, interfère dans sa relation avec sa sœur. Jane venait seulement d'arriver à Winchester et ne savait rien de lui. Elle ne savait rien du chagrin qu'il avait enduré en essayant de sauver un mariage qui ne pouvait plus l'être. Elle ignorait aussi que Lyle Brody s'était rangé du côté de sa sœur, aggravant davantage le conflit entre les deux époux.

Mais, à la minute où il était sorti de chez Sully ce soir, sanglant et contusionné, le couteau ayant manqué de peu sa poitrine pour lui entailler les muscles du bras, Mac n'avait pu songer qu'à Jane.

A la retrouver. A la voir. Et à la désirer.

Il avait déjà trop perdu de temps avec elle et trop de temps dans sa vie. En se retrouvant si proche d'elle ce soir, il lui avait pardonné, oubliant toute sa colère et, tandis qu'elle baissait lentement la fermeture, la preuve des sentiments qu'il éprouvait se manifesta par une puissante excitation qu'elle seule pouvait apaiser.

Il la regarda retirer son pantalon sans trop de difficulté. L'air un peu indécis, elle s'en protégea la poitrine.

— J'aimerais pouvoir vous déshabiller, reconnut Mac d'une voix douce.

Les lèvres de Jane s'entrouvrirent sur un subtil sourire. Sans plus réfléchir, laissant tomber le pantalon de Mac à ses pieds, elle se débarrassa de son débardeur. Le tissu s'accrocha un instant à ses seins avant de passer au-dessus de sa tête.

Soudain à court d'oxygène, Mac chercha son souffle. Avec une exclamation étranglée, il regarda le collier qui retenait le rayon de lune niché dans le creux entre ses seins. Elle portait donc tous les jours le bijou qu'il lui avait offert ? Il en éprouva un sentiment d'orgueil et de possessivité.

Maintenant, elle se tenait à côté de lui, un peu penchée.

— Vous pouvez me dégrafer.

Mac leva la main pour dégrafer le soutien-gorge de dentelle blanche qui, lorsqu'il tira un peu, lui resta entre les doigts. Les seins de la jeune femme jaillirent, pleins et voluptueux.

— Jane, vous me tuez, grogna Mac.

— Ce n'est pas ce que j'avais prévu de vous faire, Mac.

Elle se baissa pour l'embrasser, mais il l'empoigna par la taille, l'attira sur le lit et la posa sur ses cuisses. Jane s'installa à califourchon sur lui. Mais Mac avait besoin d'être au contact d'elle, peau contre peau, et il l'inclina vers lui jusqu'à ce que ses seins s'appuient sur son torse.

Il chercha les lèvres de Jane, scellant leur destin en un long et brûlant baiser qui n'en finissait pas. Leur deux langues se provoquèrent, se taquinèrent et jouèrent fiévreusement. Enfouies dans les doux cheveux blonds, les mains de Mac tiraient puis relâchaient les boucles soyeuses.

La sensation des seins de Jane sur sa poitrine, ses doux murmures, la passion enflammée qu'elle lui manifestait, c'en était presque trop pour lui, songea-t-il.

Enfin Jane s'écarta un peu de lui, la respiration aussi heurtée que la sienne.

— Je vous écrase la poitrine. Vous devez avoir mal, dit-elle.

Mac secoua la tête.

— Seulement si vous êtes loin de moi.

Incertaine, Jane se mordilla les lèvres mais quand elle reprit sa position première, Mac prit conscience que rien ne lui avait paru meilleur ni plus normal de toute sa vie.

Il lui donna encore un profond baiser avant de la soulever aisément par la taille et se redresser un peu pour taquiner le bout de son sein avec sa langue.

— Oh, Mac, gémit-elle, tandis qu'il prenait son

sein au creux de sa main et que sa langue, passant et repassant sur la pointe rosée, la faisait bourgeonner et durcir.

Elle poussa un gémissement de délice et il faillit se laisser aller.

— Il faut que je sois en toi, Jane, parvint-il à haleter, d'une voix que le désir rendait rauque.

Une fois encore, il faillit partir lorsque, avec son aide, elle se débarrassa de son pantalon en tortillant des hanches. Puis, lorsqu'ils furent tous deux nus :

— Tends la main vers la table de nuit, ma douce, murmura Mac. Il faut nous protéger.

Il y avait pas mal de temps qu'il n'avait pas eu besoin de protection et il pria pour qu'il en reste une ou deux.

Lorsque Jane revint se poser délicatement sur lui avec un préservatif, Mac poussa un silencieux soupir de soulagement et rapidement, le mit en place. Ensuite, les mains autour de sa taille, il la souleva avant de la faire redescendre vers lui. Puis d'un mouvement lent et délibéré qui les souda l'un à l'autre, il se glissa en elle.

En le recevant, Jane ferma les yeux et renversa la tête en arrière comme pour mieux savourer l'instant. De toute sa vie, Mac n'avait jamais rien vu d'aussi beau. Des sensations profondes et grisantes le submergèrent en contemplant cette femme sexy et mystérieuse qui se mouvait lentement sur lui. Guidée par son instinct naturel, elle venait à sa rencontre, accompagnant chacun de ses mouvements.

Parfaitement synchrones, ils bougeaient maintenant ensemble sur le même rythme. Des petits bruits s'échappèrent de la gorge de Jane quand Mac força peu à peu l'allure, sentant se profiler devant eux le moment de la délivrance.

Il se redressa un peu pour lui caresser les seins et ses pouces frottèrent les mamelons érigés jusqu'au moment où elle prononça son nom entre ses dents serrées. L'intensité de son expression redonna à Mac un nouvel élan de désir en la voyant chevaucher ainsi les vagues de leur passion. Il lui prit les mains et entrelaça ses doigts aux siens afin qu'ils soient liés l'un à l'autre de toutes les manières possibles.

Soudain, Jane frissonna. Ses gémissements et ses plaintes furent pour Mac l'ultime satisfaction, juste avant de s'enfouir plus profondément encore en elle dans un dernier coup de reins. Une violente jouissance les secoua alors en même temps.

Mac gisait hors d'haleine, Jane affalée sur lui. Ils se regardaient les yeux dans les yeux. Les secondes s'écoulaient et aucun d'eux ne parlait. Jane paraissait un peu interdite. Mac également. Finalement, le coin de ses lèvres se retroussa et il lui sourit, l'air assez content de lui. Puis il lui donna un baiser passionné.

— Cela valait le coup d'attendre, non ?

Jane se laissa glisser sur le côté et se pelotonna contre lui, les bras autour de son cou.

— Mmm, je ne crois pas avoir jamais... euh...

Mac souleva la tête pour la contempler.

— Jamais ?

Elle lui adressa un sourire contraint.

— Non, pas ça. Je veux dire que je ne pensais pas que cela pouvait être aussi exquis.

Il prit une profonde inspiration.

— Tu ne peux pas en être certaine.

— Oh, si, je le crois, Mac.

Sur ce point, il lui faisait confiance. Bien entendu, cela faisait en même temps du bien à son ego et, croyait-il, une femme ne pouvait que *savoir* ces choses-là. Mais il y avait tant de choses en Jane qu'ils ignoraient l'un comme l'autre. Il y avait tant de choses qu'il aurait voulu savoir et tellement qu'il *craignait* d'apprendre.

Bien sûr, la mémoire pouvait revenir à Jane à n'importe quel moment, mais il était trop tard pour barricader son cœur. Pour tout ce qui la concernait, il lui était devenu impossible de penser d'une façon rationnelle. Pas après cette nuit.

Pour une fois dans sa vie, Mac préféra se dire que le destin jouerait en sa faveur. En dehors de cela, il préférait ne plus penser. Il ne le voulait plus. Cette fois, il prenait un pari.

Jane en valait la peine.

L'amour à fleur de peau

Le bacon grésillait dans la poêle, les œufs cuisaient et Jane, toujours abasourdie, le corps encore plongé dans l'enchantement de sa nuit d'amour avec Mac, regardait par la fenêtre de la cuisine. Quand elle l'avait quitté quelques minutes plus tôt, sa respiration était forte et régulière. Elle avait été soulagée de voir qu'il se reposait, mais surtout, elle s'était sentie incapable de contenir l'amour qui l'inondait tout entière. Des émotions neuves et profondes faisaient chanter son sang dans ses veines et son cœur débordait de joie. Elle désirait savourer chaque sensation, la laisser s'infiltrer en elle et l'emporter tout entière, mais quand même, quelque chose en elle se retenait. Une part d'elle-même s'inquiétait de la réaction de Mac.

Il était resté sur la réserve, apparemment décidé à ne pas se laisser impliquer sur le plan affectif. C'était lui l'adulte responsable, lui seul qui affrontait les faits, car si Jane ignorait tout de son passé, cela ne signifiait pas qu'elle n'en avait pas un.

Elle pria pour que Mac ne s'éveille pas ce matin en lui disant qu'ils avaient fait une erreur la nuit dernière. Elle ne serait pas capable de supporter ce choc.

Juste au moment où cette pensée la mordait, Mac surgit derrière elle, lui enlaça la taille et la serra contre lui. Elle se renversa en arrière, la tête nichée au creux de son cou.

— Bonjour, dit-il en lui mordillant le lobe de l'oreille de ses lèvres chaudes et câlines.

— Oh, Mac, dit-elle d'une voix tranquille, savourant une fois encore le contact de ses bras autour d'elle. Quelle belle matinée, n'est-ce pas ?

— La meilleure, répondit-il d'une voix douce en laissant courir ses mains de haut en bas de sa poitrine en une caresse tendre et sensuelle.

La poêle à frire grésilla et l'odeur du bacon grillé emplit la pièce, rappelant à Jane le petit déjeuner qu'elle avait voulu offrir à Mac ce matin.

Elle se retourna entre ses bras pour le dévisager. Les plaques sombres virant au pourpre paraissaient plus graves à la lumière du jour, plus prononcées, mais ses yeux soutenaient les siens avec la même chaleur, la même tendresse. Jane leva la main pour suivre avec délicatesse les contours d'une contusion, juste au-dessus de la tempe de Mac.

— Comment te sens-tu ce matin ? demanda-t-elle.

— Sacrément bien, mon cœur.

— Vraiment ? Je me disais qu'après avoir été blessé hier soir, tu serais tout endolori au réveil. Comment va ta poitrine ? Puis-je faire quoi que ce soit pour...

Mac baissa la tête et l'embrassa, lui ôtant les mots de la bouche. Elle s'abandonna à ce baiser, si totalement que ses pensées devinrent trop peu cohérentes pour être formulées. Mac était un homme responsable et elle appréciait cela chez lui, surtout maintenant que sa bouche réclamait la sienne et que ses mains couraient sur elle, flattant son postérieur, éveillant en elle des pensées coquines.

— Tout ira très bien, dit Mac en mettant fin au baiser et en s'écartant d'elle.

Il soupira et se frotta la mâchoire.

— Tu m'as manqué au lit tout à l'heure.

— Je voulais préparer ton petit déjeuner. Tu as besoin de te nourrir, Mac. Surtout après ce qui s'est passé hier soir.

Il lui décocha un sourire en coin.

— J'ai l'impression d'avoir très bien tenu le coup. C'est toi qui n'as pas voulu une seconde…

— Mac !

Jane n'en revenait pas. Elle ne parvenait pas à croire qu'il puisse se montrer si ouvert et si franc à propos de leur étreinte. Elle n'avait pas voulu l'épuiser après la rixe à laquelle il avait été mêlé, avec au bout du compte des côtes froissées et des contusions partout. Elle avait eu du mal à se refuser à lui, en dépit de son violent désir, mais elle s'inquiétait trop pour son état physique.

— Je parlais de la bagarre.

Mac se mit à rire et se retourna pour fermer le robinet du réchaud.

— J'apprécie la pensée, mais il faudra que je fasse

l'impasse sur le petit déjeuner. Je suis en retard. Je dois aller écrire mon rapport.

Jane dissimula sa déception. Elle avait espéré qu'aujourd'hui, tout ne serait pas consacré au travail.

— D'accord.

— Et toi, tu vas... bien ? demanda-t-il. Je veux dire... pour ce qui s'est passé cette nuit ?

— C'était merveilleux, Mac.

— Oui.

De nouveau, il soupira.

— Tu vas à la librairie aujourd'hui ?

Elle hocha la tête.

— Pourrais-tu prendre ton après-midi ? demanda-t-il encore.

— Bien sûr. As-tu besoin de moi ? C'est en rapport avec mon affaire ?

Il secoua la tête.

— Non. Rien de tel. Je vais aller remplir mon rapport et ensuite, je prendrai un peu de temps pour moi. Il y a quelque chose... un endroit que je voudrais te montrer. Veux-tu venir avec moi ?

— Est-ce qu'on demande si le soleil brille ? Si Paris est la ville la plus romantique du monde ? J'adorerais, bien entendu.

— Super. Je passerai te chercher à la librairie. Oh, et habille-toi confortablement. Rien de fantaisiste et ne mets pas ces chaussures à talons. Là où nous irons, ils ne s'en remettraient pas.

— C'est à toi ? s'enquit Jane.

Son regard erra à travers le terrain qui entourait un magnifique ranch en pisé. A la sortie de la ville, Mac avait roulé pendant une vingtaine de kilomètres en direction du versant verdoyant de la mesa. On pouvait apercevoir Pike's Peak dans le lointain, et Mac lui avait désigné du doigt l'étonnante formation rocheuse appelée « le baiser des chameaux ».

— Je possède à peu près une vingtaine d'acres, dit-il.

Il y avait dans sa voix une évidente fierté qui n'échappa pas à Jane.

— Cet endroit était dans un état affreux quand je l'ai acheté. La maison tombait en ruines et le domaine était hypothéqué.

— Depuis combien de temps est-il à toi ? interrogea Jane, toujours abasourdie par cette nouvelle facette de la vie de Mac.

C'était un homme personnel, avec des pensées personnelles et le fait qu'il ait envie de les partager avec elle lui paraissait extraordinaire.

— Environ huit ans, répondit-il. Je viens travailler à la maison à mes moments perdus.

Huit ans ? songea Jane. Cela remontait à peu près à l'époque de son divorce. Elle se demanda s'il avait éprouvé le besoin d'avoir un endroit à lui, quelque chose à rebâtir, à faire sien, après l'échec de son mariage. Etait-ce pour lui une sorte de thérapie ?

— C'est ravissant, approuva-t-elle.

Il se mit à rire et l'entraîna.

— Attends pour le dire de voir quand elle sera finie.

Dès qu'elle eut mis un pied à l'intérieur, l'énorme bâtisse se transforma en un douillet refuge.

— J'ai encore pas mal de travail en perspective, mais...

— Mac, il n'y a pas de mais, répliqua Jane en inspectant la pièce.

Elle adorait cette atmosphère, avec la cheminée de pierre, les poutres de bois du plafond, un charmant coin pour s'asseoir et d'immenses baies vitrées donnant l'impression que la prairie entrait dans la maison.

— C'est formidable, conclut-elle en se retournant vers Mac.

Celui-ci poussa un profond soupir et lui sourit.

— Je suis content qu'elle te plaise.

— Comment pourrait-elle ne pas me plaire ?

— Pour certains, cela pourrait paraître trop... rustique, trop éloigné. Ce n'est qu'une maison rurale, tu sais.

— C'est bien plus que cela. Je l'adore. Quand trouves-tu le temps d'y venir ?

— Les week-ends où je ne travaille pas. Pendant les vacances. Eh puis, ce n'est pas si loin que je ne puisse pas y faire un saut le soir aussi. Parfois Duke et Daisy Mae se sentent un peu trop seuls.

Jane lui jeta un regard interrogateur.

— Mes chevaux. Vois-tu, Duke c'est le mien et j'ai acheté Daisy Mae pour Lizzie. De temps à autre, elle m'accompagne et nous faisons une balade ensemble. J'ai engagé Angie, la fille du voisin, pour les nourrir et les monter quand je ne peux pas venir. Elle s'y connaît en chevaux. J'espérais que tu aurais envie de faire un tour à cheval aujourd'hui. Tu sais monter ?

Incertaine, Jane réfléchit un instant.

— Je ne sais pas trop. Mais je suis prête à apprendre.

Mac sourit.

Submergée par l'émotion, Jane se rapprocha de lui.

— Je suis heureuse que tu m'aies amenée ici. C'est une adorable maison et je veux bien faire tout le tour du propriétaire.

Elle lui noua les bras autour du cou et l'attira vers elle jusqu'à ce qu'il soit à son niveau. Alors qu'il s'attendait à un baiser, elle le surprit en lui soufflant tout près des lèvres :

— Un tour qui se terminera dans ta chambre, Mac. Crois-tu que les chevaux nous en voudront de les faire attendre ?

Mac l'attira plus près de lui et elle sentit son corps déjà dur et tendu se fondre dans le sien. Il lui prit les lèvres en un long baiser passionné qui lui coupa le souffle.

— On leur donnera un supplément d'avoine, dit-il.

Cette fois, ce fut Mac qui la déshabilla en prenant tout son temps avec délice. Il lui ôta ses vêtements, pièce après pièce, avec des gestes calculés qui inondèrent le corps de Jane d'une frémissante moiteur. Il la toucha, la caressa, l'embrassa avec une lenteur délibérée qui lui donna envie de hurler.

— Sois patiente avec moi, dit-il, debout à côté du lit à colonnes en cèdre massif. Je veux tout connaître de toi.

Jane se tenait devant lui, observant le soleil qui projetait sur lui sa lumière et ses ombres, soulignant la ligne énergique de sa mâchoire, l'intensité de ses yeux noirs. Et, lorsqu'elle fut complètement dépouillée de ses vêtements, elle tendit la main vers lui pour déboutonner sa chemise.

— Non. Non, pas encore, murmura-t-il.

Il la prit par les épaules pour la faire pivoter et la maintenir contre lui, les fesses contre son bas-ventre, le dos appuyé à son torse. D'une main, il lui repoussa les cheveux sur le côté et lui câlina le cou, en y égrenant des petits baisers, pendant que l'autre main plaquée sur sa hanche la maintenait fermement en place.

L'amour à fleur de peau

— Détends-toi, Jane, dit-il d'une voix basse et rauque.

Pour Jane, dont le cœur battait la chamade, c'était mission impossible. Sa peau si douce se pressait contre le jean rugueux sous lequel elle sentait la forme dure et tendue du sexe de Mac. Elle aspira une profonde bouffée d'air et son odeur grisante et musquée l'enveloppa.

— Mac, murmura-t-elle, incapable de prononcer d'autres mots.

Mais les mots n'étaient plus nécessaires. Les mains de Mac remontèrent sur ses seins qui frémissaient dans l'attente d'être touchés. Il la caressa doucement, presque avec révérence, et lui dit dans un souffle :

— Tu es parfaite, mon cœur.

Les jambes de Jane flanchèrent et au contact des mains de son amant, une faiblesse la prit. Elle s'appuya contre lui et se cambra. Avec un grognement, Mac resserra son étreinte sur elle et caressa sa peau avec une ferveur accrue.

Il vagabondait sur son corps maintenant, jouant de ses mains, la jaugeant, explorant du bout des doigts chaque centimètre d'elle. Une paume plaquée sur son ventre, il laissa l'autre filer plus bas et Jane aussitôt sentit un feu la brûler entre les cuisses. Une vive chaleur se répandit en elle et, lorsque Mac trouva enfin le point qu'il cherchait et plaqua sa paume dessus, elle poussa un gémissement de délivrance.

Mac lui baisa encore le cou, lui mouillant la

peau avec sa langue sans cesser de la caresser. Instinctivement, le corps de Jane se mit à bouger et tous deux se mirent à vaciller de concert pendant que Mac poursuivait sa troublante exploration. Le rythme de ses caresses fit courir comme des étincelles dans le corps de Jane. Sentant venir sa jouissance, Jane céda, s'abandonna. Sans plus penser à rien, sans honte, elle se mit à bouger. Derrière elle, Mac l'encourageait avec des mots sexy qu'elle ressentait plus qu'elle ne les percevait.

L'orgasme explosa en elle, faisant tout voler en éclats, insufflant à chaque sensation une vie plus éclatante, plus intense. Mais si son plaisir atteignit des cimes, l'amour qu'elle ressentait pour Mac se fraya un chemin encore plus loin au fond de son cœur.

Enfin, elle s'effondra contre lui, et il la soutint pendant qu'elle reprenait lentement ses esprits.

Au dehors, les arbres bruissaient, les oiseaux gazouillaient, mais au fond d'elle-même, Jane n'entendait que les battements fous de son cœur.

Mac attendit patiemment, sans mot dire, comme s'il devinait qu'elle avait besoin de cet instant. Et, lorsqu'elle fut prête, elle se tourna vers lui.

Le regard brun de Mac, presque noir à présent, se posa sur elle, acéré.

— Je te veux en moi. Maintenant, murmura Jane, avec les mots exacts qu'il avait employés avec elle le soir précédent.

L'amour à fleur de peau

Mac sourit et plongea la main dans sa poche. Il en sortit une poignée de préservatifs qu'il lança sur la table de nuit. Jane y jeta un coup d'œil et sourit à son tour.

Elle s'étendit sur le lit et attendit. Mac se déshabilla devant elle. Son corps luisant était plus que prêt. Il se coucha à côté d'elle.

— Je veux tout savoir de toi, dit Jane hardiment, la main tendue vers lui.

Lorsque ses doigts l'encerclèrent, Mac murmura :

— J'ai toujours apprécié qu'une femme ait soif de connaissance.

— Vraiment ?

La voix de Jane était rauque. Sans pitié, ses mains caressaient la peau satinée.

— Alors, détends-toi et profite bien de la balade, Mac. Parce que j'ai un tas de choses à apprendre.

- 9 -

Jane caressa la crinière de Daisy Mae, sentant sous ses paumes les rudes crins.

— Oh là, Daisy Mae. Tu es très jolie, tu sais.

Pour toute réponse, la jument fourra son mufle au creux de sa paume. Elle paraissait heureuse de sortir de l'écurie et de respirer l'air frais de cette fin d'après-midi.

— Attention, prévint Mac. Elle a bon caractère mais elle ne te connaît pas encore.

Jane sourit.

— Je crois que nous allons être bonnes amies.

Mac la fixa un instant avant de hocher la tête.

— C'est une demi-alezane. On les utilisait comme chevaux de trait autrefois dans l'Ouest, mais désormais, elle a une bonne vie.

Jane considéra le cheval noir comme l'encre à côté de Mac, lui donnant de temps à autre un petit coup de museau pour capter son attention.

— Et Duke ?

— Duke est un hongre, c'est un super cheval.

L'amour à fleur de peau

Mac caressa l'encolure du cheval avec tendresse, d'un geste qui ressemblait beaucoup à ceux avec lesquels il lui avait fait l'amour, à peine une heure auparavant. En dépit de ses manières bourrues, Jane ne parvenait pas à effacer de son esprit le côté doux du shérif Mac Riggs. Il était dur comme l'acier quand il le fallait, mais Jane avait connu sa part de tendresse et ces deux facettes la fascinaient.

— Tu veux essayer ? proposa Mac.

Il montrait les deux selles posées dans le paddock.

— D'accord. Aussi longtemps que nous irons lentement.

Hochant la tête il lui adressa un de ses sourires irrésistibles.

— Je crois que je peux faire ça.

Une onde de chaleur empourpra le cou de Jane. Elle se rappelait très bien ce qu'il entendait par là. Et si bien, même, que le souffle lui manqua en se remémorant à quel point Mac pouvait se contrôler, se retenir, juste pour s'assurer de son plaisir à elle.

— Alors, d'accord, dit-elle.

Mac sella les deux chevaux en lui donnant quelques ordres brefs.

— Monte par la gauche, tiens les rênes assez lâches mais assez tendues pour faire comprendre à Daisy que tu maîtrises.

Sa main courut le long de la cuisse de Jane et à

ce simple contact, le cœur de la jeune femme battit la chamade.

— Utilise cette partie de ton corps pour t'appuyer sur elle et lui faire comprendre où tu veux aller. Les chevaux comprennent le langage du corps. Ne compte pas seulement sur les rênes.

Jane hocha la tête et fouilla le regard sombre.

— D'accord. J'ai compris, je crois.

Mac l'aida à monter en selle, lui tendit les rênes et leva les yeux vers elle.

— Ne laisse pas Daisy deviner que tu es inquiète. Chevauche avec confiance. Je suis derrière toi. Je ne laisserai pas quelque chose t'arriver.

Jane relâcha l'air retenu dans ses poumons. C'était, pour autant qu'elle le sache, la première fois qu'elle montait un cheval.

— Je te fais confiance, Mac.

Il haussa les sourcils et quelque chose de puissant se mit à luire au fond de ses yeux.

— D'accord. On y va.

Mac sauta en selle sur Duke et Jane l'imagina en shérif du vieil Ouest, prêt à mener sa troupe pour capturer un bandit. Cette pensée la fit rire sous cape, mais Mac s'en aperçut.

— Quoi ? interrogea-t-il.

Jane secoua la tête.

— Oh, rien. C'est seulement que tu as tellement l'air d'être chez toi, Mac. Cet endroit te convient tout à fait.

L'amour à fleur de peau

Il se pencha pour lui donner un rapide baiser. La chaleur familière de ses lèvres lui fit de nouveau battre le cœur.

— Allons-y, dit-il.

Il prit la tête et Daisy parut suivre Duke sans aucune aide de Jane. Avant peu, celle-ci oublia qu'elle était à cheval, profitant plutôt du paysage et des commentaires de Mac sur la terre et l'histoire des lieux. Quand le soleil commença à descendre derrière la chaîne de montagnes, ils avaient parcouru tout le périmètre du domaine.

Avant la tombée du crépuscule, Mac avait ramené tout son monde au ranch et Jane insista pour l'aider à faire la litière des chevaux pour la nuit. Puis elle étrilla, lava et pansa Daisy, ce que la jument supporta sans broncher.

— Je suis très impressionné, remarqua Mac lorsqu'ils regagnèrent l'intérieur de la maison. Lizzie déteste ce que tu viens de faire.

Il se plaça derrière elle et la serra contre lui.

— Tu es très sale, Jane. Je pense que tu as besoin d'une douche.

— Tu n'es pas mieux, Mac.

Elle renifla l'air autour d'elle.

— Est-ce l'odeur du fumier que je sens sur toi ?

— Il n'y a qu'une douche, l'informa Mac, l'œil pétillant.

— C'est tout ce dont nous avons besoin.

Ils s'étaient déjà débarrassés de leurs vêtements en

arrivant dans la salle de bains. Mac entra le premier pour régler la température de l'eau.

— Tu peux venir sans risque.

Jane le rejoignit. Le corps musclé de Mac occupait déjà tout l'espace.

— Ce n'est pas exactement ce que je dirais, observa-t-elle.

Elle avala sa salive, l'œil fixé sur lui tandis que l'eau ruisselait sur son corps.

Sans répondre, Mac commença à la savonner. Ses mains habiles montèrent et descendirent le long de son corps. Ses paumes étaient douces sur la peau de Jane, et en même temps un peu rugueuses. Elles touchaient chaque centimètre d'elle comme pour la posséder toute, éveillant en elle un terrible désir.

Par moments, elle retenait son souffle, à d'autres elle poussait un soupir de pure félicité. Mac lui massa le bas du dos avec soin, faisant glisser encore et encore le savon sur ses fesses. Ensuite, il la retourna vers lui pour s'occuper du haut de son corps. Ses mains lui effleurèrent les seins, et ces brefs attouchements suffirent à lui arracher de légers cris. Il descendit pour lui savonner le ventre et s'aventura plus bas encore, entre ses cuisses. De temps à autre, il l'embrassait, parfois sur les lèvres et parfois sur l'endroit de sa chair dont il s'occupait. La vapeur d'eau embuait les panneaux vitrés, comme si, songea Jane, elle les enfermait dans un nuage de passion.

L'amour à fleur de peau

Enfin, lorsque Mac en eut terminé, il lui brandit le savon sous le nez. C'était son tour, affirma-t-il.

Jane s'empara du savon qu'elle fit mousser sur le torse imposant. Ses mains étalèrent les minuscules bulles dont elle l'enduisit généreusement. Elles montèrent et descendirent, et ses doigts s'enfoncèrent dans sa toison, lui tirant un gémissement de plaisir.

Aucun d'eux ne pouvait ignorer l'énorme érection de Mac, dressée comme une barrière contre le corps de Jane, mais elle poursuivit sa tâche, lui rendant tout le bien qu'il lui avait fait. Elle savonna les cuisses massives et se baissa pour s'occuper de ses chevilles. Lorsqu'elle remonta et fit glisser ses mains savonneuses sur le sexe raidi de Mac, il poussa un profond grognement.

Mais elle n'en n'avait pas encore fini avec lui. Elle le retourna et massa ses larges épaules, fit descendre le savon le long du dos. Son odeur citronnée envahit la pièce tandis qu'elle continuait, descendait plus bas pour caresser les courbes de ses fesses. Alors il retint brusquement son souffle et sans lui donner le temps de terminer, il se retourna vers elle en secouant la tête.

— Je ne peux pas en supporter davantage, mon cœur.

Mac réclama ses lèvres, explora sa bouche avec sa langue. De baisers affamés en nouvelles caresses et autres exigences, l'instant arriva où il poussa Jane contre le mur carrelé de la douche. A l'écart du rideau de vapeur, il la souleva et, d'un seul et vigoureux élan, la pénétra.

— Oh, Mac ! cria-t-elle, accrochée à ses épaules, les jambes enroulées autour de lui.

— Oui, bébé, c'est ça, murmura-t-il d'une voix éraillée.

Il mit ses mains derrière elle pour l'encourager et ensemble, tous deux chevauchèrent la vague de leur passion.

Les yeux clos, le cœur battant furieusement, Jane s'étourdit des sensations mêlées et grisantes de leurs corps lisses, de la chaleur et de la vapeur. Elle allait au-devant des coups de reins de Mac, oubliant tout le reste, jusqu'au moment où une pensée obsédante, malvenue, la frappa. Elle s'immobilisa et ouvrit les yeux.

— Mac, attends !

Il s'arrêta aussi, les yeux assombris par le désir.

— Qu'est-ce qui ne va pas ?

— Nous n'avons pas de préservatif, haleta-t-elle.

Mac se figea un instant, plongé dans ses pensées avant de hausser les épaules.

— Ça ne fait rien.

C'était clair. Il ne faisait pas allusion à une question de santé mais à la possibilité de concevoir un enfant. Et il n'avait pas l'air de considérer cela comme un problème. Ces quelques mots suffirent à convaincre Jane qu'ils étaient allés bien au-delà d'une simple aventure d'été. Inondée de bonheur, elle jeta au vent toutes ses hésitations. Quoique son ancienne vie ait eu à lui offrir, songea-t-elle, Mac faisait partie de sa nouvelle existence. Mais si elle était sûre de ses propres sentiments, elle ne voulait pas le piéger.

— Tu es sûr ? interrogea-t-elle.

Mac secoua la tête.

— Sûr et certain, et je veux que tu le saches. Mais tu as raison. Tu ne peux pas te permettre de t'engager dans quelque chose qui pourrait avoir plus d'importance que nous deux. Tu as une autre vie quelque part ailleurs, Jane. Et c'est mon devoir de te protéger, fit-il en l'abandonnant à regret.

Jane l'attira plus près et lui donna un long baiser brûlant.

— Merci, Mac.

Un instant plus tard, ils gagnèrent la chambre, et leurs corps se rejoignirent une fois de plus pour en finir avec ce qu'ils avaient commencé. Pourtant, la brûlante exigence de leur désir s'était soudain transformée et leurs caresses étaient maintenant emplies de respect et d'une douce satisfaction.

Mac s'éveilla tôt le matin, Jane entre ses bras. Il était enroulé autour d'elle et la sensation qu'il avait de leur accord était quelque chose qu'il ne pourrait jamais oublier. L'odeur de la douche s'attardait encore sur Jane et la lumière du soleil qui se déversait dans la chambre touchait d'une lumière dorée le miel de ses cheveux. Mac resserra son étreinte. Ils avaient passé toute la nuit au ranch et son cœur se gonflait de joie au souvenir d'avoir dormi avec elle et de s'être éveillé au doux bruit de sa respiration. Hormis Lizzie, il n'avait jamais amené aucune autre femme ici, dans son refuge, sa maison à l'écart de sa maison.

Il sourit en se remémorant Jane à cheval, accrochée comme pour sauver sa vie et plus tard, sa tentative pour panser Daisy Mae. Elle s'était montrée heureuse d'apprendre, impatiente de participer. Mac n'avait pas rencontré beaucoup de femmes comme Jane, la mystérieuse dame au passé inconnu.

Il poussa un profond soupir. Jane se retourna entre ses bras et ouvrit ses beaux yeux lavande.

— Bonjour.
— Bonjour.

Mac embrassa les fossettes aux coins de sa bouche.

— Je travaille aujourd'hui, chérie. Il faut que j'y aille.

— Mmm...

— Je vais voir ce que je peux trouver pour le petit déjeuner. Il doit y avoir des céréales et du lait en poudre dans le buffet.

— Je n'ai pas faim, Mac.

— Moi non plus.

Il se retourna sur le dos, les yeux levés vers le

plafond. Un autre soupir qu'il ne put contenir lui échappa. Il avait quelque chose à dire à Jane. Quelque chose qu'il aurait dû lui dire la veille.

— Qu'est-ce qui ne va pas ? demanda-t-elle en lui caressant le bras.

Il se tourna pour la regarder et découvrit dans ses yeux une ombre d'inquiétude.

— Nous avons exagéré, hier ? C'est ta poitrine ?

Elle lui caressa tendrement le torse. Mac posa la main sur la sienne, entrelaçant leurs doigts.

— Non. Je me sens mieux, juste un peu contusionné.

— Alors qu'y a-t-il ? questionna-t-elle de nouveau, avec inquiétude.

— Quand je suis allé au poste hier pour rédiger mon rapport, nous avions reçu certaines nouvelles te concernant. Il semble que les recherches aient permis de découvrir huit cordonniers susceptibles de dessiner des bottes comme les tiennes. Je vais prendre quelques jours pour établir une liste de leurs clients. Les bottes sont des modèles haut de gamme, comme tu le sais, et leur prix peut aller de deux à trois mille dollars la paire.

Jane s'assit sur le lit et se pencha, le drap serré contre sa poitrine nue. Elle était si belle là, avec ses yeux emplis d'espoir, que Mac ne put détourner le regard. Pourtant, il souffrait pour elle d'une manière qu'il n'avait jamais connue auparavant. L'homme de loi en lui savait qu'il était de son devoir de découvrir qui elle était et la rendre à la vie qu'elle avait autrefois menée, celle qu'elle avait connue avant d'être découverte dans le Deerlick Canyon. Mais Mac maudissait également cette nouvelle. Il en était arrivé au point de craindre le jour où Jane apprendrait qui elle était vraiment.

— Est-ce que tu veux dire que je pourrai bientôt découvrir qui je suis ? Que l'un des noms sur ces listes pourrait être le mien ?

Mac hocha la tête, surveillant la réaction de Jane. Elle lui sourit et reposa lentement sa tête sur l'oreiller. L'attente faisait briller ses yeux.

— Je me demande quel est mon véritable nom. Où j'habite… Oh, il y a tellement de points sur lesquels je me pose des questions !

Elle lui prit la main et la serra.

— Tu imagines, Mac ? Dans quelques jours, je vais savoir qui je suis.

— Peut-être. Je ne veux pas te donner trop d'espoir non plus. Pas encore. Pas jusqu'à ce que j'aie quelque chose de plus concret. C'est la raison pour laquelle je ne t'en avais pas encore parlé. Mais maintenant… eh bien, je pense que toi et moi devons regarder tous les faits en face.

Jane repoussa les draps et s'agenouilla, nue comme aux premiers jours du monde et belle comme une apparition.

— Quels faits ?

Mac garda le silence. Il se sentait déchiré entre ce qui était bien pour Jane et la douleur qui le harcelait aux tréfonds de lui-même et lui soufflait que bientôt elle s'en irait.

Le regard de Jane chercha le sien et il fut incapable de lui dissimuler son indécision et son chagrin.

— Cela ne changera rien entre nous, Mac. Ça ne se peut pas, réagit-elle aussitôt.

Mac rejeta les couvertures et sortit du lit.

— Mais si, *tout* va changer, Jane. Nous ne pouvons pas prétendre le contraire.

Il ramassa ses vêtements et commença à s'habiller.

— Je ne prétendais… rien, dit-elle, sincère, avant de prendre ses vêtements et de commencer à s'habiller elle aussi.

Mac attendit qu'elle ait enfilé son pantalon et son chemisier.

— Moi non plus, répliqua-t-il. Contentons-nous d'attendre et de voir ce qui se passera.

Il l'entoura de ses bras pour la rassurer, mais il éprouvait des doutes. D'abord, il s'était conduit comme un idiot en ayant une liaison avec Jane. Il avait pourtant essayé de ne pas le faire. Essayé d'ignorer chacun des adorables aspects de sa personne, l'allure de ce corps si sexy et ces grands yeux lavande. Mais dès le premier jour, il avait perdu la partie. Et maintenant, ils allaient tous deux devoir en payer le prix. La faire souffrir était pourtant la dernière chose qu'il souhaitait.

Jane posa la tête sur son épaule et il la serra tout contre lui. Leurs corps se communiquaient une sorte d'intimité, de familiarité que Mac n'avait connue qu'une fois dans sa vie, avec sa femme. Mais ce n'était rien à côté de ce que cela représentait d'avoir Jane entre ses bras, de la certitude qu'elle était là où elle devait être. Le désir s'empara de lui encore une fois, mais il le brida. Pour l'instant, la tenir ainsi représentait à ses yeux plus que n'importe quoi d'autre.

— Je n'aurais jamais imaginé qu'apprendre mon identité pourrait me faire souffrir, remarqua-t-elle.

— Ce ne sera pas le cas, Jane. Je te le promets. Tu seras heureuse lorsque, enfin, tu découvriras tout de toi.

Elle releva le menton et il sentit son regard se poser sur lui.

— Vraiment ?

Il hocha la tête.

— Oui, bien sûr.

— Et toi ?

— Moi ?

Il regarda ailleurs, ignorant son regard scrutateur. Il ne voulait pas qu'elle voie son visage au moment où il lui disait le plus gros mensonge de sa vie.

— J'en serai heureux aussi, Jane. C'est pour cela

que nous avons tant travaillé. Mais nous avons encore du pain sur la planche. Tu es prête ?

Jane regarda autour d'elle. Il y avait de la tristesse dans ses yeux.

— Oui, je suis prête. Rentrons chez nous.

Pendant tout le trajet de retour vers Winchester, ces mots résonnèrent dans la tête de Mac. Il n'avait rien vu venir, il ignorait comment et quand c'était arrivé, mais il considérait qu'il était chez lui, avec Jane.

— Qu'est-ce que tu veux dire ? Tu déménages ? lança Mac à Lizzie à travers le salon.

— C'est exactement ce que j'ai dit, Mac. J'ai trouvé un logement et je déménage. Il est grand temps, frérot. Cela ne signifie pas que je ne t'aime pas ou que je n'apprécie pas que tu aies pris soin de moi pendant toutes ces années. Mais je ne suis plus une gamine.

Debout dans l'embrasure de la porte, figée, Jane observait la scène. Elle savait que les choses changeraient entre elle et Mac au retour de Lizzie ce matin, mais elle n'avait pas prévu ce retournement des événements. Elle ne voulait pas intervenir. Ce n'était pas de son ressort d'écouter leur échange mais Lizzie lui avait demandé d'être présente pour, le cas échéant, servir de tampon quand elle apprendrait la nouvelle à Mac. Jane n'avait pu refuser. Ces deux

L'amour à fleur de peau

êtres avaient tant fait pour elle. D'autre part, elle désirait venir en aide à Lizzie et la voir heureuse.

— Je le sais bien que tu n'es plus une gamine ! Ce n'est pas ce que je veux dire.

— Moi je parle de gagner mon indépendance et de t'accorder un peu d'espace aussi, Mac.

Le geste de son frère balaya l'air.

— La maison est bien assez grande. J'ai toute la place dont j'ai besoin.

— Alors c'est peut-être moi qui n'ai pas toute la place dont j'ai besoin, dit Lizzie d'une voix calme, en lançant un coup d'œil à Jane.

Celle-ci lui fit un signe d'encouragement. Mac était un homme redoutable et on n'avait guère envie de le contrarier, mais Lizzie avait des droits elle aussi, et Jane ne voulait pas lui refuser son soutien.

— J'ai trouvé un logement à quelques kilomètres d'ici, reprit Lizzie. C'est génial, je t'assure. Et j'ai un tas de projets pour le meubler.

Mac la regarda fixement avant de tourner les yeux vers Jane. Il se mit à marcher de long en large dans la pièce, l'air furieux, secouant sans cesse la tête.

Jane détesta assister à cette confrontation. Ces derniers jours avec Mac avaient été merveilleux. De retour du ranch, ils s'étaient installés dans le train-train quotidien comme n'importe quel autre couple heureux. Mac partait travailler et Jane passait une partie de son temps à faire du bénévolat à la librairie. Elle revenait ensuite à la maison pour préparer le dîner, après quoi ils passaient une soirée tranquille, assis dehors à parler de choses et d'autres avant d'aller se coucher. Mais rien n'était banal lorsqu'ils faisaient l'amour. C'était parfois chaud et passionné, parfois tout en douceur et nonchalance.

Le seul point noir au cours de ces journées avait été d'apprendre que l'identité de Jane restait un mystère. Les enquêteurs, y compris Mac lui-même, avaient localisé et retrouvé toutes les femmes portant des bottes fabriquées par les huit cordonniers de la liste. Tout avait été vérifié. Ce soir-là, Mac était revenu à la maison avec une douzaine de roses rouges pour annoncer la nouvelle à Jane en douceur. Elle en avait été amèrement déçue, ses espoirs s'étaient envolés en fumée, mais Mac s'était montré si délicat et si tendre, il l'avait prise dans ses bras et lui avait fait l'amour toute la nuit, qu'elle s'était réveillée au matin avec un renouveau d'espérance. Et cela n'avait rien à voir avec son identité.

Un juron prononcé par Mac la ramena à la réalité.

— Peut-être que Jane parviendra à te faire entendre raison, dit-il d'un ton dégoûté à sa sœur.

Jane alla vers lui.

— Peut-être devrais-tu *parler* à Lizzie, Mac. Tu n'as fait que crier depuis qu'elle t'a fait part de ses projets. Assieds-toi et écoute-la.

Elle se tourna vers Lizzie.

L'amour à fleur de peau

— Vous deux devriez vous écouter mutuellement.

Mac ouvrit la bouche pour faire un commentaire, mais un coup frappé à la porte l'en empêcha. Il ouvrit d'un geste brusque. L'adjoint Lyle Brody se tenait sur le seuil.

— Bonjour, shérif.

L'air sévère, Mac grommela :

— Brody. Qu'est-ce qu'il se passe ? Bon sang, nous sommes dimanche ! Il y a un problème au poste ?

Très droit, Lyle jeta un coup d'œil à l'intérieur de la maison et croisa le regard de Lizzie. Il sourit et Mac, tournant la tête vers sa sœur, s'aperçut qu'elle lui retournait son sourire. Jane vint se placer à côté d'elle.

— En fait, patron, j'étais venu voir Lizzie, dit Lyle.

— Ce n'est pas le bon...

Lizzie se précipita et vint se placer à côté de l'adjoint.

— Bonjour, Lyle.

— Lizzie, c'est bon de te voir, répondit-il. Aurais-tu un peu de temps pour faire un tour avec moi ?

Lizzie tourna le dos à Mac.

— J'adorerais.

Mac se tourna vers Jane. Un flot d'émotion ravageait son visage. Il claqua la porte dans le dos des deux autres qui descendaient déjà la rue.

— Que diable se passe-t-il ici ? lança-t-il.

Jane le prit par la main et l'entraîna vers le sofa.

— Assieds-toi.

Il lui jeta un regard méfiant mais Jane savait à quoi s'en tenir. Elle savait que cette façade bourrue n'était qu'une couverture dissimulant un homme plus vulnérable. Du reste, cette vulnérabilité cachée était une des raisons pour lesquelles elle l'aimait autant. Elle se dressa sur la pointe des pieds pour l'embrasser sur la bouche et le poussa du bout du doigt.

— Assieds-toi.

S'il n'avait pas voulu s'asseoir, cette poussée n'aurait pu l'y inciter, mais il obtempéra. Jane s'installa sur ses genoux.

— Les choses sont en train de changer, Mac. Et c'est très bien comme ça.

— Ce n'est pas bien.

— Lizzie ne veut pas te blesser. Ne lui rends pas les choses plus difficiles. Elle t'adore, Mac. Mais il est temps de la laisser partir.

— Oh, je t'en prie, Jane, ne me fais pas le coup de « si tu l'aimes, tu dois la laisser partir ».

Le léger rire de Jane rompit la tension.

— Tu me connais si bien, Mac !

Il ne broncha pas. Son expression était toujours sombre.

— Qu'est-ce qu'elle fait avec lui, de toute manière ?

— Lyle ? Elle a de l'affection pour lui. Beaucoup

même. Et, à l'évidence, ce sentiment semble partagé. Elle désire seulement ta bénédiction. Et je dois le dire, de nos jours, c'est quelque chose d'assez extraordinaire.

Mac ferma les yeux et poussa un profond soupir.

— Il n'est pas ce qu'il faut à Lizzie.

— Mac, écoute-moi. Je crois avoir compris pourquoi tu t'opposes tellement à leur histoire.

Mac releva le menton pour l'écouter, mais son expression était circonspecte. Jane comprit qu'elle devait avancer à pas de loup. Mac était un homme fier. Il n'appréciait pas qu'on puisse analyser ses motivations.

— Je t'écoute, dit-il.

— Toute ta vie, tu as eu le contrôle des choses. Tu as pris soin de Lizzie lorsqu'elle était plus jeune, et tu as été pour elle à la fois un frère et un père. Tu as travaillé dur dans ton métier, et tu es devenu un shérif extrêmement respecté. Tu es beau et fort et parfait sur tous les plans.

— Je ne me vois pas comme cela, Jane.

— Moi, si.

Les lèvres de son compagnon esquissèrent un sourire réticent, mais c'était quand même bien un sourire.

— Vraiment ?

Jane hocha la tête.

— Oui.

— Est-ce que tu essayes de me mettre dans ton lit, bébé ? Parce que pour moi, c'est d'accord.

Jane ne put s'empêcher de rire.

— J'en suis heureuse, mais revenons à notre sujet. A mon avis, rencontrer Lyle au bureau est une chose, seulement, tu ne supportes pas de le voir ailleurs. Tu refuses que Lizzie ait une relation avec lui, parce que Mac, chaque fois que tu le vois, cela te rappelle le seul échec de ta vie. Je ne veux pas dire que ton divorce a été une erreur. Je ne le pense pas, mais Lyle Brody te remet à la mémoire quelque chose que tu ne parviens pas à accepter. Quelque chose que tu n'as pas pu contrôler. Sur un plan personnel, tu n'as rien contre lui. En fait, je crois même que tu l'aimes bien. C'est ce qu'il représente qui te gêne.

Mac restait assis, digérant son petit discours, le regard perdu au loin.

— Est-ce que je brûle ? demanda Jane.

Il la souleva doucement de ses genoux et la déposa sur le sofa avant de se lever et de la dévisager. Mains sur les hanches, il la regarda au fond des yeux, l'air pensif.

— Je ne sais pas, Jane. Il faut que j'y réfléchisse.

Jane se leva à son tour et lui fit face. Son sourire encourageant suffit à Mac pour l'instant. Il ne parvenait pas à se rappeler un moment de sa vie où il avait été plus heureux. Jane lui noua les bras autour du cou. Son visage reflétait l'ouverture et la franchise.

— Je pensais tout ce que je t'ai dit sur toi, Mac. Tu es un homme extraordinaire.

Mac fut soudain confronté à la réalité des faits. Il était fou de Jane. C'était *elle* qui était extraordinaire, songea-t-il. Elle, cette femme qui avait rempli sa vie et lui avait apporté une qualité de bonheur inconnue de lui jusqu'à présent. Il était temps pour lui d'admettre ses propres émotions. Il était temps d'avouer à Jane ce qu'il avait au fond du cœur.

— Jane, je…

Un coup énergique frappé à la porte interrompit sa confession. Il poussa un gros soupir.

— Lizzie a dû s'enfermer à l'extérieur, dit-il, refoulant sa contrariété.

Sa sœur arrivait au mauvais moment mais il n'était pas en colère contre elle. Il ne lui en voulait plus. Grâce à Jane, il décida d'accorder à Lizzie un peu de répit.

— Ce ne serait peut-être pas une mauvaise chose qu'elle déménage, dit-il en se dirigeant à grandes enjambées vers la porte. Au moins, cet endroit serait un peu plus tranquille.

— Je vais dans la cuisine faire un peu de café, lança Jane avec un grand sourire.

Mac comprit qu'elle voulait lui donner l'occasion de parler seul à seule avec sa sœur.

Il ouvrit la porte. A sa surprise, ce ne fut pas

Lizzie qu'il aperçut sur le seuil, mais un homme impeccablement vêtu, avec des cheveux d'un noir de jais, qui le regarda droit dans les yeux.

— Shérif Riggs ?

Envahi par un sentiment d'appréhension, Mac hocha la tête.

— Je suis ici pour Bridget Elliott, dit l'homme.

- 10 -

Mac déglutit péniblement. En un instant, il jaugea l'inconnu et son instinct l'avertit que le moment était venu. L'homme avait l'air sûr de lui. Son aspect raffiné et sa manière de braquer sur Mac un regard direct firent comprendre au policier que le mystère entourant Jane allait bientôt être éclairci. D'un geste plein d'aisance, l'inconnu exhiba une photo. Le cœur serré, Mac y jeta un rapide coup d'œil. Jane souriait à l'objectif, le bras de cet homme autour des épaules.

— Reconnaissez-vous la femme de cette photo ? Est-ce celle qui habite ici ? demanda l'inconnu.

Sortant brusquement de son état de stupeur, Mac prit conscience que c'était à lui de poser des questions.

— Avant de vous répondre, dit-il, permettez-moi de vous demander comment vous êtes arrivé jusque chez moi. Et d'abord, qui êtes-vous ?

L'homme lui décocha un regard d'incompréhension.

— Je recherche Bridget depuis dix jours, shérif. Mes contacts m'ont permis de suivre sa trace jusqu'ici.

Mac ne put pas ignorer la note de douceur dans la voix de l'homme à l'énoncé du nom de Bridget.

Bridget ?

Jane s'appelait en réalité Bridget ?

— Quel genre de contacts ? demanda-t-il. Et qui êtes-vous ?

— Mes contacts ne vous regardent pas. Tout ce qui compte, c'est de trouver Bridget.

— Je ne sais toujours pas qui vous êtes, répéta Mac d'un ton ferme.

— Je m'appelle Bryan. Je suis le…

— Mac ? Le café est prêt, appela Jane.

Au son de sa voix, Mac put mesurer la réaction de l'homme. Ses yeux s'agrandirent et il tenta de glisser un coup d'œil à l'intérieur de la maison.

— C'est sa voix, déclara-t-il. Vous permettez ?

Il fit un pas en avant, décidé à entrer.

Mac voulut bloquer le passage. Il voulait renvoyer l'homme d'où il venait. Il ignorait tout de lui, sauf qu'il *savait*. La vérité. Cet homme était venu pour ramener Jane chez elle.

Un douleur accablante le ravagea soudain. Tout son être souffrait à l'idée que Jane était désormais perdue pour lui. Cet homme, ce Bryan, était venu la réclamer. Un bref coup d'œil sur sa main gauche lui apprit qu'il n'était pas marié. Mais cela ne signifiait pas qu'ils n'avaient pas un lien sérieux.

L'amour à fleur de peau

Peut-être étaient-ils fiancés ? Toutes les craintes et les appréhensions premières de Mac se bousculaient dans sa tête maintenant. Plus une autre émotion qu'il détestait devoir admettre et qui le déchira. La jalousie. Si profonde, si brutale qu'il en fut secoué jusqu'au fond de l'âme.

Il s'obligea à s'effacer pour laisser passer l'homme. Tous deux pénétrèrent ensemble dans la maison.

— Le café est chaud, Mac, dit Jane, sortant de la cuisine, une tasse fumante à la main.

Elle lui lança un coup d'œil puis son regard se déplaça vers l'homme du nom de Bryan.

— Oh, bonjour, Bryan. Qu'est-ce que tu fais...

Elle s'interrompit net. La tasse dans sa main se mit à trembler. Elle battit des paupières et Mac put constater l'effet de la révélation qui l'atteignait. Il le vit se refléter dans ses yeux couleur lavande. Brusquement le passé de Jane était devenu son présent. Elle se figea un instant, comme si, simplement en appuyant sur un bouton, sa vie venait de faire un bond en avant. Elle avait recouvré la mémoire, il n'y avait aucun doute. Mac le lut à livre ouvert sur son visage expressif.

Lentement, elle posa la tasse et sourit à Bryan avec tant de chaleur que Mac en fut comme écrasé.

— Bryan !

Les bras tendus, elle courut vers l'homme qui la souleva et la fit tournoyer. Une joie évidente se lisait sur leurs deux visages.

— Oh, mon Dieu ! soupira-t-elle. Oh, mon Dieu ! Tu es là, tu es vraiment là.

Bryan la reposa par terre.

— Je suis là, chérie. Je t'ai cherchée partout. Tu nous a fait tellement peur.

— J'étais amnésique, Bryan. Mais tout m'est revenu, maintenant. Quand je t'ai vu. Je n'arrive pas à le croire. Tout m'est revenu.

— C'est génial, chérie, renchérit Bryan.

Son regard courut sur elle, comme pour s'assurer qu'elle allait bien. Ce regard de propriétaire frappa Mac comme un coup de couteau dans le cœur. Pendant tout ce temps, n'avait-il pas été là pour veiller sur Jane ? Lui et lui seul ?

— Je suis si content de t'avoir retrouvée, dit Bryan. Mais que diable a-t-il bien pu t'arriver ?

— Je m'en souviens, maintenant, commença-t-elle après une brève pause. J'ai pris l'avion pour le Colorado il y a à peu près quinze jours, après le mariage de Cullen. Ma voiture de location est tombée en panne et je suis partie à pied sur la route du canyon. Je suis tombée et je me suis cogné la tête. C'est sans doute à ce moment que j'ai perdu la mémoire. Puis Mac m'a découverte. Lui et sa sœur Lizzie m'ont hébergée.

Elle jeta un regard épanoui à Mac.

— Oh, désolée, voilà que je ne cesse de parler et je n'ai pas fait les présentations. Bryan, je te présente

L'amour à fleur de peau

le shérif Mac Riggs. Mac, voici mon cousin Bryan Elliott.

— Ton cousin ? laissa échapper Mac sans pouvoir se retenir.

Dans un état d'hébétude et de quasi-vertige, il serra la main que Bryan lui tendait. Inondé par une sensation de soulagement, il put respirer calmement pour la première fois depuis que l'homme était apparu sur son seuil.

— Oui, expliqua Jane. Bryan et moi sommes cousins. Et Mac, j'ai toute une famille là-bas à New York. Une énorme famille complètement insensée. J'ai peine à attendre de te parler d'elle.

Mac se passa une main sur la mâchoire et, lèvres serrées, maudissant sa malchance, écouta Jane — enfin, Bridget Elliott — lui raconter sa vie. Souriante sous l'afflux des souvenirs, elle paraissait en même temps les revivre.

Donc, Bridget Elliott était une riche mondaine de New York. Sa famille possédait un domaine dans les Hamptons pas moins, et était propriétaire d'un des empires de presse les plus prestigieux au monde. Bridget était directrice de la photo à *Charisma,* un magazine de mode très chic s'adressant à un lectorat huppé. Il était stupéfait. Il avait donc couché avec une femme à qui, en d'autres circonstances, il n'aurait même pas accordé un coup d'œil ?

L'amour à fleur de peau

Il avait déjà raté sa relation avec une femme qui aspirait à bien davantage que de coucher avec le shérif d'une petite ville, et il ne pouvait pas s'empêcher de caser Bridget — puisqu'il fallait désormais s'habituer à l'appeler ainsi — dans la même catégorie. Bridget Elliott pouvait bien ressembler à Jane, parler comme elle, Mac ne s'y tromperait plus. Ils appartenaient à deux univers totalement distincts.

— Bryan est propriétaire du *Une nuit*, un restaurant très branché, disait-elle en cet instant. C'est un endroit génial. J'ai du mal à attendre que tu le voies, Mac !

Mac se contint, et préféra dévier la conversation sur une idée qui ne cessait de croître dans son esprit.

— Bridget, dit-il gauchement, en utilisant pour la première fois son véritable prénom, il y a quelque chose qui me trouble dans toute cette histoire, sur ton cousin Bryan. Tu dis qu'il possède un restaurant, mais moi j'ai l'impression qu'il cache autre chose.

— Que veux-tu dire ?

— D'après ce que tu dis, ta famille est riche et puissante, et pourtant, elle ne t'a pas retrouvée. Alors que Bryan, lui, a réussi. Tu ne trouves pas ça étrange ? Peut-être n'aurait-il pas très envie de te dire par quels moyens. Crois-en ce que t'affirme un homme habitué à faire respecter la loi, ton cousin n'est pas tout à fait ce qu'il paraît être.

— Oh, ne sois pas bête ! Bryan est seulement un peu... mystérieux, parfois.

L'amour à fleur de peau

Mac hocha la tête.

— On peut le dire comme ça.

Mais Bridget était impatiente de poursuivre.

— Et devine quoi, Mac ? Les bottes. Je sais pourquoi tu n'as pas pu remonter leur trace en Italie. Le pauvre petit Carmello Di Vincenza, un génie de la chaussure, est mort il y a deux ans. Mes bottes étaient les dernières qu'il ait fabriquées. Ce n'est pas étonnant que j'y sois tellement attachée. Il a vécu, travaillé, et il est mort dans ce petit village du sud de Florence, appelé Micello. Je me souviens d'y avoir fait une photo pour un article de *Charisma*. Il voulait absolument créer les bottes pour moi.

— Ainsi, tu parcoures le monde à ta guise pour ce magazine ?

Mac se renversa contre le dossier du sofa. Il était heureux d'être seul avec elle. Lizzie était toujours dehors avec Lyle, et Bryan s'était éclipsé quelques minutes pour donner à Bridget le temps de se remettre.

Sans dire où il allait.

— Non, non, pas toujours, répondit Bridget. Je travaille dans les bureaux du groupe Elliott, mais de temps à autre, je vais en repérage pour un tournage. J'adore l'Europe, et l'Italie est le pays que je préfère.

— Tu vois, finalement, c'est plutôt toi qui as l'argent de Trump…

Mac ne put masquer une légère aigreur dans sa

voix. Ce n'était pas la faute de Bridget si elle était qui elle était, mais il n'était pas obligé d'apprécier.

Elle le dévisagea.

— Mac, je sais ce que tu penses, mais je ne suis pas seulement une petite fille riche et gâtée. En fait, je déplore tout ce que représente ma famille. C'est d'ailleurs la raison pour laquelle je suis à Winchester. Il y a des tas de secrets chez nous.

— Quelle famille n'en a pas ?

— Oh, mais dans la mienne, c'est différent, nous en avons plein un placard. Et j'ai l'intention de les révéler tous — et de montrer mon grand-père tel qu'il est réellement. L'histoire de sa vie telle que je la raconterai n'aura pas pour but de le blanchir. J'écris un livre de révélations afin de mettre au jour ses manipulations d'égocentrique. Mon livre fera part de vérités qui ont été tenues secrètes pendant des dizaines d'années.

Mac secoua la tête et dévisagea Bridget avec des yeux décillés. Ce n'était plus sa Jane. C'était une femme cynique attachée à... quoi ? Une revanche ? Une dette à régler ? Ou bien avait-elle le sentiment que son bouquin de révélations serait quelque part justifié ?

— A mon avis, tu vas blesser pas mal de gens.

— Pour purifier l'atmosphère, Mac. Patrick Elliott, mon estimé grand-père, s'en est tiré à trop bon compte dans son ascension vers les sommets. Il s'est mis les médias dans la poche. Durant toutes ces années, il a très bien su brouiller les pistes. Cela doit cesser. Il n'aura que ce qu'il mérite.

— Et tu penses qu'un bouquin va pouvoir tout régler ?

Mac se leva. Les mains sur les hanches, il la toisa.

— Des gens innocents vont souffrir.

— Mais des gens innocents ont *déjà* souffert, Mac. Je suis venue ici après avoir reçu un renseignement anonyme selon lequel l'enfant de tante Finola vivrait à Winchester. Un enfant que mon grand-père l'avait forcée à donner à l'adoption lorsqu'elle n'avait que quinze ans. Il avait usé sur elle de son pouvoir et de son influence, et cela l'a presque détruite. *Charisma* est tout ce qu'elle a dans la vie maintenant. Ce n'est pas juste, Mac. Elle ne devrait pas avoir à passer sa vie sans connaître sa fille. Je suis venue ici pour la trouver. Je sais qu'elle a été adoptée par un couple qui habite à Winchester.

— C'est donc ce qui t'a amenée ici ?

Elle hocha la tête.

— C'est l'unique raison. Je suis venue ici pour la retrouver et réunir tante Finola et sa fille.

— Cela ne te regarde en rien, Bridget.

Mac avait encore du mal à utiliser son véritable prénom. Il sonnait faux sur ses lèvres, comme s'il ne s'adressait pas à la même femme, celle qui était devenue si importante pour lui.

— Ce n'est pas ton combat, conclut-il.

L'amour à fleur de peau

— Si, c'est mon combat ! Lutter contre mon grand-père et révéler la vérité à son sujet, c'est ce que j'ai entrepris de faire depuis six mois, et ce livre est le moyen d'y parvenir. Je vais porter un coup d'arrêt à tous ces scandales et ensuite, ma famille pourra laisser son passé derrière elle. Retrouver l'enfant de tante Finola lui rendra le bonheur et ce sera un message adressé à grand-père Patrick pour lui dire qu'il ne pourra plus bouleverser nos vies. Tante Fin a souffert trop longtemps. Sa fille devrait avoir vingt-trois ans maintenant.

Du coup, cela rappela quelque chose à Mac. Se pouvait-il que la fille de son ami Travis soit celle que recherchait Bridget ? Jessie avait le même âge, vingt-trois ans, et elle avait été adoptée bébé, d'une mère encore adolescente. Travis ne parlait plus guère de l'adoption de Jessie. Il était tombé amoureux de sa fille au premier regard et personne ne pouvait deviner qu'ils n'étaient pas liés par le sang.

Mac et Travis se connaissaient depuis longtemps et récemment encore, il avait aidé Mac à retaper le ranch. La dernière chose dont avait besoin son ami, songea Mac, était de voir sa vie chamboulée par l'intervention de Bridget. C'était déjà assez triste que Travis ait perdu sa femme quelques années auparavant.

— Tu mets la pagaille dans la vie des gens, Bridget.

Mac parlait d'une voix très ferme.

— Ne fais pas ça.
— Je le dois.
— Non.

Il lui tourna le dos et d'un geste du bras exprima son dégoût.

— Quelle fichue déveine ! Je n'arrive pas à croire que je sois tombé amoureux d'une riche garce, prête à détruire tant d'existences !

Puis, comme sa colère atteignait un paroxysme, il se retourna vers elle.

— Tu n'es pas la femme que j'ai trouvée à Deerlick Canyon. Pas si tu fais cela. Cette femme-là n'est pas vindicative. Elle n'est pas assez cynique pour se sentir autorisée à ravager des vies. Laisse tomber, *Bridget.*

— Je ne peux pas, Mac, dit-elle en le regardant bien en face. Ne le comprends-tu pas ? Le livre est presque terminé. La découverte de l'enfant de tante Finola constituera le dernier chapitre.

Mac fixa les yeux bleu vif si brillants, comprenant tout à coup qu'il avait fini par ouvrir son cœur à l'amour qui était à l'intérieur pour le voir en un seul instant se briser en mille morceaux. Bridget Elliott — amère, cynique et belle à en couper le souffle — n'était pas la femme qu'il lui fallait. Née avec une cuillère d'argent dans la bouche et la capacité de faire de sa vie quelque chose de positif, elle avait préféré infliger souffrance et chagrin à ceux qui l'entouraient.

Mac ne voulait pas la laisser répandre cette horreur ici, pas maintenant, pas dans sa ville et pas dans sa maison. Il ne ferait pas cela, ni à Travis ni à lui-même. Il ne restait donc qu'une solution.

— Dans ce cas, dit-il, quand ton cousin repartira, je pense que tu devrais aussi t'en aller.

— Mac !

Sa voix contenait une supplication qui déchira le cœur de Mac. Il ne flancha pas mais dut se forcer pour prononcer les mots suivants.

— Si tu as l'intention de continuer sur ta lancée, ta place n'est pas ici.

Lentement, Bridget hocha la tête et Mac, en son for intérieur, eut un mouvement de recul. Elle n'abandonnerait pas.

— Je dois finir ce que j'ai commencé.

— Alors, nous allons devoir nous dire au revoir. Rentre à New York, Bridget. Ta place est là-bas.

A cet instant, Lizzie, le visage rayonnant, ouvrit la porte avec fracas.

— Lyle m'a demandé de sortir avec lui ! s'écria-t-elle. Et il m'a proposé de m'aider quand j'emménagerai dans mon nouvel appartement. Jane, il faut que nous allions faire des achats. J'ai besoin de votre avis pour bien m'équiper.

Mac jeta un dernier regard à Jane — du moins à celle qu'il souhaitait être Jane — puis il tourna les yeux vers sa sœur.

— Elle ne s'appelle pas Jane. Son nom est Bridget

Elliott, et elle va prendre le prochain vol pour New York.

Lizzie jeta sur le lit les sacs contenant ses achats.

— Je ne pourrai pas assez vous remercier, Bridget. Je n'aurais pas pu assortir toutes ces affaires sans votre aide. Mais avec tout ce que vous avez en tête, je n'arrive pas à croire que vous ayez encore envie de m'aider à courir les boutiques.

Bridget s'assit sur le lit, bientôt rejointe par Lizzie.

— Je vous avais fait une promesse, Lizzie. En outre, vous avez tellement fait pour moi que je désirais vous rendre la pareille. Je me suis bien amusée. Cela m'a ôté de la tête... certaines choses.

— Par exemple que votre avion décolle dans trois heures ? Je ne peux pas vous en empêcher, mais j'aimerais tant que vous ne partiez pas !

La voix de Lizzie se teintait d'une grande tristesse.

— Mon frère a besoin de vous.

Bridget se renversa en arrière et posa la tête sur l'oreiller. Elle ferma les yeux et des images de Mac envahirent sa tête. Son sourire si rare, sa manière de la tenir contre lui, la tendresse avec laquelle il lui faisait l'amour...

— Mac ne comprend pas ce que j'essaye de faire.

— Non, et il ne changera sans doute pas d'avis non plus. Il a toujours été certain de ce qui était bien.

Les yeux de Bridget s'ouvrirent d'un seul coup.

— Alors, vous aussi, vous pensez que ce que je fais n'est pas bien ?

Lizzie s'empara de sa main et la serra.

— Cela ne me regarde pas, en réalité. C'est une affaire entre vous et mon frère. Je sais aussi que Mac souffre. Il n'a pas dit grand-chose, mais on peut lire sur son visage le chagrin qu'il a de vous perdre. Vous devez me promettre une chose, Bridget.

— Tout ce que vous voudrez.

— Ne lui rendez rien de ce qu'il vous a donné, ni les vêtements, ni les bijoux. Et pour l'amour du Ciel, n'essayez pas de le payer de retour. Je connais mon frère. Cela le tuerait.

Bridget opina du menton.

— Je suis contente que vous me l'ayez dit. Mais je veux faire quelque chose pour vous remercier de votre gentillesse.

— Soyons simplement amies, Bridget. C'est tout ce dont j'ai besoin. Peut-être me donnerez-vous un conseil de mode de temps à autre ?

Bridget se mit à rire.

— Promis.

— Vous allez me manquer.

Des larmes picotèrent les yeux de Bridget. Au

cœur de cette maison, elle en était arrivée à aimer le frère et la sœur. Et elle savait aussi que sa vie ne serait plus jamais la même après les avoir connus. Elle enlaça les épaules de Lizzie et elles se serrèrent très fort l'une contre l'autre.

— Moi aussi. Mais rendez-vous service, Lizzie. Ne renoncez pas à cause de Mac. Ne changez pas d'avis pour votre déménagement ni dans vos projets avec Lyle.

Lizzie resta pensive un moment.

— Mais mon frère…

— Lizzie, commença Bridget d'une voix ferme. N'en faites surtout rien. Vous avez consacré votre vie à Mac. Vous avez été une excellente sœur et je suis persuadée que Mac désire vraiment votre bonheur. Je crois pouvoir le comprendre, tout au moins sur ce point.

Lizzie sourit.

— Je l'espère aussi.

Bridget se leva et se mit en devoir de remplir le sac de voyage que Lizzie lui avait donné. Au bout d'une minute, tout était rangé et prêt pour le départ.

Mac passa la tête par l'entrebâillement de la porte.

— Votre cousin est là.

Tout paraissait aller si vite, songea Bridget. Elle se retourna et plongea le regard dans les jolis yeux marron de Lizzie.

— Je dois partir.

Lizzie approuva de la tête et se leva.
— Au revoir, mon amie.
Bridget retint le flot de larmes qui menaçait. Pleurer n'aiderait rien. Ce qui était fait était fait et Bridget le savait. Son temps à Winchester était fini.
— Au revoir, murmura Lizzie en la serrant une dernière fois. Je vais bavarder avec Bryan pendant que vous deux vous direz au revoir.
Lizzie partie, Bridget sonda les yeux noirs de Mac. Elle serrait entre ses doigts les lanières du sac de voyage rempli de toutes ces choses qui seraient un rappel constant du comté de Winchester et de Mac Riggs. Des choses qui pour elle auraient une signification particulière... et dont elle ne pourrait se séparer.
— Eh bien, je pense que c'est le moment, dit-elle.
Grand, solide et toujours parfaitement maître de lui, Mac hocha la tête en silence. Bridget s'avança vers lui.
— Je ne peux pas m'en aller sans te remercier pour tout, Mac, souffla-t-elle en le buvant des yeux.
Elle ne pouvait qu'espérer ne jamais oublier les yeux sombres au regard intense, le tic de sa joue lorsqu'il réfléchissait trop longtemps à une question, ni la douceur de son regard quand ils faisaient l'amour.
— Tu es un excellent policier, et un homme merveilleux.

L'amour à fleur de peau

Puis elle se dressa sur la pointe des pieds pour lui donner un doux et subtil petit baiser qui niait ses véritables sentiments. Mais, n'est-ce pas, Mac ne voulait plus de ses baisers ? Il ne voulait plus d'elle ni dans sa vie, ni dans sa maison d'où elle avait été rudement rejetée. Même l'aveu de son amour n'avait pas facilité cet instant, depuis que les mots « riche garce » l'avaient frappée en plein visage. Il ne voulait pas l'aimer. Et c'était ce qui faisait le plus mal à Bridget parce qu'elle, elle l'aimait de tout son être. Elle l'aimait sans aucune condition. Pourtant, leurs différences les avaient séparés.

— Winchester va me manquer, déclara-t-elle avec sincérité. Et toi plus que tout.

Elle passa devant lui, espérant qu'il la rappellerait. Espérant qu'il dirait quelque chose. Seul, un long silence suivit sa phrase. Et l'indifférence lui dit tout.

— Tu es prête, cousine ? demanda Bryan.

Il empoigna son sac et ouvrit la porte d'entrée.

Bridget s'arrêta et se retourna. Une dernière fois, elle sonda les yeux sombres et froids de Mac.

— Je suis prête. Rentrons chez nous.

- 11 -

— Ça va ? demanda Bryan.

Ils roulaient le long de la voie privée menant aux Tides, le domaine de Patrick Elliott dans les Hamptons.

Bridget glissa un regard par la vitre, notant au passage les jardins soignés, la longue allée circulaire montant vers la propriété et la maison elle-même. L'air salin venu de l'Atlantique, juste au-dessous du cap, lui rappela des souvenirs de temps plus heureux lorsqu'elle courait et jouait sur le sable de la plage avec ses frères et ses cousins.

Tout lui revenait maintenant. Elle n'en était pas soulagée pour autant. Elle avait laissé son esprit et son cœur dans une confortable petite maison dans le Colorado, entre les mains du shérif d'une petite ville.

— Ça ira, répondit-elle à son cousin, dès que j'aurai vu maman. Tu m'as bien dit qu'elle se portait bien, n'est-ce pas ? Il y a deux semaines que je ne l'ai pas vue.

Bryan opina.

— Elle s'est inquiétée pour toi, Bridget.

— J'en suis tout à fait désolée.

Bridget détestait inquiéter sa mère, mais aussi, elle n'avait pas prévu de perdre la mémoire. Ni de tomber amoureuse. Même maintenant, en se remémorant les instants passés avec Mac, elle ne pouvait dire en toute sincérité qu'elle avait changé en quoi que ce soit. Le connaître et l'aimer avait certes apporté à sa vie une richesse plus profonde que ne pourrait jamais la mesurer son grand-père. Pourtant, Mac ne pouvait pas comprendre le besoin de Bridget de changer les choses à l'intérieur de sa famille.

— Maman a suffisamment à faire pour l'instant.

Quatre mois plus tôt, Karen Elliott avait subi une double mastectomie. Depuis, elle avait passé la majeure partie de son temps dans la propriété des Hamptons.

— C'est une petite futée, poursuivit Bryan. Elle ne laisse jamais deviner quand ça ne va pas. Mais je sais qu'elle va être ravie de te voir.

Bryan arrêta la voiture devant la porte d'entrée.

— Je ne peux pas entrer. J'ai une affaire urgente. Dis à Karen que je l'aime, d'accord ?

— Entendu. Et cette affaire urgente a-t-elle un rapport avec le restaurant, cousin ?

Bryan lui jeta un regard de côté.

— Quoi d'autre ?

— Non, je ne sais pas, je disais ça comme ça, dit Bridget en lui rendant son regard.

Elle se demanda si l'instinct de Mac concernant Bryan était juste. Son cousin était-il différent de l'image qu'il offrait ?

Bridget descendit de voiture et le serra avec vigueur dans ses bras lorsqu'il contourna le véhicule pour lui donner son sac de voyage.

— Encore merci de m'avoir retrouvée, lui dit-elle. J'ignore quand et comment j'aurais pu recouvrer la mémoire si tu n'étais pas intervenu.

Bryan l'embrassa sur la joue et ajouta, juste avant de remonter en voiture :

— Pendant une seconde ou deux, là-bas au Colorado, je me suis demandé si tu avais vraiment envie de retrouver la mémoire.

— On en reparlera un autre jour, Bryan.

Elle lui fit adieu de la main et le regarda s'en aller, avant de monter les marches de la maison de son grand-père. En ouvrant la porte, elle respira aussitôt l'air de grandeur dont l'atmosphère était imprégnée, depuis le somptueux marbre italien sous ses pieds jusqu'aux riches pièces antiques qui ornaient le mur du hall majestueux. Toujours avec une grande économie de moyens, songea Bridget. Toujours avec élégance. Sa grand-mère Maeve avait décoré la propriété comme elle-même y avait vécu.

Quelques minutes plus tard, Bridget trouva sa mère paisiblement assise dans le solarium, le regard perdu vers l'océan. L'eau brillait d'un doux éclat sous le soleil qui commençait à baisser. Bridget l'observa longuement avant de s'annoncer, notant la pâleur de son teint, signe que la chimiothérapie sapait ses forces. L'écharpe de satin de couleur vive enroulée autour de sa tête était une autre réminiscence de ce par quoi était récemment passée sa mère.

— Bonjour, maman.

Au son de sa voix, Karen se retourna.

— Bridget, ma chérie !

Elle se leva et un sourire insuffla à son visage une énergie nouvelle. Bridget courut se nicher dans ses bras tendres et aimants.

— Je suis si heureuse que tu ailles bien, dit Karen. Pas de complications depuis ton amnésie ?

Enveloppée par la senteur fleurie du parfum de sa mère, Bridget secoua la tête.

— Non, rien. Je me porte très bien, mais je m'inquiète à ton sujet.

— Je récupère. C'est un lent processus, mais tout va rentrer dans l'ordre.

Leur étreinte se prolongea car Bridget avait du mal à lâcher sa mère. Lorsque enfin elles se séparèrent, Bridget vida son cœur et se lança dans le récit des heures qu'elle avait passées à Winchester avec Mac, sans oublier d'aborder sa perplexité à propos de la rédaction de son livre.

Karen Elliott lui donna alors un excellent conseil.

L'amour à fleur de peau

— Il n'y a qu'une seule personne qui sache ce qui est le mieux pour toi, chérie.

— J'ai commencé à l'écrire, maman, et je n'ai jamais été du genre à abandonner en route.

Sa mère lui décocha un sourire plein de chaleur. Ses yeux verts brillaient de sincérité.

— Parfois, nous obtenons exactement ce que nous désirons pour découvrir par la suite que ce n'était pas du tout ce que nous voulions. Accorde-toi un peu de temps, chérie. Réfléchis à ce qui est le plus important pour toi.

— Mais je n'arrête pas, depuis que j'ai quitté le Colorado.

— Eh bien alors, laisse-moi te donner un autre motif de réflexion. Ton père et moi allons être grands-parents. Gannon et Erika viennent juste d'annoncer qu'ils attendent un bébé.

— Vraiment ? Oh, maman, c'est une merveilleuse nouvelle !

— En effet, et j'ai l'intention de me porter assez bien pour pouvoir jouer les baby-sitters.

— Ça ira, maman.

Bridget poussa un soupir en pensant à son frère, qui avait autrefois une réputation d'homme inaccessible, tant il était pris par son travail.

— Tu imagines ? Mon grand frère va devenir papa !

Karen eut un léger rire.

— C'est difficile à croire, mais oui. Je crois qu'il

L'amour à fleur de peau

a enfin trouvé en Erika la femme idéale. Ils sont très heureux.

— Eh bien, moi aussi, je suis heureuse pour eux.

Sa mère lui prit les mains et les pressa doucement.

— C'est tout ce que je désire pour mes enfants, chérie. Le bonheur. Parfois, il n'est pas si difficile à trouver, si on sait regarder au bon endroit.

Le loft de Bridget à Soho était spacieux et élégant mais ne ressemblait en rien à la maison de ses grands-parents dans les Hamptons. Elle sourit en parcourant la pièce du regard, avec sa décoration décontractée et contemporaine, révélatrice de sa personnalité et des goûts d'une jeune femme de vingt-huit ans. Pourtant, en traversant Broadway ce matin au volant de sa voiture pour rentrer chez elle, après avoir passé la nuit aux Tides, elle songea qu'elle n'avait jamais pris le temps de réfléchir à l'embarras et au bruit des rues bordées de boutiques, de restaurants et de bâtiments en brique qui avaient l'air d'être là depuis la nuit des temps.

Tout cela lui paraissait très familier. Et pourtant, rien ne semblait être tout à fait à sa place. Question de réadaptation, se dit Bridget. Après l'épreuve subie dans le Colorado, il était sans doute naturel de se sentir un peu en décalage.

L'amour à fleur de peau

Elle alluma la radio et chercha la station de son choix. Elle accompagna la musique en tapant du pied pour tuer le temps jusqu'à l'arrivée de sa visiteuse. Quand on frappa, elle poussa un soupir de soulagement et se dirigea rapidement vers la porte.

— J'ai apporté des photos du mariage, annonça sa nouvelle cousine Misty en brandissant un album tout blanc.

Bridget jeta un coup d'œil sur le ventre de la jeune femme, enceinte de cinq mois. En l'espace de deux semaines, on aurait dit qu'elle avait pris une taille de plus, mais Bridget préféra ne pas lui en faire la remarque. Misty paraissait heureuse et sa grossesse lui allait bien.

— Je suis tellement contente que tu sois venue me voir, Misty. Entre donc. Tu as déjà reçu les photos ?

— Juste les négatifs. Mais on verra ça tout à l'heure.

Misty la considéra de la tête aux pieds et une fois satisfaite, annonça :

— Tu nous a tous rendus malades. Ma demoiselle d'honneur disparaît juste après la réception de mariage et personne ne sait rien ! Tu n'as pas dit à âme qui vive où tu allais. Heureusement que Bryan a su te retrouver.

— C'est ma faute. Je ne recommencerai jamais. La prochaine fois, je m'assurerai de prévenir de l'endroit où je me rends.

L'amour à fleur de peau

Les pupilles de Misty s'agrandirent et, à voir son expression, il était manifeste qu'elle n'était pas d'accord.

— La prochaine fois ? répéta-t-elle.

Bridget ne put retenir un léger rire.

— Assieds-toi donc. Soulage-toi un peu de ce poids.

— Hé, attention à ce que tu dis ! Je suis plus âgée que toi, mais je bouge encore !

Toutes deux s'installèrent sur le canapé de cuir crème dans un coin du loft.

— Je pensais, reprit Bridget, que tu réservais tous tes mouvements à Cullen.

Le ventre de Misty ondula quand elle se mit à rire.

— Bridget ! Dieu merci, tu es revenue.

— Oui, dit-elle calmement, en se mordillant la lèvre. Je suis revenue.

— Oh, oh ! Je connais ce regard. Qu'est-ce qui ne va pas ?

Bridget haussa les épaules d'un air insouciant mais au fond d'elle-même, la souffrance de son cœur et son indécision lui pesaient.

— Pas grand-chose en réalité. Sauf que je suis tombée amoureuse de l'homme qui m'a sans doute sauvé la vie. Il m'a hébergée quand je n'avais nulle part où aller. Le shérif Mac Riggs. Il pense que je suis une riche mondaine gâtée qui ne fait rien d'autre que de causer des ennuis. Il n'approuve pas du tout ce que j'essaye de faire.

— Oh, je vois.

Les yeux verts de Misty étincelaient.

— Hum, un shérif, dis-tu ? Grand, beau ? Je parie qu'il est superbe en uniforme ?

Le souvenir de Mac dans son uniforme et *hors* de son uniforme n'était jamais très éloigné de l'esprit de Bridget.

— Tu ne me facilites pas les choses, remarqua-t-elle.

— O.K., répliqua Misty, alors laisse-moi te demander ceci : s'il est aussi épouvantable que ça, pourquoi t'en soucier ?

— Oui, tu as raison. Pourquoi m'en soucier ? C'est vrai, il est épouvantable. Epouvantablement têtu. Epouvantablement exigeant.

Sa voix s'adoucit, devint un simple murmure.

— Epouvantablement généreux. Et sexy. Tellement beau que mon cœur s'arrêtait de battre chaque fois qu'il entrait dans la pièce.

— Alors qu'est-ce que tu attends ? demanda Misty en secouant la tête. De toute évidence, tu es folle de lui. Retourne au Colorado et fais-le changer d'avis.

Bridget se leva et se dirigea vers la fenêtre, le regard baissé vers la rue au-dessous. La circulation s'était interrompue là où deux voitures s'étaient heurtées. Leurs conducteurs s'affrontaient et Bridget imagina facilement le langage qu'ils employaient. Elle se retourna vers Misty.

— Je ne crois pas pouvoir le faire changer d'idée.

— Pendant un certain temps, Cullen pensait qu'il ne parviendrait pas non plus à me faire changer d'avis. Pourtant, il a réussi. Je ne lui rendais pas la tâche facile. Par bonheur, j'ai réussi à écarter mes appréhensions. Maintenant, nous sommes très heureux...

Elle tapota son gros ventre.

— ... avec ce petit être qui est en route. Bridget, si tu as la moindre possibilité d'obtenir ce bonheur-là, alors fais tout ce qui est en ton pouvoir pour que cela arrive.

Bridget respira profondément, en réfléchissant au conseil de Misty. Mais elle doutait toujours. Elle s'était promis d'écrire le livre qui mettrait enfin Patrick Elliott à nu. Et tante Fin ? Ne méritait-elle pas un peu de bonheur, elle aussi ?

— Je ne sais pas encore très bien, Misty. Mais je vais y réfléchir.

— Ne réfléchis pas trop longtemps, mon amie. On dirait que ce garçon est un sacré bon parti.

Elle garda un instant le silence, écoutant la radio vociférer.

— Zut, alors ! ce type a même réussi à te convertir à la musique country. Ça doit quand même bien dire quelque chose, chérie. Maintenant, je ne suis pas venue ici tout exprès pour te faire la leçon. C'est toi la responsable photo de la maison. Que dirais-tu de jeter un coup d'œil sur mes épreuves ? J'ai besoin d'aide pour en choisir une centaine pour notre album de mariage.

— Seulement une centaine, Misty ? s'enquit Bridget, taquine, heureuse d'avoir quelque chose de productif à faire aujourd'hui.

Demain, se promit-elle, elle recommencerait à travailler à *Charisma*.

Bridget arpentait les couloirs de *Charisma* comme elle l'avait déjà fait un millier de fois, saluée par les employés et ses collègues avec des sourires de bienvenue et des bonjours. Elle s'arrêta pour parler avec quelques-uns d'entre eux, expliquant son absence en termes très simples. Son voyage au Colorado et sa perte de mémoire étaient encore trop durs, trop personnels pour qu'elle puisse les évoquer en détail, hormis auprès des rares personnes en qui elle avait tout à fait confiance.

Tante Fin en faisait partie. Pour avoir travaillé à ses côtés pendant des années, Bridget avait noué avec elle un lien étroit. Tante Fin chérissait *Charisma* comme son propre enfant. Tout le monde le savait. Chacun comprenait ce besoin derrière les heures innombrables et la dévotion qu'elle accordait au magazine. Il y avait un vide dans la vie de sa tante et Bridget avait espéré y remédier en retrouvant la fille qu'on lui avait enlevée dès sa naissance.

— Bonjour, dit-elle en passant la tête dans l'encadrement de la porte du bureau de Finola.

Tante Fin, comme d'habitude enfoncée jusqu'au cou dans ses papiers, leva les yeux.

— Bridget !

Elles se rencontrèrent au milieu du bureau et Tante Fin donna à sa nièce une vigoureuse accolade avant de la regarder dans les yeux.

— Dieu soit loué ! Tu as une mine merveilleuse.
— Vraiment ?

Bridget n'avait guère dormi la nuit précédente. Ni la nuit d'avant. Pâle et épuisée, elle avait passé beaucoup de temps ce matin à le camoufler avec une couche de fond de teint. Mais tante Fin avait toujours quelque chose de gentil à dire.

— Je t'assure, Bridget. Je me suis fait un sang d'encre pour toi.

Elle l'entraîna vers le confortable canapé qu'elle utilisait souvent comme lit de fortune lorsqu'elle travaillait la nuit.

— Assieds-toi et raconte-moi tout.
— N'avons-nous pas un numéro à boucler ?
— Si, mais ça peut attendre ! Et puis nous sommes en avance, alors je veux tout savoir !

Bridget lui raconta tout depuis le début. Sa tante l'écouta avec attention et lorsqu'elle eut terminé, lui prit les mains entre les siennes.

L'amour à fleur de peau

— Bridget, tu es ma nièce et tu sais que je t'aime tendrement, mais je ne peux pas supporter que tu gâches ta vie pour moi. Je désire connaître ma fille, c'est vrai, et j'en ai souvent rêvé, mais je ne veux pas que cela soit une cause de perturbation dans ton existence.

Elle garda un petit temps de silence avant de reprendre :

— Et puis, tu sais, j'ai réfléchi, et j'ai compris que ma fille n'avait peut-être pas envie, elle, de me connaître. D'ailleurs, elle n'en a pas éprouvé le besoin pour l'instant, sinon elle m'aurait déjà retrouvée : ce serait facile, je me suis inscrite au fichier des mères ayant accouché sous X, et ce fichier a été mis en ligne sur le Net. Non, continua-t-elle avec un petit soupir, la seule chose que je puisse faire, pour l'instant, c'est de prier pour qu'elle ait une vie heureuse. Et quand le moment viendra, nous saurons nous retrouver. Alors, écris ce bouquin si tu le dois absolument, mais je te conseillerais de ne pas le faire, Bridget. Cela ne changera rien. Si tu te complais dans la colère et le ressentiment, tu perdras quelque chose de bien plus important : l'amour. Et rien n'est plus précieux que cela. Même pas un best-seller.

Et elle ajouta avec un sourire triste :

— Même pas un magazine en vogue.

— Mais…

— Il n'y a pas de « mais », Bridget. Mon père a fait quelque chose qui a détruit ma vie, alors ne le laisse pas en faire autant pour toi. Provoquer un scandale autour de Patrick Elliott ne t'apportera pas une minute de satisfaction et il finira par gagner pendant que toi... tu auras perdu l'homme que tu aimes. Cela le vaut-il ?

Bridget se mordilla les lèvres en réfléchissant.

— Je n'avais pas vu les choses sous cet angle.

— Quel prix a l'amour de Mac pour toi, Bridget ? Si tu parviens à te débarrasser du passé, ton avenir pourrait être merveilleux.

— « Si » est un bien grand mot.

— Eh bien, je vais t'en offrir encore un. *Si* j'étais toi, je sauterais dans le prochain avion pour le Colorado.

Bridget prit donc le conseil de tante Fin au pied de la lettre ainsi que le prochain jet pour le Colorado... pour se retrouver devant le poste de police du comté de Winchester, l'estomac noué, le cœur palpitant follement et la tête qui tournait. Il était près de minuit et elle avait su par Lizzie que Mac travaillait tard le soir, ces jours-ci. La sœur de Mac avait paru surprise de la voir sur son seuil à cette heure tardive, mais elle n'avait pas bronché et, après une chaleureuse étreinte, elle lui avait indiqué où elle pouvait trouver Mac, en lui faisant signe d'avoir confiance.

Bridget avait eu grand besoin de cet encouragement. Elle avait toujours mené ses propres batailles bille en tête, mais cette fois, c'était différent. Cette fois, son avenir était en jeu. Sa foi devait absolument déplacer des montagnes.

Elle pénétra dans le poste de police où un adjoint la reconnut tout de suite.

— Il est dans son bureau, lui dit-il. Peut-être arriverez-vous à le faire sourire ? Il est vraiment à cran.

Bridget faillit flancher mais elle refusa de tourner les talons. Il fallait en finir. Si elle ne le faisait pas, elle ne saurait jamais s'il lui restait une chance avec le seul homme qu'elle ait jamais aimé.

Parvenue à la porte du bureau de Mac, elle frappa doucement.

— Quoi ? hurla-t-il.

Sa brusquerie la fit sourire. Il ne lui faisait pas peur. Jamais il ne lui avait fait peur. Et même, sa voix hargneuse lui rappela à point nommé combien elle l'aimait. Ouvrant la porte, elle se faufila dans le bureau.

— Tu travailles bien tard.

Mac releva tout à coup la tête. La surprise se peignit sur son visage. Ses yeux restèrent indéchiffrables, en dépit d'une rapide lueur d'espoir. Puis, se reprenant, il baissa les yeux vers les documents sur lesquels il travaillait.

— Si tu es venue pour l'enfant de ta tante, je crois savoir où tu pourras la trouver.

— Non, ce n'est pas pour cela que je suis ici, Mac. Tante Fin n'a besoin ni ne souhaite mon aide. J'ai abandonné cette recherche. Elle a inscrit son nom sur une base de données pour l'adoption. Si sa fille le désire, elle pourra la retrouver.

Mac hocha la tête, mais garda les yeux baissés.

— Nous avons retrouvé ta voiture de location dans le lac, à environ deux kilomètres de l'endroit où on t'a découverte, dit-il. On a aussi mis la main sur les responsables.

— C'est super, Mac. Je savais que tu les trouverais.

— Tes bagages n'étaient pas dedans. Ils les ont pris.

— Aucune importance.

Mac leva enfin les yeux sur elle, puis son regard descendit vers sa gorge. Bridget jouait avec le collier d'argent qu'il lui avait offert et qu'elle n'avait jamais ôté depuis.

— Non, je suppose, dit-il. Alors ? Pourquoi es-tu ici ?

Bridget sourit et se pencha par-dessus le rebord du bureau. Mac se recula sur sa chaise, pour mettre un peu d'espace entre eux. Il ne pouvait pas baisser sa garde. Pas maintenant. Pas tant qu'il ne connaîtrait pas la raison de sa présence. Il la trouva belle et élégante, même si elle n'était vêtue que d'un jean. Ce n'était pas un Levi's, sans doute une autre marque de luxe qui devait coûter cinq fois plus qu'elle ne l'aurait dû. Par-dessus, elle portait un T-shirt qu'il lui avait donné. Elle en avait roulé les manches et les initiales du club de foot local, WCSD, s'étalaient sur sa poitrine. Elle était à tomber.

Bridget plongea la main dans son grand fourre-tout noir et en sortit un sac blanc.

— Un pour toi, un pour moi, dit-elle en posant les deux burgers devant lui.

L'odeur des burgers aux oignons dégoulinant de chili emplit le bureau. Un sourire au coin des lèvres, Mac n'y prit même pas garde.

— Mis à part déguster un bon repas, reprit Bridget, je suis venue ici pour faire enregistrer la disparition d'une personne. Il semble en effet que Bridget Elliott ait disparu.

S'asseyant sur le bureau de Mac, elle se pencha un peu vers lui. Mac respira son parfum, contempla ses cheveux blonds soyeux et son regard plongea dans les grands yeux lavande.

— Vraiment ?

— En tout cas, son côté cynique et cruel a disparu. Et je suis certaine qu'on ne retrouvera jamais cette partie de son caractère. Elle s'en est allée pour de bon.

— Et que devrais-je mettre d'autre dans ce rapport ?

— Hum... il semble que cette Bridget Elliott désire toujours écrire un livre.

Les sourcils de Mac marquèrent sa surprise et il

maudit l'espoir qui s'était levé en lui à son entrée dans son bureau. Elle n'avait pas changé. Elle avait toujours l'intention d'écrire ce misérable, ce méprisable bouquin.

— Oui, poursuivit Bridget. Un livre pour enfants. Il semble que Bridget ait adoré faire la lecture aux petits enfants à la librairie. Elle croit avoir trouvé sa véritable vocation : écrire pour les enfants. C'est *tout* ce qu'elle a l'intention d'écrire, Mac.

Bridget lui sourit et ses yeux s'emplirent de lumière.

— Jane et Bridget sont une seule et même personne. Je ne peux refuser d'être ce que je suis. Oui, je suis riche et toute ma vie, j'ai bénéficié de privilèges que la plupart des gens n'osent même pas imaginer. Mais j'ai changé, Mac. Vivre ici m'a ouvert les yeux et le cœur à quelque chose de bien plus important. La seule chose que je désire maintenant, c'est ton amour, si tu veux de moi.

Son aveu fit resurgir l'espoir chez Mac. Elle avait abandonné son idée de livre scandaleux sur sa famille. Peut-être était-elle plus proche de Jane qu'il ne l'imaginait ?

Il se leva et il la prit dans ses bras, l'encerlant de si près que seuls quelques centimètres séparaient leurs corps.

— Es-tu en train de dire que tu as l'intention d'abandonner tes voyages en Europe, tes vêtements de marque et un style de vie dont rêvent la plupart des femmes ?

Bridget s'accrocha à son cou et hocha la tête.

— Pour risquer de manger toute ma vie des burgers de Pike's Peak, faire des balades au ranch sur Daisy Mae et me réveiller chaque matin avec toi, shérif Riggs ? Tu parles !

Mac pouvait à peine en croire ses oreilles. Cœur battant, des sonneries de cloches plein la tête, il se força à demander :

— Tu en es sûre ?

Le sourire de Bridget s'effaça et pendant une minute, il crut avoir rêvé.

— Mac, toute ma famille est à New York. Je les aime tous énormément. J'aurai besoin d'y retourner de temps en temps.

— On pourra arranger ça.

— On pourra ? demanda-t-elle, une note d'espoir dans la voix.

— Bon sang, Bridget ! Regarde ça.

Il ouvrit le tiroir de son bureau et brandit le billet qu'il y avait caché.

— Un billet d'avion pour New York ? dit Bridget, légèrement intriguée, comme il le lui tendait.

Puis ses beaux yeux s'illuminèrent.

— Tu venais me voir demain ?

— Dans l'intention de me rendre ridicule. J'avais espéré t'inculquer un peu de bon sens et te ramener ici.

L'amour à fleur de peau

La joie envahit le visage de Bridget et ses deux fossettes se creusèrent, profondes et adorables. Mac n'avait jamais compris à quel point l'amour pouvait être puissant. Il n'avait pas compris qu'il était capable d'aimer quelqu'un d'aussi différent de lui. Bridget et lui provenaient de deux mondes très opposés et pourtant, il était là, si profondément amoureux qu'il rejetait toutes ses craintes et tous ses doutes pour faire le plus grand bond dans la foi qu'il ait jamais eu à faire.

— Je suis fou de toi, ma chérie, dit-il.

Bridget rejeta la tête en arrière. Ses yeux étincelaient.

— Moi aussi, je suis folle de toi.

Une fois encore, Mac fouilla le tiroir de son bureau et en tira un écrin de velours noir. A sa vue, Bridget retint son souffle.

— Eh bien, autant me rendre ridicule ce soir même, marmonna Mac. Bridget Elliott, je t'aime de tout mon cœur. Veux-tu...

Bridget lui prit l'écrin des mains et l'ouvrit.

— Oui, oui. Oh, comme c'est beau, Mac ! Ma réponse est oui.

Il se mit à rire et lui passa l'anneau de diamant au doigt.

— M'épouser, termina-t-il, bien qu'il ait déjà eu sa réponse. Sois ma femme.

— Oh, Mac, je t'aime tant, souffla-t-elle, avec le même sentiment de crainte émerveillée que lui.

L'amour à fleur de peau

Le cœur empli d'amour et de dévotion, Mac se pencha pour embrasser sa future épouse. Le baiser se prolongea et s'approfondit, tant leurs bouches et leurs corps avaient grand faim l'un de l'autre. Lorsque Bridget s'inclina en arrière sur le bureau, Mac la suivit.

— Mac, murmura-t-elle d'une voix rauque. Crois-tu que ce soit un crime de faire l'amour au shérif dans son bureau ?

Il s'écarta un peu d'elle.

— Sans doute.

Il alla rapidement à la porte et la ferma à double tour avant de revenir vers le bureau. Puis il se coucha sur le corps de Bridget et réclama ses lèvres pour échanger avec elle un interminable baiser, langoureux et sexy.

— Mais ce serait un crime encore plus grave de ne pas le faire, mon cœur, conclut-il. Ce serait une véritable honte.

— Le 1er août —

Passions n°36

Le souvenir d'une nuit - Linda Conrad

Partie à la recherche de l'homme qui a mis son cœur à feu et à sang avant de disparaître sans un mot, Carley finit par retrouver Witt dans un ranch à la frontière mexicaine. Soulagée et troublée à la fois, elle espère qu'elle va pouvoir enfin lui dire qu'elle a eu un enfant de lui, mais elle découvre qu'il a perdu la mémoire...

Désir trompeur - Julie Cohen

Alors que Marianne croyait vivre le grand frisson auprès d'un *bad boy*, elle apprend, stupéfaite, que le rebelle si sexy dont les caresses la transportent à chaque fois au paradis, lui a menti, et qu'il vient exactement du même milieu qu'elle. Dès lors, comment pourrait-elle croire aux mots d'amour d'un homme qui vient de lui jouer la comédie ?

Passions n°37

Sur la route de Wolf River - Barbara McCauley

Kiera sait bien qu'elle plaît à Sam Prescott, son futur patron, qui ne cesse de la couvrir de regards brûlants. Pourtant, même si cet homme séduisant est loin de la laisser indifférente, elle doit se tenir loin de lui, afin de ne pas risquer qu'il perce à jour les vraies raisons qui l'ont conduite à Wolf River...

Brûlante proposition - Kristi Gold

Depuis qu'elle a demandé à Whit d'être le père de son enfant, Mallory sent bien qu'il est troublé à l'idée de faire l'amour avec elle. Pourtant, tente-t-elle de se convaincre, Whit n'éprouve rien pour elle, pas plus qu'elle ne ressent quoi que ce soit pour lui. Si elle s'offre à lui, c'est uniquement dans l'espoir de tomber enceinte...

La saga des Elliott — Passions n°38

Sur le point de désigner son successeur, le magnat de la presse Patrick Elliott lance un défi à ses héritiers. Entre amour et ambition, chacun d'eux va devoir faire un choix...

Au cœur du désir - Kara Lennox

De tous les Elliott, Bryan est le seul à avoir refusé de travailler pour le groupe familial. Indépendant, il ne doit qu'à lui-même le succès du restaurant qu'il a ouvert, et place sa liberté par-dessus tout. Jusqu'à ce qu'il rencontre Lucy Miller, qui lui donne envie de tout sacrifier pour elle...

L'épouse insoumise - Barbara Dunlop

Excédée, Amanda voudrait faire comprendre à son ex-mari que le fait d'être un Elliott ne lui donne aucun droit sur elle : son arrogance lui rappelle trop les raisons pour lesquelles elle l'a quitté, malgré l'amour qu'elle lui portait. Et malgré l'attirance insensée qu'elle éprouve toujours pour lui...

Passions n°39

Un si troublant mensonge - Victoria Pade

Lorsqu'on lui demande d'escorter, le temps d'un week-end, Joshua Cantrell, frère d'une de ses étudiantes, Cassie décide de garder ses distances vis-à-vis du richissime homme d'affaires. Mais dès leur première rencontre, elle comprend qu'il va faire des ravages dans son cœur...

Les amants de Magnolia Falls - Teresa Hill

Secrètement amoureuse du fiancé de sa sœur, Kathie, dans un moment d'égarement, l'a embrassé publiquement. Avant de quitter Magnolia Falls, honteuse et désespérée... Aujourd'hui, six mois plus tard, Joe revient la chercher. Il a rompu ses fiançailles ; elle doit rentrer chez elle. Mais il se comporte avec elle de façon glaciale...

Passions n°40

Un secret pour deux - Karen Rose Smith

Alertée en pleine nuit par des pleurs, Gwen Langworthy découvre un bébé sur sa véranda. Persuadée qu'elle n'a pas été choisie au hasard pour recueillir ce nouveau-né, Gwen prend une décision : elle va retrouver elle-même sa mère...

Sur les ailes de la passion - Judy Duarte

Jamais Bo Conway n'avait osé poser les yeux sur la richissime Carly Banning. Mais en apprenant qu'elle venait de divorcer, il avait senti un espoir fou l'envahir : le moment était-il venu pour lui d'avouer son amour à Carly ? Carly dont le regard, depuis quelque temps, brillait étrangement lorsqu'elle rencontrait Bo...

BEST SELLERS

Le 1ᵉʳ juillet

La nuit du cauchemar - Gayle Wilson • N°292

Depuis qu'elle a emménagé dans la petite ville de Crenshaw, Blythe vit dans l'angoisse : Maddie, sa fille, est en proie à de violents cauchemars et se réveille terrifiée. La nuit, des coups sont frappés à la vitre, que rien ne peut expliquer... Et lorsque Maddie croit voir Sarah, une petite fille sauvagement tuée il y a vint-cinq ans, et qu'elle se met à lui parler, Blythe doit tout faire pour comprendre quelle menace rôde autour de son enfant.

Mortel Eden - Heather Graham • N°293

Lorsque Beth découvre un crâne humain sur l'île paradisiaque de Calliope Key, elle comprend immédiatement qu'elle est en danger. Car deux plaisanciers ont déjà disparus, alors qu'ils naviguaient dans les eaux calmes de l'île... Et Keith, un séduisant plongeur, semble très intéressé par sa macabre découverte. Mais peut-elle faire lui confiance et se laisser entraîner dans une aventure à haut risque ?

Visions mortelles - Metsy Hingle • N°294

Lorsque Kelly Santos, grâce à ses dons de médium, a soudain eu la vision d'un meurtre, elle n'a pas hésité à prévenir la police. Personne ne l'a crue... jusqu'à ce que l'on découvre le cadavre, exactement comme elle l'avait prédit. Et qu'un cheveu blond retrouvé sur les lieux du crime, porteur du même ADN que celui de Kelly, ne fasse d'elle le suspect n°1 aux yeux de la police...

Dans les pas du tueur - Sharon Sala • N°295

Cat Dupree n'a jamais oublié le meurtre de son père, égorgé lorsqu'elle était enfant par un homme au visage tatoué. Depuis, elle a reconstruit sa vie – mais tout s'écroule quand Marsha, sa meilleure amie, disparaît sans laisser de trace. Seul indice : un message téléphonique, qui ne laisse entendre que le bruit d'un hélicoptère... Un appel au secours ? Cette foisci, Cat ne laissera pas le mal détruire la vie de celle qu'elle aime comme une sœur.

Le sang du silence - Christiane Heggan • N°296

13 juin 1986. New Hope, Pennsylvanie. Deux hommes violent, tuent puis enterrent une jeune fille du nom de Felicia. La police incarcère un simple d'esprit. Les rumeurs prennent fin dans la petite ville.

9 octobre 2006. Grace McKenzie, conservateur de musée à Washington, apprend que son ancien petit ami, Steven, vient d'être assassiné à New Hope, où il tenait une galerie d'art. Elle va découvrir, avec l'aide de Matt, un agent du FBI originaire de la petite ville, qu'un silence suspect recouvre les deux crimes... et qu'un terrible lien les unit, enfoui dans le passé de New Hope.

Le donjon des aigles - Margaret Moore • N°297

La petite Constance de Marmont a tout juste cinq ans lorsque, devenue orpheline, elle est fiancée par son oncle au jeune Merrick, fils d'un puissant seigneur des environs. La fillette est aussitôt emmenée chez ce dernier, au château de Tregellas, où sa vie prend figure de cauchemar. Maltraitée par son hôte, William le Mauvais, Constance l'est également par Merrick, qui fait d'elle son souffre-douleur jusqu'à ce que, à l'adolescence, il quitte le château pour commencer son apprentissage de chevalier.

Des années plus tard, Merrick, devenu le nouveau maître de Tregellas, revient prendre possession de son fief — et de sa promise...

Passions et Trahisons - Debbie Macomber • N°150 *(réédition)*

Venue au mariage de sa meilleure amie Lindsay à Buffalo Valley, Maddy Washburn décide, comme cette dernière, de s'installer dans la petite ville. Une fois de plus, les habitants voient avec surprise une jeune femme ravissante et dynamique rejoindre leur paisible communauté. Ils ignorent que Maddy est à bout de forces, le cœur déchiré par ses expériences du passé... Seul Jeb McKenna, un homme farouche qui vit replié sur ses terres, peut la pousser à se battre et à croire à nouveau en l'existence.

Titres non disponibles au Québec.

ABONNEMENT...ABONNEMENT...ABONNEMENT...

ABONNEZ-VOUS!

2 romans gratuits*
+ 1 bijou
+ 1 cadeau surprise

Choisissez parmi les collections suivantes

AZUR : La force d'une rencontre, l'intensité de la passion.
6 romans de 160 pages par mois. 22,48 € le colis, frais de port inclus.

BLANCHE : Passions et ambitions dans l'univers médical.
3 volumes doubles de 320 pages par mois. 18,76 € le colis, frais de port inclus.

LES HISTORIQUES : Le tourbillon de l'Histoire, le souffle de la passion.
3 romans de 352 pages par mois. 18,76 € le colis, frais de port inclus.

AUDACE : Sexy, impertinent, osé.
2 romans de 224 pages par mois. 11,24 € le colis, frais de port inclus.

HORIZON : La magie du rêve et de l'amour.
4 romans en gros caractères de 224 pages par mois. 16,18 € le colis, frais de port inclus.

BEST-SELLERS : Des romans à grand succès, riches en action, émotion et suspense.
3 romans de plus de 350 pages par mois. 21,31 € le colis, frais de port inclus.

MIRA : Une sélection des meilleurs titres du suspense en grand format.
2 romans grand format de plus de 400 pages par mois. 23,30 € le colis, frais de port inclus.

JADE : Une collection féminine et élégante en grand format.
2 romans grand format de plus de 400 pages par mois. 23,30 € le colis, frais de port inclus.

Attention: certains titres Mira et Jade sont déjà parus dans la collection Best-Sellers.

NOUVELLES COLLECTIONS

PRELUD' : Tout le romanesque des grandes histoires d'amour.
4 romans de 352 pages par mois. 21,30 € le colis, frais de port inclus.

PASSIONS : Jeux d'amour et de séduction.
3 volumes doubles de 480 pages par mois. 19,45 € le colis, frais de port inclus.

BLACK ROSE : Des histoires palpitantes où énigme, mystère et amour s'entremêlent.
3 romans de 384 et 512 pages par mois. 18,50 € le colis, frais de port inclus.

VOS AVANTAGES EXCLUSIFS

1. Une totale liberté
Vous n'avez aucune obligation d'achat. Vous avez 10 jours pour consulter les livres et décider ensuite de les garder ou de nous les retourner.

2. Une économie de 5%
Vous bénéficiez d'une remise de 5% sur le prix de vente public.

3. Les livres en avant-première
Les romans que nous vous envoyons, dès le premier colis payant, sont des inédits de la collection choisie. Nous vous les expédions avant même leur sortie dans le commerce.

ABONNEMENT...ABONNEMENT...ABONNEMENT...

Oui, je désire profiter de votre offre exceptionnelle. J'ai bien noté que je recevrai d'abord gratuitement un colis de 2 romans* ainsi que 2 cadeaux. Ensuite, je recevrai un colis payant de romans inédits régulièrement.

Je choisis la collection que je souhaite recevoir :

(cochez la case de votre choix)

- ❏ **AZUR** : Z7ZF56
- ❏ **BLANCHE** : B7ZF53
- ❏ **LES HISTORIQUES** : H7ZF53
- ❏ **AUDACE** : U7ZF52
- ❏ **HORIZON** : O7ZF54
- ❏ **BEST-SELLERS** : E7ZF53
- ❏ **MIRA** : M7ZF52
- ❏ **JADE** : J7ZF52
- ❏ **PRELUD'** : A7ZF54
- ❏ **PASSIONS** : R7ZF53
- ❏ **BLACK ROSE** : I7ZF53

*sauf pour les collections Jade et Mira = 1 livre gratuit.

Renvoyez ce bon à : Service Lectrices HARLEQUIN
BP 20008 - 59718 LILLE CEDEX 9.

N° d'abonnée Harlequin (si vous en avez un) |_|_|_|_|_|_|_|_|

Mme ❏   Mlle ❏   NOM _____

Prénom _____

Adresse _____

Code Postal |_|_|_|_|_| Ville _____

Le Service Lectrices est à votre écoute au 01.45.82.44.26
du lundi au jeudi de 9h à 17h et le vendredi de 9h à 15h.

Conformément à la loi Informatique et Libertés du 6 janvier 1978, vous disposez d'un droit d'accès et de rectification aux données personnelles vous concernant. Vos réponses sont indispensables pour mieux vous servir. Par notre intermédiaire, vous pouvez être amené à recevoir des propositions d'autres entreprises. Si vous ne le souhaitez pas, il vous suffit de nous écrire en nous indiquant vos nom, prénom, adresse et si possible votre référence client. Vous recevrez votre commande environ 20 jours après réception de ce bon. Date limite : 31 décembre 2007.

Offre réservée à la France métropolitaine, soumise à acceptation et limitée à 2 collections par foyer.

Composé et édité par les
éditions Harlequin
Achevé d'imprimer en juin 2007

par

LIBERDÚPLEX

Dépôt légal : juillet 2007
N° d'éditeur : 12884

Imprimé en Espagne

ABONNEMENT...ABONNEMENT...ABONNEMENT...

Découvrez GRATUITEMENT la collection

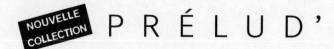

NOUVELLE COLLECTION **P R É L U D'**

J'ai bien noté que je recevrai d'abord GRATUITEMENT un colis de 2 romans PRÉLUD', ainsi qu'un bijou et un cadeau surprise. Ensuite, je recevrai, tous les mois, 4 romans PRÉLUD' de 352 pages au prix exceptionnel de 4,70€ (au lieu de 4,95€) le volume, auxquels s'ajoutent 2,50€ de participation aux frais de port par colis. Je suis libre d'interrompre les envois à tout moment. Dans tous les cas, je conserverai mes cadeaux.

Renvoyez ce bon à :
Service Lectrices HARLEQUIN
BP 20008
59718 LILLE CEDEX 9

A7GF01

N° abonnée (si vous en avez un) ⎵⎵ ⎵⎵⎵⎵⎵⎵⎵

Mme ☐   Mlle ☐   NOM _____

Prénom _____

Adresse _____

Code Postal ⎵⎵⎵⎵⎵ Ville _____

Tél. : ⎵⎵⎵⎵⎵⎵⎵⎵⎵⎵

Date d'anniversaire ⎵⎵⎵⎵⎵⎵⎵⎵

Le Service Lectrices est à votre écoute au 01.45.82.44.26
du lundi au jeudi de 9h à 17h et le vendredi de 9h à 15h.

Conformément à la loi Informatique et Libertés du 6 janvier 1978, vous disposez d'un droit d'accès et de rectification aux données personnelles vous concernant. Vos réponses sont indispensables pour mieux vous servir. Par notre intermédiaire, vous pouvez être amené à recevoir des propositions d'autres entreprises. Si vous ne le souhaitez pas, il vous suffit de nous écrire en nous indiquant vos nom, prénom, adresse et si possible votre référence client. Vous recevrez votre commande environ 20 jours après réception de ce bon. Date limite : 31 janvier 2008.

<u>Offre réservée à la France métropolitaine, soumise à acceptation et limitée à 2 collections par foyer.</u>